Robin se mit à rire.

— Vous êtes une femme avisée, ma chérie. Vous vous mettez à ressembler à ma mère !

— Quel merveilleux compliment, Robin ! s'écria-t-elle.

— Venant d'une autre, je prendrais cela pour de l'ironie, mais pas de vous, mon amour. Vous semblez réellement fière de la comparaison.

— C'est une grande dame, Robin !

— Oui, une grande dame, mais, par le Ciel, elle est aussi turbulente qu'une gamine ! Leslie aura bien du fil à retordre avec la grand-mère et la petite-fille. Je ne l'envie pas !

QUEEN'S MALVERN

La Nuit des Rois, 1615

Prologue

Adam de Marisco était mort. Une minute plus tôt, il était assis au haut bout de la table dans la vaste salle commune de sa demeure, entouré de sa nombreuse famille venue fêter le début des vacances. Trois de ses gendres et deux de ses brus ainsi que ses petits-enfants et ses arrière-petits-enfants emplissaient la pièce qui retentissait de gaieté. Le rire d'Adam... Adam, malgré ses quatre-vingt-quatre ans, avait toujours le même rire tonitruant, lequel avait été provoqué cette fois par une plaisanterie grivoise de sa belle-fille, Valentina Burke. Son dernier éclat de rire.

Ensuite, il s'était essuyé les yeux, avait pris la main de sa femme dans la sienne et l'avait baisée tendrement. Puis, avec un grand sourire à tous, il avait dit :

— Dieu bénisse chacun d'entre vous.

Sa tête léonine s'était affaissée sur sa poitrine et un silence de mort s'était abattu sur la pièce.

Elle savait. Choquée, Skye se rendait compte qu'elle avait vu la lumière s'éteindre dans ses yeux bleus à l'instant où ses lèvres touchaient sa peau. « Adam, mon cher, mon très cher amour, comment pouvez-vous me quitter ainsi ? »

Pourtant, c'était une mort magnifique. Il n'avait pas été malade, il n'avait pas souffert, et il était parti

entouré des siens, en ayant eu le temps de leur donner sa bénédiction. C'était tout à fait typique de son grand cœur, de l'amour qu'il leur vouait à tous. Dieu était miséricordieux de l'avoir emporté à cet instant.

— Maman ?

La voix de Deirdre tremblait.

Skye leva vers elle un regard noyé de larmes. « Vais-je les supporter ? » Il lui serait impossible de pleurer tranquillement son cher époux tant qu'ils seraient tous autour d'elle, tant qu'elle ne les aurait pas rassurés, consolés. Elle les aimait, mais elle souhaitait ardemment qu'ils retournent à leurs affaires et qu'ils l'oublient un peu ! Un instant, elle leur en voulut, et pourtant elle répondit, ravalant son chagrin :

— Ça ira, Deirdre.

Ses enfants se pressaient autour d'elle, la prenaient dans leurs bras. Cependant, il y avait désormais dans le cœur de Skye O'Malley un vide immense qui jamais ne serait comblé. Adam de Marisco était mort, et elle était condamnée à vivre sans lui.

Le soir était tombé, et Skye fit enfin face à sa fille aînée.

— Rentre chez toi, Willow, dit-elle avec lassitude. Partez tous, et laissez-moi pleurer en paix celui qui a été mon époux pendant quarante-deux ans. Vous ne m'avez pas quittée d'une semelle depuis quatre jours qu'il nous a quittés. J'ai besoin d'être seule. Rentrez tous dans vos foyers.

— Mais… Mais…

Willow fut réduite au silence par le regard noir de sa mère.

— Je ne suis pas impotente, Willow, et j'ai encore toute ma tête. Je n'ai aucune intention de fermer ma demeure, de renvoyer mes serviteurs et d'aller habiter chez un de mes enfants. Je resterai ici, à Queen's Malvern, jusqu'à ma mort. Est-ce bien clair ?

Daisy Kelly, la fidèle camériste de Skye, réprima un sourire tout en se penchant sur son ouvrage de couture. Maîtresse Willow connaissait bien mal sa mère, si elle s'imaginait pouvoir la convaincre de venir habiter chez elle. Elles n'étaient plus toutes jeunes, il fallait bien le reconnaître, mais sa maîtresse et elle étaient parfaitement capables de se débrouiller seules.

Cependant Willow ne renoncerait pas si facilement.

— Enfin, maman, Queen's Malvern ne vous appartient plus. C'est la propriété du jeune duc de Lundy, Charles Frederick Stuart.

— Et tu crois vraiment que ma petite-fille ou le tuteur du duc, le comte de Glenkirk, me chasserait d'ici ? C'est toi qui as perdu l'esprit, ma fille !

— James Leslie était de retour à la Cour cet automne, fit remarquer Willow, et il est furieux de ne pas avoir retrouvé la trace de Jasmine en France. Cela fera deux ans au printemps qu'elle s'est enfuie en emmenant ses enfants.

Skye eut un petit rire malicieux.

— J'ignore pourquoi il n'a pas pu la trouver. Adam lui avait donné presque toutes les indications néces-

saires... Il est vrai que j'ai envoyé un messager avertir Jasmine que son grand-père l'avait trahie.

— Oh, maman, comment avez-vous pu agir ainsi ? gémit Willow. Vous allez vous faire un ennemi mortel du roi, si l'on venait à savoir que vous vous êtes opposée à sa volonté. Ne vous a-t-il pas suffi de vous mettre notre bonne reine Bess à dos ? Vous devriez avoir plus de bon sens, à votre âge !

— Ma Jasmine a fait deux mariages arrangés par la famille, déclara Skye avec fermeté, et j'estime que cette fois elle est en droit de faire son propre choix. Personne, fût-ce le roi, ne devrait forcer Jasmine à se marier contre son gré. James Stuart et sa romantique épouse ont été stupides d'essayer.

— Pourtant, James Leslie aime Jasmine, murmura Willow.

— Je sais. Mais je ne suis pas certaine que Jasmine l'aime. J'irai en France au printemps afin d'annoncer à ma petite-fille la mort d'Adam, et nous verrons alors ce qu'elle souhaite faire. Elle me manque, mais il n'empêche qu'elle doit prendre elle-même ses décisions.

— Vous irez en France ! se récria Willow, horrifiée.

— Si tu sous-entends que je suis trop vieille pour voyager, Willow, je te gifle.

— Je ne pensais rien de tel, mentit Willow.

— Dès que la neige cessera, reprit Skye, tu partiras, avec tous les autres. Il me faut du temps pour me faire à l'idée que mon très cher Adam est mort. Et je dois être seule. Cela ne te plaît pas, je le sais, Willow, pourtant c'est ainsi.

Willow acquiesça, vaincue et, sur une révérence, elle sortit de la chambre afin d'aller retrouver ses frères et sa sœur.

— Alors ? demanda le comte de Lynmouth, Robin Southwood, dont les yeux verts pétillaient de malice. Maman est-elle assez gâteuse pour accepter de venir vivre avec toi ?

— Oh, ça suffit, Robin ! Je déteste ce genre de plaisanterie. Maman s'est montrée déraisonnable. Comme tu le soupçonnais, je ne suis arrivée à rien, mais il fallait que j'essaie. Elle exige que nous partions tous dès qu'il ne neigera plus.

— Devons-nous la laisser seule ? s'inquiéta la comtesse de Lynmouth.

— Elle y tient absolument, répondit Willow avec une pointe d'amertume.

— Je la comprends, intervint Deirdre, lady Blackthorne, la deuxième fille de Skye. Maman refuse de montrer la moindre faiblesse, fût-ce devant ses enfants. L'un de nous l'a-t-il jamais vue sangloter ? Il faut partir le plus tôt possible, afin de la laisser pleurer Adam comme elle l'entend.

Tout le monde était de cet avis.

— La tempête sera terminée demain, dit Padraic, lord Burke. Ordonnons à nos domestiques de préparer les malles.

— Maman a également l'intention d'aller en France afin d'avertir Jasmine de vive voix, reprit Willow. Au printemps.

— A-t-on prévenu mon père et ma mère ? demanda Sybilla, la comtesse de Kempe, une des petites-filles des Marisco.

— J'ai envoyé un messager le lendemain de la mort d'Adam. Il n'a pas dû encore arriver à Dun Broc, mais je pense que, dans quelques jours, Velvet sera au courant du décès de son père.

— Pauvre maman, souffla Sybilla tandis que son mari lui passait un bras réconfortant autour des épaules.

— Elle va être désespérée, dit Murrough O'Flaherty. Elle adorait Adam. D'ailleurs, nous l'adorions tous ! Il restera notre père à tous, car les autres maris de maman n'ont pas vécu assez longtemps pour que nous nous les rappelions.

— Et c'était un excellent père, renchérit lord Burke. Il nous a beaucoup appris.

— Croyez-vous que mère lui survivra ? s'inquiéta Deirdre.

— Il lui manquera cruellement, répondit Robin, mais je ne crois pas que Skye O'Malley soit prête à abandonner la partie, ma chère sœur. Elle s'est bien remise du décès de ses autres époux.

— Elle était plus jeune, objecta Willow.

— Tu as raison, mais elle est plus forte maintenant. Il faut la laisser seule, le temps qu'elle se ressaisisse, ensuite nous aviserons.

— Je me demande si elle se remariera, murmura Valentina Burke.

— Certainement jamais, j'en mettrais ma main au feu !

La neige avait cessé lorsque le lendemain matin les enfants et les proches de Skye prirent congé avant de monter dans leurs voitures respectives.

— N'hésite pas à m'envoyer chercher si tu as besoin de moi, ma sœur, dit Conn O'Malley St Michael, lord Bliss.

— C'est promis, répondit Skye.

Conn hocha la tête. Sa sœur était une femme fière mais son épouse Aidan et lui vivaient non loin et pourraient se rendre utiles en cas d'urgence.

— La *Rose de Cardiff* sera prête quand vous en aurez besoin, dit Murrough O'Flaherty à l'oreille de sa mère.

Skye l'embrassa, ainsi que son épouse.

— Dieu vous garde !

— Je ne sais que vous dire, maman, déclara Willow.

— Un simple au revoir suffira, répondit la vieille dame avant de se tourner vers son gendre. Je vous souhaite un excellent voyage à tous, mais je ne vous envie pas !

— Je dors tout au long de la route, dit-il, je ne me rends compte de rien.

— Vous avez de la chance !

Skye se tourna vers sa petite-fille Sybilla.

— Tu es encore enceinte, Sibby ?

La jeune femme pouffa.

— Je crains que oui, madame. Ce sera le cinquième, et il est prévu pour début juin. J'espère que cette naissance consolera un peu maman.

— Sûrement. Prenez bien soin de vous tous !

Deirdre avait les larmes aux yeux, mais elle tenta de faire bonne contenance en embrassant sa mère.

— Allons, allons ! la gronda gentiment Skye. Tu rentres chez toi, et tu vis suffisamment près pour me voir chaque fois que tu le désires. Mais, pour l'amour du Ciel, accorde-moi quelques jours de solitude.

Deirdre ravala un sanglot tandis que son mari, John, l'aidait à monter dans leur carrosse.

— Je n'aime pas vous laisser ainsi, dit Padraic Burke, le plus jeune fils de Skye.

— J'ai vraiment besoin d'être seule, affirma Skye. Et s'il y a un problème, vous n'êtes pas loin, les uns et les autres. Tu es bien comme ton père, tu me crois incapable de me débrouiller seule, mais tu te trompes, Padraic.

— Montez en voiture, Padraic, intervint fermement sa femme, Valentina, avant d'embrasser sa belle-mère en lui adressant un clin d'œil complice.

Les derniers à partir furent le comte de Lynmouth et les siens.

— Me consulterez-vous, mère, avant de prendre des décisions inconsidérées ? demanda Robin avec une pointe d'humour.

— Probablement pas, répondit-elle.

— Vous passez votre temps à conspirer !

— Qu'en sais-tu ? Il y a des années que je n'ai rien manigancé de sérieux, Robin.

Il éclata de rire.

— À d'autres ! Je vous connais trop bien, madame ! Je suis heureux de m'être trouvé ici la Nuit des Rois plutôt que d'avoir donné ma fête traditionnelle à Londres, ajouta-t-il après avoir repris son sérieux. Ces manifestations coûtent une fortune !

— J'adorais les réceptions de ton père, dit la vieille dame, le cœur plein de souvenirs. Surtout celle-là. Je revois encore la barge de la reine remontant la Tamise jusqu'à Lynmouth House. La Nuit des Rois a toujours été pour moi un événement particulier. C'est ce jour-là que je t'ai mis au monde, entre autres. Et te souviens-tu de la fois où Jasmine a failli causer un scandale parce que Sybilla l'avait surprise au lit avec lord Leslie ? Maintenant, je me souviendrai pour le reste de mes jours de cette nuit comme de celle qui a vu disparaître mon cher Adam...

Elle frissonna et resserra sa cape autour d'elle.

— Je n'aurai plus jamais plaisir à cette fête.

Robin la prit dans ses bras.

— Je comprends votre besoin de solitude, mère, mais je déteste vous quitter ainsi.

— Je me sens un peu fragile, pour l'instant, avoua-t-elle, mais cela passera. J'ai surmonté le décès de ton père, celui de Niall.

Mais vous aviez Adam pour vous soutenir, songea Robin qui s'abstint toutefois de formuler cette réflexion à haute voix.

— Prévenez-moi quand vous aurez l'intention de partir pour la France, dit-il. Et conseillez donc à ma nièce de revenir en Angleterre.

Il l'embrassa sur la joue et la serra avec force dans ses bras.

— Bonne route, Robin ! dit-elle.

Elle suivit la voiture des yeux jusqu'à ce qu'elle eût disparu au tournant de la route.

— Vous êtes une vieille chipie, dit Daisy en remontant avec elle vers la maison. Vous n'avez aucune intention de l'avertir de votre départ !

Skye eut un petit rire.

— Bien sûr que non ! Si je mets Robin au courant, il préviendra le comte de Glenkirk, et celui-ci me suivra pour découvrir où se cachent Jasmine et les enfants. Non, je n'en dirai certainement rien !

— À mon avis, il en parlera de toute façon au comte quand il passera par Londres dans quelques jours, objecta Daisy.

— C'est pourquoi je serai déjà en route ! rétorqua Skye. Ils ne se serviront pas de moi pour forcer ma petite-fille à rentrer en Angleterre. Elle reviendra seulement si elle le désire.

— Quelle perversité ! s'écria Daisy en riant. Mais comment pleurerez-vous Sa Seigneurie si vous partez en voyage, milady ?

— Je n'ai pas besoin de rester ici pour le pleurer, Daisy. Adam est à mes côtés où que j'aille.

— Je vais me mettre tout de suite aux bagages, dans ce cas, et je prierai pour que la traversée soit paisible.

— Tu n'es pas obligée de m'accompagner, Daisy. Je peux emmener quelqu'un de plus alerte ; Martha, par exemple.

— Martha ! s'exclama la servante, indignée. Il n'est pas question que vous partiez sans moi, milady. Nous ne sommes plus toutes jeunes, vous et moi, mais si vous êtes capable de traverser la mer, je le suis aussi. Martha, quelle idée !

Sur un reniflement méprisant, la brave femme alla s'affairer aux préparatifs du voyage.

Skye releva le capuchon de sa pelisse et traversa les pelouses enneigées en direction de la tombe de son mari, marquée d'une simple croix de bois. On élèverait plus tard une stèle digne de ce nom.

— Eh bien, mon vieil ami, vous nous avez offert une Nuit des Rois inoubliable ! Comment avez-vous pu me faire ça, Adam ? Oh, je sais, ce n'est pas votre faute. Ils sont tous partis, à présent. Il y a longtemps que Willow ne m'avait irritée à ce point. Certes, elle est pleine de bonnes intentions, mais vous savez combien j'ai horreur qu'elle se mêle de ma vie. Trois filles ! Une qui braille tout le temps comme un âne, la deuxième qui est une charmante petite souris, et la troisième qui habite en Écosse. Bon sang !

Un léger sourire se dessina sur sa bouche.

— Et n'essayez pas de me prouver le contraire, Adam de Marisco, reprit-elle. Vous savez que c'est la vérité. Mes filles ne tiennent de moi en rien. La seule qui me ressemble, c'est ma petite-fille Jasmine. D'ailleurs je vais devoir vous abandonner quelque temps afin d'aller lui annoncer que vous nous avez quittés. Elle profite bien de sa liberté, mais il est temps qu'elle rentre en Angleterre ainsi que les enfants. Elle en verra de drôles avec lord Leslie, tant qu'ils n'auront pas fait la paix ! Vous aviez raison, mon ami, j'aurais dû insister pour qu'elle revienne, au lieu de l'encourager dans sa rébellion. Ah, Adam, je crois vous entendre éclater de rire à cet aveu. Je ne vous ai pas souvent dit que vous étiez plus sage que moi, pourtant je le pense, mon bien-aimé.

Deux jours plus tard, avant que l'aube ne blanchisse le ciel, Thistlewood, le cocher des Marisco, montait à l'avant du grand carrosse de voyage où l'attendait déjà son jeune second.

— Eh bien, mon gars, nous v'là partis pour la France ! Dieu merci, il devrait faire beau, mais bon sang, quel froid ! Tu es prêt ?

Comme le garçon acquiesçait, le cocher fit claquer son fouet sur le dos des chevaux et le véhicule s'ébranla pour se diriger lentement vers la grand-route.

À Londres, le comte de Lynmouth trouva son ami James Leslie, comte de Glenkirk, à Whitehall Palace.

— Que diriez-vous de ramener une brebis fugueuse au bercail, Jemmie ? demanda-t-il avec un sourire malicieux.

— Vous savez où elle se cache ? rétorqua froidement James Leslie.

— Non, mais si vous êtes assez rapide, je sais comment vous pourrez le découvrir.

Robin expliqua que son beau-père était mort et que Skye avait l'intention de se rendre en France afin d'en avertir Jasmine.

— Au printemps ? Alors, nous avons le temps.

— C'est ce que ma mère a dit, mais elle est toujours aussi rusée et je parierais qu'elle est déjà sur la route à l'heure qu'il est, car elle savait que je m'arrêterais à Londres pour vous prévenir. J'ai fait suivre mon frère Murrough, et il n'est pas rentré directement chez lui comme prévu. Mes informateurs m'ont rapporté qu'il s'est rendu à Harwich. C'est de là que mère s'embarquera pour Calais. Si vous passez par Douvres, vous la rattraperez aisément et vous pourrez la suivre jusqu'à l'endroit où se cache ma nièce.

Le comte de Glenkirk plissa ses yeux verts. Il allait enfin mettre la main sur la récalcitrante marquise de Westleigh, Jasmine de Marisco Lindley, cette femme dont il s'était cru naguère amoureux mais qu'il détestait depuis vingt et un mois, depuis qu'elle l'avait ridiculisé aux yeux de la Cour en refusant de l'épouser malgré l'ordre formel du roi. Pis encore, elle avait emmené avec elle le petit-fils du roi James, le garçon qu'elle avait eu avec le prince Henry, bien que Glenkirk en fût le tuteur légal, selon la volonté royale. Pour la première fois depuis presque deux ans, le comte avait une chance sérieuse d'attraper Jasmine, et il sentait intuitivement qu'il y parviendrait.

Il avait toujours su qu'elle était en France, mais lorsqu'il avait traversé la Manche, à trois reprises, elle avait disparu, et ses relations affirmaient ne pas avoir de ses nouvelles, avec cet irritant haussement d'épaules typiquement français. Pourtant ses informateurs étaient des membres de sa famille qui s'étaient mariés en France. Ils avaient joué avec lui au chat et à la souris, et Jasmine avait toujours su quand il devait arriver. Aussi s'était-elle sauvée avec ses enfants avant qu'il ait pu la rejoindre. Cependant, cette fois, ce serait dif-

férent, car elle ignorait sa venue. Il allait suivre la comtesse jusqu'à sa porte. Et ensuite…

Il eut un sourire carnassier.

— L'information semble vous faire plaisir, monseigneur, dit Robin Southwood.

— En effet!

— Une chose encore, monsieur, dit calmement le comte de Lynmouth. Charles Frederick Stuart est à présent duc de Lundy, mais Queen's Malvern est la demeure de ma mère, depuis des décennies. Vengez-vous de ma nièce comme vous l'entendrez mais, je vous en prie, traitez ma mère avec le respect et la dignité auxquels elle a droit et, surtout, ne la dépossédez pas. Si vous la maltraitiez d'une manière ou d'une autre, vous n'auriez pas affaire qu'à moi, mais aussi à BrocCairn, son gendre, qui est parent du roi et beau-père de Jasmine. Sans oublier Alcester, Kempe et lord Burke, qui ne supporteraient pas non plus qu'on l'ennuie.

Le comte de Glenkirk eut un sourire froid.

— Je suis parfaitement au courant des relations de votre mère, Robin, et je ne lui veux aucun mal, bien que je la soupçonne d'avoir joué dans cette affaire un rôle beaucoup plus important que vous ou moi ne l'imaginons. D'autre part, ignorez-vous que Queen's Malvern lui appartient de droit, indépendamment du titre?

— C'est exact. Adam et elle ont acheté ce domaine il y a des années à la reine, qui, toujours à court d'argent, avait besoin d'espèces sonnantes et trébuchantes.

— Alors ne craignez rien, votre mère ne risque pas de venir s'installer chez vous, plaisanta James.

— S'installer chez moi? répéta le comte de Lynmouth en riant. Ma sœur lui a dit qu'il n'était pas convenable qu'une veuve de son âge reste seule et a insisté pour qu'elle vienne habiter avec elle. Ai-je besoin de vous raconter le résultat de cette discussion, Jemmie? Ma mère n'en a jamais fait qu'à sa tête

depuis le jour de sa naissance, et cela ne changera pas jusqu'à sa mort... Mais, entre nous, je ne pense pas que Notre Seigneur soit pressé de la rappeler à Lui !

Glenkirk éclata de rire.

— Vous avez sûrement raison.

Robin prit congé du comte et se remit en route pour Lynmouth avec sa famille. Là, il trouva un de ses émissaires qui avait à peine une heure d'avance sur lui.

— Vous ne vous trompiez pas, monseigneur, annonça-t-il. La *Rose de Cardiff* était à quai à Harwich et elle devait partir pour la France aujourd'hui avec la marée. Madame votre mère était attendue à bord. J'ai dépassé son carrosse voilà deux jours, mais elle ne m'a pas vu.

— Pensez-vous que James Leslie retrouvera Jasmine, cette fois ? demanda Angel, la comtesse de Lynmouth, à son mari.

— S'il ne traîne pas en route, il devrait arriver à Calais avant mère, car la traversée est plus rapide depuis Douvres.

— Alors, pourquoi Skye n'a-t-elle pas emprunté cet itinéraire ?

— Elle ne voulait sans doute pas s'approcher de Londres de peur d'être reconnue, bien qu'elle n'ait plus beaucoup de relations à la Cour. Elle a préféré prendre le risque d'une longue traversée plutôt que celui d'être démasquée. Cette fois, cependant, je crains bien qu'elle n'essuie un échec.

— Jemmie ne se montrera sûrement pas avant qu'elle ne soit bien en sécurité près de Jasmine, fit remarquer Angel.

— En effet. À vrai dire, je ne sais pas exactement ce qu'il envisage, mais il est certain que ma nièce s'est fait un ennemi juré de celui qui doit devenir son époux. Elle aura du mal à l'amadouer, maintenant !

— À mon avis, c'est plutôt Jemmie qui aurait intérêt à mettre son orgueil de côté et à essayer de la séduire, sinon leur vie sera un enfer. Ils ont tous les deux un fichu caractère !

2

James Leslie et son serviteur, Fergus More, avaient quitté Londres très rapidement après la visite de Robin. Comme l'avait suggéré le comte de Lynmouth, ils s'étaient embarqués à Douvres et ils attendaient au port quand la *Rose de Cardiff* avait accosté à Calais. Dans l'ombre, ils assistèrent aux manœuvres d'amarrage, puis au déchargement du grand carrosse de Skye qui avait voyagé fermement arrimé sur le pont du navire. On le dirigeait à présent vers un vaste entrepôt d'où l'on sortit de robustes chevaux qu'on attela. Tout cela n'intéressait guère le comte de Glenkirk qui guettait la passerelle. Enfin, il aperçut Skye, escortée du capitaine de son bateau qui l'accompagnait au carrosse, les domestiques fermant la marche.

Il attendit qu'elle fût installée en voiture, les deux cochers sur le siège du conducteur, pour dire doucement à son valet :

— Allons-y, Fergus. Il n'est pas question de perdre la vieille dame de vue !

— Il n'y a qu'une issue au port, monseigneur. Et nous ferions mieux de l'attendre dehors, afin que personne ne nous voie la suivre.

James acquiesça et, quelques instants plus tard, le carrosse s'engageait sur la route de la ville avec ses discrets poursuivants.

De Calais, ils se rendirent à Amiens, puis à Paris, et James fut étonné de la résistance de Skye. Elle ne s'arrêtait jamais plus d'une nuit dans une auberge. Il faillit

même la perdre à Paris, où elle dormit chez des amis de son défunt mari. Subodorant que Skye ne partirait pas avant son heure habituelle le lendemain matin, James avait pris des chambres dans une auberge voisine.

— Vous aviez raison, dit Fergus le lendemain quand ils se remirent en route.

— Elle n'est pas idiote, elle sait bien qu'elle a besoin de repos, et les chevaux aussi. Elle ne perd pas de temps, mais elle n'a aucune raison particulière de se hâter.

Ils passèrent par Fontainebleau, Montargis, Orléans, Blois.

— Elle se dirige vers Archambault, dit le comte.

— Nous y sommes déjà allés, et la dame de vos pensées ne s'y trouvait pas, fit remarquer Fergus. Croyez-vous que la vieille dame se sache suivie ?

— Non. Nous avons été prudents.

Ils traversèrent le bourg d'Archambault sans s'arrêter et, quelques kilomètres plus loin, le carrosse s'engagea dans une petite route latérale. James Leslie tira sur les rênes de son cheval et attendit que Fergus le rejoigne.

— Ce chemin ne peut mener qu'à un endroit, dit-il. Laissons-la atteindre sa destination.

Il serra son manteau autour de lui. Il faisait un froid de gueux, et une vilaine bruine les transperçait depuis plusieurs jours.

— J'ai vu une petite auberge, au village... hasarda Fergus.

Le comte secoua la tête.

— Pas question ! Je ne veux pas que l'on nous voie avant de savoir ce qui se trouve au bout de cette route. Attendons ici.

Le valet soupira, résigné.

Au bout d'une demi-heure, James Leslie estima qu'il n'y avait plus de danger. Ils s'engagèrent sur l'étroit sentier pour se retrouver devant un petit lac. Un ravissant

château se dressait là, entouré d'eau sur trois côtés. Quatre tours aux toits d'ardoise pointus comme des chapeaux de sorcière en marquaient les angles, et on ne pouvait y accéder que par une arche de pierre flanquée de deux tours en encorbellement. Le comte s'arrêta, frappé par la beauté du bâtiment. Un jardin ceint de murs faisait le tour du château et, au-delà, c'était la forêt. Même en hiver, l'endroit était un enchantement!

— Monseigneur? dit doucement Fergus.

James lui fit signe d'avancer et ils franchirent le pont-levis pour se retrouver dans la cour du château où l'on déchargeait le carrosse. Les domestiques les regardaient avec curiosité, mais deux lads se précipitèrent pour s'occuper des chevaux, et le comte monta le perron de pierre, suivi de son domestique.

— Par ma foi! s'écria Thistlewood qui sortait des écuries. On dirait bien le comte de Glenkirk.

— J'ai eu l'impression qu'on nous suivait, une ou deux fois, remarqua son aide.

Il vacilla sous la gifle magistrale que lui assena le cocher.

— Imbécile! Tu pouvais pas le dire?

— J'étais pas sûr! se défendit le garçon. C'était après Paris, et puis on est à l'étranger.

Thistlewood hocha la tête. Après tout, ce n'étaient pas ses affaires! Sa maîtresse saurait bien s'en sortir, comme toujours.

— Viens aux cuisines, on va chercher quelque chose de chaud à manger.

Adali, l'homme de confiance de Jasmine, qui donnait ses instructions aux servantes dans le hall, aperçut tout de suite James Leslie, et il eut un haut-le-corps que le comte ne put ignorer.

— Dis à ta maîtresse que je suis ici, Adali, ordonna James avec un mauvais sourire. Ou plutôt non, attends! Emmène-moi près d'elle. Je ne tiens pas à ce qu'elle s'évanouisse dans la nature avant que j'aie pu l'approcher.

— Suivez-moi, monseigneur.

Il le précéda dans une salle chaleureuse où Skye était assise près de la cheminée, un gobelet d'argent à la main, déchaussée, ses pieds offerts à la douceur des flammes. À côté d'elle, sur un tabouret, se tenait Jasmine. Avec ses cheveux tressés en longue natte ornée d'un ruban rouge, elle avait l'air d'une adolescente malgré ses vingt-cinq ans et ses quatre enfants. Une lueur d'attendrissement passa dans le regard de James, qui se ressaisit aussitôt.

— Le comte de Glenkirk, madame ! annonça Adali d'une voix claire.

Jasmine, marquise de Westleigh, bondit sur ses pieds.

— Vous ! lança-t-elle avec colère.

— Oui, madame, c'est bien moi. J'ai eu du mal à vous retrouver, mais me voici.

— Hors de ma demeure ! cria-t-elle. Vous n'avez absolument aucun droit sur moi. Nous sommes en France, ici, pas en Angleterre.

— Désolé, madame, mais le roi m'a ordonné de vous épouser il y a deux ans, or il est en train de négocier le mariage du prince Charles avec la sœur du roi de France.

— Le roi cherche une alliance avec l'infante d'Espagne ! rétorqua Jasmine. Même ici dans ma retraite, je suis au courant de cela !

— Vous discutez, madame ? Vous êtes la femme que le roi James m'a choisie, et vous m'épouserez. Rappelez-vous que je suis le tuteur de vos enfants.

— Vous êtes le tuteur de Charles Frederick, rectifia Jasmine. Bien que je ne comprenne pas pourquoi cet enfant a besoin d'un tuteur.

— Vous faites erreur, je suis dorénavant le tuteur de tous vos enfants, madame. Votre comportement irresponsable a convaincu le roi que vous étiez incapable de veiller à l'éducation de vos rejetons, si bien que je détiens entre mes mains l'avenir de Charles Frederick

Stuart, mais également ceux du jeune Westleigh, de lady India et de lady Fortune Lindley.

— Espèce de sale bâtard !

— Que nenni, madame, répondit Leslie, sarcastique. Mes parents sont restés fiancés plusieurs mois, et ils se sont mariés au moins dix minutes avant ma naissance.

Jasmine se tourna vers sa grand-mère.

— Comment avez-vous pu l'amener ici, madame ? C'est pour cette raison que vous êtes venue ? Je ne vous le pardonnerai jamais !

— Je ne l'ai pas amené, ma chère enfant, répondit tranquillement la vieille dame.

— Je suis sur les traces de votre grand-mère depuis qu'elle a accosté à Calais.

— Robin ? demanda Skye.

— En effet. Il s'est douté que vous n'attendriez pas le printemps. Il a envoyé deux domestiques suivre le capitaine O'Flaherty, persuadé qu'il se rendrait à Harwich au lieu de rentrer chez lui.

Skye eut un petit sourire.

— Je reconnais bien là mon fils ! Et il est aussi futé que son père.

— Mais, alors, pourquoi êtes-vous venue à Belles-Fleurs, grand-maman ?

— Ton grand-père est mort.

Les yeux de la jeune femme s'emplirent aussitôt de larmes qui ne tardèrent pas à ruisseler sur ses joues.

— Grand-papa, murmura-t-elle avant de se tourner vers Glenkirk comme une furie. Tout cela est votre faute ! Si vous ne m'aviez pas obligée à quitter l'Angleterre, j'aurais passé ces derniers mois auprès de lui. Désormais je ne le verrai plus jamais, et vous en êtes responsable, James Leslie. Je vous hais ! Je vous hais !

— Non, madame, répliqua-t-il froidement. C'est vous, la coupable, pas moi. Vous n'aviez pas à désobéir au roi et à vous enfuir, il y a deux ans. Nous devions nous marier, je vous aimais, j'étais prêt à vous accor-

der du temps pour vous remettre de la mort du prince Henry Stuart. Je ne vous traînais pas de force à l'autel, Jasmine. Mais vous, contre la décision du roi, vous vous êtes sauvée avec vos enfants. Je savais que vous vous étiez réfugiée en France, et j'y suis venu trois fois, mais vos amis vous cachaient efficacement. Seulement maintenant, le jeu est terminé. Nous allons rentrer en Angleterre et nous marier au cours d'une cérémonie publique, devant cette même Cour qui a trouvé si drôle de se gausser de moi quand vous m'avez ridiculisé.

— Il n'en est pas question !

— Oh, mais si, madame.

— Je suis une princesse moghole de sang royal... commença-t-elle.

— Qui ne peut retourner aux Indes, coupa-t-il. Il y a dix ans que vous vivez en Angleterre, Jasmine. Vous êtes dorénavant une Britannique, et non une Moghole. Nous allons laisser votre grand-mère se reposer quelques jours, puis nous reprendrons la route de l'Angleterre. Et n'essayez pas de m'échapper de nouveau, ma chère. Cadby a besoin de son jeune maître, et oseriez-vous priver le fils de Rowan Lindley de son héritage ? Et vos filles ? Je suis sûr que vous avez autorisé vos enfants à courir la campagne avec les petits paysans. Comme je suis sûr qu'ils n'ont pas de précepteur. Ils appartiennent à la haute noblesse anglaise, ne l'oubliez pas !

— Je vous tuerais plutôt que de vous laisser régenter l'éducation de mes enfants, grinça-t-elle.

— Silence, vous deux ! intervint fermement Skye. Adali, servez un verre de vin à lord Leslie et conduisez son valet aux cuisines. Comment vous appelez-vous, mon brave ?

— Fergus More, madame.

— Eh bien, allez avec Adali, Fergus More, et ne craignez rien pour votre maître, il est en sécurité, avec moi.

Elle reporta son attention sur Jasmine.

— Je suis venue t'annoncer la mort d'Adam, ma chère enfant, mais également te dire qu'il était temps de régler tes différends avec Glenkirk. Grand temps. Certes le roi a eu tort de t'imposer cette union, pourtant je commence à croire que ce n'était pas une si mauvaise idée. Tu ne peux pas rester indéfiniment à Belles-Fleurs avec pour seule compagnie tes enfants et les domestiques. Ce n'est bon ni pour toi ni pour mes arrière-petits-enfants. James Leslie a raison, Henry Lindley est marquis de Westleigh, comme son père avant lui. Il a presque sept ans, maintenant, et je parierais qu'il parle mieux le français que l'anglais. Il doit rentrer à Cadby, afin d'apprendre à en être le maître. India aura huit ans le mois prochain, Fortune en a cinq. Savent-ils seulement lire, ou écrire ? Sans oublier Charles Frederick Stuart, le plus royal de tes enfants. Que deviendra-t-il s'il ne retourne pas en Angleterre faire la connaissance de son grand-père le roi ? Pense à eux, Jasmine.

La jeune femme se mordillait la lèvre inférieure, vexée. Sa grand-mère avait raison, elle le savait... Elle jeta un coup d'œil entre ses cils à James Leslie, et dut reconnaître qu'il était toujours fort bel homme, même s'il arborait pour l'instant une mine rébarbative. Jamais elle ne l'avait vu si sévère.

— J'aimerais une fois, une seule, avoir mon mot à dire dans le choix d'un époux, marmonna-t-elle. Mon père a choisi Jamal Khan, grand-père et vous avez élu Rowan Lindley. Quand aurai-je le droit de m'en mêler ?

— As-tu été malheureuse avec tes maris, Jasmine ?

— Non, reconnut la jeune femme, mais ce n'est pas une raison.

— Dom O'Flaherty – qu'il brûle en enfer ! – avait été désigné par mon père. Le père de Willow m'a sauvée de l'esclavage à Alger et m'a épousée. C'est mon oncle l'évêque qui a jeté son dévolu sur Niall Burke et nous avons été mariés par procuration sans même que je sois au courant. Fabron de Beaumont était le choix de

la reine. Seuls Geoffrey Southwood et ton grand-père ont été choisis par moi, Jasmine.

— Et c'est avec eux que vous avez été le plus heureuse, fit remarquer cette dernière. Je ne pense pas me marier six fois, grand-maman, et je veux prendre mes décisions par moi-même. Je ne veux pas qu'on m'oblige à faire quoi que ce soit, bon sang !

— Vous n'avez pas d'autre solution que d'obéir au roi, madame, intervint tranquillement Glenkirk. La désobéissance est une forme de trahison, vous ne l'ignorez pas, et si néanmoins vous vous y résolvez, sachez que je partirai dans quelques jours pour l'Angleterre avec mes quatre pupilles. Pour rester près d'eux, vous devrez m'accompagner. Sinon, je veillerai à ce que vous soyez à jamais bannie du royaume.

Les yeux turquoise de Jasmine s'agrandirent sous le choc.

— Vous feriez ça, espèce de bâtard ?

— Je croyais que nous avions établi la légitimité de ma naissance, madame, répondit patiemment Jemmie. Oui, je le ferais.

Elle lui lança son gobelet à la tête, mais il l'esquiva et lui saisit le poignet d'une main ferme. Ensuite il lui tordit doucement le bras dans le dos, l'attirant inexorablement à lui pour lui infliger un baiser qui était une véritable déclaration de guerre. Jasmine se débattit en vain mais, quand enfin il la lâcha, elle le gifla de toutes ses forces. Puis elle quitta la pièce en courant.

— Cela signifie-t-il que vous l'aimez, ou que vous la détestez ? demanda Skye avec curiosité.

— Autrefois, je l'ai aimée à la folie. En arrivant ici, je croyais la haïr. Maintenant, je ne sais plus, madame. Pourquoi résiste-t-elle avec tant d'énergie à son sort ?

— Vous avez bien compris depuis le début que Jasmine est fière, déterminée à diriger sa vie. Le roi pensait bien faire quand il a décidé votre mariage, et à la vérité c'est une solution idéale pour elle, je le

reconnais à présent. Vous êtes un excellent prétendant à sa main, vous jouissez de l'amitié du roi, et vous possédez une importante fortune person-nelle.

— Vos propos ne manquent pas de me surprendre, madame. Si je ne me trompe, vous avez aidé Jasmine à fuir l'Angleterre.

— En effet, reconnut Skye sans se démonter. Je voulais qu'elle dispose d'un peu de temps pour s'habituer à son destin. Hélas, les mois sont devenus une année, et une année encore. Je vous jure que j'avais l'intention de la faire revenir à la maison, mais je n'en ai pas trouvé le temps. J'ai une grande famille, monseigneur, qui semble incapable de se passer de moi bien longtemps.

Elle eut un petit sourire.

— Je n'ai plus vingt ans... Toutefois je regrette de ne pas avoir pris les choses en main plus tôt. Jasmine est devenue, je le crains, bien indépendante.

— Aime-t-elle suffisamment ses enfants pour les suivre en Angleterre ?

— Quoi qu'il arrive, monseigneur, ne fléchissez pas. Je vous aiderai dans la mesure de mes moyens.

— Vous n'avez pas répondu à ma question, madame.

— Oui, elle aime ses enfants. C'est une mère dévouée, pourtant j'aurai du mal à l'empêcher d'agir sous le coup de l'impulsion, même si j'ai l'appui de ses domestiques. Ces trois-là sont auprès d'elle depuis sa naissance, et ils sont habitués à son caractère. Adali lui a pratiquement servi de père, et il agira dans son intérêt. Les deux autres suivront. Quant à vous, James Leslie, vous seriez bien avisé de relâcher un peu les rênes. Les juments de race répondent mal à la cravache. J'en élève moi-même, et vous feriez bien d'écouter mes conseils à ce sujet.

Elle se leva avec quelque difficulté. Elle ne se sentait pas vieille, son esprit fonctionnait à merveille, pourtant elle devait s'avouer que ses os souffraient du temps humide.

— Avez-vous faim, monseigneur ? Sans doute, après avoir chevauché toute la journée. Pourtant, je vous envie. Ce carrosse est d'une lenteur insupportable !

Avec un sourire, il lui offrit son bras pour la mener vers la grande table où les serviteurs disposaient le couvert. Skye n'avait pas pris la peine de se rechausser, sans que cela enlevât rien à sa dignité naturelle. Adali aida la vieille dame à s'asseoir.

— Où est votre maîtresse ? lui demanda le comte.

— Elle s'est enfermée dans sa chambre, où elle jure et peste en trois langues, monseigneur. Rohana et Toramalli sont avec elle, et elles veilleront à ce qu'elle ne quitte pas Belles-Fleurs sans vous.

— Et les enfants ?

— Ils sont dans la nursery, monseigneur. Voulez-vous les voir maintenant, ou après le souper ? Ils sont déjà couchés.

— Nous les verrons demain, répondit James.

— Dois-je faire monter un plateau à ma maîtresse ?

— Non. Si madame veut dîner ce soir, elle nous rejoindra ici, à table. Elle n'est pas malade, que je sache. Allez lui dire que nous serions heureux de bénéficier de sa compagnie.

— Très bien, monseigneur, répondit le domestique, son beau visage hâlé imperturbable.

Il imaginait sans mal la réaction de Jasmine à cette invitation mais, étrangement, il était rassuré par l'autorité du comte. Ces derniers temps, sa maîtresse était devenue par trop fantasque. Elle laissait à ses enfants la bride sur le cou. Les trois aînés parlaient entre eux une sorte de sabir, mélange d'anglais et de français, et ils s'adressaient aux serviteurs en français. Jasmine les avait trop négligés, enfermée dans sa douleur à la suite de la perte du prince Henry, et elle reportait toute son affection sur son dernier-né, qui avait soufflé ses deux bougies à l'automne. L'enfant était affreusement gâté. Il était grand temps qu'il y ait de nouveau un homme à la maison, et dans le lit de Jasmine. Restait à l'en convaincre !

Adali trouva sa maîtresse en train de donner des ordres pour qu'on fît ses bagages.

— Nous serons partis avant que ma grand-mère ou le comte soient réveillés, Adali, annonça-t-elle. Peux-tu droguer leur vin, afin qu'ils dorment profondément ?

Adali fit signe aux deux caméristes de cesser de s'affairer.

— Vous abandonneriez vos enfants, madame ?

— Certainement pas ! s'écria-t-elle. Ils viennent avec nous. Comment peux-tu imaginer que je les laisserais ?

— Dans votre entêtement, ma princesse, vous désobéiriez au roi et priveriez vos enfants de leur héritage ? Une attitude aussi déraisonnable me rappelle votre frère Salim, le Grand Moghol Jahongir, dit posément Adali sans la quitter des yeux.

Jasmine n'en revenait pas ! Adali avait été à ses côtés toute sa vie, et elle le considérait comme son plus fidèle allié.

— Tu n'es tout de même pas en train de me dire que je dois épouser le comte de Glenkirk ?

— C'est un bon parti, ma princesse. Un homme riche, hautement apprécié par le roi James. Il est beau, et vous avez eu l'occasion de passer une nuit avec lui, il y a bien des années. Je ne me souviens pas que vous l'ayez trouvé piètre amant, à l'époque. En outre, il aime vos enfants, et il veut des fils. Que vous faut-il de plus, ma princesse ? Les femmes de votre rang ne se marient pas sur un coup de tête et, sans un époux puissant, vous n'avez plus qu'à vous asseoir dans un fauteuil en attendant que la vieillesse vous rattrape.

— Mes deux maris ont péri de mort violente, rétorqua Jasmine, et le prince Henry est décédé fort jeune. Le comte de Glenkirk ferait mieux de réfléchir à deux fois avant de se marier avec une femme comme moi. Peut-être mon frère m'a-t-il maudite de loin. De plus, James Leslie n'éprouve plus aucun amour pour moi. Il ne m'épouse que pour plaire au roi. À son regard, je dirais même qu'il me déteste, Adali.

— Alors peu importe qu'il lui arrive malheur, comme à Jamal Khan ou à Rowan Lindley, la raisonna le serviteur. Au moins aurez-vous regagné les faveurs du roi pour vous et vos enfants. Si votre frère vous a en effet maudite, et que les hommes auxquels vous vous donnez périssent, lord Leslie n'échappera pas à la malédiction moghole. Quel meilleur moyen de vous débarrasser de lui ?

— Tu ne crois pas un instant que je sois maudite, n'est-ce pas ? s'irrita Jasmine. Vous voilà maintenant tous contre moi. Même ma grand-mère. Elle est du côté du comte, c'est pourquoi j'ai décidé de m'enfuir cette nuit. Après, je n'en aurai plus l'occasion.

— Vous placez une fois de plus votre intérêt personnel avant celui de vos enfants, la réprimanda Adali avec fermeté. Vous êtes restée seule trop longtemps, ma princesse. Vous devez revenir dans le monde, et vos enfants avec vous. Je ne vous aiderai pas à vous sauver, cette fois. Rohana et Toramalli non plus. D'ailleurs, où iriez-vous ? Vous serez interdite de séjour en Angleterre, en Écosse, dans votre domaine irlandais. Vous êtes parvenue à vous cacher en France grâce à vos relations, mais si maîtresse Skye proteste, la France vous sera fermée à son tour. Et puis les guerres de religion ont commencé, ici. Ce n'est pas un pays sûr. Alors ? Vous savez comme moi que vous ne pouvez retourner en Inde, chez votre frère. La seule place convenable pour vous, ma princesse, est auprès de votre mari.

Le ton de l'eunuque était sans réplique et, pour la première fois de sa vie, Jasmine n'avait d'autre solution que celle qu'il lui proposait.

— Puis-je dire à lord Leslie que vous allez le rejoindre à table ? insista doucement Adali.

Elle avait fort envie de refuser, mais elle avait faim, et l'idée de se glisser aux cuisines pour voler quelque nourriture lui était intolérable ! D'ailleurs en vertu de quoi se laisserait-elle chasser de sa propre salle à

manger ? James Leslie était arrogant, autoritaire, mais, par le Ciel, il ne la priverait pas de souper !

— Je dois me changer, dit-elle, royale. Informe ma grand-mère que je ne tarderai pas à descendre.

Adali cacha soigneusement sa satisfaction. Il ne faudrait certainement pas longtemps à Jasmine pour inventer un autre stratagème afin d'éviter de remplir son devoir, mais il s'en occuperait le moment venu.

— Ma maîtresse arrive tout de suite, monseigneur, annonça-t-il en entrant dans la salle à manger. Elle se change.

— Bien joué, Adali, le complimenta Skye. Elle était en train de faire ses malles ?

— Oui, madame. Mais je lui ai démontré qu'il n'y avait aucun endroit où elle pourrait se cacher. Sa place est avec son mari, pour son bien et celui de ses enfants.

Adali s'inclina devant la vieille dame et entreprit de superviser le service du repas.

James Leslie l'observait, sceptique.

— Il lui est d'une fidélité à toute épreuve, dit Skye en réponse à sa question informulée, mais il œuvre dans son intérêt même quand elle n'est pas de son avis. Si vous vous comportez bien vis-à-vis d'elle, il sera le meilleur de vos alliés, monseigneur. Rappelez-vous, un roi fort puissant lui a accordé sa confiance.

Le comte acquiesçait quand Jasmine fit son entrée. Il en oublia presque sa colère. Elle était si belle, dans sa robe de velours bordeaux, ses cheveux relevés en chignon ! Il se leva, s'inclina sur sa main et lui approcha une chaise à côté de lui. Elle le remercia d'un bref signe de tête.

— Tu es ravissante, ma chérie ! s'écria Skye. L'image même de la mode.

— La mode n'a donc pas changé, pendant tout ce temps ? Quel dommage ! J'espérais que votre Bonnie me confectionnerait une nouvelle garde-robe, grand-maman.

— Vous aurez tout ce que vous désirez, madame, promit le comte. Ma bourse est bien garnie, vous ne l'ignorez point.

— Si j'ai envie de nouvelles toilettes, monseigneur, rétorqua Jasmine, méprisante, j'ai largement les moyens de me les offrir moi-même. Je suis beaucoup plus riche que vous. Nous ferions mieux de régler le sujet tout de suite. Le roi nous a ordonné de nous marier mais, tant que je n'ai pas accepté, il n'y aura pas de noce. Mettons-nous bien d'accord : je vous apporterai une belle dot, pourtant la majeure partie de ma fortune restera mienne. Si cela ne vous convient pas, je ne serai jamais votre femme.

Voilà qui allait porter un rude coup à son orgueil d'Écossais !

— Certainement, chère Jasmine, dit le comte, conciliant. Vous ne serez pas privée de vos biens. Ma propre mère ainsi que la vôtre, j'en suis certain, avaient de tels arrangements dans leurs contrats de mariage. Je suggérerais volontiers que nous le fassions rédiger sur-le-champ, mais je ne suis pas certain qu'un acte dressé par un homme de loi français soit valable en Angleterre. Nous serons donc obligés d'attendre d'être rentrés dans notre pays.

— Tant que les formalités ne seront pas rédigées et signées selon mon gré, il n'y aura rien entre nous, monseigneur.

— Bien évidemment, madame.

Skye attaqua une cuisse de lapin avec un bel appétit en écoutant sa petite-fille et Glenkirk discuter. James Leslie avait suivi son conseil, il agissait en douceur, mais Jasmine lui menait la vie dure. Pourquoi le traite-t-elle en ennemi ? se demandait la vieille dame. Elle-même, avec vingt ans de moins et célibataire…

— Je suis on ne peut plus sérieuse, James Leslie ! aboyait Jasmine.

— J'en suis bien conscient, madame.

— Alors nous ferions mieux de partir pour l'Angleterre dès demain.

— Non, madame. Pas avant une semaine. Votre grand-mère a besoin de repos, et je pense qu'il est souhaitable que nous refassions connaissance en terrain neutre, vous et moi.

— Vraiment ? Et que vous faut-il donc savoir de plus ? Je suis belle, je suis riche et de sang royal. J'ai eu deux maris ainsi qu'un amant princier. Je suis la mère de quatre enfants, et vous m'avez trouvée agréable au lit, il y a plusieurs années de cela. Quoi d'autre ?

— Vous êtes tout cela, madame, répondit-il froidement, pourtant j'aimerais découvrir si, derrière la chipie orgueilleuse et cruelle que vous êtes devenue, il reste encore la trace de la charmante jeune femme que j'avais rencontrée... chère Jasmine.

Skye s'étrangla avec une gorgée de vin.

— Espèce de sale Écossais arrogant ! pesta Jasmine. Comment osez-vous me parler sur ce ton ?

— Je vous retourne la question, madame : comment osez-vous parler sur ce ton à votre futur époux ?

— De retour en Angleterre, je supplierai le roi de changer d'avis.

— Et moi je le prierai de n'en rien faire, et il n'en fera rien. Si vous tentez de le fléchir, vous ne réussirez qu'à l'irriter. Le roi n'aime pas qu'un de ses sujets, en particulier quand il s'agit d'une femme, discute ses décisions. Il ne s'agit pas de vous, Jasmine, ni de moi, mais du petit-fils aîné de James, Charles Frederick Stuart. Il a beau être né hors mariage, il est de sang royal, or les Stuart ne se dérobent pas devant leurs responsabilités.

— Je n'ai pas besoin d'un mari pour élever mes enfants ! s'indigna Jasmine.

— Néanmoins, le roi tient à ce que vous en ayez un. Et il sait que je suis honnête, que je ne vais pas utiliser son petit-fils à des fins personnelles, comme d'autres seraient tentés de le faire.

— Goujat prétentieux ! grinça-t-elle.

— Mégère vicieuse ! rétorqua-t-il.

— Brute !

— Chipie !

— Ça suffit ! cria Skye de toute la puissance de sa voix. Vous vous disputez comme deux gamins. Cessez immédiatement !

Elle tourna vers sa petite-fille un visage sévère.

— Le roi t'a ordonné d'épouser cet homme. Il est beau, il est assez riche pour ne pas convoiter ta for-tune, il est respectable. Et j'approuve sa demande en mariage, ce qui, dans notre famille, a plus de poids qu'un décret royal. Aussi épouseras-tu le comte de Glenkirk, ma chère enfant. J'aurais aimé que tu prennes la décision toi-même, hélas, les circonstances ne le permettent pas. Quant à vous, James Leslie, vous traiterez ma petite-fille avec dignité et considération. J'espère que vous finirez par vous porter un amour mutuel, car c'est la garantie d'un mariage réussi, mais si vous n'y parvenez pas, tâchez au moins de vous respecter l'un l'autre et d'honorer le nom de Leslie.

Elle se leva de table.

— Je suis âgée, et épuisée par le voyage. Adali ! Conduis-moi à ma chambre avant que je ne tombe raide morte.

Elle quitta la pièce au bras du serviteur sans ajouter un mot.

James Leslie, pensif, but une gorgée de vin.

— Si vous le désirez, nous pouvons rester en France jusqu'au printemps, afin d'apprendre à mieux nous connaître, madame. La mer est incertaine, à cette époque de l'année.

— Ce serait peut-être souhaitable, en effet, et les enfants se familiariseraient avec vous, monseigneur. D'ailleurs, je trouve ma grand-mère très lasse. La mort de grand-père a été pour elle une rude épreuve, et puis

quitter sa demeure, venir jusqu'ici dans des conditions difficiles... Peut-être en mai ?

— Je pensais au 1er avril, dit-il doucement.

— Vous plaisantez !

Elle se rappelait comment elle l'avait persuadé de la laisser seule jusqu'au 1er avril, presque deux ans plus tôt, date à laquelle, avait-elle promis, elle déciderait du jour de leurs noces. Mais quand il était arrivé à Queen's Malvern, elle s'était volatilisée avec ses enfants.

— Remerciez-moi, madame, de ne pas fixer notre mariage à cette date, répondit-il, sombre.

Elle était soudain glacée.

— Me haïssez-vous à ce point, monseigneur ?

Elle comprenait toute la portée de ses actes. Pourtant elle avait seulement voulu se donner un peu de temps, le temps de pleurer son doux prince, malgré les exigences du roi. D'ailleurs James avait dit lui-même qu'il ne la bousculerait pas, mais elle n'était pas en état de l'entendre, à cette époque.

— J'ignore ce que j'éprouve pour vous, madame, répondit-il. Autrefois, j'étais subjugué par votre beauté, par votre passion. Je croyais vous aimer. Cependant votre arrogance vous a montrée sous un autre jour, et je ne sais plus si je peux encore vous aimer, mais nous devons apprendre à vivre ensemble dans l'intérêt de vos enfants et de ceux que nous aurons ensemble. Notre maison sera, j'y tiens absolument, un havre de paix.

— Nous n'aurons pas d'enfants, James Leslie, sauf si ce sont des enfants de l'amour. Je ne suis pas une jument destinée à la reproduction. Je serai votre épouse, jamais vous n'aurez honte de moi, je dirigerai votre maison, je me tiendrai à votre côté, mais je ne porterai aucun enfant qui n'ait été conçu dans l'amour.

— Quelle noblesse d'âme, madame ! répliqua-t-il, sarcastique. Vous avez donné trois enfants à Westleigh, et encore votre famille a-t-elle dû arranger le

mariage pour vous épargner les conséquences de votre débauche. Aimiez-vous vraiment Rowan Lindley ?

— Oui !

Jasmine eut un petit rire amer.

— Ma débauche, comme vous dites, n'était que le résultat de votre désir, monseigneur. Je me rappelle parfaitement cette Nuit des Rois, où vous m'avez séduite. Je vous ai laissé faire, car nous étions tous les deux sans compagnon. Si ma sœur Sybilla ne nous avait découverts, provoquant un scandale, nous aurions tous les deux oublié cet incident et serions repartis chacun de notre côté, comme d'ailleurs nous l'avons fait.

Il lui saisit le poignet.

— Jamais je n'aurais oublié cette rencontre de hasard, madame ! Vous étiez la femme la plus belle, la plus séduisante que j'aie jamais connue. Mais je n'ai pas oublié non plus la façon dont vous m'avez ridiculisé aux yeux de la Cour en vous enfuyant il y a deux ans. Vous croyez-vous, avec votre sang moghol, plus orgueilleuse, ou plus susceptible que moi ? Que connaissez-vous vraiment de moi, Jasmine ?

— Rien, avoua-t-elle doucement en dénouant les doigts qui enserraient son poignet.

— Eh bien, laissez-moi vous raconter. Il y a de cela fort longtemps, sous le règne du roi Malcolm et de la sainte reine Margaret, mon ancêtre, Angus Leslie, seigneur de Glenkirk, épousa la sœur de la reine, Christina. Les deux sœurs étaient les filles de l'héritier à la couronne d'Angleterre, mais celui-ci mourut avant le roi Edward, et leur frère devait lui succéder sur le trône, quand Harold Godwinson usurpa sa place, puis Guillaume le Conquérant envahit le pays. La mère de ces deux sœurs était Agatha, une princesse hongroise. Mon arrière-grand-père, Charles Leslie, était né Karim, prince de l'Empire ottoman, fils du sultan Selim, frère du sultan Suleiman. Mon arrière-arrière-grand-mère,

Janet Leslie, était la première épouse du sultan Selim. J'ai au moins autant de sang bleu dans les veines que vous, Jasmine.

La jeune femme était surprise mais refusait de se laisser impressionner.

— Alors nous sommes vraiment bien assortis, James Leslie, même si nous sommes les seuls à le savoir, dit-elle en se levant. Il est tard, maintenant. Je vous accompagne à votre chambre.

Il la suivit dans le corridor en se demandant quel nouveau tour elle allait lui jouer. Pouvait-il faire confiance à la vieille comtesse de Lundy, ou était-elle simplement en train de l'endormir afin que Jasmine lui échappe de nouveau ? Non. Elle était rusée, mais honnête, il devait se fier à elle. D'ailleurs, il n'avait pas le choix, à moins de rester éveillé toute la nuit à guetter le moindre bruit. Mais combien de temps tiendrait-il avant de succomber au sommeil ? Il se demandait cependant s'il n'avait pas eu tort d'accorder un sursis à Jasmine, au lieu de convoquer un prêtre pour le lendemain matin, mettant ainsi un terme à toute velléité de fuite. Il secoua la tête. Mariage ou pas, si Jasmine de Marisco Lindley voulait le quitter, elle le ferait. Il lui restait deux possibilités : l'enfermer à double tour, ou essayer de gagner son amitié.

— Votre valet vous attend, dit Jasmine en s'arrêtant devant une porte en chêne. Bonne nuit, monseigneur.

Il lui baisa la main.

— Bonne nuit, madame.

Jasmine fit vivement volte-face. Le contact de ses lèvres s'attardait sur sa peau, troublant. Cet homme qu'elle devait épouser, cet homme avec qui elle avait passé une incroyable nuit d'amour presque dix ans auparavant, était en réalité un étranger pour elle. Depuis cette nuit-là, ils s'étaient brièvement croisés à la Cour mais elle n'avait pas eu envie de le revoir davantage. Elle ne le comprenait pas, elle avait même un peu peur de lui, ce qu'elle n'avouerait jamais à per-

sonne, et surtout pas à James Leslie ! Ce n'était pas un homme qu'elle pourrait manipuler ni convaincre de faire ses quatre volontés. Il était dur comme le roc.

Elle l'avait humilié, offensé, défié. Malgré tout, il obéirait au roi, il l'épouserait.

Elle frissonna. Il était dangereux, et, si elle ne trouvait pas un moyen de l'apprivoiser, la vie serait intenable.

Jasmine pénétra dans la chambre où ses caméristes l'attendaient. Sa grand-mère saurait comment agir. Dès le lendemain, elle parlerait à la vieille dame, et celle-ci la conseillerait, lui donnerait les clés pour découvrir les faiblesses de James Leslie, pour atteindre son cœur. Si toutefois il en possédait un.

3

Jasmine s'éveilla au léger bruit du grésil contre les vitres. Un jour gris filtrait pas la fente des rideaux, mais un grand feu joyeux crépitait dans la cheminée. Elle s'étira entre ses draps lavande. Quelle merveille de se prélasser dans le grand lit de chêne que son grand-père avait fait fabriquer exprès pour cette chambre ! Les tentures brodées, quand on les fermait, offraient un refuge idéal contre tous les ennuis du monde. D'ailleurs, elle n'avait pas d'ennuis.

Oh, si, elle en avait ! se rappela-t-elle brusquement. Ils s'étaient matérialisés la veille en la personne de James Leslie, comte de Glenkirk, l'homme que le roi avait nommé tuteur de ses quatre enfants, l'homme qu'il voulait la voir épouser, l'homme qu'elle s'était acharnée à fuir.

Les tempes douloureuses, elle se laissa retomber sur ses oreillers. Il fallait qu'elle réfléchisse, qu'elle parle avec Skye. La journée s'annonçait plutôt difficile !

La porte s'ouvrit sur ses deux caméristes, Rohana en tête portant un plateau avec une théière et une tasse de porcelaine dépourvue d'anse qu'elle vint poser sur la table de chevet de sa maîtresse. Jasmine huma avec plaisir la boisson ambrée, épicée de clous de girofle, avant d'en avaler une gorgée.

À l'opposé de la chambre, Toramalli choisissait ses vêtements : jupe de velours noir et corsage de brocart argent et blanc, ainsi que les dessous, des bas de soie, de simples mules de velours et quelques bijoux.

Rohana alla s'occuper du bain dans la pièce attenante que Jasmine avait transformée en cabinet de toilette quand elle avait élu domicile à Belles-Fleurs. On y avait installé une pompe, et l'eau était chauffée dans une petite cheminée.

Jasmine se leva et sentit avec joie le doux parfum de l'huile de jasmin que l'on versait dans son bain.

— Les enfants sont-ils réveillés ? demanda-t-elle.

— Ils sont déjà en bas, répondit Rohana en l'aidant à enjamber le rebord de la baignoire. Les nurses savaient que lord Leslie était là, et elles ont habillé les enfants convenablement.

— Il ne faut pas que je m'attarde, dit Jasmine. Je serais une bien piètre hôtesse si je ne descendais pas rapidement. Ma grand-mère est-elle debout ?

— Maîtresse Skye a décidé de faire la grasse matinée, annonça Toramalli. Sa vieille servante est venue en avertir lord Leslie et chercher un plateau de petit déjeuner.

Jasmine procéda vivement à sa toilette. Elle avait du mal à tenir en place pendant que Rohana la coiffait. Enfin elle passa un rang de perles à son cou, accrocha de grosses perles baroques à ses oreilles et se hâta de descendre dans la pièce commune.

Elle s'arrêta près de la porte en entendant les voix excitées de ses enfants.

James Leslie, vêtu de velours noir, ses cheveux peignés en arrière balayant le col de la chemise à jabot, était assis près de la cheminée dans un fauteuil à haut dossier.

— Bravo, Henry, disait-il au petit marquis de Westleigh. Ton salut s'améliore. Tu ne feras honte ni à ta mère ni à moi lorsque tu seras présenté au roi et que tu lui jureras fidélité et allégeance pour toi et le domaine de Cadby. Rappelle-toi que l'on juge un gentleman sur sa réputation, qui le précède, et ensuite sur ses bonnes manières.

— Et sur sa fortune ? intervint hardiment lady India Lindley.

James Leslie réprima un sourire.

— Cela ne regarde personne, chère India, même si tout le monde s'interroge quand un homme séduisant et intéressant comme le deviendra ton frère se présente à la Cour.

— Nous apprendrez-vous aussi à faire la révérence ? insista la petite fille.

— Votre mère veillera à ce que vos manières soient plus raffinées avant notre retour en Angleterre, répondit le comte. Je lui en parlerai.

— Vous devez toujours épouser maman ? s'enquit Henry.

— Oui. C'est un ordre du roi.

— Et vous aimez maman ? demanda India. Notre père l'aimait beaucoup, et elle l'aimait aussi. Je regrette que cet Irlandais l'ait tué. Il me manque horriblement.

— Je suis surpris que tu te le rappelles. Tu étais toute petite, quand il est mort.

— Je me souviens d'un homme grand, fort, blond, qui me faisait sauter sur ses genoux, m'embrassait et me chatouillait, dit la petite fille. Henry, lui, n'en a aucun souvenir. Mais maman nous parle souvent de lui.

Brusquement, Feathers, l'épagneul de la famille, se mit à aboyer et se précipita vers Jasmine sur laquelle il sauta jusqu'à ce qu'elle le prenne dans ses bras.

— Chut, petit monstre ! dit-elle gentiment. Bonjour, mes chéris. Je vois que vous avez déjà salué notre invité. Bonjour, monseigneur.

James Leslie se leva pour lui baiser la main.

— Bonjour, madame. J'espère que vous avez passé une bonne nuit.

Il l'accompagna à la table où les domestiques disposaient le premier repas de la journée.

— Venez, les enfants. Vous pouvez prendre le petit déjeuner avec nous, aujourd'hui.

Lady Fortune Lindley, âgée de quatre ans et demi, s'approcha de sa mère et lui tira la jupe.

— C'est mon papa ?

James Leslie répondit aussitôt :

— Non, petite. Tu as le même père que ton frère et ta sœur. Mais je serai un père pour toi, si tu le souhaites. Pour vous tous.

— Vous n'avez pas d'enfants à vous ? demanda India.

James Leslie se rembrunit.

— J'en ai eu.

— India ! protesta Jasmine.

Mais la petite fille ne se laissa pas intimider.

— Où sont-ils ? poursuivit-elle. Ils viendront jouer avec nous, quand vous serez aussi notre père ?

— Mes enfants, jeune fille, sont au ciel avec leur maman, et ton papa. Ils sont partis depuis longtemps, si longtemps que j'ai du mal à me rappeler leurs visages, ajouta-t-il à voix basse.

Il aida Jasmine à s'asseoir, puis les deux petites filles.

— Dorénavant, Henry, lorsque tu auras le privilège de prendre tes repas avec nous, tu offriras de cette manière un siège à ta mère, dit-il, changeant délibérément de sujet de conversation.

— Oui, monsieur.

Jasmine était surprise. Elle ne s'était pas rendu compte tout de suite que les enfants parlaient anglais. Non seulement à lord Leslie, mais aussi entre eux. Ils étaient correctement habillés et chaussés, ils faisaient montre d'une bonne éducation. Elle ne les avait pas vus aussi civilisés depuis des mois.

— Il va falloir améliorer leur tenue en société, dit le comte, avant de conseiller gentiment aux petits de se passer le pain au lieu de se le lancer à travers la table.

Jasmine avait envie de rire, mais elle n'en revenait pas que ses enfants acceptent aussi bien l'autorité de James Leslie. En fait, elle en était presque jalouse, même si elle reconnaissait qu'une bonne entente entre eux et leur futur beau-père était une

bénédiction. En outre, il avait une excellente influence sur eux, à en juger par leur attitude. À contrecœur, elle s'avouait qu'une présence masculine ne leur ferait pas de mal. Distraitement, elle donna un morceau de jambon à son petit chien, qui lui lécha les doigts.

— Il est plutôt gâté, me semble-t-il, fit remarquer le comte.

— Rowan me l'a offert pour mes dix-huit ans alors que ce n'était qu'un chiot, répondit Jasmine. Mon véritable cadeau d'anniversaire était Maguire's Ford et les terres qui s'y rattachent. Je me rappelle que oncle Padraic était fou de rage que Rowan l'ait obtenu pour moi. Sur le moment, je m'en moquais, mais maintenant je préférerais qu'il ne m'ait donné que Feathers.

Pensive, elle grattait la tête du petit animal.

— Vous n'êtes jamais retournée en Irlande ?

— Non. Le fils du précédent propriétaire, Rory Maguire, est mon régisseur. Les catholiques et les protestants semblent vivre en bonne entente, et j'y élève des chevaux. Ou, plutôt, Rory s'en occupe pour moi. Je donnerai sans doute ce domaine à Fortune, un jour ou l'autre, puisqu'elle y est née. Ce sera une belle dot, ne croyez-vous pas ?

— Peut-être. Nous avons à parler, madame.

— Je vous en prie, pas devant les enfants, monseigneur, dit Jasmine, une prière dans les yeux. Nous avons la fâcheuse manie de nous disputer, et je ne tiens pas à ce que les petits assistent à une scène.

— Vous avez raison, madame. Ne mêlons pas les enfants à nos problèmes. Néanmoins, il faut que nous parvenions à résoudre nos différends, dans leur propre intérêt.

Il la fixait froidement, et elle affronta son regard.

— Ne vaudrait-il pas mieux renouer connaissance, monseigneur, avant d'aborder les choses sérieuses ?

En outre, j'aimerais avoir l'opinion de ma grand-mère.

James Leslie goûta une bouchée d'œufs en meurette qu'il trouva délicieux. Jasmine avait-elle engagé un cuisinier, ou ce dernier était-il attaché au château ?

— La dernière fois que vous avez demandé l'avis de votre grand-mère, madame, vous vous êtes enfuie d'Angleterre. Je ne suis pas certain qu'elle soit de bon conseil.

— L'idée de partir ne venait pas d'elle mais de moi, répondit posément Jasmine, et elle ne m'y a autorisée que parce que j'avais promis de revenir à la fin de l'été. Ne la rendez pas responsable de mes fautes, s'il vous plaît. Me prenez-vous pour une bécasse incapable de réfléchir aux conséquences de ses actes ? C'est vexant, monseigneur.

— Et comment suggérez-vous que nous renouions connaissance, madame ?

Le ton était neutre, mais le regard était moqueur, plein de défi.

Jasmine luttait pour garder son calme devant les enfants alors qu'elle mourait d'envie de le gifler.

— Je pensais par exemple que nous pourrions aller voir le fils du prince Henry, quand vous aurez fini de manger, dit-elle, ignorant résolument l'étincelle qui pétillait dans les yeux verts du comte.

Celui-ci ravala un petit rire. Ainsi, elle refusait de mordre à l'hameçon ? Il ne savait pas grand-chose d'elle, finalement, et l'idée de rester quelque temps en France afin de remédier à cet état de fait commençait à lui plaire. Il avala une gorgée de cidre avant de demander :

— L'enfant se porte-t-il bien, madame ?

— Tous mes enfants sont bien portants, monseigneur. Je tiens ma grand-mère régulièrement au courant de leur état de santé, et elle en informe la reine. Je ne veux pas que les parents du prince s'inquiètent

pour son fils, particulièrement après le chagrin que leur a causé le scandale concernant Robert Carr et son épouse.

James Leslie allait répliquer lorsqu'il vit Henry se diriger vers la porte.

— Où vas-tu, jeune homme ? le rappela-t-il.

Henry se retourna.

— J'ai fini de manger, monsieur.

— Tu as quitté la table sans en demander l'autorisation à ta mère, le réprimanda vertement le comte. Reviens immédiatement, et à l'avenir j'entends que tu n'oublies pas cette règle élémentaire de courtoisie.

Henry revint s'incliner poliment devant sa mère.

— Puis-je me retirer, madame ? Le repas était délicieux.

— Tu peux, Henry. Où vas-tu ?

— À l'écurie, madame. Il faut que je m'occupe de mon poney.

— Apporte-lui donc une pomme, dit Jasmine avec un sourire.

— Merci.

L'enfant s'inclina de nouveau avant de partir au triple galop.

India et Fortune se levèrent à leur tour.

— Nous pouvons sortir, nous aussi, maman ? demanda l'aînée.

Jasmine acquiesça.

— Allez dire à votre arrière-grand-mère que je viens la voir dans un moment.

— Oui, maman.

Les deux petites filles firent la révérence.

— Vous n'avez pas besoin de mes leçons pour apprendre la révérence, les complimenta Jasmine. Vous y réussissez à merveille, toutes les deux.

Les enfants, ravies, sortirent à leur tour de la salle commune.

— Vos enfants vous aiment, constata le comte.

Jasmine ouvrit de grands yeux.

— Pourquoi en serait-il autrement ?

— Beaucoup de mères, dans notre milieu, ne sont guère maternelles. Elles préfèrent passer leur temps à la Cour et s'occuper de leurs propres plaisirs plutôt que d'élever elles-mêmes leurs enfants, tâche qu'elles confient aux domestiques.

— Ce n'était pas le cas de la mienne. Ma mère était une princesse moghole et, bien qu'elle ait eu une armée de serviteurs, jamais la begum Rugaiya ne m'a négligée. Je ne fais donc que suivre son exemple, et celui de mon autre mère, lady Gordon. On ne peut espérer que les enfants deviennent des adultes responsables si on ne les a pas élevés soi-même, monseigneur. Et si je laisse les miens en liberté ici, à Belles-Fleurs, je veillerai néanmoins à ce qu'ils soient éduqués dans les règles de façon à être à l'aise de retour en Angleterre. Cependant ils sont encore bien petits, et je tiens à ce qu'ils profitent de leur enfance sans être accablés de problèmes qui ne sont pas de leur âge... Si nous allions voir Charles Frederick, à présent ?

James Leslie était impressionné par son raisonnement et son sens des responsabilités. Les souvenirs qu'il gardait d'elle se résumaient à une folle nuit d'amour, à une brève rencontre à Whitehall quelques années auparavant, alors qu'elle était avec le prince Henry, à des promenades dans le jardin enneigé de ses grands-parents lorsque l'on envisageait son mariage avec la demi-sœur de Jasmine, Sybilla. Depuis, le temps avait passé et il se surprenait à avoir envie de faire plus ample connaissance avec elle...

Il la suivit à la nursery, domaine du petit-fils du roi.

L'enfant, avec ses boucles rousses et ses grands yeux bleus, était le portrait de son père. Son petit visage s'épanouit dès qu'il aperçut sa mère.

— Maman ! cria-t-il en tendant vers elle ses petits bras potelés.

Jasmine le prit contre elle, embrassa ses joues rebondies.

— Qui, lui ? demanda le petit en pointant le doigt vers James. Qui, maman ?

— « Qui est-ce », rectifia Jasmine. C'est lord Leslie, mon petit prince. Ton grand-père l'a désigné pour être mon mari, ton nouveau papa. Accueille-le comme je t'ai appris. Henry et tes sœurs lui ont déjà montré leurs bonnes manières, à ton tour maintenant.

Le garçonnet regarda James droit dans les yeux en lui tendant sa petite main.

— Comment va, monsieur ? gazouilla-t-il.

Un grand sourire découvrait ses quenottes très blanches, et une fois de plus James crut revoir le prince Henry Stuart. Son cœur se serra.

Il prit la petite main dans la sienne.

— Comment vas-tu, jeune duc ? Je suis très content de te rencontrer enfin.

— Jouer ballon ! s'écria le petit bonhomme en gigotant pour échapper aux bras de sa mère.

Une fois par terre, il courut chercher une boule de bois coloré.

— Jouer ballon ? répéta-t-il.

James s'assit en tailleur sur le tapis.

— D'accord, bonhomme. Nous allons jouer.

Le bébé fit rouler la balle en direction de James qui la bloqua et la lui renvoya.

— Eh bien, je vous laisse vous amuser tous les deux, dit Jasmine. Grand-mère doit s'impatienter.

Elle quitta la chambre, étonnée par l'attitude du comte, attendrie de voir l'homme et l'enfant assis l'un en face de l'autre et jouant à se renvoyer le ballon. Cet homme avait un cœur, au bout du compte, du moins quand il s'agissait d'enfants. Elle caressa la tête de l'épagneul qu'elle avait repris dans ses bras.

— Qu'en penses-tu, Feathers ? Est-ce un homme avec lequel je pourrai vivre ?

Le chien lui adressa un regard songeur.

Jasmine pénétra dans la chambre de sa grand-mère après avoir frappé un coup léger à la porte. Skye, confortablement installée dans son grand lit, avait les yeux fermés.

— Dort-elle ? demanda doucement Jasmine à la vieille Daisy.

— Je suis parfaitement éveillée, ma chérie ! affirma Skye. Et bien reposée. J'ai toujours merveilleusement dormi à Belles-Fleurs.

— Je voulais vous installer dans la chambre de maître, hier soir, mais Daisy a refusé.

— Elle a eu raison. Je n'ai pas besoin que l'on me rappelle ton grand-père, il est sans cesse et pour toujours dans mon cœur. Passer la nuit dans le grand lit qu'il avait commandé pour nous lors de notre mariage m'aurait bouleversée. Tandis que, dans cette chambre, je n'ai pas de souvenirs personnels. Certains enfants y ont dormi, mais je ne sais plus lesquels. C'était il y a si longtemps ! Adam et moi avons été heureux, dans cette demeure.

— Je suis bien triste, grand-maman, même si je ne vous l'ai pas dit hier soir. J'étais tellement surprise par votre arrivée, puis par celle de lord Leslie ! J'ai laissé mes problèmes personnels prendre le pas sur le reste. J'aurais dû me trouver à Queen's Malvern avec vous, avec grand-papa. Maintenant, je ne le verrai plus jamais...

— Moi non plus, dit doucement Skye. De tous mes maris, c'est celui que j'ai le plus aimé, ma chérie, mais ne le dis surtout à personne, tes oncles et tantes en auraient le cœur brisé.

— Je vous comprends. J'ai aimé mon premier mari, Jamal, pourtant j'aimais plus encore Rowan Lindley.

La jeune femme grimpa sur le lit près de sa grand-mère.

— Que vais-je faire, au sujet de lord Leslie ? demanda-t-elle. Oh, je sais, je dois l'épouser, et ce matin il s'est

montré gentil et patient envers les enfants. Mais comment me comporter avec lui ? Il est tellement arrogant ! Savez-vous qu'il a prétendu descendre d'un sultan ottoman, et avoir autant de sang bleu que moi dans les veines. Est-ce vrai ?

— Je me posais justement des questions sur son hérédité, dit Skye, que cette révélation intriguait. Il est écossais, de toute évidence, mais il y a ces yeux verts en amande… Un peu de sang tartare, sûrement. Intéressant ! Quant à ce que tu dois faire avec lui, ma chère enfant, puisque tu es obligée de l'épouser, je suppose qu'il ne te reste plus qu'à le séduire.

— Il est donc impensable que le roi change d'avis ?

— Absolument. James est tout aussi têtu que sa cousine, la défunte Elizabeth Tudor, et à la vérité, Jasmine, il te faut un mari. J'aurais été heureuse que tu le choisisses toi-même, cette fois, hélas il n'en est pas ainsi. Tu épouseras James Leslie, et plus vite tu auras apaisé son orgueil blessé, mieux ce sera. J'ai peut-être une idée…

— De quoi s'agit-il ? demanda Jasmine, curieuse.

— Il me semble que le comte et toi pourriez vous passer de l'encombrante présence d'une vieille dame et de quatre enfants. Dans une ou deux semaines, j'emmènerai mes arrière-petits-enfants rendre visite à la famille à Archambault, puis nous irons à Paris. L'hiver sera alors presque terminé, et je rentrerai avec eux en Angleterre. Ainsi James et toi serez libres de revenir quand vous le souhaiterez, vous aurez tout le temps voulu pour faire plus ample connaissance. Et votre mariage sera un heureux événement. J'aimerais que la cérémonie ait lieu à Queen's Malvern. J'en avertirai le comte.

— Il tient à ce que nous soyons unis devant toute la Cour, marmonna Jasmine.

— C'est une réaction dictée par la colère. Si je décide que la cérémonie aura lieu à Queen's Malvern, il ne discutera pas.

Jasmine ne put s'empêcher d'éclater de rire devant le ton sans réplique de la vieille dame :

— Aucun homme ne saurait vous résister, grand-maman ! Dieu, que j'aimerais vous ressembler !

— Tu me ressembles beaucoup trop, je le crains, dit Skye en souriant. J'espère que tu t'assagiras plus tôt que moi. Quand je repense à ma vie, avec toutes ces aventures abracadabrantes, je m'étonne d'être encore là pour en parler !

Jasmine leva les yeux vers sa grand-mère.

— Ne me quittez jamais, dit-elle très doucement.

Skye lui tapota la main.

— Un jour, je partirai. Mais pas tout de suite, ma chérie. Et même quand mon vieux corps fatigué aura abandonné mon âme, je serai encore avec toi. Il te suffira de penser à moi, et je serai là pour te parler à l'oreille.

Elle eut un petit rire.

— Il y a tout de même du bon, dans ce mariage, reprit-elle. Tu n'auras pas à changer ton monogramme. Lindley et Leslie commencent par la même lettre !

— Vous êtes extraordinaire ! pouffa Jasmine.

— C'est vrai, petite, et tu n'es pas la première à me le dire. Oh, non, tu n'es certes pas la première !

— Effrontée quand elle était jeune, effrontée encore maintenant ! intervint sa dame d'atours, Daisy. Eh bien, madame, allez-vous paresser toute la journée au lit, ou puis-je préparer votre bain ?

— Un bain, vieille chipie ! rétorqua Skye à sa servante et amie. Où est notre homme, Jasmine ?

— Il joue à la balle avec Charlie dans la nursery. Il est étonnant, avec les enfants. Ce matin, je l'ai vu enseigner à Henry comment on salue à la Cour, et les filles paraissent sous le charme. Combien a-t-il eu d'enfants, et comment les a-t-il perdus ? Vous savez, grand-maman, c'était la première fois que je le voyais s'attendrir. Autrement, il est dur.

— Tu ne peux pas compter sur les enfants pour l'amadouer. Un jour ils s'en iront, et vous resterez tous les deux sans rien à vous dire, s'il n'y a rien de plus entre vous. Quant à son histoire, je me rappelle qu'il était marié à une cousine, une Gordon, je crois. Ils avaient deux fils, et son épouse attendait un troisième enfant quand elle a emmené les petits pour une visite dans un couvent voisin. L'endroit a été attaqué par des fanatiques calvinistes qui ont violé, assassiné, incendié. La jeune comtesse et ses fils ont été tués en même temps que les religieuses. Le roi a ordonné que l'on pende les mécréants, mais on ne les a jamais retrouvés. James Leslie en a beaucoup souffert, et je pense qu'il en souffre encore.

— Il ne s'est jamais remarié...

— Sa famille l'a certainement supplié de convoler de nouveau, car il y a déjà quinze ans que ce drame a eu lieu. Ses enfants seraient adultes, à présent. Quelle terrible tragédie !

— Quand le roi m'a ordonné pour la première fois de l'épouser, grand-maman, je me souviens que James Leslie m'a dit qu'il était venu à Greenwood vous demander la permission de me courtiser, après le petit scandale que nous avions causé quelques jours plus tôt. Il m'a dit aussi que vous l'aviez éconduit car vous aviez déjà arrangé mon mariage avec Rowan. Vous lui auriez dit qu'il valait mieux que j'ignore tout de sa visite. Est-ce la vérité ?

— Oui, répondit Skye sans hésiter. Le comte ne ment pas.

Jasmine soupira.

— J'ai été stupide, avoua-t-elle. Je n'aurais pas dû m'enfuir.

— Ne te reproche rien, mon enfant. Tu avais besoin de plus de temps que Leslie ne semblait disposé à t'en accorder. Ton erreur a été de rester absente trop longtemps, et je m'en sens responsable. Au lieu de m'amuser à t'aider dans ton jeu de cache-cache, j'aurais

mieux fait d'insister sagement pour que tu rentres en Angleterre. Mais ce qui est fait est fait, et nous n'y pouvons plus rien. Toutefois, il faut absolument que tu séduises James Leslie si tu veux te donner une chance d'être heureuse, et pour cela tu dois suivre mon plan. Alors, est-ce que j'emmène les enfants avec moi ?

— Restez encore un peu à Belles-Fleurs, grand-maman, puis nous ferons part de votre idée au comte comme si elle venait de nous traverser l'esprit. S'il n'est pas d'accord, nous serons obligées d'y renoncer.

— Or il risque de refuser si nous lui en parlons trop vite, approuva Skye. Il faudrait cependant que les enfants ne l'encombrent pas trop, avant notre départ. Je sais ! Nous allons leur trouver un précepteur et commencer les leçons. Ainsi ils seront bien occupés pendant que je t'aiderai à apprivoiser le comte. Ensuite, quand il sera prêt, j'emmènerai les enfants à Queen's Malvern. Dès que vous serez seuls, tu n'auras aucun mal à le faire succomber à ton charme, ma chérie, vous vous marierez et vous serez heureux, conclut-elle, triomphante. Ah, c'est merveilleux ! Tout cela me rend ma propre jeunesse !

Ne t'en mêle pas trop, petite fille !

Skye se raidit. Elle avait entendu sa voix. La voix d'Adam ! Ou l'avait-elle rêvée ?

— Grand-maman ! s'inquiéta Jasmine.

Skye se secoua.

— Ce n'est rien, dit-elle tout en se demandant si elle devenait folle.

Puis elle chassa cette impression et se concentra sur la conduite à tenir pour aider sa petite-fille préférée. Séduire un homme, gagner son cœur n'était guère difficile pour une femme aussi belle et intelligente que Jasmine. Presque trop facile, même ! Un rival ! Oui, il fallait un rival au comte. Rien de tel qu'un autre homme pour rendre un fiancé jaloux. Bien entendu, Jasmine ne serait pas au courant car,

si James Leslie devait tomber amoureux d'elle, elle aussi devait tomber amoureuse de lui.

L'homme serait très beau, un peu superficiel peut-être, et beaucoup moins austère que le comte. Jasmine n'était pas stupide, elle ne risquait pas de se laisser prendre au jeu pour un individu de moindre valeur. Et, afin qu'il soit tout à fait sûr qu'elle ne s'entiche pas de ce tiers, mieux valait qu'il soit marié ! Voilà ! Le plan était au point !

— File, maintenant, ma chérie ! déclara Skye avant de s'adresser à Daisy. Alors, il est prêt, ce bain, ou je dois attendre jusqu'à la Saint-Glinglin ?

Elle se leva avec une certaine peine.

— Dieu du Ciel, j'avais oublié combien ce château est humide ! Remets une bûche dans la cheminée, Daisy, je suis glacée !

— Vivement le retour en Angleterre ! grommela la camériste.

— Ce ne sera pas long, lui promit sa maîtresse. Une ou deux petites choses à régler, et nous prendrons la route.

— Vous avez un air... Je ne vous ai pas vu cette expression depuis au moins vingt ans !

— Quelle expression ? demanda innocemment Skye.

— Celle-là ! répondit Daisy sans se démonter. Sa Seigneurie serait de mon avis, ça oui ! J'ai toujours su que, dès qu'il nous aurait quittés, vous recommenceriez vos petites machinations. Enfin, pourquoi ne pouvez-vous pas vous tenir tranquille et jouir des années qui vous restent avec votre famille ?

— Je te survivrai, vieille grincheuse !

— Oui, sans doute. Et, quand je serai partie à mon tour, il n'y aura plus personne pour veiller sur vous.

— Je veux mon bain ! aboya Skye.

Daisy secouait la tête.

— Nous sommes toutes les deux trop âgées pour ces petits jeux.

— Toi peut-être, mais pas moi, rétorqua Skye. Je ne

vais tout de même pas me tourner les pouces sous prétexte que je suis une vieille dame, Daisy Kelly.

De nouveau la vieille servante secoua la tête. Il aurait peut-être été préférable de laisser cette souillon de Martha partir à sa place, finalement. Dieu seul savait comment cette histoire allait se terminer !

4

— Ma chère amie ! s'écria Alexandre de Saville en accueillant sa belle-sœur d'un baiser sur la joue. J'ai pensé ne jamais vous revoir, car j'adore Archambault et je ne le quitte pratiquement plus, comme vous pour Queen's Malvern.

— Adam est mort, annonça Skye tout de go tandis que les domestiques la débarrassaient de sa pelisse.

Le visage du comte se décomposa.

— Mon Dieu ! Mais il n'était pas malade !

— Seulement âgé, Alexandre. Treize ans de plus que vous et dix de plus que moi.

Le comte la conduisit au salon où un bon feu brûlait dans la cheminée.

— Quand ?

Un valet apportait du vin.

— La Nuit des Rois. Non, il n'était pas malade, et il était entouré des siens. Il venait de rire d'une bonne plaisanterie, et puis il s'est éteint. Ce fut un choc pour nous tous… et pour lui sûrement plus encore, dit Skye avec une pointe d'humour.

— Une belle mort… Que Dieu prenne soin de l'âme de mon frère !

Alexandre de Saville baissa la tête, silencieux, tandis que Skye buvait quelques gorgées de l'excellent vin.

Quand le comte eut terminé sa prière, il releva la tête.

— C'est fort aimable à vous d'être venue nous annoncer ce décès en personne, mais je suppose que

ce n'est pas la seule raison de votre voyage en France. Vous êtes venue chercher Jasmine et les enfants ?

— Oui. Il est grand temps.

Skye expliqua à son beau-frère comment Leslie l'avait suivie jusqu'à Belles-Fleurs.

— Il a été amoureux d'elle, jadis, mais maintenant je ne sais plus, conclut-elle. En tout cas, il est affectueux avec les enfants, ce qui est un bon début.

— Mais ça ne suffit pas. Qu'allez-vous faire pour aider notre ravissante Jasmine ? Car vous allez faire quelque chose, c'est évident.

— Suis-je devenue tellement limpide, avec les années, Alexandre ? Vous avez raison, bien entendu. Je tiens à aider ma chère petite-fille. Si j'obtiens la permission de lord Leslie, j'aimerais vous amener les enfants en visite, avant de me rendre avec eux à Paris, puis à Londres. Ainsi Jasmine et son futur époux auront le temps de renouer connaissance et de régler leurs désaccords. Et, après mon départ, peut-être pourriez-vous les inviter à Archambault ? Qui sait ce qui sortira de leur période d'intimité ?

— Ah, l'amour ! soupira Alexandre. Je serai ravi de voir les enfants, ajouta-t-il, et Hélène également. Nous sommes arrière-grands-parents, nous aussi. Notre petit-fils, Philippe, le prochain comte de Cher, nous a donné un garçon qu'il a appelé Antoine, comme mon père. Il sera enchanté de voir ses cousins.

— J'ai été navrée d'apprendre la mort de votre fils, dit Skye.

— Satanées guerres de religion ! Mon fils n'avait rien à voir là-dedans, cependant il a été victime de cette folie alors qu'il revenait de Nantes. Sa femme ne lui a guère survécu, anéantie par le chagrin, et ils n'avaient qu'un enfant. Heureusement, Philippe n'a pas tardé à se marier. Il a deux enfants, et son épouse en attend un troisième. Il a le même âge que Jasmine, je crois. Sa femme et lui seront enchantés de la recevoir, ainsi que

lord Leslie. Quant à Hélène et moi, nous nous contenterons de nous réjouir du spectacle de la jeunesse. Il faut bien une compensation à notre grand âge, n'est-ce pas ?

— Il n'y en a pas beaucoup, plaisanta Skye. Mais où est Hélène ? Je ne peux pas m'en retourner à Belles-Fleurs sans l'avoir saluée.

— Venez, je vais vous mener à elle. Ses articulations s'élèvent contre le climat humide, et elle ne quitte guère ses appartements.

— Où étiez-vous, grand-maman ? demanda Jasmine lorsque Skye rentra au château.

La semaine avait été abominable. James Leslie et elle semblaient n'avoir comme intérêt commun que les enfants, et ne s'adressaient la parole que lorsqu'il était question de l'un d'eux. Par-dessus le marché, Skye avait disparu toute la journée, ce qui avait plongé sa petite-fille dans l'angoisse.

— Je me suis rendue à Archambault, répondit Skye en tendant sa pelisse de voyage à un serviteur.

Elle s'installa dans un fauteuil devant la cheminée et but avec plaisir le verre de vin qu'on lui offrait.

— Alors, monseigneur, poursuivit-elle en s'adressant à lord Leslie qui était assis de l'autre côté de l'âtre, avez-vous passé une bonne journée, Jasmine et vous ?

Il fixait les flammes d'un air sombre.

— Nous avons profité d'une éclaircie pour emmener les enfants dans le parc, marmonna-t-il.

— Mon beau-frère, le comte de Cher, a eu une merveilleuse idée, poursuivit la vieille dame sans se laisser perturber par le ton rébarbatif de Leslie. Il suggère que j'amène les enfants à Archambault, afin de vous laisser renouer connaissance en toute tranquillité. J'espère que vous nous le permettrez. Philippe, son petit-fils, est de la génération de Jasmine, et il a un garçon et une fille. Il serait bon que les enfants connaissent la branche française de leur famille. Qui sait ? Nous pour-

rions avoir une princesse française comme reine, un jour.

— Est-ce loin ?

— Une dizaine de kilomètres, répondit Skye avec entrain. Le comte Alexandre de Saville est le demi-frère d'Adam. Son fils est mort, aussi est-ce son petit-fils, Philippe, qui est l'héritier du titre. Ce sont des gens charmants.

— Et vous envisageriez une visite de combien de temps ?

— Une ou deux semaines, dit Skye en ignorant l'expression courroucée de sa petite-fille.

— J'y réfléchirai, madame.

— C'est absurde ! coupa Jasmine. Pourquoi faudrait-il que mes enfants connaissent leurs cousins ? Une fois rentrés en Angleterre, ils ne les verront plus jamais. Et puis Charlie n'est pas encore tout à fait sevré. Non, je ne peux pas les laisser partir, grand-maman.

— Ce n'est pas à moi de décider, ma chérie, rétorqua la vieille dame avec un petit signe de tête en direction du comte. Quant à Charles Frederick, il est grand temps de le sevrer. Il aura trois ans à l'automne ! Je n'ai jamais nourri aucun de mes enfants aussi longtemps. En ce qui concerne les relations entre cousins, on ne sait jamais ce qui peut se passer. Mieux vaut entretenir de bons rapports avec sa famille, fût-elle éloignée. Philippe est ton cousin, cela pourrait servir un jour. Mais je crois que le comte Leslie a également des parents sur le Continent ?

— En effet, madame, deux des oncles de mon père ont épousé des Françaises, et ils vivent à Fontainebleau.

— Tu vois ! triompha Skye. Le comte garde des liens avec sa famille française !

— Je ne veux pas me séparer de mes enfants, s'entêta Jasmine, une lueur rebelle dans ses yeux turquoise. Je suis leur mère, c'est à moi de décider.

— Non, madame, rectifia James Leslie. Je suis leur tuteur, et je pense qu'il serait bon pour eux d'aller rencontrer leurs cousins à Archambault. D'autre part, il faudrait que le jeune Charlie quitte un peu vos jupons et votre sein. Il a des dents pour se nourrir normalement, et vous allez en faire une poule mouillée si vous persistez dans cette voie.

— Oh ! s'écria Jasmine, outrée.

— Mes chers enfants ! intervint Skye afin de les calmer. Je ne souhaite pas que la proposition de mon beau-frère provoque une dispute entre vous. Sois un peu raisonnable, Jasmine. Voilà des mois que les petits sont enfermés à Belles-Fleurs avec toi. Ils ont besoin de bouger, de rencontrer d'autres enfants, et cela leur donnera l'occasion de mettre leurs bonnes manières en pratique avant de retourner à Londres, où ils devront tenir leur place dans la société. Un jour ou l'autre, il leur faudra se montrer à la Cour. Tu ne voudrais tout de même pas qu'ils y soient mal à l'aise ? Ils te le reprocheraient ! Or l'éducation s'apprend dès le plus jeune âge. Laisse-les m'accompagner à Archambault.

— Bon, céda Jasmine. Ce n'est pas très loin, après tout.

— En effet, roucoula Skye, et je ne les quitterai pas un instant. Je me réjouis d'ailleurs de cette escapade, car il y a bien longtemps que je n'ai pas vu la famille d'Adam. Quels merveilleux moments nous avons passés à Archambault, quand nous étions tous les deux jeunes et beaux !

Elle poussa un soupir à fendre l'âme, la main sur le cœur.

— N'en faites pas trop, madame, lui chuchota le comte à l'oreille.

Skye ne manifesta aucune surprise.

Eh bien, songea-t-elle, il est plus malin que je ne le croyais. Oui, j'ai raison d'éloigner les enfants et de forcer ces jeunes gens à régler leurs problèmes.

Pour Paris, on verrait un peu plus tard.

— Entendu, décida Jasmine. Mais pas avant une semaine. Il me faudra bien huit jours pour vérifier l'état de leurs vêtements et les préparer au voyage.

— Je suis de votre avis, madame, dit James Leslie avec un petit sourire.

— Vraiment ? s'étonna-t-elle.

— Nous ne pouvons pas toujours être en désaccord, répliqua-t-il, une étincelle au fond des yeux.

— Peut-être, murmura-t-elle sans bien savoir où il voulait en venir.

Il fallut dix jours à Jasmine pour estimer que ses enfants étaient prêts. Les domestiques avaient lavé, nettoyé, repassé, brossé les vêtements, au point que Skye craignait de voir les tissus partir en lambeaux. Les malles étaient enfin bouclées, et les nurses avaient été abreuvées de recommandations.

Skye finit par s'irriter.

— J'ai élevé sept enfants, ma petite-fille, et je serai avec les tiens tout le temps. Crois-moi, je sais comment m'occuper d'eux. Alors nous partirons demain, et je ne veux pas de discussion.

Le comte de Glenkirk réprima un sourire. Jasmine était tellement inquiète ! Pour sa part, il était persuadé que ce voyage était une idée de la vieille dame. Elle avait promis de l'aider et, s'il avait au début douté de sa bonne foi, il commençait à lui faire confiance. Elle emmenait les petits afin qu'il puisse rester seul avec leur mère, et il avait l'impression qu'ils ne reviendraient pas à Belles-Fleurs. Il rit intérieurement. Cette femme était une redoutable manipulatrice ! Et, cette fois, il était heureux de l'avoir comme alliée.

Au matin, le bras autour de l'épaule de Jasmine, il assista au départ de la grande dame et des enfants. On était à la fin février et l'atmosphère ensoleillée annonçait déjà le printemps. Jasmine renifla doucement.

— Ne pleurez pas, madame, lui dit-il gentiment, sinon vous allez troubler les enfants. Ils sont tout heureux de cette nouvelle aventure, ne la leur gâchez pas.

— Je n'ai jamais été séparée d'eux, murmura-t-elle en essayant de se dégager de son étreinte.

— Regardez comme ils se tiennent bien à cheval, madame, reprit-il afin de lui changer les idées. Est-ce vous qui leur avez appris à monter ?

— Oui. Mon père m'a enseigné l'équitation quand j'étais toute petite. Les femmes ne montent pas à cheval, aux Indes, mais ma mère le faisait, alors il a usé de cet argument pour m'apprendre. Quelle liberté j'avais, alors ! J'allais à la chasse au tigre avec mon père et mon frère, Salim, ce que mes sœurs n'ont jamais eu le droit de faire. Si tant est qu'elles en aient eu envie.

Elle agita la main en direction des voyageurs, et James lui fit faire demi-tour.

— Combien de sœurs aviez-vous ? demanda-t-il. Moi, j'en ai cinq et trois frères. Deux d'entre eux et trois de mes sœurs vivent en Écosse, les autres en Italie.

— J'étais la cadette de mon père, et les autres étaient déjà adultes quand je suis née. Deux de mes trois frères sont morts, et j'ai trois sœurs.

— Pourquoi avez-vous quitté les Indes ? demanda-t-il.

— Mon frère aîné, Salim, l'empereur moghol Jahangir, éprouvait à mon égard un amour incestueux. Il a tué mon premier mari, un prince du Cashmere, afin de s'ouvrir le chemin de mon lit. Mon père était mourant, et il savait que ma belle-mère serait incapable de me protéger quand il ne serait plus là, aussi m'a-t-il envoyée secrètement en Angleterre chez ma grand-mère de Marisco, avec qui il était resté plus ou moins en relation.

Jasmine eut un petit rire.

— Avant que je ne quitte son pays, mon père m'a appris que le prêtre qui s'occupait de mes études était en fait mon cousin. Ma grand-mère l'avait expédié auprès de moi pour avoir sans cesse de mes nouvelles, savoir si j'étais heureuse. Dieu la bénisse !

— Et votre frère n'a jamais su où vous étiez ?

— Je ne crois pas. Mon père avait monté un habile complot. Salim a pensé que j'étais partie enterrer le cœur de Jamal dans son pays. Mon père est décédé deux mois après mon départ et, quand Salim aurait eu la latitude de venir dans mon palais, c'était la fin de l'automne, le début des chutes de neige. Il n'avait aucun moyen d'apprendre avant le printemps que je n'étais pas au Cashmere. À ce moment-là, j'étais saine et sauve en Angleterre. Salim ne savait pas grand-chose sur ma mère anglaise et, quand bien même, qu'aurait-il pu faire ?

— Vous n'avez jamais eu envie d'y retourner ?

Jasmine réfléchit un instant.

— Non. Ma vie aux Indes était entièrement liée à mon père et à mon frère, à une époque où j'étais trop innocente pour comprendre la perversité de son affection, puis à mon mari, Jamal. Mon père et mon époux sont morts depuis longtemps, quant à Salim, j'espère qu'il m'a oubliée. Mon seul regret va à la begum Rugaiya, la mère qui m'a élevée. J'étais son seul enfant, et elle n'a pas la joie de connaître les miens, ses petits-enfants. C'est mon unique remords, et c'est pour cette raison que je ne pardonnerai jamais à mon frère de m'avoir obligée à partir.

Jasmine était visiblement bouleversée, et James Leslie eut envie de soulager sa peine.

— Demandons à la cuisinière de nous préparer un pique-nique, et sortons nos chevaux, madame. Il fait beau, et je suis sûr que vous connaissez de jolis endroits, dans la région.

Elle fut surprise de son offre, mais le mauvais temps les avait confinés au château depuis plusieurs mois et,

maintenant que les enfants étaient partis, elle pouvait bien s'accorder quelques plaisirs.

— C'est en effet une journée idéale pour une promenade, monseigneur, répondit-elle en chassant un vague sentiment de culpabilité.

La cuisinière, qui trouvait lord Leslie tout à fait charmant, mit dans le panier un poulet qu'elle venait de faire rôtir, une miche de pain fraîchement sortie du four, des asperges cultivées dans les serres du château, un morceau de Brie, deux belles pommes qu'elle fit briller avec un coin de son tablier, ainsi qu'une flasque de vin blanc. Le comte la regardait s'affairer, puis il prit le panier et lui baisa la main afin de la remercier. La brave femme s'empourpra et regarda sa main avec un émerveillement mêlé de respect.

Jasmine attendait James dans le hall, et il fut étonné de la trouver habillée comme un garçon, en culotte de cheval et chemise de batiste sur laquelle elle portait un gilet sans manche de peau lainée aux boutons de corne. Il haussa les sourcils. Sa propre mère s'habillait parfois ainsi.

— Vous montez à califourchon ?

— Je monte en amazone lorsque j'y suis obligée, répondit-elle, mais je préfère la manière des hommes. Avez-vous déjà essayé de galoper en jupe, une jambe passée sur le pommeau de la selle ? C'est à la fois inconfortable et bien peu naturel. Cela ne vous choque pas, j'espère ?

— Pas du tout, madame, répondit-il avec vivacité devant la lueur rebelle qui venait de s'allumer dans son regard. Je suis même d'accord avec vous.

Un petit sourire se dessina sur les lèvres de Jasmine.

— Alors, allons-y. Heureusement que vous avez votre propre monture, car je n'ai amené d'Angleterre que les chevaux de trait. Les écuries d'Archambault m'ont toutefois envoyé une adorable petite jument noire, agréable à monter mais presque trop docile. Si j'avais su que je

resterais si longtemps en France, j'aurais fait venir mon étalon.

— Je suis ravi que vous n'ayez pu le faire, car le mien a horreur des autres mâles.

— Dans ce cas, nous ferons écurie à part, monseigneur, dit Jasmine en riant, car je n'ai pas l'intention de me séparer de mon cheval.

— Nous avons tout le temps de discuter ce genre de détails, madame, dit le comte.

— Il n'y a pas là matière à discussion ! déclara-t-elle d'un ton ferme avant de se diriger vers la cour où les attendaient leurs montures.

James Leslie faillit éclater de rire, mais il eut la sagesse de s'en abstenir. Lady Lindley avait un caractère affirmé, et il devait à tout prix ménager sa susceptibilité.

— Montrez-moi le chemin, madame, dit-il lorsqu'ils furent en selle.

Une allée de gravier traversait les jardins du château et, si les plates-bandes n'étaient guère désherbées, les rosiers étaient soigneusement taillés, une fontaine gazouillait joyeusement, la petite mare aux nénuphars scintillait sous le soleil. Ce serait absolument ravissant au printemps ! Dégagé sur trois côtés, le parc était séparé de la forêt, au fond, par un mur où s'ouvrait une porte à claire-voie. Jasmine se pencha pour l'ouvrir.

— Fermez-la derrière vous, monseigneur, dit-elle.

Il obéit et la suivit à travers bois sur un sentier au tracé incertain. Déjà, on ne voyait plus le château. On entendait le chant d'un ruisseau, que les chevaux ne tardèrent pas à franchir pour s'enfoncer davantage sous les arbres avant de grimper une colline, puis de déboucher sur des vignes. Au loin, sur un promontoire, se dressait un magnifique château.

— Archambault, annonça Jasmine. Mon arrière-grand-mère était comtesse de Cher. Mais son mari n'était pas le père de mon grand-père Adam, c'était

John de Marisco. Savez-vous qu'on a, à une époque, sérieusement considéré mon grand-père comme un pirate ? ajouta-t-elle dans un petit rire. La reine a même consigné ma grand-mère dans la tour, à ce moment-là, car on la soupçonnait d'être sa complice. C'est là qu'est née ma tante Deirdre.

— Je me demande, dit le comte, amusé, si le roi connaît tout de votre lignage, ma chère. Le malheureux en serait sans doute horrifié !

— Peut-être refuserait-il que vous m'épousiez, finalement, dit-elle, malicieuse.

— Hélas, madame, même si vous étiez borgne et édentée, il insisterait encore pour que ce mariage se fasse, car vous êtes la mère de son petit-fils !

— Dans ce cas, mieux vaut que je ne sois ni borgne ni édentée ! Auriez-vous envie de m'épouser, monseigneur, si j'étais laide comme les sept péchés capitaux ?

— Certainement, madame, car j'ai toujours obéi à mon roi. Les Leslie de Glenkirk sont de loyaux serviteurs des Stuart. Nous sommes comme ça.

— Mais si le roi se trompait ? le taquina Jasmine.

— Les Stuart ne se trompent jamais ! riposta-t-il.

— Le droit divin, sans doute ?

— Oui, le droit divin. Votre père aurait-il accepté que l'on discutât ses décisions ?

— En tant qu'empereur, certes non, mais sur un plan personnel c'était un homme infiniment curieux et très ouvert. C'est ainsi qu'il a pu réaliser et maintenir l'union de son pays. Même en matière de religion, il était très libéral. J'ai de la chance d'avoir été élevée par un être de cette qualité. En effet, comme j'étais sa cadette, une enfant née alors qu'il était déjà âgé, il avait toujours du temps pour moi. J'étais fort privilégiée, pour une fille.

Elle arrêta sa jument.

— Si nous nous installions ici pour pique-niquer, monseigneur ? Il y a du soleil, et la vue est superbe.

James Leslie mit pied à terre et l'aida à descendre de

cheval. Pendant qu'elle étendait sur l'herbe une nappe prise dans sa sacoche de selle, il détachait le panier. Ensuite, il disposa les mets sur la nappe et coupa avec son propre couteau le pain, le poulet, le fromage. Jasmine versa le vin doré dans deux gobelets d'argent.

Ils mangèrent de bel appétit, dans un relatif silence, en admirant la paisible campagne. Parfois, James regardait sa compagne, et il ne pouvait s'empêcher de la trouver plus belle encore que deux ans auparavant. Mais sur quoi allaient-ils baser leur relation ? Ils s'irritaient mutuellement, or James n'envisageait pas de passer toute sa vie avec une femme coléreuse. Naguère, il avait eu envie d'elle, et il savait qu'elle serait capable d'éveiller à nouveau sa passion, pourtant cela ne suffisait pas. Il cherchait autre chose, et il aurait parié qu'il en allait de même pour elle. Mais de quoi s'agissait-il, et comment le découvriraient-ils ?

— De quoi avez-vous besoin ? demanda-t-il brusquement.

Elle ouvrit de grands yeux.

— Besoin ? Je ne comprends pas, monseigneur. J'ai tout ce que je peux désirer, et plus encore. Je ne manque de rien.

Le comte secoua la tête.

— Je ne parlais pas de biens matériels, Jasmine. Vous êtes riche, je le sais, mais il n'y a pas que cela. Cherchez-vous le pouvoir, les distractions, davantage de fortune, ou l'amour ? Que désirez-vous que vous ne possédez peut-être pas ?

— Ah... L'amour. Je ne pense pas pouvoir aimer de nouveau. Les hommes que j'ai aimés sont décédés de mort brutale. Jamal et Rowan bien jeunes encore, et j'étais la cause directe de leur disparition. Jamal à cause de la passion incestueuse de mon frère. Et Rowan parce que mon régisseur voulait me tuer et qu'il s'est trouvé sur le trajet de la balle à ma place. Quant à mon pauvre Henry, il n'aurait pas dû mourir si tôt.

— Mais vous n'êtes en rien responsable de son trépas, lui rappela le comte.

— Néanmoins, il m'aimait et il est mort.

— Si vous m'aimiez, je ne redouterais pas la mort, affirma James Leslie.

Elle le regarda en souriant, et son cœur fit un bond dans sa poitrine.

— Vous cherchez un terrain solide sur lequel nous pourrions bâtir notre union, monseigneur ?

Il acquiesça, et elle poursuivit :

— Dites-moi, aimiez-vous Isabelle Gordon, votre défunte épouse ? Était-elle jolie ? Avez-vous ri, pleuré ensemble ? Vous rendait-elle heureux, monseigneur ?

Il resta un moment songeur avant de répondre.

— Isabelle était une fort jolie fille aux longs cheveux d'un châtain tirant sur l'auburn. Nous étions fiancés depuis l'enfance et nous nous connaissions bien. Elle était comme une sœur, pour moi. Puis mon père est parti explorer le Nouveau Monde et il n'est pas revenu. Le roi l'a déclaré mort, et de ce fait je devenais comte de Glenkirk. Le roi a alors insisté pour que je me marie tout de suite sous prétexte d'assurer ma lignée. En fait, il cherchait à prendre ma mère pour maîtresse. Une fois mon père éliminé et moi nommé chef de famille, la présence de ma mère à Glenkirk n'était plus indispensable, et il la voulait à la Cour.

— Sapristi ! Le roi courtisait une autre femme ? Je l'ai toujours cru d'une fidélité exemplaire à la reine Anne !

— Ma mère était une exception. Il était amoureux d'elle bien avant son mariage, mais c'est une longue histoire avec laquelle je craindrais de vous ennuyer. Sachez simplement que ma mère a fui l'Écosse et qu'elle n'y est jamais revenue. Elle vit à Naples avec mon demi-frère et deux de mes demi-sœurs. Mon beau-père est décédé voilà deux ans.

— Et elle n'a pas eu envie de rentrer dans son pays ?

— Non. Elle a toujours peur de James, bien que je

lui aie assuré qu'il avait beaucoup évolué depuis leur jeunesse. Elle prétend que l'on ne change pas les êtres, et le climat de Naples lui convient infiniment mieux que celui de l'Écosse. En outre, je crois qu'elle a de mauvais souvenirs de l'Écosse, alors qu'elle a apprécié sa vie avec lord Bothwell à Naples.

— Avez-vous été heureux avec Isabelle ? demanda Jasmine.

— Oui. C'était une jeune fille charmante, puis une épouse et une mère dont n'importe quel homme aurait été fier.

— Vous n'avez pas dit que vous l'aimiez, insista Jasmine.

— Je l'aimais, mais, lorsque j'y repense, c'était un amour juvénile, sans expérience. Nous étions bien ensemble et, si elle n'avait pas connu cette fin tragique, je suppose que nous aurions vécu de façon harmonieuse pour le reste de nos jours.

— C'est exactement ce que j'éprouvais pour mon premier mari.

— Mais pas pour le second ?

Jasmine sourit et resta un instant silencieuse.

— Non. J'aimais Rowan Lindley d'une façon tout à fait différente. Par moments, j'avais l'impression que nous ne faisions qu'un. Vous l'avez connu, monseigneur. Vous n'ignorez pas combien il était bon, généreux, et loyal. Il savait rire, aussi. Je ne comprendrai jamais comment le destin a pu nous l'enlever si vite, à moi et aux enfants.

— Pourtant, vous avez aimé de nouveau.

— En effet. Mais qui n'aurait pas aimé Henry Stuart ? Tout le monde l'adorait. Je n'ai pas tenté de le séduire, vous savez, je lui ai même résisté longtemps, mais il était le plus fort, ajouta-t-elle en riant à ce souvenir. Il n'avait de cesse d'arriver à ses fins, et j'ai son fils pour me le rappeler. Un cadeau précieux que bien des maîtresses n'ont jamais.

— Ce cadeau vous a cependant forcée à entrer dans le

cercle du roi, fit remarquer James. Peut-être auriez-vous préféré vous contenter d'accepter des bijoux et un titre.

Elle rit de nouveau.

— Aucun homme ne peut me couvrir de bijoux, monsieur, car ceux que je possède sont inestimables. Rowan le savait, c'est pourquoi il m'a offert le domaine de Maguire's Ford. Henry le savait aussi. Quant aux titres... Je suis née princesse. Seule une couronne royale aurait pu m'impressionner, or c'était impossible.

— Ainsi, madame, vous possédez personnellement des terres, des titres, de l'or, des joyaux, et vous êtes pourtant forcée de m'épouser. Que pourrais-je vous offrir qui vous rende heureuse, Jasmine ?

— Pourquoi vous souciez-vous de mon bonheur, James Leslie ? Le roi a ordonné cette union, et nous nous marierons, que cela me plaise ou non. Vous avez dit que les Leslie de Glenkirk obéissaient toujours aux Stuart, alors que vient faire mon bonheur là-dedans ?

Un petit muscle jouait sur la mâchoire du comte. Jasmine était parfois la plus exaspérante des femmes ! Il venait de lui tendre un rameau d'olivier, et elle semblait bien décidée à le refuser.

— Je ne suis pas un monstre que l'on vous impose, madame, et vous n'êtes pas une martyre. Bien des dames seraient sans doute ravies et honorées de devenir ma femme. Même votre demi-sœur l'a envisagé, à un moment.

— M'épousez-vous uniquement parce que tel est le souhait du roi, monsieur ? demanda Jasmine. Voilà une idée qui ne me sied guère ! Lorsque j'étais jeune, j'ai accepté un mariage de ce genre, mais c'était sur ordre de mon père, pas d'un étranger.

Il termina son vin et soupira.

— Je ne peux rien y changer, Jasmine. Quand je suis arrivé à Belles-Fleurs, il y a quelques semaines, j'étais très en colère. Je crois que j'étais près de vous haïr, et j'avoue que je cherchais à me venger de l'affront public que vous m'aviez infligé. Mais à vivre auprès de vous,

ma colère s'est évanouie. Je vous admire. Vous êtes une personne pleine de courage et de détermination. Certains hommes trouvent ces qualités importunes chez leurs épouses mais, quant à moi, je les apprécie. Je ne suis pas certain de pouvoir vous aimer, maintenant ou plus tard, de même que vous ne pouvez me promettre votre amour, mais je vous respecterai, je serai un agréable compagnon et un bon père pour vos enfants. Je vous le jure sur la tombe de mes propres enfants.

— Tenez-vous toujours à ce que je vous épouse devant toute la Cour ?

Il secoua la tête.

— J'en ai terminé avec la vengeance, Jasmine. Nous nous marierons ici, ou à Queen's Malvern, à vous de choisir. Mais je vous en prie, que ce soit bientôt, car nous ne pouvons nous permettre de contrarier plus longtemps le roi.

— Il est aussi en colère contre vous ? s'étonna-t-elle.

— Oui, répondit-il en souriant. Il dit que, lorsque le bélier traque la brebis, il ne doit pas lui laisser la liberté de choisir son pâturage. Heureusement, il a de plus importantes préoccupations en ce moment, cependant nous lui ferions plaisir en hâtant notre union. Il a envie d'avoir près de lui son petit-fils qu'il n'a pas vu depuis qu'il était nourrisson.

— Promettez-moi que vous ne le laisserez pas me l'enlever. C'est ma plus grande crainte, je l'avoue. La reine m'a raconté un jour comment il l'avait privée de Henry, qu'elle ne voyait presque plus. Il lui fallait supplier ses précepteurs quand elle voulait passer un instant avec lui. Je ne supporterais pas que l'on fasse de même avec Charlie !

Ses yeux s'étaient remplis de larmes. Il en cueillit une du bout du doigt.

— Ils ne nous le prendront pas, promit-il. Henry Stuart était l'héritier, il fallait qu'il soit élevé au côté de son père, alors que votre Charlie est un enfant naturel,

il ne pourra jamais prétendre à la couronne. Son importance se limite au roi et à la reine.

— Et s'ils le veulent ? insista-t-elle.

— Ils souhaitent seulement le connaître, le voir de temps en temps. Ils m'ont nommé tuteur parce qu'ils savent que je suis honnête, que je ne me servirai pas de l'enfant pour faire fortune ou asseoir mon pouvoir. Charlie restera avec sa famille, je m'y engage, madame.

— J'ai peur, dit-elle d'une toute petite voix.

Il prit sa main fine dans la sienne.

— Faites-moi confiance, Jasmine. Ce n'est peut-être pas facile, mais vous devez vous fier à moi.

Elle avait les doigts glacés, sous son gant de peau, et il les frotta afin de les réchauffer.

Le ciel s'était obscurci, un vent frais s'était levé, on avait soudain l'impression que l'hiver était de retour.

— Nous ferions mieux de rentrer, dit-elle en se levant.

Elle entreprit de ranger les restes du pique-nique.

— Réfléchirez-vous à tout ce que nous avons dit aujourd'hui ? demanda-t-il.

— Nous nous marierons au printemps à Queen's Malvern, répondit-elle, mais pas le 1er avril. Cette date nous porte malheur, et j'aimerais que notre vie commune commence sur une note plus joyeuse. Le 15 me paraît préférable. Qu'en pensez-vous ? Et je n'aime pas le mois de mai. « Qui se marie en mai amèrement le regrette », dit l'adage.

— Et juin ?

— Voulez-vous réellement mettre la patience du roi à l'épreuve ? se moqua-t-elle avec gentillesse tandis qu'il l'aidait à se mettre en selle. Bien sûr, juin est un mois superbe, monseigneur, ajouta-t-elle, les yeux brillants.

— N'avez-vous pas épousé Westleigh en avril ? demanda-t-il.

Curieusement, cette idée l'agaçait. Peut-être même

serait-ce à la date précise, ainsi elle la retiendrait plus facilement. Même son monogramme ne serait pas changé.

— Je me suis mariée avec Rowan le 13 avril, monseigneur, répondit-elle un peu sèchement, mais de toute évidence vous préférez juin, donc optons pour le 15 juin, ce sera parfait.

James Leslie s'était conduit comme un imbécile, et il en conçut une certaine amertume. Il serait obligé d'attendre deux mois de plus, et de s'en expliquer devant le roi. Comme il pestait entre ses dents, il crut entendre Jasmine glousser doucement. Mais, quand il la regarda, elle était toute innocence.

Ils traversèrent les vignobles d'Archambault afin de rejoindre la route de Paris, que le comte avait déjà empruntée, puis ils empruntèrent l'allée privée qui menait à Belles-Fleurs. Lorsque Jasmine lança sa jument au galop, son chignon se défit et ses cheveux d'un noir bleuté flottèrent dans le vent. James éperonna l'étalon qui ne tarda pas à rattraper la cavalière. Comme il venait à sa hauteur, Jasmine lâcha un petit rire plein de défi. Il arriva avant elle à la herse et se retourna pour l'attendre, mais elle passa devant lui et traversa la cour au triple galop.

— J'ai gagné ! s'écria-t-elle, triomphante, en sautant à terre.

— Je pensais que la course s'arrêtait au pont-levis ! protesta-t-il.

— Quelle idée !

— C'était pourtant logique.

— Absolument pas ! rétorqua-t-elle en grimpant les marches du perron. Une course s'achève devant la porte, c'est bien connu.

— Moi, je l'ignorais, répliqua-t-il, pincé.

— Pourquoi ?

— Parce que vous ne m'aviez pas prévenu, madame ! s'emporta-t-il, exaspéré.

— Buvez donc un peu de vin, proposa-t-elle. Ça vous

calmera, monseigneur. Mon Dieu, il ne s'agissait que d'une petite course !

Il prit le verre qu'un domestique lui tendait et avala le vin fruité d'un trait.

— En cacher les règles revient à tricher, grommela-t-il. Si vous devenez comtesse de Glenkirk, vous devrez vous montrer loyale en toute circonstance.

— Vous êtes bien mauvais perdant, monseigneur. C'était un défi tacite, et imaginer qu'il prendrait fin avant la porte du château était stupide. Vous devrez vous montrer plus rapide pour que nos relations soient agréables.

— Vous êtes toujours comme ça ? gronda-t-il.

— C'est-à-dire ?

— Insupportable ! Tout simplement insupportable ! hurla-t-il.

— Inutile de crier, monseigneur, cela ne vous réussit pas. Il y a une petite veine, là, qui se gonfle dangereusement.

Elle posait le doigt sur sa tempe.

— Je vais vous enseigner un truc que m'ont confié mes tantes pour me calmer, poursuivit-elle. Vous vous asseyez, parfaitement immobile, vous faites le vide dans votre esprit, et vous respirez profondément à plusieurs reprises. C'est excellent pour les nerfs. Je le fais moi-même quand je suis à bout.

Il sentait en effet le sang battre à ses tempes. Il n'y avait que deux façons de se calmer. Étrangler cette créature sur place, ce qui était bien tentant, ou l'embrasser… Il choisit la deuxième solution.

Il prit ses lèvres avec force. Il sentait contre lui ce corps sensuel, un peu plus épanoui depuis qu'elle avait porté des enfants, et s'attendait à ce qu'elle résiste, mais elle semblait fondre entre ses bras. Elle lui rendit son baiser avec douceur, avec tendresse, et au lieu d'être conquérant il fut séduit. Un peu étonné, un peu contrarié, il la lâcha.

Elle se tenait bien droite devant lui. En réalité, elle

avait les jambes en coton, mais elle ne l'aurait montré pour rien au monde.

— C'était ça ou m'étrangler, monseigneur ? le provoqua-t-elle, perverse.

Incapable de trouver une riposte appropriée, il hocha la tête.

— Il fut un temps où vous m'appeliez Jemmie, madame, et non monseigneur. Pourrions-nous en revenir là ?

— Vous ne me materez jamais, Jemmie, et je ne vous materai pas non plus, dit-elle en guise de réponse. Ça va être une union explosive, je le crains, ajouta-t-elle en souriant.

— En effet, et nous n'y pouvons rien. Je dois obéissance au roi. Mais j'aurais pu trouver une femme pire que vous, chère Jasmine. Vous ne cessez de me rappeler que vous êtes riche, belle, bien née, intelligente…

— J'ai toujours été une bonne épouse, répliqua-t-elle avec vivacité. Si vous ne me contrariez pas, vous vous apercevrez que je suis loyale, et que jamais je ne déshonorerai votre nom, James Leslie.

— En d'autres termes, nous vivrons en bonne entente si je vous laisse agir à votre guise, dit-il, les yeux brillants.

— Exactement ! s'écria-t-elle. J'ai bien de la chance d'épouser un homme aussi perspicace.

5

Avec les giboulées de mars, James et Jasmine passèrent beaucoup de temps enfermés au château, à jouer aux cartes ou aux échecs, à bavarder. Skye avait eu raison, il leur fallait renouer connaissance. Au bout d'une dizaine de jours, le comte suggéra, s'il faisait beau le lendemain, qu'ils se rendent à Archambault afin de prendre des nouvelles des enfants.

Jasmine rougit.

— Qu'y a-t-il ? demanda James.

Elle eut un petit rire contrit.

— Je suis si bien ici avec vous, Jemmie, que j'en avais presque oublié mes enfants, avoua-t-elle. Quelle mauvaise mère je fais !

— Au contraire, la rassura-t-il, vous êtes une mère parfaite. De retour en Angleterre, nous ne passerons que le temps strictement nécessaire à la Cour, afin de nous consacrer à notre famille.

— Vivrons-nous en Écosse ? Ma mère s'y était bien acclimatée, même si elle tenait à conserver ses « étés anglais ». Comment est Glenkirk ?

— Magnifique, mais nous n'y résiderons qu'une partie de l'année. Sans doute en automne et en hiver. L'automne est la saison la plus agréable, en Écosse. Nous passerons les étés à Queen's Malvern, et il faudra que Henry aille à Cadby. Au printemps, nous nous rendrons à la Cour, afin de ne pas vexer James. Je m'occupe du commerce extérieur de son Empire depuis plusieurs années, mais je compte démissionner. Ma propre

famille est impliquée dans le commerce avec nos banquiers, la famille Kira. Je ne sais si votre grand-mère y a pensé, mais une fusion de mes intérêts avec ceux de la société O'Malley-Small pourrait être profitable pour tous. Il faudra que j'en discute avec elle.

— J'espère que nous n'aurons pas à séjourner trop longtemps à la Cour, dit Jasmine.

— Seulement dans la mesure où cela nous sera profitable, répondit sagement James. Il faut penser aux enfants. Charles est duc, Henry marquis, leurs sœurs sont de riches héritières, et elles seront fort courtisées, un jour ou l'autre.

Il s'empara de sa main dont il baisa la paume.

— Et puis il y aura nos enfants, Jasmine chérie. Un autre comte, peut-être, ainsi qu'un petit frère, une petite sœur?

La jeune femme rougit. Certes, de ce mariage naîtraient des enfants, mais elle n'y avait guère pensé jusqu'à présent. Depuis combien de temps n'avait-elle pas fait l'amour? Son fils avait deux ans et demi, et Henry et elle avaient mis un terme à leurs ébats plusieurs mois avant sa naissance. Trois ans, se rappela-t-elle, étonnée. Elle s'était habituée à vivre sans homme, que ce fût à sa table ou dans son lit. Savait-elle encore jouer à ces jeux?

Une bûche crépita dans la cheminée, les flammes projetaient des ombres sur le mur, tandis que la pluie frappait aux carreaux.

James Leslie, la voyant troublée, fut tenté de profiter de l'occasion qui lui était offerte. Aussi fut-il surpris de voir l'angoisse se peindre sur le visage de la jeune femme. Elle secoua la tête, se dégagea et sortit de la pièce en courant.

Elle n'est pas prude, se dit James, elle a de l'expérience. Pourtant elle se montrait timide et réservée envers lui, ce qui ne correspondait pas à la créature passionnée avec laquelle il avait fait l'amour tant d'années auparavant.

Il hésita un instant à la suivre avant de renoncer. Avait-elle pris un amant, ici, en France ? Non, certainement pas. Le seul homme qu'elle avait accueilli dans son lit, à part lui et ses époux, était Henry Stuart, il en aurait mis sa main au feu.

Tout à coup, il comprit où le bât blessait. Mais oui ! Elle n'avait pas eu d'homme depuis le prince ! Il sourit intérieurement. Jasmine détestait se trouver en position d'infériorité, or elle devait se demander si elle serait à la hauteur ! L'idée d'aller la rassurer l'effleura, bien qu'il sût que ce serait une erreur. Il allait la séduire, la courtiser comme il n'avait jamais courtisé personne. Il n'avait en effet pas eu besoin de faire la cour à Isabelle, puisqu'elle lui était promise depuis l'enfance. Et, après sa mort, il n'avait pas eu envie d'entrer dans ce jeu, ni de se remarier.

C'était donc un concept nouveau pour lui, cependant il faudrait bien qu'il en passe par là s'il voulait trouver le chemin de son lit, et celui de son cœur. Comment pourrait-il lui plaire ? Elle ne manquait de rien, or James Leslie ignorait comment l'on fait la cour à une femme qui dispose de tout. Si elle avait été d'origine plus modeste, il l'aurait couverte de bijoux, de luxueux vêtements… Elle savait déjà qu'il aimait ses enfants, donc il était inutile d'en rajouter. Alors ?… Il décida soudain d'en parler à Skye. Il éclata de rire. Demander conseil à cette superbe et perverse vieille dame ?

Eh bien, oui ! Il s'y résoudrait, car personne ne connaissait Jasmine comme elle. En outre, si elle était à la hauteur de sa réputation, les subtilités de l'amour ne lui étaient pas étrangères.

James Leslie se servit un verre de vin rouge qu'il dégusta lentement près de la cheminée. Le lendemain, à Archambault, Jasmine passerait la journée avec ses enfants, et il aurait le temps de demander à Skye comment gagner le cœur de sa petite-fille. Car il le gagnerait !

Au matin, Jasmine se comporta comme si rien ne s'était passé. Elle se présenta à la table du petit déjeuner en tenue d'équitation, culotte de cheval de laine verte, hautes bottes de cuir, chemise de batiste et gilet de peau. Elle mangea de bel appétit, ce qui enchanta James. Il détestait les femmes qui chipotaient dans leur assiette. Jasmine ne buvait jamais de vin le matin, mais on lui apportait un bol de porcelaine bleu et blanc dans lequel on versait un liquide odorant dont elle se régalait.

— Que buvez-vous, Jasmine? demanda-t-il ce jour-là.

— Cela s'appelle du thé. Voulez-vous goûter, James? Adali, apporte un autre bol pour le comte. On fait infuser les feuilles du théier dans de l'eau bouillante, expliqua-t-elle. Une recette indienne, réalisée avec des feuilles séchées. J'aime beaucoup cette boisson, dans laquelle ma mère et mes tantes ajoutaient fréquemment des clous de girofle ou de la cardamome.

Adali le servit.

— C'est du thé noir, monseigneur. Les Chinois en cultivent du vert.

— Essayez, Jemmie, l'encouragea Jasmine.

James s'exécuta et, bien qu'il trouvât le goût plutôt plaisant, cela lui parut moins stimulant que le vin, le cidre ou la bière.

— J'envisage de suggérer à ma grand-mère que nous importions du thé en Angleterre, dit Jasmine. Les Hollandais le font depuis quelques années, bien qu'ils ne sachent pas trop comment le rendre populaire.

— Ce sont pourtant d'excellents commerçants, objecta James.

— En effet, cependant ils ne savent pas vendre leur thé. Ce n'est pas une denrée comme le tissu ou les épices, que l'on trouve sur tous les étals. Il faut d'abord le proposer aux riches, ensuite seulement, quand ils auront décidé qu'ils l'aiment et en auront fait la boisson de l'élite, tout le monde en voudra.

Il fut surpris par la finesse de son analyse. Il l'avait toujours considérée comme une femme intelligente, mais il n'avait pas pensé que cela allait bien au-delà du bon sens typiquement féminin.

— Vous avez raison, Jasmine. En effet, si le thé devient une boisson à la mode parmi les privilégiés, le peuple ne tardera pas à l'apprécier à son tour.

Elle se leva de table.

— Nous en parlerons avec grand-maman, dit-elle. Maintenant, mettons-nous en route. Je n'ai pas vu les enfants depuis presque quinze jours, et j'ai hâte de les retrouver !

Ils prirent le chemin le plus direct et ne tardèrent pas à arriver à Archambault, où les enfants attendaient leur mère sur les marches du grand escalier de pierre. Jasmine sauta aussitôt à terre et courut les prendre dans ses bras. En haut du perron se tenait Skye en compagnie d'un vieux monsieur distingué que James identifia comme le comte de Cher. Alexandre vint serrer la main de James et lui souhaiter la bienvenue.

— Alors, James Leslie, dit la vieille dame, après les salutations d'usage, en prenant son bras pour pénétrer dans le château, avez-vous progressé, avec ma petite-fille ?

— Nous nous marions le 15 juin, madame.

— Parfait ! Je suis heureuse que vous ayez ramené Jasmine à de meilleurs sentiments.

Elle le conduisit dans un élégant salon où ils se retrouvèrent seuls.

— J'ai besoin de votre avis, madame, reprit-il, si cela ne vous ennuie pas.

— Mon avis ? Intéressant ! répondit-elle dans un sourire. Ainsi, vous ne me considérez plus comme votre ennemie ?

Il eut un petit rire.

— Je vous trouve toujours particulièrement rusée et

malicieuse, madame, mais j'ai néanmoins besoin de vos conseils. D'ailleurs, nous ne sommes pas ennemis, et nous ne l'avons jamais été.

Ils s'assirent sur un sofa, et il lui prit la main.

— Il me semble que Jasmine est un peu impressionnée par les problèmes d'ordre intime, madame. Elle est mal à l'aise, par moments, et je ne pense pourtant pas qu'elle soit d'une nature froide.

— Hum...

— J'ai envisagé plusieurs motifs à son attitude, et je suis arrivé à la conclusion qu'elle n'a pas connu d'homme depuis la naissance de Charlie et qu'elle se sent à son désavantage.

— Juste Ciel! Que lui arrive-t-il? Vous êtes bel homme, bien fait, elle a naguère partagé votre couche et ne vous a pas trouvé déplaisant, que je sache.

— Cette fois, nous y serons obligés, c'est différent. Il faut que je la courtise, mais comment s'y prend-on avec une femme qui a tout ce qu'elle peut désirer? Que puis-je faire, dire, offrir qu'elle n'ait déjà vu, entendu ou reçu? Ma première femme et moi étions fiancés depuis l'enfance, aussi n'ai-je pas eu à lui faire la cour. Cela se passait ainsi, en Écosse.

Skye hocha la tête. Un joli petit problème à résoudre! Elle n'aurait jamais imaginé que sa petite-fille, mère de quatre enfants, se conduirait comme une vierge effarouchée! C'était tout bonnement ridicule!

— Je lui parlerai! déclara-t-elle.

— Non, madame! Je vous en prie, n'en faites rien. Elle serait mortifiée d'apprendre que j'ai découvert son secret. Dites-moi simplement comment je pourrais lui plaire suffisamment pour qu'elle perde sa timidité et que notre relation évolue normalement.

— Saperlipopette! pesta la vieille dame. Qu'avez-vous donc, vous, les jeunes? De mon temps, les hommes étaient plus hardis! Ils séduisaient les femmes et les prenaient dans leurs bras sans demander la permission! Aucune de mes filles ne me ressemble sur ce point, mais

ma petite-fille, si. Vous la séduirez en vous montrant audacieux, chevaleresque, et non en marchant sur la pointe des pieds.

— Mais, madame…

— Il n'y a pas de mais quand l'amour est en jeu, James Leslie, coupa-t-elle, sévère. Savez-vous que le grand-père de Jasmine m'a séduite la première fois que nous nous sommes rencontrés ? Comme Jasmine, je portais le deuil et j'étais sans homme, mais Adam me voulait et il m'a prise.

Son regard s'attendrit.

— J'aurais dû me rendre compte qu'il était l'homme de ma vie, reprit-elle, cependant il m'a fallu deux autres époux pour comprendre que sa hardiesse lui avait ouvert le chemin de mon cœur. Nous avons eu de la chance, notre amour a fini par aboutir, et nous avons été heureux toutes ces années…

Elle se tut un instant, nostalgique.

— Saisissez l'occasion, bon sang ! s'exclama-t-elle, toute sa vigueur retrouvée. Redonnez à ma petite-fille le goût de la passion, servez-vous-en pour lui faire surmonter son chagrin. Je l'envie, monseigneur, ajouta-t-elle dans un petit rire. Vraiment !

Il porta la main fine à ses lèvres.

— Merci.

Elle hocha doucement la tête, une étincelle au fond des yeux.

— Vous devriez rester seuls encore quelques semaines, James Leslie, dit-elle. Je pourrais emmener les enfants à Paris, et de là en Angleterre, où je vous attendrais à Queen's Malvern. Qu'en pensez-vous ? Nous sommes déjà à la mi-mars et, s'il faut préparer un mariage, prévenir tout le monde, je n'ai guère le temps de m'attarder en France.

— C'est une bonne idée, madame, dit James qui avait du mal à retenir le rire qui lui montait à la gorge.

Il savait que la vieille dame n'avait jamais eu l'in-

tention de ramener les enfants à Belles-Fleurs, mais il s'était demandé comment elle parviendrait à ses fins... C'était vraiment une brillante tacticienne !

— J'engagerai une escorte pour vous accompagner à Paris, puis jusqu'à la côte. Les routes ne sont pas sûres, en ce moment, avec la guerre qui menace d'éclater.

— C'est une sage décision, et je suis certaine qu'Alexandre sera ravi de vous louer les services de ses hommes d'armes.

La porte du salon s'ouvrit à la volée sur une Jasmine fort agitée.

— Qu'est-ce que j'apprends, grand-maman ? Henry me dit que vous avez l'intention de les emmener à Paris ? Il n'en est pas question !

— Allons, ma chérie, sois raisonnable ! lui dit sa grand-mère. Oui, nous partons pour Paris dans quelques jours, et de là nous rentrerons en Angleterre où je m'occuperai des préparatifs de ton mariage. Pendant ce temps-là, le comte et toi aurez le loisir d'apprendre à mieux vous connaître encore. Tu as de la chance que je te décharge de tes responsabilités, même provisoirement, ma petite-fille.

Jasmine jeta un regard noir à James.

— Vous êtes d'accord avec ce projet ?

Il allait se montrer diplomate quand il se rappela les conseils de Skye.

— Oui, ma chère. C'est sans doute égoïste de ma part, mais j'ai fort envie de vous avoir pour moi seul, en ce moment.

— Oh ?

Elle s'empourpra.

— Vous savez combien j'aime vos enfants, Jasmine, poursuivit-il, mais c'est vous que j'épouse, murmura-t-il en lui baisant longuement la main. Ce temps d'intimité m'est précieux, et je l'aurai, ma chérie.

« Comme je vous aurai. » Les mots, informulés, s'attardaient entre eux.

— Donc, c'est décidé ! décréta joyeusement Skye. Retourne vite voir tes enfants, Jasmine, et laisse-moi encore un peu avec ton fiancé. Nous avons certains détails à mettre au point au sujet du mariage et de sa famille.

Troublée, Jasmine quitta la pièce.

— De quels détails s'agit-il ? demanda James.

— Aucun ! Je voulais juste donner le temps à Jasmine de réfléchir à ce qui vient de se passer. Vous avez fort bien joué, monseigneur ! Vous étiez autoritaire et néanmoins tendre. Persévérez sur cette voie, et vous arriverez à vos fins.

Le comte rejoignit enfin Jasmine et fut accueilli avec enthousiasme par les enfants.

— Papa ! Papa !

Il serra la main d'Henry et embrassa les autres de bon cœur. Ils étaient tous en excellente santé et passaient de merveilleux moments avec leurs cousins.

— Nous rentrons bientôt en Angleterre, annonça Henry.

— Je sais. Votre mère et moi vous rejoindrons plus tard, et nous nous marierons à Queen's Malvern le 15 juin. Accepteras-tu d'être mon témoin, Henry ?

Le petit marquis de Westleigh était ravi.

— Avec joie, papa !... Cela ne vous ennuie pas si je vous appelle papa ? Je sais que vous n'avez pas encore épousé notre mère, mais...

— J'en suis heureux et fier, Henry, assura James.

— Vous m'apprendrez à me servir d'une épée ?

— Nous commencerons dès cet été, promit le comte.

La journée passa comme par enchantement. Le déjeuner fut fort gai. Outre le comte de Cher et sa femme, Hélène, étaient présents leur héritier, Philippe, son épouse, ainsi que les deux filles du comte, Gaby et Antoinette, accompagnées de leurs familles, venues faire la connaissance du comte de Glenkirk.

— Nous sommes en relation avec vos cousins, les

Leslie de Peyrac, dit Gaby. Il n'est pas impossible qu'un mariage unisse nos familles.

— J'espère que ce sera pour le mieux, dit James poliment. L'oncle de ma mère est décédé depuis longtemps, mais je n'ai guère d'affection pour sa veuve, la douairière Adèle. On la dit horriblement autoritaire.

— Je la rencontre souvent, et c'est la stricte vérité, acquiesça Gaby. Toutefois, c'est l'une de ses arrière-petites-filles qui doit épouser notre deuxième fils. Ils vivront avec nous, dans le beau pays de Loire.

La conversation continua bon train, sur les familles, les ragots, le mariage de James et Jasmine. Les Saville étaient désolés qu'il n'eût pas lieu à Belles-Fleurs, mais ils souhaitèrent beaucoup de bonheur aux futurs époux.

Enfin il fut temps de partir, et Jasmine sentit les larmes lui monter aux yeux.

— Ne pleurez pas devant les enfants, ma douce, lui conseilla James.

— Vous me dites toujours ça ! protesta-t-elle, agressive.

— Avertis-moi du jour de votre arrivée ! intervint gaiement Skye. Ça sera merveilleux de t'avoir de nouveau à Queen's Malvern. Ta mère et tes frères seront là le 1er mai. Ma Velvet sera tellement contente de voir enfin ses petits-enfants !

— Vous ne m'ôterez pas l'idée que James et vous m'avez manipulée, grand-maman, marmonna Jasmine.

— Quelle mauvaise pensée, ma chérie ! s'écria Skye. C'est au contraire un beau cadeau que je te fais. Si tu crois qu'il est facile pour une femme de mon âge, qui pleure encore son cher époux, de voyager avec quatre enfants turbulents, alors garde-les et ramène-les toi-même en Angleterre !

— Vous vous évanouiriez sur-le-champ, si j'acceptais, la taquina Jasmine. En vérité, j'apprécie votre gentillesse, mais ils vont me manquer.

— File, petite sorcière ! dit sa grand-mère. Et ne t'attarde pas trop avec ton beau fiancé. Encore que je ne t'en voudrai pas si tu prends un peu d'avance sur ta nuit de noces tant que tu es en France. Le printemps arrive, Jasmine, et la sève monte dans tout ce qui vit !

En route vers Belles-Fleurs, Jasmine et le comte s'amusèrent de cette dernière remarque.

— Pouvez-vous l'imaginer quand elle était jeune ? demanda Jasmine.

— Ce devait être terrifiant ! répliqua James en riant. Que diriez-vous d'une partie d'échecs, ce soir ?

— Après mon bain, avec plaisir, si vous n'en avez pas assez d'être battu !

Éclatant de rire, elle éperonna sa jument et ils firent la course jusqu'au château. Cette fois, cependant, il ne s'arrêta pas avant d'avoir atteint la porte, en avance de plusieurs têtes sur elle.

— Les jambes de votre étalon sont beaucoup plus longues que celles de ma jument, se plaignit-elle. Attendez seulement que j'aie mon grand cheval sous moi et, vous verrez, nous serons bien assortis, vous et moi.

— Je pense que nous sommes déjà bien assortis, dit-il en la prenant à la taille afin de la déposer à terre.

Il l'embrassa ensuite lentement, voluptueusement, en caressant ses reins de ses grandes mains énergiques.

Respirait-elle encore ? À peine. Ses doigts la brûlaient à travers le tissu du gilet, elle avait la tête qui tournait, et elle s'accrocha à ses épaules.

— Vous avancez trop vite avec moi, James, murmura-t-elle.

— Et vous, vous avancez trop lentement, rétorqua-t-il. Nous ne sommes plus des enfants, nous savons où nous allons, dit-il avec un sourire qui dessina de fines rides au coin de ses yeux. Si nous intéressions la partie d'échecs, ce soir ?

— Quel serait l'enjeu, monsieur ?

Elle avait soudain une irrésistible envie de se retrouver nue contre lui. Quelle folie s'emparait d'elle ? Elle s'efforça de chasser les images choquantes qui lui venaient à l'esprit.

— Si je gagne, dit-il, je viendrai dans votre lit cette nuit même.

— Et si vous perdez ? demanda-t-elle à voix basse.

— À vous de choisir le gage.

— Vous n'entrerez pas dans mon lit avant le mariage, lança-t-elle sans réfléchir.

Mais pourquoi avait-elle proféré pareille sottise ? se demanda-t-elle aussitôt en sentant ses mains se détacher d'elle. Voulait-elle vraiment le tenir à l'écart jusqu'à mi-juin ? En tout cas, il était trop tard pour faire marche arrière.

— Touché, madame, dit-il en riant. Je me réjouis à l'avance de cette partie... et de la soirée qui suivra.

— Pour un si médiocre joueur, je vous trouve bien prétentieux, James, dit-elle sèchement.

Dieu qu'il était irritant !

— Je n'ai pas l'intention de perdre, ce soir, Jasmine. La récompense est par trop tentante !

Elle monta quatre à quatre dans sa chambre et ordonna à ses caméristes de lui préparer un bain, ce qu'elles s'empressèrent de faire.

— Vous semblez perturbée, maîtresse, remarqua Adali. Que se passe-t-il ?

— Nous allons jouer aux échecs, lord Leslie et moi, et nous avons décidé d'intéresser la partie. J'ai été stupide, Adali, car je ne suis pas certaine d'avoir envie de gagner...

L'eunuque l'aida à se déshabiller.

— Racontez-moi.

Quand elle eut avoué de quoi il s'agissait, il éclata de rire.

— Ah, ma princesse ! Il y a bien longtemps, quand votre père cherchait à séduire votre mère, ils ont disputé eux aussi une partie d'échecs. Cela se passait dans

la ville de Fatehpur-Sikri, et ils se tenaient tous les deux à un balcon du palais. La cour, au-dessous d'eux, était un échiquier de marbre noir et blanc sur lequel se déplaçaient, en guise de pions, des esclaves vêtues en tout et pour tout de bijoux. Hormis, évidemment, le roi et la reine qui étaient magnifiquement parés.

— Ma mère a-t-elle gagné ?

Adali secoua la tête.

— Non. Mais l'enjeu n'était qu'un baiser. Votre père a dû patienter bien des nuits pour atteindre son objectif, et encore grâce au livre de chevet que Jodhbai offrit à votre mère.

Cette fois, ce fut au tour de Jasmine de rire.

— L'histoire se répète, on dirait.

— Êtes-vous sûre d'avoir envie de dormir avec cet homme, ma princesse ? Je vous ai vue plutôt réticente.

— Je dois l'épouser, Adali, et je m'aperçois que j'ai de l'affection pour lui. Il aime les enfants, qui le lui rendent bien, et il veut que je lui donne des fils. Maintenant que la date du mariage est fixée, je me rends compte que je n'ai pas envie de le repousser. Pendant que nous parlions dans la cour, tout à l'heure, je me suis surprise à avoir des images troublantes à l'esprit. Il est temps de mettre un terme à mon célibat, Adali.

— Montrez-vous habile, ma princesse, conseilla le fidèle serviteur. Si lord Leslie devine que vous le laissez gagner, il sera terriblement vexé.

Jasmine sourit tandis qu'Adali l'aidait à s'installer dans la baignoire.

— Mon père était le meilleur joueur d'échecs de toutes les Indes, et il n'a pas deviné qu'il m'arrivait de perdre volontairement.

— En effet, ma princesse. Il n'a jamais pu savoir que l'élève avait dépassé le maître. Vous étiez fort adroite dans votre duplicité.

— Je n'ai pas perdu la main, assura-t-elle.

Il la laissa pour aller préparer l'échiquier, tandis que

Rohana et Toramalli, qui avaient suivi la conversation, s'occupaient de leur maîtresse avec plus de soin encore que de coutume. Ensuite, assise devant la cheminée, Jasmine se laissa aller à rêver pendant que sa camériste passait longuement une brosse parfumée dans sa chevelure soyeuse. Lorsqu'elle se surprit à bâiller, elle se rendit compte que la journée avait été longue et qu'elle était fatiguée.

— Donne-moi vite un verre de vin, demanda-t-elle à Toramalli, sinon je m'endors !

La servante s'exécuta.

— Que voulez-vous porter ?

— Un peignoir.

Toramalli choisit un déshabillé de soie prune aux longues manches flottantes, fermé sous les seins par une petite grenouille d'or. Rohana attacha les cheveux de sa maîtresse d'un ruban argent, et elles complétèrent sa tenue de mules de velours.

Jasmine, revigorée par le vin, ordonna aux servantes de refaire son lit.

— Mettez les draps parfumés à la lavande que nous venons d'acheter au couvent.

James l'attendait dans la grande pièce, en bas.

— Un kilt ? dit-elle, étonnée par sa tenue.

— Un Écossais porte toujours son kilt pour livrer bataille, or c'est ce que je vais faire ce soir.

Sa chemise était ouverte au col, le kilt dévoilait ses longues jambes musclées... Jasmine s'obligea à détourner le regard. Elle se comportait comme une chatte en chaleur ! Qu'avait dit sa grand-mère sur le printemps et la sève qui montait dans tous les êtres vivants ?

— Vous êtes, comme d'habitude, bien trop sûr de vous, monseigneur, murmura-t-elle en tentant de paraître méprisante.

Il eut un grand rire qui résonna dans la pièce.

— J'ai un immense désir d'embrasser votre joli grain de beauté ! dit-il.

Et, avant qu'elle ait pu faire un geste, il effleura de

ses lèvres la petite marque que la nature avait déposée entre sa narine et sa lèvre supérieure.

Elle le repoussa.

— Vous exagérez, monsieur ! Nous ferions mieux de commencer à jouer.

Elle s'assit dans un fauteuil de tapisserie près de la cheminée et lui indiqua de prendre place en face d'elle.

— Vous pouvez commencer.

Il avança un pion de la façon la plus classique.

— Voici une entame fort originale ! ironisa-t-elle.

Le jeu se poursuivit vivement, ponctué par les remarques sarcastiques de Jasmine. Elle jouait avec concentration, et James ne pouvait se douter un instant qu'elle l'amenait habilement au moment où il pourrait subtiliser sa dame, et ainsi gagner la partie. Elle avança un pion, pesta de sa fausse manœuvre, fit un geste pour se reprendre, mais il l'en empêcha.

— Ce n'est pas ce que je voulais jouer ! protesta-t-elle avec vigueur. J'étais distraite. Laissez-moi changer !

— Vous aviez lâché la pièce, dit-il calmement.

— J'étais distraite, ce n'était pas ce que je voulais faire, monsieur, répéta-t-elle.

— Si les rôles étaient inversés, me permettriez-vous de reprendre mon pion ? demanda-t-il.

Elle se mordilla la lèvre sans répondre.

James Leslie prit la reine d'ivoire.

Alors Jasmine bondit sur ses pieds et fit mine de s'enfuir, mais il fut plus rapide et il la saisit à la taille pour l'attirer contre lui.

— Non, madame, vous ne vous sauverez pas sans avoir payé votre dû ! dit-il en posant fermement une main sur son sein.

Son souffle chaud qui caressait son oreille la faisait frémir de tout son être.

— Ya-sa-meen, murmura-t-il, employant le nom qu'on lui avait donné à la naissance. Comme j'ai envie de vous... Je n'ai jamais oublié notre nuit d'amour, il y a si longtemps.

Elle sentait le bout de son sein se raidir sous la caresse.

— Les domestiques…

— Sont trop bien dressés par Adali pour entrer dans cette pièce sans y avoir été invités, dit-il en repoussant l'échiquier du pied avant d'allonger Jasmine sur la peau de bête devant le feu.

Ses doigts habiles eurent raison de la petite grenouille d'or et le peignoir s'ouvrit sur le corps nu de la jeune femme. Il fut un instant subjugué par sa beauté.

— Comment avez-vous pu garder cette silhouette juvénile après avoir donné naissance à quatre enfants ? souffla-t-il.

— Elle n'est plus juvénile, répondit-elle doucement. Mon ventre est moins plat et mes seins plus lourds que la dernière fois que nous nous sommes trouvés ainsi, Jemmie. J'ai un corps de femme, désormais.

— Pour moi, vous êtes la créature la plus parfaite du monde, affirma-t-il. Et j'adore vos seins.

— Il est injuste que je sois la seule en position de faiblesse, dit-elle en délaçant sa chemise et la faisant glisser jusqu'à sa taille. Que porte un Écossais sous son kilt, James ? le taquina-t-elle, provocante.

Il se leva en souriant et se déshabilla.

— Seulement sa virilité, madame.

— Ôtez aussi vos chaussettes, dit-elle en se débarrassant elle-même de ses mules.

Il obéit et vint la rejoindre sur la fourrure.

— Vous vous rappelez, la dernière fois ?

Elle eut un petit sourire rêveur.

— C'était après la fête de la Nuit des Rois chez mon oncle. Sibby nous a surpris ensemble et elle a fait une telle histoire que mon beau-père voulait nous marier afin de sauvegarder ma réputation. Pauvre Alex, pris entre ces deux filles ! Une qui vous voulait désespérément, du moins le pensait-elle.

— Et l'autre qui refusait de m'épouser. Vous disiez

que personne ne vous conduirait de force à l'autel. Pourtant, ajouta James avec un sourire malicieux, vous y voilà obligée, et avec ce même homme que vous refusiez jadis. Je suis tombé amoureux de vous, à cette époque, le saviez-vous ?

Jasmine secoua la tête.

— Non, je l'ignorais.

Il effleura ses lèvres.

— C'est pourtant vrai, ma chérie. J'étais fou de vous mais, quand j'ai enfin trouvé le courage d'aller voir vos grands-parents, vous étiez fiancée à Rowan Lindley. J'avais perdu trop de temps. Le retardataire de l'amour. C'est pourquoi je ne peux plus vous laisser m'échapper, cette fois, Jasmine. Ni maintenant ni jamais !

— Quelle détermination ! dit-elle en caressant son beau visage. Et moi, je n'ai pas mon mot à dire, James Leslie ?

— Vous avez le droit de dire que vous m'appartenez pour toujours, dit-il. Jurez-le !

Elle eut un petit rire tendre.

— Pas encore. Si vous êtes trop sûr de moi, James, vous deviendrez moins attentif, moins gentil. Je préfère que vous restiez dans l'incertitude. Au moins jusqu'à ce que nous échangions nos vœux cet été.

— Chipie ! dit-il, mi-amusé mi-furieux.

Appuyé sur un coude, il la contemplait, et elle l'attira à lui pour l'embrasser.

— Vous préféreriez me voir minauder, me traîner à vos genoux ? Mieux vaut savoir ce qui vous attend. Peut-être allez-vous changer d'avis, finalement, et prier le roi de vous dégager de ces fiançailles.

— N'y comptez pas, madame. Je n'ai pas un caractère plus facile que le vôtre. Je crois que nous nous accordons parfaitement.

Il se pencha pour prendre un sein entre ses lèvres, tandis qu'il caressait l'autre de ses doigts habiles.

Un délicieux frisson la parcourut. Il y avait si long-

temps qu'elle n'avait pas fait l'amour qu'elle avait presque l'impression d'être encore vierge. Elle enfouit les mains dans ses cheveux, et soupira de plaisir.

La première et seule fois où ils avaient été ensemble, c'était après une longue période d'abstinence de sa part, à la suite du meurtre de son premier mari, Jamal. Et de nouveau il mettait fin à son célibat. Elle se demanda si le plaisir qu'elle éprouvait venait de son état de frustration, ou s'il était vraiment un excellent amant.

Il dessinait à présent des arabesques sur sa poitrine, grisé par son parfum si féminin, tandis qu'elle crispait les mains dans ses cheveux.

Il se redressa et prit sa bouche qui s'ouvrit pour lui en un baiser infini. Elle caressait son cou, ses épaules, et le sentait frémir là où ses doigts se posaient. Il ne put retenir un gémissement quand elle descendit le long de son dos et posa les mains sur ses fesses.

Ensuite elle le prit entre ses mains avec une délicatesse pleine de sensualité, et il crut qu'il allait exploser.

— Patience, monseigneur, souffla-t-elle. Une femme est plus lente à s'éveiller.

En guise de réponse, il la repoussa, roula sur le côté et effleura son mont de Vénus, heureux de l'entendre pousser un petit cri. Alors il glissa un doigt dans les replis secrets et joua avec la douce chair jusqu'à ce qu'elle se cambre sous la caresse.

Perdue, elle sentait le plaisir monter en elle, vague après vague, menacer de la submerger. Il s'arrêta, puis reprit la caresse, plus loin, plus profondément.

— Oui ! cria-t-elle.

Alors enfin il plongea en elle, et la sentit chaude et palpitante autour de lui. Elle noua les jambes sur ses reins afin qu'il s'enfonce davantage encore.

Il y avait si longtemps ! Le sang bourdonnait aux oreilles de Jasmine, elle ne savait plus où elle était. Elle se plaqua une main sur la bouche afin d'étouffer le

grand cri qui s'élevait en elle, mais il la lui retira aussitôt et son chant d'amour emplit la vaste pièce.

Elle frissonna quand la vague qui l'avait emportée la rejeta sur le rivage.

Il s'abattit sur elle dans un grondement de plaisir, et ils restèrent un instant immobiles, le souffle court.

Enfin il roula sur le côté.

— Vous êtes plus merveilleuse encore que dans mon souvenir. Je suis fou de vous, Jasmine ! Dites-moi que vous y avez pris plaisir, vous aussi...

Elle eut un petit rire.

— Je crois, monseigneur, que nous avons trouvé un véritable terrain d'entente. Voilà qui promet un heureux mariage !

— Mais il en faut davantage, Jasmine, dit-il avec sérieux.

— Bien sûr, cependant n'est-ce pas un bon début ?

— Ainsi, vous êtes maintenant décidée à obéir au roi ? plaisanta-t-il.

— Voici un autre point commun, monseigneur. Nous sommes tous les deux des gens de devoir, nous respectons nos obligations vis-à-vis de nos familles et de la Couronne.

Elle prit sa main et se mit à en sucer les doigts un par un sans le quitter des yeux.

— Quoi d'autre encore, madame ? murmura-t-il.

Dieu, c'était une véritable sorcière ! Il venait de lui faire l'amour avec fougue, et déjà il sentait le désir renaître en lui.

— Nous aimons tous les deux les enfants et la vie simple, dit-elle.

— Oui, mais ce sont vos enfants, pas les miens.

— La situation n'est pas désespérée, promit-elle.

Elle se redressa, enfila son peignoir.

— Venez, mon lit sera plus confortable que ce tapis. Maintenant que je suis décidée à accomplir mon devoir, vous me trouverez on ne peut plus docile, monseigneur.

Elle se dirigea vers la porte, se retourna pour l'attendre.

Il attacha son kilt à sa taille, ramassa le reste de ses vêtements et, fasciné, il la suivit.

ANGLETERRE

Printemps 1615

6

Après avoir quitté Belles-Fleurs, ils remontèrent vers Paris, où ils demeurèrent quelques jours dans la résidence des Saville. Jasmine avait son propre carrosse, pourtant James et elle préférèrent effectuer le voyage à cheval. Un chariot à bagages les accompagnait, dans lequel se trouvaient Fergus More et Rohana. Skye était partie pour l'Angleterre deux semaines et demie plus tôt, emmenant avec elle Adali et Toramalli, au grand soulagement de sa vieille Daisy.

— Vous avez perdu l'esprit, madame, quand vous avez proposé d'emmener ces quatre bambins en Angleterre, avait-elle reproché à sa maîtresse. Est-ce que je n'ai pas déjà assez de travail, à veiller sur vous ? Vous devenez difficile avec l'âge, et je ne suis plus une jeune fille !

Skye l'avait aussitôt rassurée : deux domestiques de Jasmine les accompagneraient.

— Nous n'aurons pas à nous en occuper, promit-elle.

— J'espère bien ! rétorqua sèchement la vieille camériste.

Tout en chevauchant dans la campagne française aux côtés de James, Jasmine se rappelait la conversation. Elle se sentait presque coupable d'avoir laissé partir ses enfants pour pouvoir profiter d'une mer-

veilleuse intimité avec l'homme qu'elle allait épouser.

Le voyage fut agréable, l'air était doux, le printemps s'épanouissait, et le comte de Cher, qui leur avait fourni une escorte, leur avait réservé des chambres dans de petites auberges simples mais bien tenues, où la chère était goûteuse et le vin savoureux.

Jasmine fut déçue lorsqu'ils arrivèrent enfin à Paris, qu'elle n'appréciait pas plus qu'elle n'appréciait Londres. Comme toutes les grandes villes, la capitale dégageait une odeur pestilentielle du fait des ordures répandues dans les caniveaux et de la crasse de ses habitants. Le bruit y était infernal de jour comme de nuit.

Ils visitèrent néanmoins Notre-Dame et furent reçus au Louvre par le jeune roi Louis XIII et sa toute nouvelle épouse, l'Infante Anne d'Autriche.

— Grand-maman n'aime pas beaucoup Paris, dit Jasmine au comte. Elle trouve que les Français ont un fâcheux penchant pour la violence.

— Elle n'a pas tort. Les catholiques et les protestants se bagarrent une fois de plus. La reine mère, Marie de Medicis, et Concini, son beau-frère, gouvernent encore à la place du roi. Et il y a à l'horizon un jeune ecclésiastique, Jean-Armand du Plessis de Richelieu, dont nous entendrons parler, à mon avis. La France n'est pas un endroit sûr, en ce moment.

Ils n'y restèrent que deux jours avant de partir pour la côte où les attendait la *Rose de Cardiff*, un bâtiment de la compagnie de commerce O'Malley-Small. Ils embarquèrent dans l'après-midi pour atteindre la côte anglaise le lendemain matin.

Ils se tenaient sur le pont quand ils pénétrèrent avec la marée dans l'estuaire de la Tamise, et ils débarquèrent en début de soirée à Londres où ils eurent la surprise de trouver Adali qui les attendait avec le grand bateau plat des Marisco.

— Comment diable as-tu su quand nous serions là ? lui demanda Jasmine.

— J'ai accompagné votre grand-mère à Queen's Malvern, puis je suis revenu à Londres, madame. Le capitaine de la *Rose de Cardiff* devait m'indiquer le jour de son départ, et me préciser combien de temps il mettrait pour rentrer. Le correspondant de lady de Marisco à Paris a prévenu par pigeon voyageur que vous aviez quitté la France, le reste n'était pas très compliqué.

Adali se tourna vers James Leslie.

— Bienvenue, monseigneur. J'espère que vous avez fait bon voyage.

Avant que James ait pu répondre, l'eunuque se retournait vivement.

— Attention au carrosse, espèce de barbares ! Et traitez les chevaux convenablement, ou vous aurez de mes nouvelles !

Il reporta son attention sur Jasmine.

— Il faut que je surveille le débarquement en personne, ma princesse, sinon ils vont tout abîmer. La barge vous mènera à Greenwood. Toramalli est rentrée à Londres avec moi, et elle vous attend. Tout est prêt pour votre arrivée, il y a même un message du roi qui vous convoque à Whitehall après-demain. Et votre oncle, le comte, réside à Lynmouth House.

Il s'inclina vivement et retourna, fort agité, donner ses ordres sur le quai.

Jasmine pouffa.

— Il ressemble de plus en plus à une vieille femme maniaque, cependant je ne sais pas ce que je deviendrais sans lui.

— Il sera sans doute déconcerté par le château de Glenkirk ! dit gaiement le comte. Mais j'aime bien votre Adali, ma chérie. Il vous est entièrement dévoué. Comme moi. Il est également travailleur, intelligent, fidèle.

— Il n'a jamais oublié que ma mère lui a permis de s'élever dans la société, ni que mon père m'a confiée à ses soins lorsque j'ai dû quitter le royaume. Je l'ai tou-

jours eu à mes côtés, et je n'imaginerais pas ma vie sans lui.

Ils montèrent à bord de la barge où ils s'installèrent dans la petite cabine aux vitres gravées, aux banquettes de velours rouge. Le soir tombait sur la Tamise.

— J'ai hâte d'aller présenter mes respects au roi, puis de quitter Londres, dit James en posant le bras sur les épaules de Jasmine. En automne, je vous emmènerai en Écosse. Nous chasserons le cerf au milieu des bruyères, vous verrez les arbres se teinter de roux et d'or avec l'arrivée des premiers froids et, quand la neige tombera, nous nous terrerons dans notre gîte comme des lapins... pour faire ce que font le mieux les lapins, ajouta-t-il avec malice.

Il l'embrassa, tandis que sa main cherchait son sein, et elle poussa un soupir de satisfaction en se lovant contre lui.

— Vous me transformez en créature dépravée, Jemmie. Arrêtez, sinon le marinier va nous voir, et il ira le raconter à tout le monde !

Pour toute réponse, il tira les rideaux, afin de les isoler du monde extérieur. Puis il s'agenouilla devant elle, releva ses jupes et plongea le visage entre ses jambes blanches. Le contact de sa bouche sur elle arracha un cri de plaisir à Jasmine.

Elle crispa les doigts dans ses cheveux en essayant de retenir les gémissements qui lui montaient à la gorge.

Il releva la tête, le regard brûlant.

— Je vous veux. Ici, tout de suite !

Il se rassit, la prit sur ses genoux et la pénétra hardiment.

Elle eut l'impression qu'elle allait exploser. Pourtant c'était mal, ils n'auraient pas dû... C'était divin !

Elle le chevauchait avec une telle fougue qu'il en avait la tête qui tournait. Oui, elle avait une sensualité délirante, jamais il n'avait autant désiré une femme, et elle était sienne !

Incapable de se dominer plus longtemps, il jouit au moment où elle s'effondrait contre lui, sa tête brune contre son épaule. Il la serra tendrement dans ses bras.

— Vous êtes irrésistible, madame, murmura-t-il dans ses cheveux. Je suis arrivé en France bien déterminé à vous punir de votre désobéissance, je vous détestais de m'avoir ridiculisé, et en trois mois vous m'avez envoûté. Je suis de nouveau incapable de résister à vos charmes. Et le pire, c'est que j'en suis ravi, Jasmine. Je crois que je n'ai jamais cessé de vous aimer.

Jasmine, rouge d'embarras, remit de l'ordre dans sa toilette. Quel amant magnifique elle avait découvert ces dernières semaines ! Mais l'amour ? Elle ne voulait pas lui mentir. D'ailleurs il ne l'aurait pas supporté.

— Je n'ai jamais eu le temps de tomber amoureuse de vous, dit-elle lentement.

— Je sais. Mais, moi, je suis tombé amoureux la Nuit des Rois à la fête de votre oncle. Hélas, il m'a fallu longtemps pour le reconnaître, et même pour me l'avouer. Vous avez épousé Rowan Lindley, pourtant je continuais à vous aimer en secret. Quand Rowan est mort, Henry vous a voulue, et vous vous êtes lancée dans une nouvelle relation tandis que je gardais mon secret enfoui au fond du cœur, sans jamais oser espérer qu'un jour vous m'appartiendriez. Maintenant, vous êtes à moi et vous avez toute la vie pour apprendre à m'aimer, Jasmine.

— Y parviendrai-je ? demanda-t-elle doucement.

Il tourna son visage vers elle, et son expression était si tendre qu'elle en eut le souffle coupé.

— Oui, vous y arriverez, madame, assura-t-il avant de baiser ses lèvres.

— Greenwood ! annonça une voix forte à l'extérieur.

James Leslie ouvrit les rideaux.

— Vous êtes allé vite ! dit-il au marinier.

— La marée est encore avec nous, monseigneur, et Dieu sait combien de fois le bateau et moi avons sillonné cette bonne vieille Tamise !

La barge accosta avec douceur, et James aida Jasmine à mettre pied à terre, puis ils remontèrent les pelouses qui menaient au manoir. On venait à leur rencontre, et Jasmine s'élança à la rencontre du nouveau venu.

— Oncle Robin ! s'écria-t-elle.

Robin Southwood, comte de Lynmouth, la serra dans ses bras.

— Alors, espèce de fugueuse, tu nous es enfin revenue ! Le roi a hâte de te voir, mais il a moins envie de te punir, maintenant qu'il a rencontré son petit-fils.

— Le roi a vu Charles Frederick ? s'étonna Jasmine.

— Mère s'est arrêtée à Londres il y a deux semaines, et elle a amené tes enfants à la Cour. Le roi était enchanté, et il s'est montré aussi affectueux avec ton jeune marquis et ses sœurs qu'avec son descendant. Les petits se sont comportés à merveille ; tout le monde les a admirés, Jasmine. Tu ignorais qu'elle devait se rendre à Whitehall avant de partir pour Queen's Malvern ? Oui, de toute évidence, tu n'en savais rien. Maman, toujours aussi futée, a désamorcé la colère du roi, ma chérie. Les événements ne tournent pas au mieux pour lui, en ce moment, et ta désobéissance publique n'a rien fait pour arranger son humeur. Mais à présent qu'il a vu Charles Frederick, il est un peu moins contrarié. Ce délicieux enfant a complètement séduit son grand-père.

Jasmine resta un instant silencieuse avant de demander :

— Tous les enfants sont partis à Queen's Malvern, n'est-ce pas, oncle Robin ?

— Bien sûr ! Pourquoi cette question ?

— Jasmine craint que le roi ne la prive de Charles Frederick, expliqua James, et qu'il confie son éducation à des étrangers, comme il l'a fait pour le prince Henry. La reine l'a mise en garde, et elle ne connaîtra de repos que lorsque le roi l'aura assuré qu'il n'en a aucune intention.

Robin Southwood réfléchit à cette éventualité.

— En effet, nous devons obtenir du roi sa parole que Charles Frederick Stuart restera auprès de sa mère et de son beau-père. Oui, il nous faut une promesse royale.

— Vous avez entendu des rumeurs ? s'inquiéta Jasmine.

— Non, ma chérie, dit vivement Robin Southwood, cependant il ne faut pas trop se fier aux rois. Leur statut leur donne à croire que Dieu les guide dans chacune de leurs décisions, or je ne pense pas que ce soit toujours le cas. Mais ne raconte surtout pas que j'ai prononcé ces paroles ! Je suis le loyal serviteur du roi, et jamais je ne mettrais son autorité en doute ! conclut-il en adressant un clin d'œil à sa nièce.

Elle eut un rire frais.

— Quel irrespect, mon oncle !

— Pas du tout, ma chérie ! Rappelle-toi que j'ai grandi au sein d'une Cour bien plus importante que celle-ci, et que j'ai servi une reine plus impressionnante que notre roi actuel. Comme mon père avant moi, je suis le type même du courtisan modèle. Mais je suis simplement venu du Devon pour t'accueillir, Jasmine, pour aplanir ton chemin lorsque tu devras te présenter au roi et lui offrir tes plus plates excuses pour ta désobéissance à ses ordres. Ensuite, je retournerai auprès de ma chère Angel, de nos enfants et de nos petits-enfants. Cette vie fastueuse ne m'amuse plus. Les petites passions du roi causeront sa perte, je le crains. D'abord Carr, et maintenant deux nouveaux jeunes gens qui se disputent ses faveurs...

Ils étaient arrivés au manoir et se mirent à table sans attendre.

— Le roi n'a pas toujours été ainsi, fit remarquer James. Je le connais depuis l'enfance. Mais avec l'âge, le temps...

— Il n'a jamais eu de maîtresse, comme tant de ses prédécesseurs, dit Robin. Il a toujours été fidèle à

la reine, à part ses coups de cœur pour quelques mignons, et encore seulement depuis qu'il est arrivé en Angleterre.

— Il n'a pas toujours été irréprochable, le contra James en buvant une gorgée de vin.

— Vraiment ? Le roi aurait eu une maîtresse ?

— Oui, répondit James, ma mère. Il y a bien longtemps. Le roi nourrissait pour elle une véritable passion, bien qu'elle ne l'ait jamais encouragé. Il a expédié mon père au Danemark afin d'escorter lui-même ma mère, toute jeune mariée, en Écosse, et là il l'a pratiquement violée. Mon père a fini par l'apprendre, cela a ruiné leur mariage et ma mère s'est enfuie afin de chercher protection auprès de lord Bothwell. C'est une longue histoire que je vous raconterai peut-être un jour, mais sachez que le roi n'était pas le personnage falot que vous connaissez aujourd'hui. Il était brutal, cruel, aussi rude que n'importe lequel de ses soldats.

— La reine était-elle au courant ? demanda Jasmine.

— Je n'en sais rien. Je ne pense pas, car elle a toujours été fort aimable avec moi, mes frères et mes sœurs. À mon avis, les seuls à savoir étaient lord Bothwell, mon père, le roi et la cameriste de ma mère, Ellen. Vous vous rappelez que le roi a été élevé par des puritains qui auraient été horrifiés d'apprendre que leur protégé convoitait l'épouse d'un autre et qu'il l'avait prise malgré elle.

— Sapristi ! s'écria le comte de Lynmouth. Venant d'un autre que vous, James, je n'aurais pas cru à cette histoire. Votre mère s'est ensuite mariée avec Bothwell, n'est-ce pas ?

— Après le décès de mon père, en effet. À un détail près : il était toujours vivant. Il partait aux Amériques quand son navire s'est perdu en mer. On l'a cru mort, or voilà qu'il a reparu sept ans plus tard à Glenkirk. À cette époque, le roi l'avait déclaré disparu, et ma mère, remariée, vivait heureuse en Italie avec lord

Bothwell et leurs trois enfants. J'ai persuadé mon père de ne pas se manifester auprès d'autres que moi. De garder le secret de sa « résurrection ». Comme il n'avait aucune envie de reprendre son ancienne vie, il a accepté volontiers. Il y avait, paraît-il, une belle jeune femme qui l'attendait au Nouveau Monde. Mon père a toujours été un séducteur, ajouta le comte en riant.

— Est-il toujours en vie ?

— Oui. Il a épousé la dame, qui lui a donné plusieurs descendants.

— Eh bien, dans notre famille, vous ne serez pas dépaysé, dit Lynmouth. Mon grand-père était un pirate, ma sœur Willow a été conçue par un renégat espagnol qui vivait à Alger, et Jasmine est la fille d'un empereur moghol. Nous ne sommes pas plus rangés que les Leslie de Glenkirk !

Tout en bavardant, ils avaient dégusté un délicieux repas fait de saumon, de chapon rôti et de fromage, et le comte de Lynmouth se leva afin de prendre congé de James et Jasmine.

— Je vous laisse, mais je reviendrai vous chercher demain pour aller à Whitehall. Prépare-toi à te conduire avec humilité, Jasmine. Le roi te pardonnera si tu te montres suffisamment contrite. La princesse moghole doit se retrancher derrière la marquise de Westleigh, or celle-ci n'est que honte et remords. Tu en es bien consciente ?

— Oui, mon oncle, dit Jasmine d'une voix sage.

— Quelle docilité, ma chérie ! la taquina le comte. Je suis impressionné. Comporte-toi ainsi devant le roi, et tout sera oublié. Je vous aurais volontiers félicité sur le succès de votre équipée, mon cher, continua-t-il à l'adresse de James, mais je vois que vous êtes tombé de nouveau amoureux de ma nièce au point de lui céder tous ses caprices. Tâchez d'avoir l'air de dominer la situation, devant notre bon vieux roi.

— Grand-maman dit qu'il ressemble beaucoup à son

père, déclara Jasmine après le départ de son oncle préféré.

Elle prit une fraise dans le compotier.

— Auriez-vous envie de poursuivre la conversation commencée dans le bateau ? proposa-t-elle en se léchant le bout des doigts. Pensez-vous que quelqu'un ait déjà fait l'amour sur le fleuve, James ?

— Je ne crois pas que nous ayons témoigné d'une grande originalité, répondit-il avec humour. Hmmm, c'est bon, continua-t-il en croquant à son tour dans un fruit juteux.

Jasmine, en le tenant sous le charme de son regard turquoise, cueillit de la langue une goutte de jus rouge sur ses doigts, puis elle se leva, et le comte la suivit, non sans emporter le compotier.

Ils montèrent à leur chambre, dans le vaste appartement qui avait été autrefois celui de Skye. Rohana les y accueillit mais, quand elle vit la passion qui brillait dans les yeux de sa maîtresse et ceux de lord Leslie, elle s'éclipsa vivement.

Dans sa hâte, Jasmine faillit déchirer la chemise de James quand elle la lui passa au-dessus de la tête et elle ne put retenir un petit gémissement en lui caressant le torse.

Il délaça sa jupe qui tomba au sol et baisa sa poitrine à travers le fin tissu de sa chemise avant de la lui arracher.

Une fois nus tous les deux, peau contre peau, ils échangèrent un baiser torride tandis qu'il dénouait la chevelure soyeuse de la jeune femme. Enfin il la saisit aux reins, la souleva et la pénétra d'une poussée énergique.

— Sorcière, gémit-il.

Elle croisa les jambes autour de sa taille. Dieu, il était si fort qu'elle avait presque mal ! Elle renversa la tête en arrière, et il embrassa son cou, sa gorge, tout en la menant vers le lit. Les bras derrière la tête, elle lui laissait libre accès à tout son corps.

Comme il jouait de la langue avec ses seins, elle ne put retenir un cri de plaisir qui le fit sourire. C'était son point le plus sensible, et il s'en donna à cœur joie, heureux de la sentir frémir sous la délicieuse torture qu'il lui infligeait.

Jasmine le sentait bouger en elle, et elle avait l'impression qu'elle allait éclater de plaisir. Mais il lui en fallait davantage encore, et elle se mit à psalmodier comme une fille de joie les mots choquants qui lui venaient malgré elle à l'esprit.

Il eut un rire de gorge.

— Oui. Dis-moi combien tu me désires, Jasmine. Dis-le-moi ! Dis-le-moi ou je me retire. Tu ne m'aimes peut-être pas, chérie, mais tu me désires. Dis-le !

Les yeux dorés pénétraient jusqu'au fond de son âme.

— Tu me désires tout autant, rétorqua-t-elle en se resserrant autour de lui

— Prononce les mots, Jasmine. Dis que tu as envie de moi.

Il mordilla presque cruellement un bout de sein rose, et elle poussa un cri. Le désir la submergeait. Il allait la tuer !

— Je te veux, James ! dit-elle dans un sanglot. Je te veux. Fais-moi l'amour, je t'en supplie ! Fais-moi l'amour !

Il se mit enfin à bouger de plus en plus vite, de plus en plus fort, jusqu'à ce qu'ils s'envolent ensemble vers les sommets de l'extase, en un feu d'artifice qui les laissa tous les deux pantelants et épuisés. Jasmine crut qu'elle ne redescendrait jamais sur terre, mais elle s'en moquait. Elle était si bien, là-haut !

Il retomba sur elle, le cœur battant, le souffle court.

Ils restèrent longuement allongés l'un contre l'autre et, quand James se redressa enfin, Jasmine somnolait à demi.

— Rohana m'a-t-elle préparé un bain ? demanda-t-elle d'une voix ensommeillée.

James s'ébroua.

— Oui.

Elle se dirigea vers la baignoire.

— L'eau est encore chaude, annonça-t-elle en y pénétrant.

Il la contemplait avec éblouissement. Il venait de vivre l'expérience la plus entachée de passion de toute sa vie, une passion proche de la violence. James Leslie avait toujours été plutôt conservateur, il avait eu de lourdes responsabilités dès son plus jeune âge, entre un père libertin et une mère pour laquelle l'aventure s'était terminée en exil volontaire. Sa chère Isabelle était une épouse charmante, mais dépourvue de sensualité, et il ne s'était pas cru capable d'une telle passion avant ce jour. Sans doute avait-il hérité du tempérament de feu de sa mère.

— James ?

Elle était debout dans la baignoire, l'eau ruisselant sur son corps ravissant.

— À votre tour, monseigneur.

Il la rejoignit, et elle le savonna des pieds à la tête. Il frémit lorsqu'elle parvint à son sexe, mais elle ne se laissa pas troubler, cette fois.

— Voilà ! dit-elle gaiement quand elle en eut terminé. Séchons-nous, maintenant.

Ils se frictionnèrent mutuellement, puis elle courut vers le lit.

— Je n'avais pas pris de véritable bain depuis Belles-Fleurs. Je me sens mieux !

— Vous ne mettez pas de chemise ?

— Pour quoi faire ? Venez donc sous les couvertures, monseigneur, ou vous allez attraper un rhume.

Il se glissa entre les draps, et elle se lova contre lui.

— J'ai sans cesse envie de vous, Jasmine, murmura-t-il. Quel sort m'avez-vous jeté ?

— Par le Ciel, répliqua-t-elle, mon oncle a raison, Jemmie, vous êtes tombé amoureux. Mais il ne faut pas. Notre mariage doit être une union raisonnable, pas un mariage d'amour !

— Pour quelle raison ?
— Parce que les hommes que j'ai aimés sont morts ! Vous le savez bien, James.
— Nous mourrons tous un jour ou l'autre, Jasmine. Votre grand-mère a perdu cinq maris avant d'épouser votre grand-père, avec lequel elle a vécu heureuse pendant plus de quarante ans. Vous m'aimerez, ma chérie, insista-t-il en la serrant plus fort encore dans ses bras, et quand vous vous en rendrez compte, vous me le direz. Maintenant, dormez. Vous m'avez épuisé, et j'ai besoin de reprendre des forces si nous voulons recommencer nos petits jeux avant la fin de la nuit.
— Vous êtes insatiable, soupira-t-elle.
Ils dormirent quelques heures et, quand Jasmine ouvrit les yeux, elle vit que le feu brûlait aussi joyeusement que lorsqu'elle avait perdu conscience. Elle était allongée sur le dos, les couvertures avaient été repoussées. Une fraise était posée sur son nombril et James était penché dessus, cherchant à la saisir entre ses dents.
Elle éclata d'un rire frais.
— Depuis combien de temps vous servez-vous de moi comme assiette à dessert ?
— J'en suis à la sixième fraise.
— Alors, c'est mon tour ! déclara-t-elle en se redressant. Allongez-vous, monsieur, et laissez-moi faire.
Elle dessina une arabesque de fruits rouges tout au long de son corps, puis elle se mit à les croquer l'un après l'autre.
Il demeurait parfaitement immobile malgré le trouble qui s'emparait de lui à la voir ainsi mordre les fraises de ses petites dents très blanches. Elle termina par celles du ventre, puis, les lèvres sucrées, elle le prit dans sa bouche. Il gémit de plaisir, au bord de la jouissance.
Alors elle se mit à califourchon sur lui et se laissa glisser tout doucement sur son sexe durci.

Ce n'est pas de l'amour, se répétait-elle. Seulement du plaisir, de l'érotisme. Rien de plus.

Si elle se laissait aller à l'aimer, il connaîtrait une fin aussi prématurée que Jamal, Rowan, le doux prince Henry. Mais quel merveilleux, quel divin amant !

— Jemmie ! cria-t-elle, incapable de retenir davantage le désir fou qui montait en elle.

Sans tarder, il l'amena à l'assouvissement. Elle avait besoin de lui, même si elle refusait cette idée. Oh, ma chérie, pensait-il, vous êtes en train de tomber amoureuse de moi, vous aussi, bien que vous refusiez de l'admettre.

Elle enfonça les ongles dans son dos tandis que de violents spasmes la secouaient et que des millions d'étincelles explosaient sous ses paupières closes. Sans s'en rendre compte, elle le mordit au sang quand il la remplit de sa semence brûlante.

Enfin il roula sur le côté.

— Dieu, que se passe-t-il entre nous ? souffla-t-il, encore tout ébloui. Est-ce que ce sera toujours aussi... débridé ?

— Je n'en sais rien, répondit-elle dans un demi-sanglot.

Oui, c'était insensé, et elle n'y comprenait rien. Jamal était un amant tendre, Rowan également, et même le prince, quand elle avait été sa maîtresse. Mais la passion qu'elle vivait avec James Leslie était libre, sauvage, comme si chacun d'eux voulait gagner sur l'autre. Serait-ce toujours ainsi, et Jasmine y survivrait-elle ?

Il lui prit la main.

— Comment pourriez-vous ne pas m'aimer, quand notre passion est si forte ?

— Je ne dois pas vous aimer, je ne le dois pas !

— Mais vous m'aimez, et vous le savez !

— J'ai peur, James !

Il la serra contre son épaule.

— Pourquoi ? Ne me répétez pas que les hommes que vous aimez meurent, ma chérie.

— C'est pourtant le cas, Jemmie, dit-elle avec l'accent du désespoir. J'ai aimé chacun de mes maris, j'ai été heureuse avec eux. Je ne voulais rien de plus que chérir un époux et porter des enfants. Mais quand Jamal est mort, j'ai perdu le bébé que j'allais mettre au monde. Lorsque Rowan a été tué, je suis restée avec deux petits, enceinte d'un troisième. J'ai failli mourir, cette fois-là. Et puis Henry. Il était trop jeune ! Il aurait dû vivre, devenir roi d'Angleterre ! Mais il m'aimait, et il a péri, lui aussi.

— Le prince est mort des suites d'une maladie attrapée parce qu'il se baignait dans les eaux froides de la Tamise alors qu'il venait de transpirer. C'est tragique, mais vous ne pouvez en aucun cas vous sentir responsable de sa fin. Votre premier époux a été assassiné sur ordre de votre frère, et la balle qui a tué Rowan vous était destinée. Autant d'accidents regrettables, mais ce n'était que de la malchance, Jasmine. Nous nous marierons le 15 juin, ma chérie, et nous vivrons longtemps, et heureux, parce que j'en ai décidé ainsi. Maintenant, dites-moi que vous m'aimez, insupportable jeune femme. J'ai attendu ces mots assez longtemps !

— Vous êtes trop sûr de vous, monseigneur, répondit-elle.

— Jasmine ?

Le ton était lourd de menaces.

— Je veux vivre longtemps avec vous, James. Je le veux vraiment.

— Vous m'aimez ? insista-t-il.

Elle le regardait droit dans les yeux.

— Oui, Jemmie, je vous aime. Et je vous aimerai toujours.

7

Robert Carr, vicomte de Rochester et comte de Somerset, était en train de perdre l'amitié du roi, il en était conscient et s'en désespérait. Il avait commencé sa carrière comme page à la Cour et, à vingt ans, il avait été fait gentilhomme de la Chambre du roi après avoir attiré l'attention de James lorsqu'il s'était brisé le bras en tournoi. L'année suivante, le roi lui avait offert une plaque d'or sertie de diamants, et trois ans plus tard on lui donnait le titre de vicomte. Lorsqu'il avait posé les yeux sur Frances Howard, la comtesse d'Essex, il n'avait eu de cesse de la prendre pour femme.

Frances Howard avait été traînée à l'autel par sa famille à l'âge de quatorze ans. Elle détestait son mari, le comte d'Essex, Robert Devereaux, et celui-ci le lui rendait bien. Elle avait d'ailleurs été la maîtresse du prince Henry avant qu'il se lie avec Jasmine. Puis Carr et elle étaient tombés amoureux l'un de l'autre, mais il n'y eut pas de divorce. Frances Howard demandait l'annulation de son mariage, invoquant l'impuissance de son mari, non seulement avec elle, mais avec toutes les femmes. C'était un mensonge, cependant le roi et les évêques feignirent de l'ignorer. Ainsi Frances et Robert Carr purent-ils se marier, alors qu'elle était âgée de seize ans et lui de vingt-six.

L'un des amis de Robert Carr, sir Thomas Overbury, s'éleva publiquement contre cette union, calomniant la jeune femme qu'il haïssait. Il en avait même appelé au roi pour qu'il sauve Carr des griffes de cette créature.

Ses efforts se révélèrent vains, et peu après le mariage sir Thomas Overbury se retrouva emprisonné dans la tour de Londres. Il y rongea son frein durant quelques mois, puis un matin on le retrouva mort dans sa cellule.

Choqué, le roi demanda qu'une enquête fût faite, laquelle révéla que sir Thomas avait été empoisonné par des friandises. On finit par découvrir que les bonbons provenaient de la maisonnée de Carr, bien qu'on ne pût savoir avec certitude s'ils avaient été envoyés par le comte ou par la comtesse. En effet, la boîte couverte de papier doré avait été remise par un gamin des rues à un hallebardier gardien de la tour. Il n'était pas improbable que l'on eût ensuite éliminé le messager afin de s'assurer de son silence. Cependant la boîte à bonbons était semblable à celles que Frances offrait souvent à ses amis, et le confiseur déclara qu'il les fabriquait exclusivement pour elle. Il était possible, mais guère vraisemblable, qu'on lui en eût volé une. Toutefois, jusqu'à présent, ni le comte ni la comtesse n'avaient été officiellement accusés de meurtre, puisque l'on ne disposait d'aucune preuve irréfutable.

Néanmoins, Carr sentait qu'il était en disgrâce. Depuis le scandale, James Stuart le convoquait moins fréquemment, ignorant ostensiblement son ancien favori. Les yeux chassieux du roi s'allumaient désormais en présence de deux autres jeunes gens. George Villiers, un insignifiant petit campagnard, avait visiblement toute son indulgence, et Carr se demandait comment ce paysan avait pu en un an devenir gentilhomme de la Chambre ! Certes, il était beau garçon, avec ses pétillants yeux noisette et sa chevelure châtaine ondulée, mais Carr n'avait aucune confiance en lui.

Plus dangereux encore était Piers St. Denis, le marquis de Hartsfield. Avec son titre, il n'avait pas besoin du roi, dont il se gagnait pourtant les faveurs avec une rapidité surprenante. St. Denis avait énormément de

charme, et il savait distraire le monarque. Alors que Villiers avait un visage d'ange, Piers St. Denis avait des traits d'une régularité parfaite, un nez aquilin, de grands yeux bleus, les lèvres pleines, et une mèche blonde qui retombait obstinément en boucle sur son front bombé.

Avec ces deux courtisans qui se disputaient l'attention du roi, comment Carr aurait-il pu rentrer en grâce ? Frances était contrariée par la situation, car elle s'était convaincue que son mari resterait toujours proche du roi. Deux de ses cousines avaient été reines d'Angleterre. Malchanceuses, certes, mais reines quand même.

— Comment avez-vous pu être assez stupide pour utiliser une de mes boîtes de bonbons ? demanda-t-elle à son époux un soir qu'ils étaient seuls dans leur chambre. On a retrouvé notre trace, maintenant ! Qu'allons-nous faire, Rob ?

— On ne peut rien prouver, Frances, se défendit-il. À moins que votre hystérie ne nous trahisse. Cette boîte aurait pu être volée dans vos réserves, ou bien chez le marchand. On ne peut rien prouver !

— Et le satané gamin qui l'a livrée ?

— Je vous l'ai dit, je l'ai étranglé lorsqu'il est venu réclamer son dû, et j'ai jeté son corps dans la Tamise. C'était un gosse des rues, personne ne s'apercevra de sa disparition. Et, quand bien même, on penserait qu'il s'agit d'un règlement de comptes, ou qu'il est parti chercher fortune ailleurs. Rien ne nous relie directement à cette boîte, nous avons été trop malins. Vous avez fabriqué vous-même les friandises, je me suis occupé de leur livraison. Non, ne craignez rien, nous sommes inattaquables.

— La reine ne veut plus me recevoir, se plaignit Frances. On m'interdit ses appartements. À moi ! Frances Howard ! Et, même s'ils ne peuvent pas prouver que nous avons empoisonné Overbury, ils le savent, Rob ! Nous sommes perdus ! Perdus !

— C'est un revers de fortune passager, Frances. Le roi ne peut pas se passer de moi. Jamie Stuart est mon ami.

— Mais, enfin, pourquoi avez-vous fait enfermer Overbury à la tour de Londres, Rob ? Je vous l'avais dit, il aurait mieux valu que le roi l'envoie en mission en Irlande, où nous serions parvenus à nos fins plus discrètement, en mettant le crime sur le dos des Irlandais. À présent, c'est nous qu'on accuse, et je suis surprise que l'on ne nous ait pas encore arrêtés. Nous finirons à la tour de Londres, nous aussi, tout cela parce que vous n'avez pas voulu écouter votre épouse.

— Le roi m'aime, s'entêta Carr.

— Il vous aime ? ricana la comtesse, méprisante. C'est fini, Rob, et bien fini ! Il s'est entiché de Villiers, de St. Denis, et ils accaparent toutes ses pensées. Vous avez brisé son cœur, Rob, il ne vous le pardonnera jamais. Il va vous remplacer, vous oublier. Or tout cela ne serait pas arrivé si vous aviez suivi mes conseils.

— Cessez de me tarabuster, Frances, et dormez ! aboya Carr. Demain, le comte de Glenkirk revient à la Cour avec la marquise de Westleigh. On dit qu'ils vont enfin se marier, et je ne manquerais les excuses de Jasmine pour rien au monde !

— Peut-être que cela divertira le roi, et qu'il nous oubliera un peu, dit Frances, songeuse.

— S'il nous oublie, c'est que nous serons définitivement en défaveur. C'est ce que vous souhaitez, Frances ?

— Au moins, nous serons libres et en vie ! Nous ne nous retrouverons pas au cimetière de Tower Hill comme mes cousines Ann et Catherine !

— Vous vous faites du mauvais sang pour rien ! décréta Robert Carr.

Mais, le lendemain matin, il déchanta. Lorsqu'ils arrivèrent, son épouse et lui, pour prendre leur mission de la journée, on leur ordonna de rentrer chez

eux. Leur présence à Whitehall n'était plus souhaitée, ils devaient demeurer dans leurs murs et y attendre que le roi ait statué sur leur sort. Abasourdis, ils se retirèrent, sans même remarquer le carrosse du comte de Glenkirk qui passait devant eux.

Quelques jours plus tard, ils devaient être transférés à la tour de Londres.

— N'était-ce pas Frances Howard et son nouveau mari ? demanda Jasmine en se penchant par la fenêtre du carrosse pour voir l'autre véhicule qui partait en sens inverse.

— Cela m'étonnerait, répondit James. Il n'est plus dans les petits papiers du roi, depuis cette fâcheuse affaire Overbury. En outre, James s'est épris de deux jeunes gens arrivés à la Cour depuis peu. Je suis sûr qu'à la fin de la journée nous en saurons davantage sur la situation. J'ai du mal à croire que Carr ait été assez stupide pour empoisonner son ennemi... et se faire pincer. Mais il est vrai que je ne le tiens pas en haute estime.

— Me trouvez-vous bien ? s'inquiéta Jasmine, pour la troisième fois depuis qu'ils étaient partis de chez eux.

— Parfaite !

Elle avait essayé, disait-elle, de s'habiller modestement, comme il convient à une personne repentante, mais jamais elle n'aurait pu paraître sincèrement contrite. Elle était trop belle, trop brillante, trop élégante... trop princesse moghole. Pourtant, elle avait fait de louables efforts. Elle portait une jupe en cloche de soie bordeaux, les manches du corsage s'ornaient de crevés qui s'ouvraient sur de la soie noire, le corset brodé de jais se terminait en pointe. Au cou elle avait passé un rang de perles noires, ainsi qu'un énorme rubis, l'œil de Kali, qu'elle avait apporté des Indes des années plus tôt. Des rubis en forme de poire ornaient ses oreilles, son chignon était savamment élaboré, et elle était chaussée de souliers de satin noir rebrodés

de perles. Aux mains, elle arborait un rubis, une perle noire et une grosse perle baroque. Elle va déclencher la jalousie chez les femmes et le désir chez les hommes, se dit James.

Il s'était lui-même vêtu de noir et blanc, tant pour s'assortir à Jasmine que pour paraître sérieux. L'un d'entre eux devait avoir l'air réellement bourrelé de remords pour les soucis qu'ils avaient donnés au roi.

Ils empruntèrent le corridor menant au salon où James Stuart recevait ce jour-là, suivis par le murmure des courtisans.

— Courage, ma chérie, chuchota James en couvrant de la sienne la petite main qu'elle avait posée sur son bras. Nous sommes tout simplement la distraction du jour.

Le roi et la reine, assis sur leurs trônes, dominaient la pièce. À quarante-neuf ans, James Stuart avait beaucoup vieilli. Son épouse, âgée de quarante ans, était une femme imposante que l'on n'aurait pu qualifier de jolie, et elle n'avait guère changé depuis la dernière fois où Jasmine l'avait vue. Le couple royal n'avait en commun que des enfants et l'amour de la chasse. En dehors de cela, ils menaient des vies séparées, en se vouant toutefois une sincère affection. Ils n'étaient plus amants mais amis.

James Stuart regardait sans émotion les deux jeunes gens qui se présentaient devant lui. Le comte de Glenkirk s'inclina avec panache tandis que la marquise de Westleigh plongeait dans une gracieuse révérence. Tout le monde se taisait dans l'attente des paroles du roi.

— Ainsi, madame, vous êtes revenue, commença-t-il d'un ton étonnamment indulgent. J'ai vu vos enfants. Vous les avez fort bien élevés. Tous. Notre petit-fils est un hardi gaillard, pour son âge. Il m'a même parlé en français, ajouta-t-il, amusé. Et il m'a proposé de m'apprendre à jurer en hindou. Où a-t-il pu découvrir cette langue ?

— Sans doute est-ce mon majordome, Adali, qui la lui a enseignée, répondit Jasmine. Il aime rappeler à Charlie qu'il est le petit-fils de deux rois.

— Notre petit duc de Lundy a en effet beaucoup de sang royal dans les veines, mais il est né anglais. J'espère que vous ne l'oubliez pas, madame.

— Je ne le pourrais pas, majesté, puisque son père restera pour toujours dans mon cœur.

Un voile de tristesse passa dans le regard du roi.

— Oui, dans nos cœurs à tous. Il aurait fait un bon monarque, mais j'espère, si je vis assez longtemps pour le voir, que mon fils Charles sera un bon roi, lui aussi.

— Je l'espère également. Je suis certaine que Sa Majesté la reine et vous serez fiers de lui.

Puis, à la surprise générale, Jasmine s'agenouilla devant le roi, sa robe en corolle autour d'elle.

— Je vous supplie, sire, dit-elle à voix haute et claire, de me pardonner ma désobéissance. Ma seule excuse est que j'avais le cœur brisé par la disparition du prince Henry et que je n'étais pas prête encore à me remarier. Je ne suis qu'une faible femme, et j'ai beaucoup souffert, durant ma courte vie. Je suis désormais résolue à accomplir mon devoir en épousant le comte de Glenkirk, et je jure de ne plus jamais me dresser contre votre volonté.

Son front touchait presque les souliers du roi et elle resta ainsi prosternée en attendant sa réponse.

James Stuart était à la fois stupéfait et enchanté. Cette jeune femme avait enfin réalisé qu'il était tout-puissant, même si elle avait un jour bravé son autorité. Il avait été fou de rage lorsqu'elle s'était enfuie deux ans auparavant, puis, voilà quinze jours, son petit-fils l'avait attendri. Et, à présent, cette rebelle qu'il avait envisagé de punir sévèrement se soumettait publiquement devant le trône. Il sentait une grande mansuétude l'envahir.

— Relevez-vous, mon enfant, dit-il. Aidez-la, James.

Quand Jasmine fut debout devant lui, il poursuivit :

— C'était un geste fort gracieux de votre part. Vous êtes pardonnée, madame.

— Merci, Votre Majesté, dit Jasmine avec une nouvelle révérence.

— Une femme, en particulier lorsqu'elle possède votre beauté, a besoin d'un homme pour la guider, la protéger. Mais peut-être ai-je été un peu rapide en choisissant à votre place, madame. Je sais à présent que j'aurais dû vous permettre de décider entre plusieurs gentilshommes. Aussi vais-je réparer cette erreur sur-le-champ.

Tout le monde était abasourdi, et la reine jeta un regard courroucé à son royal mari.

— Je suis heureuse d'épouser lord Leslie, répliqua vivement Jasmine. Nous nous connaissons depuis longtemps, et nous nous entendons fort bien. Nous envisageons de nous marier le 15 juin chez ma grand-mère, à Queen's Malvern.

— Il n'y aura pas de mariage tant que vous n'aurez pas choisi l'heureux élu, madame, insista le roi.

— Mais j'ai choisi ! s'écria Jasmine.

— James ! gronda la reine.

Il l'ignora.

— Vous êtes une personne raisonnable, madame, et vous voulez vous plier à ma volonté, car vous comprenez que je suis un monarque de droit divin, ce qui n'est pas le cas de tous mes sujets. Il y a deux ans, j'ai agi avec précipitation car je tenais à vous protéger, vous et mon petit-fils. Et ma hâte vous a poussée à vous enfuir en France. J'avoue avoir failli refaire la même erreur, aussi vais-je vous donner le choix entre le comte de Glenkirk et Piers St. Denis, le marquis de Hartsfield. Je vous proposerais volontiers mon cher Steenie, mais son cœur est pris ailleurs. Donc vous avez désormais le choix entre deux gentilshommes, madame.

Il sourit, tout content de lui.

— Vous verrez, mon Piers est un charmant jeune homme, et beaucoup plus proche de votre âge que le comte de Glenkirk.

— Majesté... commença Jasmine.

Le roi la fit taire d'un geste, et James, d'une pression sur son bras, lui déconseilla de protester davantage.

— Piers, où êtes-vous, mon cher garçon ? Approchez, venez faire la connaissance de la marquise de Westleigh, dit le roi d'un ton maniéré.

Un grand jeune homme blond se dégagea de la masse des courtisans. Jasmine aurait juré que la soie bleue de sa tenue avait été choisie volontairement pour s'harmoniser à la couleur de ses yeux. C'était sans doute l'homme le plus beau qu'elle eût jamais vu, pourtant elle ressentit pour lui une antipathie immédiate, une espèce de répulsion, comme lorsqu'elle voyait un cobra aux Indes. Ce serpent aussi était beau et dangereux. Le marquis s'inclina devant le roi

— Votre Majesté...

La voix était agréable.

— Saluez notre ravissante lady Lindley, Piers, minauda le roi. Si vous lui plaisez, elle pourra vous choisir comme compagnon.

Hartsfield adressa au roi un sourire complice avant de se tourner vers la jeune femme.

— Madame.

— Maintenant, poursuivit le roi, emmenez-la à l'écart pour causer avec elle. Glenkirk, vous tiendrez compagnie à la reine, afin de laisser sa chance à votre rival. Vous venez de passer plusieurs mois en France avec lady Lindley, c'est son tour, à présent. Et ne vous inquiétez pas, James Leslie. Si elle préfère Piers, je trouverai une belle héritière pour vous consoler.

Il eut un petit rire coquin.

James, ravalant sa colère, vint baiser la main de la reine.

— Je suis heureux de vous voir si épanouie, madame, dit-il avec un sourire crispé.

— Ne vous croyez pas obligé de sourire, Glenkirk, dit la reine. Jamie a obtenu ce qu'il voulait, et voilà qu'il gâche toute la situation. S'il m'avait parlé de cet

absurde projet, j'aurais tenté de l'en dissuader, je vous assure ! Il ne pense qu'à ses mignons ! Le jeune George Villiers, que je préfère de loin à Piers, s'est épris de lady Katherine Manners, la fille du comte de Rutland. Il n'est pas encore digne de demander sa main, mais le roi veillera à lui accorder un titre au plus vite. Heureusement que Villiers a eu l'intelligence d'avertir le roi de son penchant pour lady Katherine, autrement il se serait retrouvé lui aussi chevalier servant obligé de cette pauvre Jasmine.

— J'aurais dû l'épouser en France ainsi que je le désirais ! s'irrita James. Mais elle tenait à avoir sa famille auprès d'elle, et je tenais à lui faire ce plaisir.

— Ah... Vous l'aimez, n'est-ce pas ?

— En effet.

— Et elle vous rend cet amour ?

— Oui. Je suis le plus heureux des hommes, madame. Vous ne pensez pas que le roi va l'obliger à épouser le marquis de Hartsfield ? J'ai entendu dire...

Il s'interrompit, hésitant à faire part à la reine Ann des bruits qui couraient.

— Vous avez entendu dire que Piers St. Denis et George Villiers ont gagné les faveurs de mon époux, enchaîna la reine. C'est la vérité. Vous savez combien James est passionné dans ses amitiés, monseigneur. Cela m'est égal, car il est plus facile de s'accommoder de ces jeunes gens qu'il ne le serait d'une maîtresse en titre. J'ai d'ailleurs été fort soulagée lorsque votre mère a quitté l'Écosse. Comment se porte-t-elle ?

Le comte de Glenkirk avala sa salive avec difficulté. Ainsi la reine était au courant de la passion de jeunesse du roi... Il en ressentit une bouffée d'admiration pour cette femme qu'il avait toujours jugée un peu sotte et superficielle.

— Elle va bien, madame, je vous remercie. Elle est veuve maintenant, cependant elle se plaît toujours dans le royaume de Naples. Mon frère cadet et deux de

mes sœurs vivent encore avec elle. Elle prétend qu'elle ne supporterait plus le climat de l'Écosse.

— Quand l'avez-vous vue pour la dernière fois ?

— Je lui ai rendu une brève visite après la mort de ma femme et de mes enfants. J'avais besoin de ses conseils, mais cela fait des années.

— Les Leslie de Glenkirk seront heureux de vous voir remarié, fit remarquer la reine. Je suppose que lady Lindley et vous êtes déjà amants. Elle est fertile, vous aurez certainement des enfants. Les siens sont charmants ! Non seulement beaux, mais brillants et intelligents. Ont-ils de l'affection pour vous ? Il est important que vous vous entendiez bien avec eux.

— Je pense qu'un lien certain s'est déjà développé entre eux et moi, affirma James. Ils ont décidé de m'appeler papa, et le jeune Henry m'a demandé de lui enseigner l'escrime.

— Bravo ! Vous serez un excellent père pour les enfants Lindley et pour mon petit-fils.

La reine remarqua que James ne cessait de regarder dans la direction de Jasmine et du marquis de Hartsfield.

— Si elle vous aime, vous n'avez pas à vous inquiéter, reprit-elle.

Mais James voyait grandir l'impatience de Jasmine et, s'il se faisait du souci, c'était uniquement parce qu'il se demandait quand elle allait sortir de ses gonds.

Piers entraînait fermement la jeune femme loin du trône.

— Vous êtes plus belle encore qu'on ne me l'avait annoncé, dit-il. Mais vous le savez forcément, on a dû vous le répéter mille fois !

— Merci. Je me marie le 15 juin avec le comte de Glenkirk. Nous nous aimons, et je ne comprends pas pourquoi le roi, après avoir ordonné cette union, s'amuse ainsi avec nous. Je suis furieuse !

— Le roi cherche seulement à me faire plaisir, rétorqua le marquis avec fatuité. Surtout depuis que

ce paysan de Villiers a visé trop haut pour lui, avec la fille du comte de Rutland. Bon sang, le malotru n'a même pas de titre ! Jamais Rutland ne lui accordera la main de sa fille. Mais notre vieux fou de roi lui a promis d'arranger les choses, et Steenie s'en est vanté, si bien que le roi me doit une compensation. Êtes-vous intimes, Glenkirk et vous ? Vous avez l'éclat d'une femme que l'on sait aimer. Ah, vous rougissez ! Adorable !

— Pourquoi appelez-vous Villiers Steenie ? demanda Jasmine, ignorant la question du marquis.

— Connaissez-vous Villiers ? Non, sûrement pas. Regardez, à la gauche du roi, le jeune homme au visage d'ange. Notre bon vieux Jamie dit qu'il lui rappelle saint Stephen. D'où Steenie, le diminutif de Stephen. C'est écœurant de niaiserie ! Maintenant, ma belle, répondez à ma question. Êtes-vous la maîtresse de Glenkirk ?

— Cela ne vous regarde aucunement ! répondit sèchement Jasmine.

Les doigts du jeune homme se resserrèrent sur son bras.

— Si vous devez devenir ma femme, il faut que je sache tout de vous.

— Je ne serai pas votre femme ! s'irrita Jasmine. Et lâchez-moi, vous me faites mal, espèce de brute !

— Ainsi, vous êtes amants. Peu importe, de toute façon. Vous n'êtes pas vierge, avec vos quatre enfants, dont l'un est un bâtard de sang royal. Donc, vous êtes une belle femme passionnée ?

— Lâchez-moi ! répéta Jasmine, les dents serrées. Sinon je hurle, et vous serez le point de mire de tous.

Il obéit en riant.

— Vous en seriez capable ! Lorsque nous serons mariés, je vous fouetterai, si vous vous tenez mal.

Jasmine était outrée.

— Celui qui porte la main sur une femme n'est pas un homme ! Maintenant, allez donc vous chercher une gen-

tille petite héritière, moi, je suis promise à lord Leslie.

Elle tourna les talons et se dirigea vivement vers James. Elle fit la révérence devant la reine.

— Je suis heureuse de vous revoir, majesté.

— Vous n'appréciez guère le marquis de Hartsfield, ce me semble, déclara Ann.

— Non, en effet, madame.

— Moi non plus, avoua la reine.

— Le roi me forcera-t-il à l'épouser ?

La reine secoua la tête.

— Comme on a promis à Steenie qu'il aurait la petite Rutland, Jamie se sent obligé de trouver à St. Denis une épouse de même rang. Et, à vrai dire, c'est un peu votre faute, ma chère. Si vous aviez épousé Glenkirk quand nous le souhaitions, vous ne seriez pas dans cette situation. Mais Jamie a bon cœur, vous le savez. Il ne vous forcera à rien. Il a bien dit que vous seriez la seule à choisir, toutefois il aimerait que vous ayez un faible pour son beau marquis. Je ne savais pas qu'il avait l'intention de se mêler de tout ça, sinon je l'en aurais empêché. D'ailleurs, c'est parce que nous sommes intervenus après la mort de notre cher Henry – Dieu ait son âme – que vous vous êtes sauvée. Je ne veux pas que vous recommenciez et que vous emmeniez notre petit Charlie loin de nous. Tout ira bien, ma chère, j'en suis certaine. Mais vous ne devez plus vous enfuir, je confie à lord Leslie la responsabilité d'y veiller.

De l'autre côté de la pièce, le marquis ne pouvait entendre la conversation, mais il était sûr que son nom y était mêlé.

— Que penses-tu d'elle, Kipp ? demanda-t-il au jeune homme qui se trouvait près de lui.

— Il faudra la mater, mais j'imagine que cela t'amusera, Piers.

Kipp St. Denis était le demi-frère bâtard du marquis. Les deux garçons avaient grandi ensemble, et on avait appris à Kipp la plus totale soumission à l'héritier

légitime. La mère de Kipp était la caméриste de la future marquise de Hartsfield, quand le fiancé de sa maîtresse l'avait violée une semaine avant le mariage. Elle était alors vierge et, après la noce, le marquis avait insisté pour avoir les deux femmes dans son lit chaque nuit. C'était un homme violent, immoral. Son épouse, une orpheline dont la dot consistait en terres adjacentes au domaine de son mari, l'adorait et était prête à se plier à toutes ses perversités. Ils vivaient à la campagne, et il n'y avait personne pour colporter des ragots, hormis les domestiques qui s'en gardaient bien par crainte d'être chassés.

Les deux demi-frères étaient nés à quelques heures d'écart, dans le même lit. Si Kipp avait été un enfant légitime, il aurait été l'héritier, car il était né le premier. Les enfants avaient partagé le même berceau, et ils avaient rarement été séparés depuis l'enfance. Kipp ressemblait à sa mère, tandis que Piers était le portrait du marquis. Toutefois, tous deux avaient le tempérament de leur père et, malgré la différence de situation, ils étaient parfaitement loyaux l'un envers l'autre, sans trace de la moindre jalousie. Kipp suivait son frère dans tous ses déplacements et lui servait de secrétaire, de valet, de confident.

— Ah, Kipp, ce n'est pas n'importe quelle jument à dresser, mais une créature de race avec laquelle il faudra du doigté. As-tu remarqué comme ses seins débordent de sa robe ? De beaux seins blancs qui appellent la caresse…

— Si tu la veux, il faudra d'abord te débarrasser du comte de Glenkirk. Tant qu'il est dans les parages, tu n'auras aucune chance de gagner ses faveurs. Je l'ai entendue, lorsque tu lui parlais. Elle est bien décidée à l'épouser, et il vit avec elle, mon frère. Il partage sans doute son lit et l'honore chaque nuit comme il se doit. Il ne faudrait pas qu'elle se retrouve enceinte de cet homme ! Parle au roi, et il s'occupera de tout. Ne cherche-t-il pas toujours à satisfaire son cher Piers ?

— Tu as raison. Je ne veux pas gâcher cette chance. Lady Lindley est fabuleusement riche, et elle est en outre la mère de l'unique petit-fils du roi. Un bâtard comme toi, Kipp, mais de sang royal. Jusqu'à ce qu'il se trouve une épouse en Espagne, ou en France, le petit duc de Lundy restera le préféré de son grand-père. Détenir l'autorité sur ce gamin, c'est là le véritable pouvoir, Kipp ! Villiers peut bien avoir sa petite héritière au teint de papier mâché, moi j'aurai à la fois la fortune et un moyen d'emprise sur le roi.

— À condition que tu persuades lady Lindley de t'épouser. Apparemment, il ne sert à rien de la bousculer. On dit qu'elle est aussi fille de roi, et que sa famille a de l'influence sur James. Son beau-père, le comte de BrocCairn, est le cousin du roi. Elle a pour oncles le comte de Lynmouth et lord Burke de Clearfields ; quant à sa grand-mère, elle n'est autre que la comtesse douairière de Lundy. Elle s'est autrefois prise de bec avec Elizabeth Tudor et non seulement elle lui a survécu, mais elle est encore là pour le raconter. Lady de Marisco a un faible pour sa petite-fille, et la famille lui obéit. Si tu menaces lady Lindley, ils l'entoureront, la protégeront et s'efforceront de te détruire pour te punir de ton impudence. C'est une vaste famille. Une des tantes est mariée au comte d'Alcester, une autre est l'épouse de lord Blackthorne. Jasmine Lindley est fort puissante. Tu ferais mieux de la charmer, si tu veux te marier avec elle ; d'ailleurs, tu en es parfaitement capable.

— Je la veux ! s'écria Piers St. Denis avec véhémence. Elle me plaît plus que n'importe quelle autre femme. Sa richesse, sa beauté, son bâtard royal... Mais, même sans le gamin, je la désirerais, Kipp.

— Occupe-toi d'abord du comte de Glenkirk, lui conseilla son frère. S'il reste près d'elle, tu n'auras aucune chance. Regarde ! Le comte et lady Lindley prennent congé. Dépêche-toi, Piers, va voir le roi.

Le marquis traversa la pièce avec grâce et barra le passage aux deux jeunes gens alors qu'ils venaient de saluer James.

— Sire ! s'écria-t-il. Si lady Lindley doit me donner une chance de la courtiser, je ne pense pas qu'il soit juste que lord Leslie vive sous son toit et partage son lit !

— Qu'est ceci ? demanda le roi. C'est exact, Leslie, vous habitez à Greenwood avec lady Lindley ?

— C'est exact, majesté, répondit James avec un regard noir au marquis.

— Non, non, James, nous ne pouvons l'accepter ! protesta le roi.

Le comte de Lynmouth s'avança.

— Il peut être mon hôte, dit-il. James et moi sommes de vieux amis.

— Excellent, approuva le roi. Vous habiterez chez Robin Southwood, Leslie. D'accord ? N'est-ce pas une bonne solution ?

Le comte de Glenkirk s'inclina.

— Je vais d'abord raccompagner Jasmine chez elle, dit-il.

— Je vous accompagne, ensuite nous vous installerons à Lynmouth House, renchérit Robin.

Du regard, il imposait le silence à sa nièce et à James.

— La demeure de Lynmouth est contiguë à celle de lady Lindley, murmura Kipp à l'oreille de Piers. N'est-ce pas un peu trop près ?

— Si j'en rajoute, j'aurai l'air de gémir, rétorqua le marquis sur le même ton. Je ne veux pas m'abaisser à en quémander davantage.

Jasmine passait devant lui.

— Vous perdez votre temps, monseigneur, et vous vous ridiculisez. Restons-en là, s'il vous plaît. Le roi vous trouvera une adorable héritière, si vous le lui demandez gentiment. Or vous savez comment le cajoler, j'en suis persuadée.

Elle eut un sourire mielleux tandis qu'il s'empourprait de fureur.

Il se ressaisit bien vite et éclata de rire.

— Vous êtes fascinante, madame. Personne ne parvient à m'exaspérer comme vous ! Non, je n'abandonnerai pas. Vous m'intriguez, et je jure de vous arracher à Glenkirk.

— Jamais ! s'exclama Jasmine.

Il lui prit le bras, laissant derrière eux James et le comte de Lynmouth.

— Allons, ne vous rebellez pas, madame. Vous finirez par m'apprécier. Tout le monde m'aime, sauf peut-être Villiers, mais c'est parce que je sais qui il est réellement : un parvenu. Alors que je suis un charmant garçon, vous vous en apercevrez si vous me laissez le loisir de vous le prouver.

Jasmine ne put retenir un petit rire.

— Nous nous trouvons dans une situation épineuse, monseigneur. Vous devez me prendre pour une mégère, mais comprenez que je connais James Leslie depuis des années. Aujourd'hui, je l'aime, mes enfants l'adorent, et je ne suis absolument pas disponible pour vous, quel que soit votre charme. Toute cette histoire est grotesque et, à vrai dire, j'en veux beaucoup au roi.

— Vous êtes ravissante, quand vous êtes en colère, susurra-t-il.

— Par le sang du Christ ! pesta Jasmine.

Piers St. Denis se mit à rire, les yeux pétillants.

— Votre fils jure en hindou. Vous aussi ? C'est un délicieux petit garçon, votre bâtard royal.

— Je sais jurer en sept langues, au moins, répliqua-t-elle.

Ils avaient atteint la cour, où attendait le carrosse, et il l'aida à y monter, tout sourire.

— Je vous rendrai visite bientôt, madame. S'il fait beau, nous pourrions déjeuner quelque part au bord du fleuve. Je viendrai en bateau.

Il claqua la portière, et fit signe au cocher de se mettre en route, puis il se tourna vers les comtes qu'il salua avant d'aller retrouver le roi.

— Quelle canaille ! grommela Glenkirk. Je suis venu avec Jasmine, et je n'ai pas de cheval. Comment diable vais-je rentrer à Greenwood ?

— Dans ma voiture, proposa Robin. Il est astucieux, ce Hartsfield, de nous avoir ainsi tenus à l'écart. C'est un homme qui déteste perdre. Il ne lâchera pas Jasmine jusqu'à votre départ chez ma mère.

— Maintenant que nous avons fait la paix avec le roi, nous nous rendrons à Queen's Malvern le plus tôt possible.

— Sûrement pas, James, dit calmement Robin. Le roi a décidé que Jasmine devait choisir son époux. Avec un peu de retard, je le reconnais, mais c'est une de ses caractéristiques. Il offre son favori à Jasmine et, si vous vous réfugiez à Queen's Malvern, il sera de nouveau en colère. Hartsfield risque de s'en prendre à vous. Il reste plus d'un mois avant la date du mariage, et vous devez rester à Londres environ quatre semaines, laisser St. Denis faire sa cour assidue. Puis Jasmine annoncera que c'est vous qu'elle a choisi. Alors seulement vous partirez chez mère avec la bénédiction du roi, qui vous est indispensable. La reine, vous le savez, est favorable à votre mariage avec Jasmine. Promettez-moi, James, de ne pas faire de folie et de suivre mon conseil.

— Dites-moi pourquoi j'ai tellement envie d'écraser le nez de ce joli marquis ! grinça James.

— Parce que c'est une petite crapule.

— Qu'est-ce que le roi peut bien lui trouver ?

— Il est jeune, il est drôle et intelligent. Il flatte outrageusement James, or celui-ci a besoin de voir ses deux mignons se disputer ses faveurs. Il ne s'est jamais vraiment remis du décès de son fils, et le prince Charles est falot, contrairement à son aîné. Le roi n'est pas certain qu'il devienne un bon monarque, et il n'hé-

site pas à le lui dire. Charles, bien sûr, est férocement jaloux de Villiers et de Hartsfield. Il considère que ces deux jeunes gens le privent de l'affection paternelle, mais je me demande si le roi en éprouve pour son plus jeune fils. Maintenant, James, promettez-moi de ne rien faire d'irréfléchi.

— Je crois que je n'ai pas le choix, marmonna le comte de Glenkirk.

— À moins d'attirer le marquis dans une ruelle sombre pour l'égorger !

— Voilà enfin une idée digne de ce nom ! s'exclama James.

— Il faudra convaincre Jasmine d'entrer dans notre jeu, dit Robin en reprenant son sérieux.

— Je vous en laisse le privilège.

— Vous devrez me soutenir, James ! Ma nièce est têtue comme une mule, vous le savez aussi bien que moi !

— J'irai dans votre sens, dit James, mais si elle en a décidé autrement, que Dieu nous vienne en aide !

— Bon sang, comme j'aimerais que mère soit à Londres !

— Hélas, elle n'y est pas, et elle nous en voudra à mort si nous ne nous sortons pas de cette situation épineuse, Robin.

— Rien ne nous empêche de lui envoyer un message afin de lui raconter ce qui se passe. Il paraît normal qu'elle soit au courant.

Glenkirk se mit à rire.

— Certes ! Elle n'hésitera pas à dire au roi sa façon de penser ! Le droit divin ne signifie rien pour elle, n'est-ce pas ?

— Non, en effet. Et je pense que Jasmine est plus proche de ma mère que qui que ce soit d'autre.

— Pourtant elle a toujours respecté le droit divin, objecta James.

— Ce ne sera plus le cas si le roi veut l'empêcher de vous épouser, plaisanta le comte de Lynmouth. C'est

tout de même la fille du grand moghol. Que Dieu ait pitié de nous si le roi persiste à se mêler de sa vie privée ! Ce sera infernal, et Hartsfield apprendra à ses dépens que l'on ne force pas Jasmine à agir contre sa volonté !

8

Richard Stokes, le comte de Bartram, était fort ennuyé. Il servait le roi depuis que celui-ci était arrivé en Angleterre, et il avait gagné son estime grâce à un dur labeur et à des manières effacées. Protégé de Robert Cecil, le comte de Salisbury, fils de lord Burghley qui avait été le conseiller le plus écouté du roi, lord Stokes se contentait de demeurer à l'arrière-plan et de remplir son devoir envers la Couronne. Ce qui signifiait fréquemment de longues heures de travail et bien peu de temps à consacrer à sa famille, mais son épouse, Mary, était fort compréhensive. Le dimanche, le jour du Seigneur, Richard, qui était très pieux, abandonnait le service du roi.

Bien qu'il adhérât officiellement à l'Église anglicane, lord Stokes était secrètement un puritain. Il n'appréciait guère le papisme, ni ce qu'il considérait comme des frivolités, des niaiseries. Dieu est simple, direct, soutenait-il, et l'Église devrait suivre cet exemple. Le comte de Bartram n'aimait ni le dogme, ni les rites somptueux, ni l'organisation de l'Église d'Angleterre. Dieu entendait que l'on suivît ses enseignements à la lettre, sinon il n'aurait pas pris la peine de les écrire. Dévotion et modestie étaient à son avis les mots d'ordre de la vraie religion.

Toutefois, il gardait cette opinion pour lui. La foi était une affaire personnelle, privée, et il n'appréciait pas les hommes qui prêchaient sur la place du marché en exhortant leurs congénères à penser comme eux.

En outre, les Puritains qui affichaient leurs croyances risquaient de se trouver persécutés, plus encore que ceux qui persistaient à suivre le catholicisme romain. Mieux valait s'en tenir à une foi discrète et à l'Église officielle. Le roi lui-même se rappelait trop bien les difficultés qu'avait rencontrées sa mère en matière de religion. C'était à ce titre qu'on l'avait privé d'amour maternel, et il avait vécu une enfance stricte, glaciale, dénuée d'affection.

Hélas, lady Mary Stokes n'avait pas les mêmes réserves que son époux. Dévote, elle s'était récemment lancée dans le prosélytisme de sa foi, et Stokes se le reprochait en partie. Son activité le retenait à Londres la plupart du temps, et leurs enfants étaient adultes, mariés. L'aînée de leurs filles vivait en Cornouailles, la plus jeune dans le Yorkshire. Quant à leur unique fils, il habitait avec son épouse sur le domaine familial, Bartramhalt.

Au service du roi de l'aube à minuit, Richard Stokes comprenait que son épouse, oisive, se plonge de plus en plus dans la foi. Mary était une femme de haute moralité qui détestait les débordements de la Cour. D'ailleurs elle n'y avait pas d'amis et, en dehors de sa famille, elle était très seule. Elle s'était donc réfugiée dans la religion, et le comte s'en serait réjoui si le zèle enthousiaste de Mary n'était parvenu aux oreilles du roi, qui s'en était vivement irrité.

— Je n'aime pas les calvinistes, Dickie, déclara-t-il au comte qu'il avait convoqué ce jour-là, en fin d'après-midi. Étiez-vous au courant de l'anticonformisme de votre épouse ? Les calvinistes ne respectent pas mon droit divin. Il va falloir que vous battiez lady Mary jusqu'à ce qu'elle accepte de renoncer à cette hérésie, conclut James Stuart avant de se tourner vers ses deux jeunes compagnons. N'ai-je pas raison, mes chers garçons ?

— Maintenant que nos enfants sont partis vivre leur vie, rétorqua le comte, je crains que ma femme ne s'ennuie à périr. Elle ne pense pas à mal, sire.

— Elle ne vient jamais à la Cour, reprit le roi. Je me rappelle à peine son visage ! A-t-elle toute sa raison, Dickie ?

— Elle est timide et un peu sauvage, Majesté, la défendit le comte, en regrettant qu'on ne pût imputer son attitude à quelque faiblesse mentale.

— Pas si timide, Dickie, contra le roi, puisqu'elle se tient à la sortie de Westminster pour y distribuer des pamphlets qui critiquent notre bonne vieille Église.

Le comte de Bartram pâlit.

— Comment ?

Mary avait dû perdre l'esprit, en effet, si elle se comportait aussi follement.

— Vous devenez sourd d'oreille, Dickie ? grommela le roi, visiblement contrarié.

— Je vais la tancer comme il se doit, commença le comte.

— La tancer, Stokes ? coupa le marquis de Hartsfield. Votre femme est près de trahir et vous, le serviteur le plus intime de Sa Majesté, vous parlez de la tancer ? Vous devez la fouetter afin qu'elle revienne à de meilleurs sentiments, monseigneur.

— Mon épouse est une femme honnête et probe, monsieur ! rétorqua le comte avec colère. Je n'ai jamais eu recours à la violence avec elle, car elle est raisonnable. En tant que célibataire, vous n'êtes certes pas expert en la matière.

— Ainsi vous couvrez sa trahison ? susurra méchamment le marquis.

— Quelle trahison ? s'indigna le comte, perdant toute prudence. Est-ce une trahison que de préférer une forme plus dépouillée de pratiquer sa foi ? Feue notre reine ne disait-elle pas elle-même qu'il y avait un seul Christ et que tout le reste n'était que futilité ?

— Donc vous êtes favorable au puritanisme, insista St. Denis.

— Je suis membre de l'Église anglicane, répondit le

comte sèchement, comprenant soudain où on voulait habilement le mener.

— Mais ce n'est pas le cas de votre femme, fit remarquer le roi. Étiez-vous au courant de son attitude hérétique, Dickie ?

À côté du roi, le marquis de Hartsfield souriait de toutes ses dents, tandis que Villiers semblait plutôt compatir à l'embarras du comte.

— Les femmes sont parfois incontrôlables, Majesté, dit-il avec bonhomie. Notre chère reine n'en fait-elle pas à sa tête, de temps en temps, contre votre gré ? Il est clair que lord Stokes ignorait tout de cette histoire. Laissez-lui le loisir de redresser la situation en privé. Comme le faisait remarquer Piers, le comte a toujours été votre plus loyal sujet, sire.

Le roi lui adressa un sourire attendri.

— Ah, tu es si généreux, Steenie ! N'est-ce pas, Piers ?

— Certainement, Majesté, répondit St. Denis en grimaçant un sourire.

Il n'aimait pas lord Stokes, et n'appréciait guère son intégrité. Récemment, le comte avait convaincu le roi de ne pas lui accorder le domaine qu'il convoitait depuis longtemps, non loin de chez lui. Il lui en gardait une sourde rancune, et il saurait le lui faire payer le moment venu. Sans George Villiers, ce serait déjà fait ! Celui-ci s'était montré indulgent, alors qu'en réalité c'était un renard de la plus belle espèce !

— Très bien, conclut le roi. Rentrez chez vous, Dickie, et dites à votre femme que je ne tolérerai pas davantage ses manières révolutionnaires.

Sur ce, James Stuart congédia Richard Stokes sans même lui donner sa royale main à baiser.

Richard, après un coup d'œil reconnaissant à Villiers, quitta les appartements royaux. Il était l'obligé du jeune homme, à présent, et il se demandait ce qu'on exigerait de lui en retour. Néanmoins, il était soulagé de s'en sortir à si bon compte. Il s'était certes fait un ennemi du marquis quand on lui avait refusé

la propriété qu'il désirait, mais lord Stokes œuvrait dans l'intérêt du roi. Or celui-ci ne pouvait se permettre de perdre les revenus de ce domaine. La reine Elizabeth avait laissé les caisses du royaume bien remplies, pourtant James était en train de les vider avec son extravagante générosité, sans parler des coûteux caprices de la reine. Depuis la mort de Robert Cecil, il était devenu impossible de contrôler les dépenses de la Cour.

Le comte se fit apporter sa voiture, et ordonna à son cocher de le ramener chez lui sans perdre une minute.

Il avait l'esprit en ébullition. Mary avait dépassé les bornes, cette fois, et, même s'il ne craignait pas pour sa vie, il savait qu'il ne possédait pas de véritable ami dans l'entourage du roi. D'habitude, il ne s'en souciait guère, car toute sa loyauté allait à James Stuart qui en retour appréciait son honnêteté et sa discrétion. Mais si quelqu'un comme St. Denis sapait la confiance que le roi avait en lui... Il avait été sauvé ce jour-là par Villiers, et seulement parce que le jeune homme attendait de lui une faveur.

Villiers était un ambitieux, et il avait jeté son dévolu sur l'héritière du comte de Rutland, qui elle-même s'était entichée de lui. En bonne petite sotte qu'elle était, elle ne voyait en lui qu'un beau visage, une silhouette plaisante, mais elle ignorait tout de son caractère, supposait Richard Stokes. C'était un garçon charmant, amusant, délicat, autant de qualités rares chez un si jeune homme. Peut-être était-il aussi honnête que son physique le laissait à penser, mais Richard en doutait. Cependant, il demanderait au roi de lui donner un titre. James Stuart accepterait certainement de bon cœur, surtout si la proposition venait du comte de Bartram. Et, après tout, peut-être George Villiers était-il réellement prometteur. En tout cas, il serait ainsi largement remercié pour son intervention.

La demeure du comte se trouvait dans la bourgade de Kew, non loin de Londres. Ce n'était pas un

château, mais un simple manoir de brique à deux étages situé au milieu d'un petit parc.

Le carrosse franchit les grilles avant de s'engager dans l'allée cavalière et de s'arrêter au bas du perron dont Richard grimpa vivement les marches.

— Allez immédiatement chercher madame, ordonna-t-il au majordome.

Ensuite, il se rendit à la bibliothèque où brûlait un bon feu, et il se servit un verre de vin afin d'apaiser sa nervosité.

Quand son épouse vint enfin le rejoindre, il ne put s'empêcher de penser qu'elle était encore fort séduisante, en dépit de son âge mûr.

— Vous rentrez de bonne heure, mon ami, dit-elle avant de remarquer le verre. De l'alcool ? s'étonna-t-elle. Le pasteur Simon Goodfellow dit que c'est très mauvais pour l'âme.

— Notre Seigneur a changé l'eau en vin aux noces de Cana, Mary, répliqua-t-il. De quel droit Goodfellow désapprouverait-il ce que Jésus appréciait ?

Lady Mary lissa sa robe de soie bleu marine ornée d'un ruché blanc au col, son alliance pour tout bijou.

— Vous n'aimez guère le pasteur, n'est-ce pas, Dickie ?

— En effet, Mary. Je le trouve étroit d'esprit et mesquin. Et je le déteste tout particulièrement si c'est lui qui vous a décidée à distribuer des pamphlets à la sortie de Westminster ! déclara Richard à son épouse stupéfaite. Pour l'amour du Ciel, comment avez-vous pu faire une chose pareille, madame ? Auriez-vous perdu la raison ?

— Il faut répandre la bonne parole, Dickie... se défendit-elle.

— Vous allez mettre un terme à ces activités, madame ! coupa-t-il avec colère. Je vous interdis formellement de recommencer, et je vous interdis également de fréquenter Simon Goodfellow. C'est un homme dangereux, il finira mal.

— Mais, Dickie...

— Le roi est au courant de vos activités, et il les considère comme une trahison. Je suis à son service depuis plus de vingt ans, pourtant j'ai failli perdre ce privilège aujourd'hui à cause de vous. Seule l'intervention de son mignon, George Villiers, m'a sauvé. À présent, je dois le remercier. Or, si je me lance dans ce genre de gratifications, je perdrai toute autorité, toute utilité pour le roi. Comment avez-vous osé vous impliquer dans ces machinations séditieuses ?

— Oh, Dickie, dit-elle, sincèrement désolée, je ne voulais pas vous causer d'ennuis ! Je tenais simplement à propager notre foi, car je voudrais voir la religion débarrassée de tout le faste ridicule qui l'entoure. N'est-ce pas aussi votre souhait le plus cher ?

Un peu radouci, il la mena à un sofa où il s'assit à ses côtés.

— Vous savez bien, Mary, que je préfère des rites plus dépouillés. Mais je n'ai pas une vocation de martyr. Je peux vivre ma foi tranquillement, la conscience en paix, tout en semblant me plier à la loi du roi. Il y a une seule Église consacrée en Angleterre, et, en tant que loyaux sujets de James Stuart, nous devons donner l'apparence d'être les brebis dociles de cette congrégation. Comment pourrais-je convaincre le roi de se montrer plus indulgent envers les puritains si je n'ai plus d'influence sur lui ? Je suis le fidèle serviteur de la Couronne depuis la reine Elizabeth, vous ne l'ignorez pas, or votre inconséquence m'a presque coûté la confiance et le respect que j'ai acquis durant toutes ces années. Le marquis de Hartsfield me hait parce que j'ai déconseillé au roi de lui donner Summerfield, et aujourd'hui il a essayé de se venger. Il se moque bien de l'Angleterre, et même du roi ! Il ne cherche qu'à assouvir son ambition, dût-il pour cela flatter bassement un homme seul et vieillissant. Je n'aurais pas dû vous dire tout cela, mais je compte sur votre discrétion. Maintenant, promettez-moi, mon amie, de cesser vos provocations.

— Je suis tellement navrée, Dickie ! Je ne voulais certes pas vous nuire, mais seulement agir dans l'intérêt de Notre Seigneur.

— Je sais, ma chère, la consola Richard. Vous n'êtes qu'une femme, vous ne pouviez comprendre la gravité de vos actes. Il me déplaît aussi de cacher notre foi véritable mais, si nous voulons gagner pour le plus grand bien de notre Dieu, il nous faut agir sans ostentation. Vous satisferez davantage Notre Seigneur en vous montrant une femme obéissante qu'en distribuant des professions de foi à la sortie des églises.

— Je ne verrai plus le pasteur Goodfellow, promit Mary.

— Je lui ferai personnellement savoir que vous ne participerez plus à ses activités.

— Dickie ? J'ai une merveilleuse idée pour vous aider à retrouver la confiance du roi et à vaincre le marquis de Hartsfield. Ne m'avez-vous pas confié qu'il allait épouser la marquise de Westleigh, celle qui a mis au monde le bâtard du prince Henry ? Persuadez donc le roi de vous confier l'éducation de l'enfant. S'il vous donnait son petit-fils à élever, cela signifierait que vous avez regagné ses faveurs.

— Lady Lindley a le droit de choisir entre le comte de Glenkirk et le marquis. Elle préfère le comte, car ils ont un passé commun, Mary. Et c'est lui qui est tuteur du petit duc de Lundy. Piers St. Denis peut bien courtiser Jasmine Lindley tant qu'il voudra, il n'obtiendra jamais sa main, même s'il se croit irrésistible.

— Mais si le roi pense que le marquis sera offensé par le refus de lady Lindley, il voudra peut-être le dédommager en lui accordant la garde du jeune duc. Quoi qu'il en soit, vous pourriez sans doute faire comprendre à James qu'il vaudrait mieux, par diplomatie, confier l'éducation de l'enfant à une tierce personne, quelqu'un de neutre comme vous. Et, bien sûr, il faudrait consoler le marquis, peut-être en lui offrant le domaine de Summerfield, dont il a tellement envie ?

Le comte de Bartram réfléchit un long moment. Son épouse était loin d'être bête ! L'enfant, bien sûr, jouirait d'un solide revenu, qui irait de droit à son tuteur.

En dehors des dépenses courantes, se dit le comte, je pourrais remettre la somme dans la cassette royale, ce qui compenserait largement la perte de Summerfield. D'autre part, si l'enfant était élevé chez moi, je pourrais l'influencer en faveur de la vraie foi...

Mais cela viendrait plus tard, et il faudrait aborder le sujet avec le plus grand doigté.

— C'est Dieu qui vous inspire, ma chère, dit-il à son épouse. Lady Lindley n'acceptera certainement pas de gaieté de cœur de perdre son enfant, mais je saurai démontrer au roi qu'elle serait une mauvaise éducatrice pour son petit-fils. La vie aventureuse qu'elle a menée, le fait qu'elle soit sang-mêlé, qu'elle ait mis au monde un bâtard, tout cela l'en rend indigne, malgré les atouts que lui confèrent sa richesse et ses hautes relations. Je suis pratiquement certain d'amener le roi à la raison. Pour commencer, je l'assurerai que j'ai mis un terme à vos extravagances et je le supplierai de nous accorder son pardon. Ensuite, lorsque lady Lindley aura rendu public le choix de son époux, je m'efforcerai d'obtenir la garde du petit duc. Ce sera bon d'avoir de nouveau un enfant dans la maison, n'est-ce pas, ma chère ? Cela vous occupera. Surtout s'il est aussi turbulent qu'Edward... ajouta le comte dans un petit rire.

— Alors vous m'avez pardonné ?

— Oui, Mary, répondit Richard en envisageant déjà tous les avantages que lui procurerait la garde de l'enfant.

Évidemment il continuerait à rester dans l'ombre, car toute sa force venait de sa discrétion. Il sourit intérieurement en songeant à la malheureuse tentative de vengeance du marquis. Pourvu que Summerfield soit une consolation suffisante pour lui quand il aura perdu la dame de ses rêves ainsi que sa fortune, et le

duc de Lundy ! Le comte de Bartram veillerait à ce qu'il n'obtienne rien d'autre, car, à la mort de St. Denis, la propriété reviendrait à la Couronne.

Tandis qu'il se félicitait de la bonne tournure que ne manqueraient pas de prendre les événements, son adversaire réfléchissait de son côté. Il avait déjà chassé le comte de Bartram de son esprit, car il avait de plus importants et plus urgents problèmes à régler.

Jasmine se montrait récalcitrante. Le seul succès de Piers était d'avoir écarté James Leslie de sa demeure, mais à part cela elle se pavanait chaque jour à la Cour avec le comte de Glenkirk et, bien qu'elle permît à Piers St. Denis de la courtiser en public, en privé elle l'évitait soigneusement.

Il ne progressait pas d'un pouce, avec elle, et cela le menait à la limite de la prudence.

Il n'avait d'abord vu en elle que sa richesse, son bâtard de sang royal, ses relations. Or, plus il la fréquentait, plus il se rendait compte qu'il la désirait sincèrement. Jamais il n'avait eu à ce point envie d'une femme ! Elle le rendait fou, avec sa silhouette voluptueuse, le regard direct de ses yeux turquoise, sa peau délicatement dorée. Il la voulait, et il la prendrait comme aucun autre homme avant lui. Il revoyait en esprit les chambres secrètes qu'il possédait dans sa résidence de Londres et à la campagne. Il l'imaginait enchaînée, criant grâce, tandis qu'il la réduirait à merci à force de la fouetter. Réagirait-elle mieux sous les coups du martinet, d'une poignée de verges, d'une badine de noisetier, ou de la cravache ? Kipp serait là pour l'aider, bien sûr, mais il ne partagerait pas Jasmine avec lui. En tout cas pas avant de s'être lassé d'elle, si cela arrivait un jour.

La jeune femme, dotée d'un vif tempérament, prendrait peut-être plaisir à punir, elle aussi. Alors il lui enseignerait l'art du martinet, car c'en était un. L'art de la domination, qui devait se pratiquer avec un

mélange de fermeté et de tendresse. Le marquis de Hartsfield considérait qu'il y avait une part de plaisir dans la douleur, même si tout le monde n'était pas de cet avis. Certains considéraient ces pratiques comme de la perversité…

De son côté, Jasmine, une fois le premier choc passé, trouvait la situation fort distrayante, surtout depuis que James avait été obligé d'habiter chez son oncle Robin. Elle ne l'autorisait même pas à se faufiler par le jardin jusqu'à sa chambre la nuit.

— Seulement si je permets la même liberté à Piers St. Denis, le taquina-t-elle un jour.

Glenkirk ne mordit pas à l'hameçon.

— Profitez-en, madame, car ce sera la dernière occasion que vous aurez de prendre un amant. Lorsque nous serons mariés, je vous comblerai tant que vous n'aurez pas besoin d'un autre homme dans votre vie. Nos fils exceptés.

— Ne me tentez pas, James, murmura-t-elle en lui retirant sa main.

— Parce que vous êtes tentée ? demanda-t-il avec un pincement de jalousie.

C'était impossible ! Ils s'étaient juré fidélité !

— Ma foi, il est insolemment beau, et je ne puis m'empêcher de me demander ce qui se cache derrière tout ce charme !

— J'ai entendu raconter certaines choses… de la part de ses maîtresses.

— Quel genre de choses ? demanda Jasmine, curieuse.

— Rien que j'oserais répéter devant vous, mais sachez seulement qu'il est malsain en amour, Jasmine.

Elle éclata de rire.

— Je ne suis pas une vierge effarouchée, Glenkirk ! Pratique-t-il la sodomie, ou fait-il partie de ces malheureux qui ont besoin de provoquer la douleur pour éprouver du plaisir ? Dites-le-moi tout de suite, ou je lui pose moi-même la question !

— Vous en seriez bien capable ! s'écria-t-il gaiement. Très bien, petite sorcière, votre deuxième supposition est la bonne. Il adore fouetter ses maîtresses et il les partage volontiers avec son demi-frère.

— Je le croyais plus sûr de lui, dit Jasmine, pensive. Quelle tristesse de ne pouvoir trouver l'extase qu'en faisant souffrir !

— Aussi, madame, j'insiste pour que vous continuiez à le garder à distance. Nous devrions peut-être dire au roi que la comédie est terminée et que nous désirons nous en tenir à la date de mariage que nous avions fixée en France.

— Non. Pas encore, James. Il faut que le roi soit persuadé que j'ai accordé sa chance à St. Denis, et que, après avoir longuement médité, j'ai décidé de prendre pour époux celui qu'il avait eu la sagesse de choisir pour moi il y a deux ans. La reine est de notre côté, et elle saura manipuler le roi en douceur si je le lui demande. Ce sera le cas aussi de votre cher Villiers, bien que je le soupçonne, dans sa tentative de rapprochement avec vous, de ne chercher que son propre intérêt.

— Vous êtes terriblement directe, Jasmine. Vous n'avez donc plus d'illusions, ma chérie ?

Elle rit.

— Très peu en effet, mais je n'en veux pas à George Villiers. Je le comprends. Il veut monter dans l'échelle sociale, or il n'y a pas de honte à ça. Nous attendons tous quelque chose des gens que nous croisons. Les jeunes sont enthousiastes, et Villiers en fait un peu trop, pourtant il n'est pas aussi naïf qu'il voudrait le faire croire. Il y a dans ses yeux sombres un éclat d'intelligence qu'il ne parvient pas toujours à dissimuler.

— On croirait entendre une douairière, pourtant Villiers est plus âgé que vous ! plaisanta-t-il. Il serait effondré de constater que vous avez su lire à travers lui, malgré la façade qu'il s'est créée avec un tel talent que même le roi n'a rien vu.

— Alors, nous ne le lui dirons pas.
— Et le marquis de Hartsfield ? insista James.
— Oui ? demanda-t-elle, l'air innocent.
— Vous ne m'avez pas promis de le tenir à l'écart, lui rappela le comte.
— C'est vrai, et je ne le ferai pas, rétorqua Jasmine. Je ne suis pas encore votre épouse, James. Même quand je le serai, j'entends bien mener ma vie comme il me plaira, et sans votre aide.
— Je comprends mieux que votre grand-mère ait rendu des hommes fous ! grommela James. Vous lui ressemblez tellement !
— Vraiment ? Dans ce cas, prenez garde à vous, monseigneur. Ma grand-mère a survécu à tous ses maris, à tous ses amants, et elle se porte comme un charme !
Le rire s'étrangla dans la gorge de James. Sa mère avait le même tempérament que Jasmine et la vieille dame, or il n'était pas très sûr de l'apprécier. Cependant il devait bien reconnaître qu'Isabelle, épouse docile et soumise, ne l'avait jamais excité ni intrigué autant que Jasmine. Sa future femme était déterminée à tracer son propre chemin dans la vie, mais le comte de Glenkirk savait également que jamais elle ne le mettrait dans l'embarras, que jamais elle n'attirerait la honte sur la famille. Jamais elle ne prendrait le marquis pour amant, même si elle s'amusait un peu avec lui par curiosité. Et il fallait que James la laisse faire, sous peine de la perdre pour toujours.
— Faites bien attention, ma chérie, dit-il doucement.
Elle lui offrit son éblouissant sourire.
— Ne vous inquiétez pas. St. Denis me fait penser à un magnifique serpent. Il a quelque chose de fascinant, mais je ne suis pas idiote, James.
— Il est déterminé à vous avoir, dit le comte.
— Alors, c'est lui l'idiot. Le roi a été clair, la décision m'appartient, or cette décision, je l'ai déjà prise en France.

Elle effleura ses lèvres.

— Partez, monseigneur, ajouta-t-elle. Il est tard, je vais me coucher. En outre, ce malheureux Kipp St. Denis surveille la maison depuis des heures, et il doit être épuisé. Il ne partira pas avant de s'être assuré que vous êtes bien rentré chez oncle Robin pour la nuit. C'est le chien fidèle de son frère.

— Piers St. Denis vous fait surveiller ? s'étonna James.

— Il est fort jaloux, dit-elle en l'accompagnant à la porte. Maintenant, embrassez-moi, que ce jeune homme ait quelque chose à raconter à son frère ce soir, mon amour.

Elle noua les bras autour de son cou.

— Où est-il ? voulut savoir le comte.

— Tapi contre le mur qui sépare Greenwood de Lynmouth House. Non, ne vous retournez surtout pas ! Tant qu'il se croit bien caché, je sais où le trouver. S'il devine qu'il a été découvert, il changera d'endroit.

Elle leva vers le comte un regard brûlant de sensualité.

— Vous n'avez pas envie de m'embrasser, Glenkirk ? St. Denis tuerait pour un baiser de moi, dit-elle, provocante.

Il lui mordilla la lèvre.

— J'ai plus encore envie de vous emmener au lit, madame.

Cette fois, il l'embrassa avec passion avant de tourner les talons sans un autre mot.

La main sur sa bouche, elle le regarda traverser d'un pas vif la pelouse avant de disparaître par la petite porte dérobée dissimulée dans le lierre. Elle resta longtemps immobile, les genoux tremblants, un sourd désir au creux des reins. Depuis que James s'était installé chez son oncle, ils n'avaient pas fait l'amour, et elle se rendait compte que cela lui manquait autant qu'à lui. Maudits soient le roi et Piers St. Denis ! Ainsi que tous ceux qui se mettraient en travers de leur passion ! Il

restait encore un mois avant la date prévue pour leur mariage et, s'ils ne volaient pas un instant d'intimité, ils devraient patienter jusque-là. Pourrait-elle le supporter ? Elle s'était fort bien accoutumée à la présence de James Leslie dans son lit.

Piers St. Denis était de plus en plus contrarié par l'attitude de Jasmine qu'il n'arrivait jamais à voir seule. Glenkirk ne la quittait pas d'une semelle, sauf la nuit, et elle ne tarderait pas à rendre son choix public. L'élu serait James Leslie, à n'en pas douter, à moins que Piers ne soit arrivé à la faire changer d'avis. Mais comment le pourrait-il s'ils ne partageaient pas des moments d'intimité ? Il s'en ouvrit au roi.

— Je n'ai aucune chance, tant que Glenkirk la suit comme son ombre, dit-il un jour qu'il se trouvait dans l'appartement royal.

— Juste Ciel, St. Denis, le provoqua Villiers, une étincelle malicieuse au fond des yeux, ne me dites pas que vous êtes laissé pour compte ! Je n'aurais jamais cru cela de vous ! En tout cas, ce n'est pas la réputation que vous avez !

Piers St. Denis foudroya le jeune homme du regard.

— Je ne peux pas courtiser lady Lindley si je dois sans cesse la partager avec le comte de Glenkirk.

— Mon royal époux a dit que le choix appartenait à Jasmine, intervint la reine sans daigner lever le nez de sa broderie.

— Mais comment pourrait-elle se faire une opinion si elle ne me connaît pas, madame ? s'écria le marquis, frustré.

— Peut-être a-t-elle déjà pris sa décision, monsieur, rétorqua la reine.

— Vous m'avez promis que j'aurais ma chance avec lady Lindley, sire, reprit St. Denis, d'un ton proche de la supplique. Il faut que vous fassiez quelque chose !

— Je vais envoyer Leslie à Edimbourg, répondit le roi.

— James !

La reine était courroucée. Elle venait de reprocher à son mari de s'être une fois de plus mêlé de la vie de Jasmine. Ne serait-il donc jamais raisonnable ?

— Notre Piers a raison, reprit le roi, James ne les laisse jamais seuls. Envoyons-le à Edimbourg sous prétexte de préparer notre prochain voyage là-bas, cette année, ou l'année prochaine. Quand il reviendra, lady Lindley aura le droit de se prononcer. Ce n'est que justice.

— Elle ne changera pas d'avis, James ! rétorqua la reine, agacée par la faiblesse de son époux vis-à-vis de St. Denis. Vous allez simplement outrager Glenkirk, et peut-être pousser Jasmine à une nouvelle rébellion.

— Je leur parlerai moi-même. Notre Piers mérite d'avoir sa chance.

— Merci, Votre Altesse, dit le marquis en baisant la main du roi avec gratitude.

Le roi sourit et ébouriffa sa chevelure blonde.

— Tu es un brave garçon, Piers. Comment fait-elle pour te résister ?

— Bon, coupa la reine. Maintenant que c'est décidé, allez donc chercher lady Lindley et lord Leslie, Steenie.

Elle échangea avec Villiers un regard de connivence. Elle le préférait de loin à l'autre favori de son époux qu'elle espérait bien éliminer un jour ou l'autre de la Cour.

George Villiers bondit sur ses pieds.

— Tout de suite, Majesté, dit-il avec un gracieux salut avant de disparaître sans que le roi ou St. Denis aient pu ajouter un mot.

— Eh bien, dit la reine avec son plus mielleux sourire, désormais, St. Denis, vous aurez le champ libre.

George se mit à la recherche de Jasmine ou de James, certain que, s'il trouvait l'un, l'autre ne serait pas loin. Enfin un page lui dit qu'il les avait vus en train de jouer aux cartes dans l'une des galeries aux nombreuses fenêtres.

— Celle qui donne sur la pelouse et le fleuve, précisa le page.

Quand Villiers les découvrit enfin, Jasmine jeta ses cartes avec humeur. Elle était sûre de gagner la partie.

— Qu'y a-t-il encore ? grommela-t-elle.

— Je vous l'expliquerai en chemin, répondit Villiers en les pressant de le suivre vers les appartements royaux.

— Bon Dieu ! jura Glenkirk quand il eut compris de quoi il s'agissait. James s'est comporté de la même façon il y a des années avec mon père. Il l'a expédié ailleurs afin d'avoir les coudées franches.

Il n'en dit pas davantage pour ne pas trahir des secrets de famille.

— Je vais rentrer à Queen's Malvern, suggéra aussitôt Jasmine.

— Non, madame, dit le comte. Vous resterez et, comme vous l'avez dit vous-même, le roi imaginera que vous avez sérieusement envisagé le marquis comme un époux possible.

— Si je peux vous être d'une quelconque utilité, madame, proposa Villiers, je suis à votre disposition. Le roi m'aime bien, et la reine également, ajouta-t-il fièrement. Elle a morigéné son mari lorsqu'il a parlé de vous offrir le choix de votre mari. À mon avis, elle craint que vous ne disparaissiez de nouveau en emmenant avec vous le jeune Charles Frederick Stuart.

Jasmine s'arrêta net.

— Monsieur, dit-elle calmement, j'ai été par deux fois obligée de fuir mon pays. La première fois pour me sauver, la seconde pour sauver mes enfants. Je ne m'exilerai pas de nouveau. L'Angleterre est ma patrie, celle de mes enfants, et je ne laisserai personne les priver de leurs droits. Vous êtes parfaitement libre de répéter mes paroles à qui vous plaira, conclut-elle avant de se remettre en route.

Villiers la rattrapa.

— Je considère que vous venez de me faire une confidence, et je ne la répéterai à personne.

— Nous apprécions votre amitié, Villiers, dit le comte afin de contrebalancer la brutalité de Jasmine. Je suis sûr que vous comprenez l'irritation de lady Lindley, dans ces circonstances.

— Oui, monsieur, en effet.

Ils avaient atteint les appartements royaux dont les portes s'ouvrirent pour eux. La reine leur adressa un sourire d'encouragement, tandis que St. Denis arborait un air fat qui donna à Jasmine envie de le souffleter.

— Je veux que vous vous rendiez à Edimbourg, Glenkirk, commença le roi, car nous avons l'intention d'y aller, l'année prochaine sans doute, et je souhaite que vous me donniez votre avis sur le climat qui y règne. Vous devrez vous entretenir avec les vieux lairds, ceux de la frontière, et bien sûr avec les représentants de l'Église presbytérienne. Ce sera une visite privée, naturellement, au cours de laquelle vous aurez sans doute le temps de visiter vos terres.

James Leslie sourit.

— Je serai heureux d'aller prendre la température du Nord pour vous, sire, mais je ne pense pas avoir le temps d'aller à Glenkirk et d'être rentré pour le 15 juin.

— Votre absence donnera à Piers le temps de courtiser lady Lindley, poursuivit ingénument le roi. Mon petit doigt me dit que vous accaparez toute son attention.

— Quand voulez-vous que je parte ? demanda le comte.

— Demain. C'est une visite privée, Glenkirk, lui rappela le roi, vous n'aurez pas d'escorte officielle.

— Très bien. Mes hommes et moi voyagerons ainsi plus vite et sans éveiller la curiosité. Bien entendu, je transmettrai votre meilleur souvenir à tous ceux que je rencontrerai, afin que tout le monde sache l'importance que vous attachez à l'Écosse.

— Parfait ! soupira le roi, soulagé.

Il avait craint un éclat, mais comme toujours le comte de Glenkirk était l'image même du fidèle serviteur. Il se demanda pourquoi il s'était inquiété. Les

Leslie respectaient le droit divin, il n'avait pas à douter une seconde de leur loyauté. Quant à Jasmine, elle était étrangement silencieuse.

— Désormais, vous aurez l'opportunité de mieux connaître notre Piers, madame, dit-il.

— Comme il vous plaira, Majesté, répondit-elle, impassible.

Cette attitude le rendait nerveux. Il s'était attendu de la part de la jeune femme à une explosion de colère, or elle demeurait de marbre. Certes, la reine lui avait fait comprendre qu'il commettait une erreur de jugement, mais une promesse était une promesse, or il avait promis à Piers qu'il aurait sa chance avec cette jeune et riche personne.

— Nous donnons un bal masqué, ce soir, dit-il d'un ton mal assuré, et je compte vous y voir au bras du marquis, madame.

— Hélas, sire, répondit-elle doucement, j'ai la migraine. Et puis je n'aurais pas le temps de me composer un costume.

— Pourquoi ne pas porter celui de votre pays natal ? insista le roi. Pour nous, ce serait follement exotique !

— Toutes ces affaires sont à Queen's Malvern.

— Oh...

Le roi était fort déçu, car il gardait un souvenir ébloui de l'apparition de Jasmine dans une tenue incrustée de diamants quelques années auparavant.

— Mais j'enverrai quelqu'un chez ma grand-mère, ajouta Jasmine afin de ne pas le contrarier. Il y aura bien d'autres bals masqués, n'est-ce pas, madame ?

La reine lui répondit d'un sourire complice.

— Oui, le grand bal du printemps, dans deux semaines. Je suis sûre que lady Lindley aura alors le plus beau des costumes.

— Certainement, Majesté, dit Jasmine.

— Ma foi, c'est décidé ! Maintenant, ma chère, vous devriez rentrer chez vous afin de soigner votre migraine. Et sur-le-champ, n'est-ce pas, James ?

— Quel remède prendrez-vous ? demanda le roi, soupçonneux.

— Du thé bien chaud, sire, et Adali me massera les épaules. C'est un traitement qui fait merveille sur moi. Ensuite après une bonne nuit de sommeil, je serai rétablie demain, j'en suis certaine.

— Dans ce cas, madame, vous pouvez vous retirer, céda le roi à contrecœur.

Jasmine fit une révérence, le comte de Glenkirk s'inclina.

— Vous partirez à l'aube, ordonna le roi.

— Certainement, Majesté, dit James en prenant le bras de Jasmine pour l'entraîner vers la porte.

— Eh bien, Piers, dit le roi lorsqu'ils eurent disparu, je t'ai dégagé la voie, mais c'est à toi maintenant de séduire la dame. J'ai promis que le choix serait sien, or je suis un homme de parole.

— Je l'obtiendrai, Majesté ! affirma St. Denis avec fougue.

— Quand les poules auront des dents, marmonna Villiers.

La reine l'avait entendu, et elle ne put s'empêcher de rire de si bon cœur que les larmes coulaient sur ses joues.

— Ma foi, Ann, dit le roi, je ne vous avais pas vue rire autant depuis de nombreuses années. Vous ne voulez pas partager avec nous la cause de votre hilarité ?

La reine s'étranglait.

— C'était juste une idée que seule une femme comprendrait, James. Ou peut-être même pas, poursuivit-elle en tentant de reprendre son sérieux.

Le roi se tournait de nouveau vers le marquis, et la reine agita un doigt faussement sévère en direction de Villiers qui lui adressa un clin d'œil coquin.

— Vous êtes un vilain garçon, le gronda-t-elle doucement.

— C'est vrai, acquiesça-t-il avec une certaine

complaisance avant de lui baiser la main. Pour vous servir, Majesté.

La reine sourit.

— Vous êtes malin, je suis heureuse que nous nous comprenions, Steenie.

— Pour rien au monde je ne nuirais au roi, madame.

— Alors vous pouvez être assuré de mon amitié, affirma la reine. Nous sommes bien du même avis, dans cette affaire ?

— Tout à fait, madame. Mais ne craignez rien, lady Lindley est beaucoup trop amoureuse de lord Leslie pour se laisser influencer.

— St. Denis est sans scrupules, objecta la reine. Et intelligent.

— Je le suis plus que lui, assura Villiers.

La reine Ann regardait le beau jeune homme au visage d'ange.

— Ma foi, Steenie, dit-elle, songeuse, je le crois, en effet.

Villiers lui adressa son plus radieux sourire.

9

Jasmine entendit gratter doucement à la croisée de sa chambre. La lune parait d'argent la pelouse et le fleuve, tandis qu'un homme, accroché à la vigne vierge, cherchait à ouvrir la fenêtre. Quand il y eut réussi, il s'élança sur le rebord, puis dans la pièce, avant de se diriger vers le lit.

Jasmine, que le bruit avait éveillée, ouvrit les yeux.

— James ! Vous êtes fou !

— Oui. Fou de vous, ma chérie.

Il s'assit sur le lit pour ôter ses bottes, après quoi il entreprit de se déshabiller.

— Vous pensiez que j'allais partir pour Edimbourg sans vous avoir dit un véritable au revoir ?

Complètement nu, il se glissa entre les draps et prit la jeune femme dans ses bras.

— Et Kipp St. Denis, mon chien de garde ? objecta Jasmine. Il va tout raconter à son frère et celui-ci se précipitera chez le roi. Après quoi, Dieu seul sait ce qui se passera !

— J'ai suivi Kipp alors qu'il repartait chez Piers. Ce n'est qu'un juste retournement de situation, n'est-ce pas ? J'ai même attendu que toutes les lumières soient éteintes pour venir vous rejoindre.

— Oh, James, soupira Jasmine, j'ai tellement envie de vous ! Et voilà que vous partez...

— Mais pas avant l'aube, ma douce. Nous avons quelques heures devant nous, et j'entends les occuper au mieux. C'est un véritable enfer que de ne plus

vous avoir dans mon lit ! J'ai tellement hâte de vous épouser !

— Promettez-moi que nous ne serons pas obligés de venir à la Cour, que nous n'aurons plus aucun rapport avec les Stuart ! J'ai horreur que l'on dirige ma vie à ma place, James. S'il le faut, nous vivrons dans les Highlands pour toujours, afin d'éviter les interventions du roi. Il n'aime guère sa terre natale, aussi ne risquera-t-il pas de nous y pourchasser.

Il l'embrassa voluptueusement, tout à la joie de l'avoir retrouvée.

— Les Écossais sont un peuple querelleur, Jasmine. Nous sommes tout aussi capables de tuer nos rois que de les servir. Nos seigneurs, grands ou petits, sont incontrôlables, et James les a toujours redoutés, à juste titre d'ailleurs. Si nous vivons en Écosse, vous verrez que c'est une terre rude, sauvage, et vous aurez envie, comme votre mère, de passer un peu de temps en Angleterre chaque année. Mais pas l'automne, qui est la meilleure saison dans mon pays.

Il caressait son dos, ses reins, tandis qu'elle ronronnait de plaisir, et il posa la joue contre sa poitrine, écoutant les battements de son cœur. Puis il caressa ses seins de la langue, décrivit de petits cercles autour des boutons roses, avant d'en prendre un dans sa bouche, de le mordiller doucement.

— Brute, murmura-t-elle.

Elle planta ses dents dans l'épaule de James.

— Petite sorcière ! grommela-t-il en la clouant au lit.

Ses doigts se glissèrent plus bas, vers la toison brune, et il trouva Jasmine déjà prête à le recevoir. Elle se mit à son tour à le caresser doucement.

— Fais-moi l'amour tout de suite, Jemmie, ou je meurs !

— Pas encore. Je commence à peine à profiter de ton corps, ma chérie.

Il sentait le petit renflement gonfler sous ses doigts, tandis que Jasmine s'arquait de plaisir.

— Méchant ! Je te veux, viens ! cria-t-elle.

Il éclata d'un grand rire heureux.

— Plus tard, ma chérie, promit-il.

Il approfondissait la caresse dans sa douceur moite.

— Ça devrait t'apaiser pour l'instant, mon amour.

— Je te déteste, lança-t-elle dans un sanglot.

Mais tous deux savaient que cette première jouissance l'avait soulagée de sa tension.

— Et moi je suis fou de toi. Chaque nuit, pendant mon absence, je me rappellerai ces instants et tous les autres que nous avons partagés. Je compterai les jours qui nous séparent de notre mariage, Jasmine, du moment où tu seras enfin mienne pour toujours.

Il baisait ses lèvres, ses paupières, le bout de son nez, son petit menton volontaire.

— Dis-moi que je te manquerai autant, durant toutes ces semaines où nous serons séparés.

— Oui, oui !

Que lui arrivait-il ? D'habitude elle montrait une certaine initiative, lorsqu'ils faisaient l'amour, mais cette nuit c'était lui qui menait le jeu, et elle en était étrangement heureuse. Elle voulait qu'il la prenne brutalement, qu'il l'emplisse tout entière, qu'il fasse d'elle l'esclave de sa passion. Elle redevenait une jeune fille…

Il glissa le long de son corps pour embrasser son pied, son mollet, son genou, sa cuisse si douce, puis il fit de même pour l'autre jambe.

Après avoir de nouveau baisé ses lèvres, il descendit vers son nombril, plus bas encore, pour goûter avec délices la sève qui perlait en elle.

Elle gémissait, elle jurait, elle criait, quand il contempla son sexe gonflé de désir.

— Dieu, que tu es belle !

— James ! Arrête cette torture !

Il joua de la langue et des lèvres avec le corail de son sexe, tandis qu'elle se tordait sous lui, menaçant de le chasser dans la fougue de sa passion. Alors il la saisit

fermement aux hanches, et elle connut une jouissance si intense qu'elle crut en mourir.

Il la pénétra enfin d'un coup, provoquant en elle un nouvel orgasme plus violent que tout ce qu'elle avait connu auparavant. Ses oreilles bourdonnaient, d'immenses spasmes la secouaient, et elle enfonça ses ongles dans les épaules de James.

Il n'en avait pas assez, il ne pouvait empêcher le mouvement de ses reins, puissant, inlassable. Enfin, quand il crut qu'il n'arriverait jamais à l'assouvissement, il se sentit emporté par une jouissance immense, magique.

Alors il s'abattit contre Jasmine dans un sanglot.

— J'ai cru que notre dernière heure était arrivée, souffla-t-il quand il fut un peu remis.

Elle eut un petit rire.

— N'était-ce pas merveilleux ?

— Et maintenant je dois vous quitter pour un mois...

— Dépêchez-vous de revenir, car je ne pense pas pouvoir supporter St. Denis bien longtemps, et le tenir à l'écart sera agaçant, difficile. Heureusement que la reine est de notre côté !

— S'il vous touche, gronda James en plongeant son regard dans les yeux turquoise, je ferai de lui le premier eunuque de la Cour ! Je déteste la façon dont ce sale type vous regarde, comme si vous étiez un mets de choix qu'il s'apprête à déguster.

— Il se retrouvera empoisonné, s'il essaie de me goûter, promit Jasmine. Je suis à vous, James Leslie, et jamais je n'épouserai quelqu'un d'autre. Maintenant, oublions-le et laissez-moi de solides souvenirs pour les semaines à venir.

— Vous êtes insatiable !

— Vous aussi, répliqua-t-elle.

Quand elle s'éveilla le lendemain, elle était seule, et elle ignorait même quand James l'avait quittée. À sa place,

sur l'oreiller il y avait une rose rouge à demi épanouie. Elle la prit en souriant pour en respirer le délicat parfum, la tête pleine encore des souvenirs de la nuit. Des souvenirs qui devraient durer de longues journées.

Elle tira sur le cordon à la tête de son lit afin d'informer les domestiques qu'elle était réveillée et prête à boire une tasse de thé.

Adali ne tarda pas à entrer dans la chambre avec un plateau.

— Bonjour, ma princesse, dit-il en versant le liquide fumant.

Il prit la rose qu'il posa dans un vase à haut col.

— Quand lord Leslie est-il parti ? demanda Jasmine.

— Avant l'aube, madame. Le chien de garde n'est pas revenu à son poste, et je pense que son maître n'aura plus besoin qu'il se cache dans le jardin, maintenant que le comte n'est plus là. Il est parti aux aurores avec Fergus More.

— Et à présent commence la tâche ennuyeuse de déjouer les intentions de St. Denis tout en faisant semblant d'accepter ses hommages.

Adali fit la moue.

— Cet homme a toute la finesse d'un des éléphants de combat de votre père ! Il est dangereux.

— Je le crois aussi. James dit qu'il a des instincts pervers. Il faudra que je me méfie.

— Ne restez surtout jamais seule avec lui, ma princesse, dit Adali, inquiet.

— Cela arrivera pourtant. C'est la raison pour laquelle il a fait envoyer James en Écosse. Il espère me convaincre de l'épouser. En fait, ce qu'il veut, c'est ma fortune et le pouvoir sur mon fils de sang royal. Car, visiblement, il a une piètre opinion des femmes, un autre de ses défauts.

— Voulez-vous un bain ? demanda Adali, écartant volontairement ce désagréable sujet.

— Avec plaisir ! Je suis délicieusement épuisée et comblée par l'amour de mon seigneur.

— Ainsi, vous êtes sincèrement contente de vous marier avec lord Leslie le mois prochain ? Je suis persuadé que c'est le mari idéal pour vous, cependant je n'aimerais pas que vous l'épousiez à contrecœur. Je veux vous voir totalement heureuse, moi qui vous ai élevée comme un père.

— Je suis heureuse, assura Jasmine. Merci, très cher Adali. Sache bien que je t'aime tout autant que j'aimais Akbar, celui dont la royale semence m'a donné la vie.

Bouleversé, il s'inclina et quitta vivement la chambre afin de dissimuler son émotion. Jasmine sourit. Elle n'imaginait pas sa vie sans lui, ni sans ses deux servantes préférées. Mais comment supporteraient-ils la rudesse de l'Écosse ? Enfin, au moins seraient-ils ensemble, et à eux trois ils étaient capables de recréer une civilisation !

Jasmine sortait de son bain quand Adali revint, l'air soucieux.

— Le marquis de Hartsfield est ici, madame. Voulez-vous que je vous en débarrasse ? Il est arrivé dans un petit bateau en mauvais état et prétend vous emmener à un pique-nique.

Jasmine éclata de rire.

— Il essaie de se montrer romantique ! pouffa-t-elle. Eh bien, j'irai à sa partie de campagne et, une fois rentrée à la maison, je serai prise d'un gros rhume qui devrait ma libérer quelques jours de sa compagnie. Ce genre d'homme n'apprécie guère les femmes malades.

— Très bien, madame. Dans combien de temps serez-vous prête ? Une heure, deux ?

— Disons deux. Comme il ne s'est pas annoncé, il ne peut pas espérer que je sois à lui dès son arrivée. Demande à un valet de lui apporter du vin et des biscuits dans la bibliothèque, en attendant.

Séchée, poudrée, drapée dans un peignoir, Jasmine s'allongea sur son lit en réfléchissant à ce qu'elle allait porter.

— Une tenue à la fois jeune et printanière, dit-elle à ses caméristes.

— La robe de soie lavande au col de dentelle ? suggéra Rohana.

— Avec plusieurs jupons et pas de vertugadin, renchérit Toramalli. Mais elle est très décolletée.

L'idée de donner à St. Denis un aperçu de ce qu'il n'obtiendrait jamais ne déplaisait pas à Jasmine qui était assez fière de sa poitrine, ferme et voluptueuse en dépit de ses grossesses.

Rohana apportait la robe à sa maîtresse. Elle était vraiment simple, les crevés des manches laissaient voir une soie crème, et le col châle de dentelle était le seul ornement du corsage.

— Ai-je des souliers assortis ? demanda Jasmine.

Toramalli secoua la tête.

— Mieux vaut porter du noir. Vous avez des nouvelles mules qui conviendront parfaitement pour l'occasion, madame. Et les bijoux ?

— Le collier de perles avec le diamant jaune, déclara Jasmine, amusée. Il sera fasciné et aura toutes les peines du monde à détacher son regard de ce joyau et de mes seins.

Les deux servantes éclatèrent de rire.

— Vous êtes aussi espiègle que lorsque, petite fille, vous vous cachiez dans les jardins pour faire enrager Adali.

Une ombre passa sur le visage de Jasmine. Comme la vie était simple, quand elle n'était que la fille cadette du grand moghol Akbar ! Cela lui paraissait si loin, dans le temps comme dans l'espace !

— Je suppose que cette petite fille existe encore quelque part en moi, mais n'en dites surtout rien à mes enfants !

— Ils n'ont pas besoin qu'on leur apprenne à faire des bêtises, déclara Toramalli. C'est une seconde nature, chez eux. Je suis étonnée que votre grand-mère parvienne à les maîtriser, et pourtant c'est le cas.

— Rien n'est impossible pour Skye O'Malley ! répliqua Jasmine en riant. On dit que je lui ressemble. Cela me fait grand plaisir, bien que je n'aie pas sa stature !

— Vous êtes encore jeune, ma princesse, et le sang des conquérants qui coule dans vos veines vous vient aussi de votre père.

Deux heures précisément après que le marquis se fut présenté chez Jasmine, elle descendit le retrouver à la bibliothèque où il l'attendait avec impatience. Elle était fraîche, innocente, juvénile, et il resta bouche bée devant tant de beauté. Il la lui fallait !

Elle fit une petite révérence.

— Bonjour, monseigneur.

Il la salua à son tour.

— Je pensais, madame, que vous souhaiteriez peut-être déjeuner au bord du fleuve ?

— Adali m'a dit. Quelle charmante idée, monseigneur ! Nous y allons ?

Il se précipita pour lui ouvrir la porte.

— Mon bateau nous attend.

Ils descendirent à la rivière où, à la surprise de St. Denis, était accostée une autre barge que la sienne. Adali s'y trouvait, vêtu d'un étroit pantalon blanc et d'une longue veste brodée de fils d'or et de perles. Il portait une ceinture dans laquelle était glissé un poignard incrusté de pierreries. Ses cheveux grisonnants étaient couverts d'un turban blanc. Il y avait des années que Jasmine ne l'avait pas vu habillé ainsi, et elle haussa les sourcils.

Adali s'inclina.

— Le bateau du marquis semble à peine en état de naviguer, ma princesse. Je l'ai renvoyé.

— Mais le panier de pique-nique s'y trouvait, protesta St. Denis, sidéré par l'effronterie du serviteur.

— Le contenu de ce panier n'aurait pas convenu à ma maîtresse, monseigneur. Je l'ai remplacé par des mets venant de nos cuisines.

Adali aida Jasmine à monter dans son bateau, laissa le marquis s'installer à côté d'elle, puis il y monta à son tour et, d'un signe impérieux de la main, il ordonna aux rameurs de se mettre en route.

— Vous nous accompagnez ? demanda St. Denis, irrité.

N'aurait-il donc aucune intimité avec Jasmine ?

— Ma maîtresse ne sort jamais seule avec des étrangers, monseigneur. Il est de mon devoir de veiller sur elle. Son père, le grand moghol Akbar, me l'a confiée quand elle était nourrisson en me donnant ses instructions. Je n'y ai jamais manqué, et je la protégerai jusqu'à mon dernier jour.

— Vous êtes donc un esclave ?

Adali secoua la tête.

— Je suis un homme libre, monseigneur ! déclara-t-il avec dignité.

De toute évidence, il n'appréciait guère un individu incapable de reconnaître son autorité ni sa place dans la société.

— Je ne veux aucun mal à votre maîtresse, Adali, dit Piers, conciliant, en essayant son charme sur l'eunuque. Vous le savez certainement.

— Ma maîtresse est titrée, riche et extraordinairement belle, monseigneur. Je suis sûr que vos intentions sont honorables, néanmoins je me dois d'être près d'elle jusqu'à ce qu'elle se remarie. Alors je m'occuperai de sa maisonnée, comme je le fais déjà, et je continuerai à veiller sur elle et sur ses enfants.

Tournant les talons, il se posta devant la porte ouverte de la cabine.

— Je suis surpris que vous permettiez à votre domestique de parler aux gens sur ce ton, marmonna Piers, agacé.

Comment séduirait-il Jasmine avec la présence de cette exaspérante créature ? Il se demandait si James Leslie pâtissait du même traitement, mais il en doutait.

— Adali n'est pas vraiment un domestique, répondit-elle calmement. C'est un ami, et un second père pour moi. J'ai confiance en son instinct, j'écoute ses conseils. Il ne désire que mon bien. Où avez-vous choisi de vous arrêter pour déjeuner, monseigneur ? demanda-t-elle avec son plus beau sourire. Quelle magnifique journée ! Rien ne vaut l'Angleterre au printemps. Avez-vous beaucoup voyagé ? Moi, j'ai l'impression d'avoir parcouru le monde entier.

— Je n'ai jamais quitté l'Angleterre, dit-il avec raideur. Pour quoi faire ? J'ai ici tout ce que je peux désirer.

— Vous n'avez pas envie de connaître d'autres contrées, d'autres civilisations ? insista-t-elle. Avant de quitter les Indes, je voyageais beaucoup avec la Cour de mon père à travers notre vaste pays. Mais il fait très chaud, en Inde, et en grandissant j'ai préféré passer la plupart de mon temps au Cashmere, dans le palais que mon père avait offert à ma mère. Il était construit près d'un lac, et la température y était beaucoup plus agréable qu'à Lahore, Fatahpur ou Agra. Des villes étouffantes !

— Des villes ? s'étonna-t-il. Je croyais que l'Inde était un pays sauvage et plutôt barbare, madame. Je suppose que vos villes ne peuvent rivaliser avec Londres, ou une quelconque de nos grandes cités. Les maisons sont faites de boue et d'argile, il me semble. Vous avez dû être émerveillée par l'Angleterre, quand vous y avez posé le pied pour la première fois.

Jasmine n'en croyait pas ses oreilles. Il ne connaissait vraiment rien en dehors de son pays ?

— L'Inde s'enorgueillit d'une très ancienne civilisation, monseigneur, lui expliqua-t-elle. Nos villes sont beaucoup plus urbanisées que les vôtres, par certains aspects. Les pauvres y vivent simplement, comme partout, mais les riches mènent une existence fastueuse. Les palais de mon père surpassent de loin tout ce que j'ai vu ici. À Agra, la résidence, inexpugnable,

possédait des murs épais de deux mètres et hauts de vingt. Il y avait des tours, des terrasses plantées, des remparts et des créneaux. C'était incroyablement beau, et ce n'était pas le plus grandiose de nos châteaux. Akbar a érigé une ville entière qu'il a appelée Fatahpur Sikri, toute en marbre, si belle qu'elle vous allait droit au cœur.

« Pourquoi imaginez-vous que l'Inde est un pays de peu d'importance ? Nous avons au moins autant d'artisans, de marchands, de manufactures que vous. Nos terres sont immenses, comparées à la petite île qui compose le royaume d'Angleterre, et dans le pays de mon père toutes les religions sont acceptées, ce qui n'est pas le cas ici, ni dans aucun autre pays dit civilisé de votre Europe. En outre, nous nous enorgueillissons d'une histoire glorieuse, qui a été consignée au fil des siècles et que l'on retrouve dans les bibliothèques de mon père. Quant à notre musique, notre littérature, nos arts, ils sont incomparables.

St. Denis était pris de court par cette tirade. Il s'était imaginé que Jasmine était venue en Angleterre afin de fuir un pays barbare.

— Si vous aimiez tant l'Inde, pourquoi l'avoir quittée ? demanda-t-il.

— Parce que mon demi-frère Salim, qui est maintenant l'empereur Jahangir, voulait avoir avec moi une relation incestueuse, monseigneur. Il a tué mon premier époux, le prince Jamal, gouverneur du Cashmere, afin de se frayer un chemin jusqu'à ma couche. Mon père, mourant, ne pouvait plus me protéger contre lui, aussi ai-je été envoyée en Angleterre afin d'échapper à la lubricité de Salim.

— Mon admiration pour vous augmente à chaque instant, madame, déclara St. Denis, frappé par sa franchise.

Adali émit un son qui ressemblait vaguement à un rire contenu, mais il ne se retourna pas.

— Vous ne savez rien de moi, monsieur, rétorqua

Jasmine avec mépris, hormis ce que vous a raconté le roi. C'est-à-dire que je suis une faible femme, incapable de diriger ma vie et d'élever mes enfants. Que je suis riche, plus riche même que le roi en personne. Il a dû vous dire aussi que j'étais belle mais, avant que je revienne à la Cour avec Glenkirk, vous ne connaissiez pas grand-chose de plus. Sinon que j'ai été la maîtresse du prince Henry dont j'ai porté le fils. Mais vous n'étiez pas là la dernière fois que j'étais à Londres et, depuis que le roi vous a autorisé à me courtiser, vous n'avez fait aucun effort pour en apprendre davantage. Je ne trouve pas cela très flatteur, monseigneur. Il semblerait que vous tentez votre chance uniquement à cause de ma richesse et du pouvoir qu'une alliance entre nous vous donnerait en tant que beau-père de mon fils. Vous devriez comprendre que je n'accepterai jamais, alors pourquoi insistez-vous, monsieur ? Pourquoi ?

— Tout ce que vous dites est vrai, madame, cependant, dès que je vous ai vue, j'ai su que vous deviez devenir ma femme. Je brûle de désir, mais comment aurais-je pu mieux vous connaître sans la possibilité de vous approcher ? Je ne veux pas que notre relation soit basée sur des ragots, des impressions, or vous seule pouvez me raconter la véritable histoire de Jasmine Lindley.

— Vous avez fait envoyer James au loin, lui reprocha-t-elle.

— Si je ne l'avais fait, comment aurais-je eu l'occasion de passer un peu de temps à vos côtés, madame ? Rentrer de France avec vous a été un véritable succès pour le comte, et vous épouser serait le joyau final à sa couronne. Mais je vais le lui arracher, madame, et le porter moi-même. Je ne connais pas un homme au monde qui pourrait me le reprocher.

Il prit sa main et lui baisa la paume avec ferveur.

Elle se dégagea vivement.

— Quelle présomption, monseigneur ! s'écria-t-elle, glaciale.

Le baiser l'avait dégoûtée. Cet homme lui rappelait son frère Salim, bien qu'il n'y eût aucune ressemblance physique entre eux.

— Je vous aurai, Jasmine, déclara-t-il, le regard d'un bleu plus sombre qu'à l'accoutumée. Vous serez ma femme.

— Je serai celle de James Leslie ! le contra-t-elle. Et rien de ce que vous direz ne pourra me faire changer d'avis. Toutefois, si vous souhaitez me distraire pendant qu'il est en Écosse, j'accepterai, car je sais que le roi en sera satisfait. Nous pourrions même dresser ensemble la liste des jeunes filles à marier pour le moment où vous aurez enfin reconnu votre défaite. Vous devriez accepter ma suggestion, monseigneur. Vous êtes trop compliqué pour le roi et, lorsqu'il aura finalement choisi Villiers comme favori d'entre les favoris, vous ne jouirez plus d'aucune influence sur les Stuart. Vous avez peu d'amis, je crois, et Villiers sera fort heureux de vous voir disparaître dans l'ombre.

— Vous êtes beaucoup trop fine et trop clairvoyante à mon goût. Seriez-vous une de ces femmes qui se piquent d'intelligence ?

— Oui.

Adali, qui avait assisté à toute la conversation, se tourna vers les deux jeunes gens.

— Il y a un joli bouquet de saules juste après la prochaine courbe du fleuve. Avec votre permission, ma princesse, je vais y diriger les rameurs.

Jasmine acquiesça.

— Vous savez lire et écrire ? reprit le marquis.

— Oui. Je connais les mathématiques, l'histoire, et je parle couramment plusieurs langues. J'ai été éduquée par un prêtre venu spécialement à la Cour de mon père. J'ai été baptisée dans la foi chrétienne, tandis que ma mère adoptive et mes frères étaient islamiques. Deux de mes trois sœurs sont hindouistes. Je vous l'ai dit, dans le pays de mon père, toutes les religions sont acceptées. Mes sœurs ont été

élevées avec autant de soin que moi, excepté la pauvre begum Aram-Banu, qui est simple d'esprit mais très gentille.

Le marquis était de plus en plus étonné. Jasmine avait dit qu'il était compliqué, mais elle aussi était complexe !

— Vous aviez tous des mères différentes ?

Jasmine éclata de rire.

— En effet. Cela vous semble sans doute licencieux, monseigneur, mais en Inde il est normal pour un homme d'avoir plusieurs épouses et concubines. Tout le monde ne peut s'offrir ce luxe, évidemment, cependant mon père s'est marié pour des raisons de dynastie et de politique. La plupart de ses femmes étaient sœurs ou filles d'hommes qu'il avait soumis ou avec lesquels il voulait forger des alliances. Ma mère anglaise était sa quarantième épouse, et il avait quantité de favorites. J'ai toujours trouvé injuste que les hommes aient le droit d'avoir de nombreuses épouses quand les femmes devaient rester fidèles à un seul homme à la fois. Qu'en pensez-vous ?

Les yeux turquoise de la jeune femme pétillaient d'amusement.

— Je... je... je n'y ai jamais réfléchi.

Un homme pouvait avoir une épouse, une maîtresse, et c'était déjà source d'ennuis. Mais quarante ? Le défunt empereur devait être un sacré mâle !

— Vous êtes choqué ! se moqua gaiement Jasmine.

Le bateau à fond plat glissa sur le sable de la berge avant que le marquis eût le temps de répondre. Adali sauta à terre et aida sa maîtresse à descendre en laissant St. Denis se débrouiller seul. Deux rameurs les rejoignirent avec des paniers. Adali déplia une nappe blanche sous un saule éployé et entreprit d'y disposer le pique-nique, composé de poulet rôti, de terrine de lapin, de fromage, de pain frais, de beurre, ainsi que de fraises, le tout agrémenté d'une carafe de vin. Il y avait deux assiettes en vermeil, deux gobelets de cristal de Murano, des couverts en argent.

— Avez-vous de quoi vous restaurer, toi et les rameurs ? demanda Jasmine à Adali.

— Oui, ma princesse.

— Alors vous pouvez déjeuner. Je crois que le marquis ne dépassera pas les bornes de la bienséance, Adali.

— Appelez-moi en cas de besoin, répondit Adali en retournant vers la barge où les rameurs attendaient ses instructions.

— Sera-t-il toujours avec nous ? demanda St. Denis en s'asseyant près de Jasmine.

— Cela vous obligera à rester sage, répondit-elle, taquine. Si je devais me défendre, je risquerais de vous blesser.

Il se mit à rire. Elle était certes exaspérante, mais aussi incroyablement désirable.

— Jasmine, car j'ai bien l'intention de vous appeler ainsi, que vous m'y autorisiez ou non, si vous m'accordez une chance de vous le prouver, vous vous apercevrez que je suis le plus charmant des hommes. Je serai un excellent mari pour vous, je m'occuperai de vos affaires avec autant de soin que Rowan Lindley... Maintenant, je suis affamé, et votre cuisinier me semble parfait. Adali a eu raison de renvoyer mon misérable pique-nique.

Jasmine lui prépara une assiette tout en parlant.

— Vous pouvez m'appeler Jasmine si cela vous chante, monseigneur. Quant à mes affaires, je préfère vous informer tout de suite que je m'en occupe moi-même. Bien qu'il me soit parfois arrivé de demander conseil à Rowan, toutes les décisions concernant ma fortune reposent entre mes mains, et elles y resteront.

Elle lui tendit l'assiette pleine et la carafe de vin.

— Et Glenkirk est d'accord ?

— S'il ne l'était pas, jamais je n'aurais accepté de l'épouser, répondit Jasmine en se servant à son tour. Le vin est-il à votre goût ? Il vient des vignes de la branche française de la famille.

— Vous avez des parents en France ?

— Oui, dit-elle en mordant à belles dents dans une cuisse de poulet.

Décidément, cette femme n'était pas toute simple ! Elle était érudite, indépendante, elle avait beaucoup voyagé, elle avait été la maîtresse d'un prince qui, s'il avait vécu, aurait été le prochain roi d'Angleterre. Et elle était la mère de son fils ! Extrêmement riche de surcroît. Ces deux dernières données primaient sur tout, mais St. Denis avait besoin de temps pour mettre au point son plan d'attaque. Jasmine n'avait de toute évidence pas peur du roi, et Piers St. Denis, marquis de Hartsfield, ne l'intimidait aucunement. Comment prendre de l'empire sur elle, l'effrayer suffisamment pour l'obliger à lui obéir, obtenir le contrôle de sa fortune ? Glenkirk était un imbécile s'il s'était plié à ses conditions. À moins qu'il n'ait pas l'intention de tenir sa promesse une fois le mariage célébré.

Tout cela méritait réflexion.

Après le déjeuner, il ne leur restait plus qu'à rentrer à Greenwood. Piers ne pouvait tout de même pas la courtiser ouvertement devant les rameurs et Adali qui ne cessait de regarder par-dessus son épaule.

Comme ils redescendaient vers la rive, Jasmine se mit à éternuer, ses yeux se voilèrent et elle devint étrangement silencieuse.

— Vous ne vous sentez pas bien ? risqua nerveusement le marquis.

— Je crois que je m'enrhume, dit-elle, ponctuant sa réponse de plusieurs éternuements. Il fait tellement humide au bord de l'eau ! Peut-être ce pique-nique n'était-il pas une très bonne idée, en fin de compte. Atchoum ! Ô mon Dieu !

Elle chercha son mouchoir d'une main tremblante et se moucha bruyamment.

— Nous sommes presque chez vous, dit-il, irrité.

Un rhume ! Et si c'était cette fameuse grippe dont on ne se remettait pas ? Par le diable, on l'en tiendrait responsable et Villiers en ferait des gorges chaudes ! Quant à lui, il n'aurait ni Jasmine, ni sa fortune, ni le pouvoir sur le petit duc de Lundy. Il se pencha pour taper sur l'épaule d'Adali.

— Votre maîtresse est malade. Dites aux rameurs d'accélérer l'allure. Il faut qu'elle rentre rapidement se mettre au chaud.

Adali, impassible, jeta un coup d'œil à l'intérieur de la cabine.

— En effet, ma princesse ne semble pas bien. La grippe, sans doute.

Dès qu'ils eurent accosté à Greenwood, Adali prit la direction des opérations. Soulevant Jasmine dans ses bras, il se dirigea vers la demeure en lançant au marquis :

— La barge vous emmènera où vous le désirez, monseigneur.

Piers St. Denis s'arrêta au beau milieu de la pelouse. Il ne pouvait guère poursuivre Jasmine dans l'état où elle était... Il retourna donc vers le bateau.

— À Whitehall ! ordonna-t-il.

Jasmine le guettait par la fenêtre de la bibliothèque, ravie du tour qu'elle venait de lui jouer.

— Quelle bonne idée de me porter, Adali !

— J'ai pensé que cela ajouterait de la crédibilité au tableau, répliqua l'eunuque. Combien de temps serez-vous malade ?

— Quelques jours, ensuite j'autoriserai le marquis à me rendre une brève visite.

— N'en faites pas trop, conseilla Adali. Si le roi estime que son protégé n'a pas eu assez de temps pour vous séduire, il risque de retarder votre mariage avec lord Leslie. Ce que ni vous ni votre famille ne souhaitez.

— Je n'aime pas le marquis. Je t'ai dit qu'il me rappelait Salim, et à présent je sais pourquoi. Te souviens-tu de la manière dont mon frère était péremp-

toire dans ses affirmations ? Je t'aurai. Ce n'étaient pas de simples mots, pour Salim, mais une certitude. Il me voulait, il m'aurait. Il n'y avait pas le moindre doute dans son esprit, et Piers St. Denis se conduit exactement comme lui. Il se moque totalement de mon aversion à son égard, de mon prochain mariage avec le comte de Glenkirk. Il me veut, et il est persuadé qu'il m'aura, ce qui est affreusement exaspérant, Adali !

« Le temps que j'aurais dû passer avec James, je suis obligée de le perdre avec le marquis. Je n'ai aucun désir de rester à Londres, j'ai envie de rentrer à la maison, de voir mes enfants qui me manquent horriblement. Je voudrais me rendre sur la tombe de mon grand-père pour un dernier adieu. Au lieu de ça, je suis tenue de demeurer ici et de laisser ce petit courtisan assoiffé de gloire me faire la cour. Le roi est un vieux fou sentimental, mais c'est la dernière fois qu'il se mêle de mes affaires, Adali. J'en ai assez !

L'eunuque sentait monter l'irritation de sa maîtresse, et il craignait que cela ne la conduise à aggraver la situation. Si seulement elle avait épousé le comte de Glenkirk deux ans plus tôt !

— Pourquoi ne faites-vous pas venir les enfants ? suggéra-t-il.

— Comment ?

— Nous enverrons un message à votre grand-mère dès demain pour lui dire que vous avez besoin de leur présence à Londres. N'est-il pas normal que le marquis fasse leur connaissance, s'il souhaite devenir leur beau-père et tuteur ? Le petit lord Henry et lady India comprendront parfaitement la situation, si nous la leur expliquons, et ils n'aimeront pas plus le marquis que vous. Lady Fortune suivra ses aînés et sera la plus insupportable de tous. Quant au duc Charles, il se rendra compte que les autres détestent St. Denis, et il le rejettera à son tour. Les enfants de son âge ont leurs têtes, ma princesse.

Les yeux noirs d'Adali brillaient de malice.

— Magnifique ! s'écria Jasmine. Le roi sera en outre ravi de passer un peu de temps avec son petit-fils. Envoie un pigeon voyageur demain dès l'aube, Adali !

Elle se mit à danser sur place en battant des mains.

— J'ai hâte de voir la tête de St. Denis quand il sera confronté à mes enfants !

— Je vais rédiger le message moi-même, dit le serviteur.

Ce qu'il fit au petit matin. Il était inutile de raconter à maîtresse Skye tout ce qui s'était passé depuis le retour de Jasmine en Angleterre car c'était chose faite. Adali restait toujours en contact avec la vieille dame lorsqu'ils étaient séparés. Elle était au courant du dernier caprice du roi, de l'irritation de sa petite-fille, du départ de James pour l'Écosse. À l'aide du code qu'ils avaient mis au point ensemble des années plus tôt, Adali lui disait cette fois que Jasmine avait besoin de ses enfants pour rebuter un prétendant importun. Il fallait qu'ils partent pour Londres dès réception du message.

Quand il eut terminé, Adali roula le parchemin dans son petit tube d'argent et le fixa à la patte d'un pigeon de Queen's Malvern auquel il ouvrit grande la fenêtre. L'oiseau s'éloigna à tire-d'aile.

Les trois jours suivants, Piers St. Denis se présenta à Greenwood avec des bouquets enrubannés, et se vit éconduit par Adali. Sa maîtresse, prétendait-il, était trop malade pour recevoir des visites. Non, on n'avait pas posé de ventouses, sa maîtresse n'y croyait pas. Peut-être irait-elle mieux le lendemain…

Le quatrième jour, alors que le marquis commençait à s'impatienter, Adali l'accueillit avec un grand sourire et lui annonça que sa maîtresse serait ravie

de le recevoir, mais seulement quelques instants. Il conduisit ensuite le visiteur dans les appartements de Jasmine.

Piers jetait des coups d'œil curieux autour de lui, car c'était la première fois qu'il était admis dans les étages. Il aperçut une vaste bibliothèque, mais les autres portes étaient fermées. La maison, de dimension raisonnable, était située dans le quartier le plus huppé de la ville, et elle était meublée avec goût, sans ostentation. On aurait pu dire que la décoration était simple si la richesse des tentures, des tapis, de l'argenterie n'avait été évidente.

Lorsqu'ils parvinrent au deuxième étage, Adali fit entrer le jeune homme dans un boudoir, puis dans la chambre attenante.

— Monseigneur ! s'écria Jasmine en lui tendant ses deux mains.

Elle portait ses longs cheveux défaits et était vêtue d'un modeste déshabillé au col montant. Le marquis fut soulagé de lui trouver bonne mine.

— Vous êtes remise ? demanda-t-il en lui baisant la main.

Il s'assit sans façon au bord du lit.

— Je suis encore un peu faible, mais je pense que la fièvre est tombée. Et puis j'ai appris une merveilleuse nouvelle : mes enfants viennent me rejoindre à Londres !

— Vos enfants ?

Le marquis n'avait pas l'air de partager son enthousiasme.

— Je croyais qu'ils vivaient à la campagne.

— En aucune façon, monseigneur. Ils ont toujours habité avec moi. Je ne suis pas de ces mères qui confient leur progéniture aux domestiques. Grand Dieu, non ! Mes petits sont à la campagne parce que ma grand-mère les y a emmenés afin que James et moi ayons un peu d'intimité, mais à présent j'ai besoin de les avoir à mes côtés. Surtout depuis que

James est parti. D'autre part, si vous souhaitez réellement m'épouser, il est normal que vous les connaissiez, ce me semble. Et, naturellement, le roi sera aux anges de revoir son petit-fils.

Elle lui adressa son plus brillant sourire.

— Rien que de penser à eux, je me sens déjà beaucoup mieux !

Piers St. Denis enrageait. Il s'était débarrassé de James afin d'être seul avec Jasmine, or le comte était parti il y avait de cela près d'une semaine, et depuis le pique-nique il n'avait pas revu la jeune femme. Voilà que maintenant ces satanés enfants allaient accaparer tout son temps ! Et il ne pouvait s'en plaindre au roi, qui était totalement dévoué à la famille, et qui serait enchanté de voir son petit-fils ainsi que les trois autres monstres. Cependant, le marquis parvint à sourire.

— Bien sûr, il faut que je les rencontre ! Les deux aînés ne sont-ils pas en âge d'être confiés à des tuteurs ? Comme nous vivrons à la Cour, il faut envisager l'avenir des enfants, Jasmine.

— Il est hors de question que je me sépare de mes petits, monseigneur. Je déteste cette habitude de confier ses enfants à élever à une autre famille. Les miens sont riches, titrés et de haute lignée. Ils seront, en leur temps, considérés comme des partis intéressants sans que j'aie besoin de les envoyer chez des étrangers.

— Je crois, monseigneur, intervint Adali, que nous devrions mettre un terme à votre visite. Mais vous pourrez revenir demain, si vous le souhaitez.

St. Denis se leva et salua Jasmine.

— La reine vous envoie ses vœux de guérison, dit-il. Elle donne un bal masqué à la fin de la semaine prochaine, et j'aimerais que vous m'y accompagniez, si vous vous sentez assez bien pour sortir, ce que je souhaite de tout mon cœur.

— Nous verrons, murmura Jasmine en se laissant retomber mollement contre les oreillers.

— À demain, mon amour.

— Au revoir, monseigneur.

Son amour ?

Elle entendait encore la voix de Salim, au loin, et elle frissonna.

10

— Sa Majesté la reine, annonça Adali en faisant entrer la reine Ann dans le boudoir de Jasmine.

Celle-ci se leva vivement de son fauteuil installé près de la cheminée, pour exécuter une profonde révérence.

— C'est un honneur, madame.

— Approchez, mon petit.

La reine prit le menton de la jeune femme entre le pouce et l'index et scruta son visage.

— C'est bien ce que je pensais, dit-elle enfin. Vous êtes une coquine, ma chère, mais il est temps de cesser vos espiègleries. Si vous voulez que je vous aide, il faut y mettre de la bonne volonté. St. Denis s'est déjà plaint auprès du roi de ne pas avoir assez de temps pour vous courtiser. C'est tout juste si j'ai pu empêcher mon époux de réagir aussitôt. Vous allez devoir supporter les attentions du marquis durant les jours à venir, je le crains.

— Si seulement le roi…

— Je sais, je sais ! coupa la reine. Si seulement mon cher Jamie, qui croyait pourtant bien faire, était resté tranquille lorsque le comte de Glenkirk et vous êtes enfin tombés d'accord… Il est fou de vous, cela crève les yeux. Et vous, l'aimez-vous ?

Jasmine acquiesça.

— Asseyons-nous, proposa la reine avant de se tourner vers Adali. Si vous nous serviez à boire ?

— Tout de suite, Majesté.

— Steenie et moi sommes vos alliés, ma chère enfant, reprit la reine. Et un nouvel élément vient de s'ajouter à notre affaire. Le comte de Bartram a suggéré au roi de lui confier l'éducation du petit Charles Frederick Stuart.

— Qui est cet homme ? demanda Jasmine.

— Un disciple de Robert Cecil qui travaille au service de Sa Majesté depuis de nombreuses années. Il a commencé sa carrière sous le règne d'Elizabeth, et il a récemment perdu les faveurs du roi à cause de l'avidité et de la jalousie de St. Denis. À cause aussi de l'étourderie de la comtesse de Bartram, qui est certainement encore plus sotte que moi. Il semble penser que, s'il obtient la garde de notre petit-fils, il rentrera dans nos bonnes grâces. Jamie est farouchement opposé à ce projet, mais vous savez combien il est sentimental. Il n'arrivera jamais à dire un non bien net à ce pauvre lord Stokes. Bien qu'il ait l'intention de se priver de sa présence, car l'homme a des penchants puritains, il n'oublie pas toutes ses années de bons et loyaux services. Il cherche un moyen de l'écarter en douceur de la scène.

« Or Steenie et moi avons pensé que nous pourrions nous servir insidieusement de lord Stokes, en laissant entendre à St. Denis que le roi envisage sérieusement de lui confier notre petit-fils. Le marquis essaiera d'en avoir confirmation auprès du roi, mais Jamie tergiversera tant qu'il n'aura pas trouvé la manière de se débarrasser de lord Stokes. Ce qui compliquera encore la situation. St. Denis n'aura plus guère de temps à vous consacrer, et il se demandera désespérément s'il vaut mieux avoir une épouse richissime ou d'importantes relations.

Le rire de la reine résonna dans la pièce, et elle but une gorgée de vin.

— Vous avez décidément la meilleure cave de Londres, ma chère Jasmine !... Alors, que pensez-vous de notre petit complot ?

Sceptique, Jasmine demeura silencieuse un bon moment avant de répondre :

— Il me semble que George Villiers et vous sous-estimez le marquis. À mon avis, il est dangereux. Pour l'instant, il n'a eu affaire qu'à James Leslie, et il s'est arrangé pour l'envoyer au loin, mais s'il pense que quelqu'un d'autre risque d'obtenir la garde de mon fils...

Jasmine pianotait nerveusement sur le bras de son fauteuil.

— St. Denis, dangereux ? s'esclaffa la reine. Non, ma chère. Ce n'est qu'un ambitieux jeune homme qui veut sa place dans la société, comme le gentil Steenie. En fin de compte, vous choisirez Glenkirk, et nous lui accorderons une autre héritière avec notre bénédiction. Alors il retournera sur ses terres et nous n'entendrons plus parler de lui.

— Il a pourtant laissé entendre, madame, qu'il avait l'intention de s'installer à la Cour après son mariage, objecta Jasmine. Je suis de votre avis, il est ambitieux, mais je crois qu'il désire le pouvoir plus que tout au monde.

— Vraiment ? C'est intéressant, répondit la reine, évasive.

Elle avait dit ce qu'elle avait à dire, et elle ne savait plus qu'ajouter. Elle jeta un coup d'œil anxieux à la jeune femme.

— Vous allez coopérer, n'est-ce pas, ma chère ? Il vous suffira d'encourager légèrement St. Denis pendant quelque temps. À nous tous, nous le plongerons dans la plus grande confusion.

— Si vous le souhaitez, madame, mais je désire par-dessus tout épouser James Leslie.

— Parfait !

La reine termina son verre et se leva.

— Je dois partir, à présent. Je suis heureuse de vous trouver en bonne santé, et j'espère bien vous voir à mon bal masqué de samedi.

Jasmine s'était levée elle aussi.

— Mes enfants seront là dans quelques jours, madame. J'ai pensé que présenter mes petits diables à St. Denis serait un excellent moyen de le tenir à l'écart.

— Comme c'est astucieux! gloussa la reine. Il va détester la confrontation!

— J'en suis sûre! Il a déjà déclaré que India et Henry étaient en âge de partir dans une autre famille. Je lui ai répondu qu'il n'était pas question que je confie mes enfants à des étrangers!

— Quel monstre! Vous connaissez mon avis sur la question, et je vous approuve tout à fait dans votre refus.

Après un baiser amical à Jasmine, la reine quitta Greenwood pour retourner au palais.

Le visiteur suivant fut St. Denis, toujours chargé d'un énorme bouquet enrubanné, et Jasmine se montra des plus charmantes. Elle enfouit son visage dans les fleurs, s'extasia sur leur parfum, tout en se disant que cet homme manquait vraiment d'imagination. Il apportait toujours des fleurs, ce qui signifiait qu'il était désargenté ou qu'il était mesquin. Sans doute un peu des deux.

— La reine sort d'ici, dit-elle gaiement. Elle était venue prendre de mes nouvelles et m'inviter à son bal masqué. Accepteriez-vous d'être mon cavalier, monseigneur?

Il fut soudain tout excité.

— Comment serez-vous habillée? Il faut que nous choisissions des costumes qui soient en harmonie!

— Je n'ai pas le temps de me faire exécuter un déguisement en si peu de temps, mais je porterai une robe de soie bleu roi. Je vous laisse le soin de choisir les masques. Je veux le plus beau! Nous devons éclipser les autres invités, n'est-ce pas, monseigneur?

Jasmine souriait avec coquetterie, et St. Denis n'en croyait pas sa bonne fortune. Elle se montrait enfin amicale, elle lui demandait même un petit service.

— Vous aurez le masque le plus somptueux de tout Londres, promit-il.

Une fois rentré chez lui, il déclara à son frère :

— Je crois qu'elle commence à flancher dans son obstination à me détester, Kipp. Elle était fort aimable, aujourd'hui. La reine était venue la voir, et je pense qu'elle lui a conseillé d'envisager avec sérieux ma candidature. J'imaginais que la reine était de mèche avec Villiers, mais je me trompais peut-être. Quel est le meilleur fabricant de masques, en ville ?

— Un certain Barrow, près de St-James.

— Alors va vite lui commander deux créations époustouflantes, Kipp. Les masques devront être prêts pour samedi.

— Ce sera horriblement onéreux, surtout dans un délai si bref ! objecta Kipp.

— Il ne refusera pas ça au favori du roi, décréta Piers avec une belle assurance. En outre, lorsque j'aurai épousé Jasmine, je serai l'homme le plus riche d'Angleterre.

— Si tu l'épouses.

— Je l'épouserai ! insista le marquis. Et, la nuit de nos noces, toi et moi nous vengerons de son arrogance, n'est-ce pas, Kipp ?

— De quelle façon ?

— Nous la mettrons sur le chevalet de punition, les jambes écartées, et je la fouetterai jusqu'à ce qu'elle ait les fesses bien rouges. Elle pleurera et gémira, à n'en pas douter. Ensuite, pendant que je l'attacherai, tu joueras avec ses si beaux seins, jusqu'à ce qu'elle soit déchirée entre la douleur et le plaisir. Je suis sûr qu'elle ne tardera pas à aimer ça. Enfin, quand je la sentirai prête, je la prendrai, toujours pliée en deux sur le chevalet.

— Et tu la partageras avec moi, comme d'habitude, Piers ?

— Pas complètement, pas tout de suite, pas avant que je ne sois lassé d'elle, mais je te prêterai sa bouche, Kipp. À nous deux, nous lui apprendrons qui est le maître. Ensuite, dans un an environ, si elle est bien docile, nous lui enseignerons l'art de pratiquer la domination. Imagine, Kipp ! Tous les trois, nous attirerons de voluptueuses jeunes filles et de beaux jeunes gens dans notre antre d'amour interdit. Ce sera merveilleux !

— J'aurais dû me douter que tu avais tout prévu ! s'écria Kipp, admiratif.

Le marquis sourit.

— Va commander les masques, et dis à ce Barrow que je ne regarde pas à la dépense. Je veux ce qu'il y a de plus beau !

Kipp courut exécuter les ordres de son frère.

La robe que choisit Jasmine pour le bal de la reine était absolument somptueuse. La soie bleu roi s'ouvrait sur un corps de jupe argent brodé de petits saphirs, le décolleté carré était orné de dentelle, les manches laissaient voir de la soie argent et les manchettes de même tissu rehaussaient la finesse de ses poignets. Quant aux mules, bleues elles aussi, elles étaient parées de petites roses argentées. Les cheveux de Jasmine étaient rassemblés en chignon avec un accroche-cœur au-dessus de l'oreille gauche. Elle portait des boucles ainsi que son célèbre collier de saphir.

Le marquis de Hartsfield en resta muet d'admiration. Sans un mot, il lui tendit un ravissant masque or et argent agrémenté de plumes blanches.

— Elles s'appellent les Étoiles du Cashmere, dit Jasmine en remarquant qu'il ne quittait pas les pierres précieuses des yeux. C'est mon premier mari, le prince Jamal, qui me les a offertes. Le lac près duquel était construit le palais où j'ai grandi avait exactement les mêmes reflets. On en a trouvé une autre dans une mine de Ceylan, un très gros saphir en forme de poire

connu sous le nom de Wular Blue, que nous avons donné à mon père quand il a célébré son jubilé.

Elle prit le masque.

— Ravissant, monseigneur, et si bien assorti à ma robe !

Il cherchait désespérément un compliment pertinent.

— Vous êtes la plus belle femme que j'aie jamais vue.

Mon Dieu, que c'était banal ! Elle était consciente de sa beauté, et on avait dû l'en complimenter mille fois !

— Quelle galanterie, monseigneur ! répondit-elle avec amabilité. Si vous voulez bien, nous prendrons ma barge car c'est la plus confortable.

— Certainement, dit-il, encore mal remis du choc qu'avait suscité sa vue.

Il avait la sensation de vivre un rêve : elle avec ses cheveux de jais, son teint de porcelaine, ses yeux turquoise, et lui, blond aux yeux bleus. Un couple parfait ! Le costume crème, argent et or se mariait à merveille à la robe d'un bleu profond... Ils étaient faits l'un pour l'autre.

Le marquis lui prit le bras et suivit l'incontournable Adali vers le fleuve. Pour une fois, il ne s'irrita pas de la présence de l'eunuque qui, dans son costume de cérémonie, ajoutait encore à leur élégance.

Whitehall resplendissait de lumières quand ils pénétrèrent dans la grande salle du trône. La reine, comme toujours, portait une toilette relativement extravagante, mais elle se montrait charmante et gracieuse. Quant au roi, morose, il était affalé sur son trône. Il détestait les fêtes que donnait son épouse, et il ne tarderait pas à s'éclipser afin d'aller boire et jouer aux dés avec quelques intimes. Toutefois l'arrivée de Jasmine au bras de Hartsfield lui redonna le sourire, et il leur fit signe d'approcher. Quand elle se releva de sa profonde révérence, Jasmine remarqua la présence du prince Charles près de son père.

— Ah, Piers, s'écria le roi, tu as enfin amené lady Lindley ! N'est-elle pas ravissante ?

— Elle l'est, Majesté, et je vous remercie de m'avoir offert l'opportunité de la courtiser.

Jasmine sourit au prince, un jeune homme austère qui avait vécu dans l'ombre de son frère jusqu'à sa mort.

— Je suis ravie de vous revoir, monseigneur, dit-elle.

Charles esquissa un sourire. Il n'était guère démonstratif, mais il avait gardé un bon souvenir de la maîtresse de son aîné. Elle lui avait appris à faire assaut de rhétorique avec son brillant frère, à avoir parfois le dernier mot, à la plus grande joie d'Henry, qui aimait sincèrement son cadet dont Jasmine lui vantait souvent les mérites. Charles, alors âgé de quinze ans, considéré comme un gamin à la Cour, était pourtant féru de musique et de théâtre, goûts qu'il tenait de sa mère.

— Je suis heu... heureux de vous revoir, moi au... aussi, madame, dit Charles avec ce bégaiement intermittent qui trahissait sa timidité.

— Merci, Votre Grandeur. Votre homonyme, mon fils, sera ici dans quelques jours. Pourrai-je amener le duc de Lundy voir son oncle ?

— Avec joie, ma... madame. Je n'ai pas eu l'occasion de le rencontrer quand votre grand... grand-mère est passée à Londres.

— Il ressemble beaucoup à son père, dit Jasmine en souriant.

— J'aime les enfants. Je... je voudrais avoir une grande fa... famille, un jour.

— Alors, choisissez bien votre épouse.

— J'ai en vue une infante d'Espagne, intervint le roi.

— Mieux vaudrait une princesse française, murmura la reine. Jasmine, ma chère, prenez un tabouret et venez donc vous asseoir à mes côtés pour assister à la parade. Je vous autorise à vous tenir derrière moi, St. Denis.

Le spectacle fut un salut au printemps, sans l'originalité des fêtes auxquelles Jasmine et Henry avaient assisté quelques années plus tôt. Il s'agissait surtout de musique et de danse, bien que les costumes fussent ravissants. Jasmine ne reconnut aucun des jeunes gens qui participaient au spectacle. Le temps passait, et elle prenait de l'âge, se dit-elle.

Après la représentation vint le bal proprement dit, et le marquis de Hartsfield allait entraîner Jasmine sur la piste quand le prince Charles s'interposa.

— La première danse est pour moi, monsieur, dit-il sans bégayer.

— Certainement, Votre Grandeur, répondit St. Denis en s'effaçant.

Charles et Jasmine s'élancèrent dans une danse pleine de majesté.

— Vous n'allez pas l'épouser, n'est-ce pas, madame ? demanda le prince.

— Sûrement pas ! Pour plaire à votre père, je dois le laisser me courtiser, mais je le déteste, alors que j'aime Glenkirk.

— Alors, pour… pourquoi vous êtes-vous enfuie ?

— Comme Votre Grandeur, je suis fille de roi. Je n'aime pas que l'on me dicte ma conduite, et je n'avais pas fini de pleurer Henry. Je n'étais pas prête à convoler de nouveau, il était trop tôt. À présent, la situation est différente. Lord Leslie m'aimait avant même que j'épouse mon très cher Rowan Lindley, il m'aime encore, et je suis à mon tour tombée amoureuse de lui. J'espère que vous aimerez la jeune fille que vous épouserez, Votre Grandeur. Il est tellement important pour une femme d'être chérie !

Il la souleva légèrement pour la faire tourner, avant de la reposer à terre pour le mouvement final.

— Je… je n'aime pas St. Denis. Il a quelque chose de malsain. Et je… j'aime encore moins Villiers qui me vole l'af… l'affection de mon père. Pourtant, si j'avais à… à choisir, je crois que Villiers est… moins dangereux.

— C'est aussi mon avis. Vous êtes très sage pour un si jeune homme.

La danse terminée, il la raccompagna vers St. Denis qui avait du mal à cacher son excitation. La famille royale traitait Jasmine en égale ! Ce n'était pas seulement l'enfant, mais aussi la mère qui lui conférerait du pouvoir. Avec un sourire épanoui, il l'entraîna à son tour sur la piste.

C'était un excellent danseur, et il lui rendit la soirée moins insupportable qu'elle ne l'avait redouté. Au bout d'un certain temps, il alla chercher du vin bien frais et suggéra qu'ils se reposent un moment dans une alcôve près d'une fenêtre.

— La famille royale vous tient en haute estime, la félicita-t-il. Vous serez un jour quelqu'un d'important à la Cour.

— Quand nous serons mariés, Glenkirk et moi ne vivrons pas à Londres, rétorqua-t-elle.

— Pourquoi vous entêtez-vous dans cette idée de mariage avec le comte ? s'irrita-t-il. C'est moi que vous épouserez, Jasmine, et nous demeurerons à la Cour.

— C'est à moi de choisir, lui rappela-t-elle. Cette soirée ne changera rien à ma décision.

— Je peux faire retarder votre mariage indéfiniment, Jasmine. Si je le lui demande, le roi acceptera, et il pourrait même changer d'avis et vous donner à moi.

Elle éclata de rire. C'était cela ou hurler !

— Le roi a un faible pour ses favoris, monseigneur, mais il ne reviendra jamais sur la parole donnée publiquement.

En guise de réponse, il l'écrasa contre le dossier du siège et l'embrassa avec violence tandis qu'il pressait un de ses seins dans sa main et forçait ses lèvres de la langue.

Prise au dépourvu, Jasmine s'efforça de ne pas céder à la panique. Ce baiser lui était odieux, elle avait la nausée, la main qui lui pinçait le sein était brutale,

cruelle. Elle le mordit de toutes ses forces en se dégageant, puis elle le gifla à la volée.

— Comment osez-vous me toucher ? grinça-t-elle.

Il tenta de la maîtriser de nouveau, mais Jasmine, plus vive, lui lança un coup de genou dans le bas-ventre, et elle profita de sa douleur pour lui échapper. Il la rattrapa par le bas de sa jupe.

— Vous serez à moi ! gronda-t-il, les dents serrées.

— Lâchez-moi ! rétorqua-t-elle. Comment dois-je vous dire que je n'apprécie pas vos attentions ? Faut-il que je vous tue ? J'en suis capable, vous le savez. J'ai moi-même pendu le meurtrier de Rowan Lindley dans l'heure qui a suivi son crime. Vous me dégoûtez, monseigneur, et je prendrais grand plaisir à trancher votre joli cou. J'en ai assez de cette comédie. Jamais je ne vous épouserai, Piers St. Denis !

D'un geste preste, elle dégagea sa robe et traversa la salle de bal en direction de la famille royale. Une fois devant le roi, elle effectua une profonde révérence.

— Majesté ? dit-elle à voix haute et claire.

— Oui, mon enfant, qu'y a-t-il ? demanda le roi.

— Je vous supplie, sire, de ne pas m'obliger à épouser le marquis de Hartsfield, dit-elle en tombant à genoux à ses pieds.

— Allons, petite, j'ai déclaré que la décision vous appartiendrait, dit-il, mal à l'aise devant l'aspect théâtral de la situation.

— Alors je vous prie de la prendre pour acquise sur-le-champ. Vous aviez raison, il y a deux ans, Majesté, lorsque vous avez décrété que James Leslie serait mon époux. J'ai besoin d'un homme que je puisse respecter, or je respecte le comte de Glenkirk. J'ai besoin d'un homme que j'aime, qui m'aime, et cet homme est le comte de Glenkirk. Je me suis engagée devant Dieu à lui être fidèle, et supporter les avances d'un autre homme dans ces circonstances me paraîtrait une trahison. Je vous supplie donc d'entériner mon choix. Je

n'épouserai personne d'autre que James Leslie, le comte de Glenkirk !

« Je sais combien Votre Majesté apprécie le marquis de Hartsfield, et c'est pourquoi je vous demande de lui choisir une autre jeune femme qui saura l'aimer et l'honorer. Hélas, ce ne sera pas moi. C'est bel et bien James Leslie que je préfère.

— Bon sang, murmura George Villiers à l'oreille de la reine, elle a tout joué sur un coup de dé ! Quel style !

Stupéfait, le roi ne savait plus très bien où il en était. Il avait promis à Jasmine que le choix lui appartiendrait, il avait aussi permis à St. Denis de la courtiser. Et une fois de plus cette insupportable jeune femme refusait de plier. Elle avait si clairement exposé en public son refus de St. Denis, le pauvre chéri, qu'il ne pouvait décemment pas la forcer à continuer d'accepter ses avances.

— Père ? dit doucement Charles.

— Oui, mon garçon, qu'y a-t-il ?

— Bien que lady Lindley ait pris la décision avant la date prévue, je pense que vous saviez qu'elle pencherait pour le comte de Glenkirk. Le marquis en était certainement conscient aussi, au fond de lui. Soyez beau joueur et généreux comme vous savez l'être, père. J'ai une grande affection pour lady Lindley, et Henry l'aimait sincèrement. Il aurait voulu que vous lui accordiez cette faveur, en outre il appréciait Glenkirk.

— Charles a raison, intervint la reine.

— En effet, Majesté, il montre beaucoup de discernement pour un être si jeune, déclara Villiers sans se soucier de l'air courroucé du prince qui ne voulait surtout pas de son appui.

Villiers ravala un sourire. Charles était jaloux de lui, il le savait, mais il finirait par gagner son amitié. James Stuart approchait de la fin de sa vie, Charles serait le prochain roi d'Angleterre, et Villiers entendait bien se trouver du bon côté quand il monterait sur le trône.

Le roi regarda Jasmine, sa robe épanouie en corolle autour d'elle, sa tête brune baissée. Cette jeune femme était un vrai trublion, mais Charles avait raison, son fils l'avait adorée et il aurait souhaité la voir heureuse.

— Très bien, lady Lindley, grommela-t-il. Ce sera Glenkirk, et que Dieu lui vienne en aide, avec une épouse aussi rebelle que vous ! Mais il doit savoir à quoi s'attendre. En tout cas, je vous interdis de quitter Londres maintenant, car je veux revoir mon petit-fils avant que vous ne repartiez tous vers le Nord.

James Stuart tendit sa main que Jasmine baisa avec gratitude.

— Merci, Majesté. Merci infiniment !

— Steenie, relève-la, pour l'amour du Ciel, et invite-la à danser. Moi, j'en ai assez, je vais me coucher.

— Mais, mon cher, mon très cher seigneur... gémit St. Denis, qui se tenait devant le roi avec une tête de six pieds de long.

— Ne t'inquiète pas, Piers, nous te trouverons une autre jolie fille nantie d'une belle dot.

— C'est lady Lindley que je veux, sire ! protesta le marquis.

— Tu ne l'auras pas, Piers. Maintenant, cesse de te lamenter et fais confiance à ton bon vieux roi. Viens m'aider à me mettre au lit. Je suis épuisé par toute cette agitation.

Il s'appuyait lourdement sur le jeune homme.

— Je vous accompagne, dit la reine avec un regard de feinte compassion à St. Denis.

— Je serais incapable de danser à nouveau, Steenie, dit Jasmine à Villiers. Voulez-vous me raccompagner à ma barge ? Mon serviteur m'y attend.

La foule s'ouvrait devant eux, tandis qu'ils traversaient la pièce, environnés de murmures.

— Eh bien, ma chère, s'esclaffa Villiers quand ils furent dehors, vous avez provoqué ce soir le plus délicieux des scandales. Mais qu'est-ce qui vous y a décidée ? Cela aurait pu se retourner contre vous !

— D'abord, je n'aime pas St. Denis, et puis il a essayé de me lutiner, ce que j'ai trouvé fort désagréable. J'ai su alors que je ne pourrais continuer ce jeu en attendant le retour de James. Après tout, le roi a bien dit que la décision était mienne.

— Et c'est une chance ! Piers St. Denis est fou de vous, madame. Il aurait tout fait pour vous avoir, si le roi ne vous avait pas laissé le choix.

— Merci de votre aide, Steenie, dit Jasmine alors qu'ils arrivaient au quai où on amenait son embarcation. Je n'oublie jamais mes amis, et ma famille non plus.

Elle prit la main qu'Adali lui tendait.

— Retournez vite auprès du roi, monsieur, ajouta-t-elle, sinon ce vilain St. Denis va marquer des points.

— Pas tant que la reine est présente, répondit Villiers dans un sourire. Bonsoir, lady Lindley. C'était une belle scène, et vous l'avez magnifiquement interprétée. Je vous admire ! Votre robe si gracieusement étalée autour de vous était une merveilleuse touche finale !

Il s'éloigna en riant, et Jasmine rit aussi en le regardant remonter vers le château. C'était un jeune homme fort intelligent, comme elle avait déjà eu l'occasion de le constater. Rien ne lui échappait.

— Nous sommes enfin débarrassés du marquis de Hartsfield, Adali ! s'écria-t-elle.

Elle entreprit de raconter les événements de la soirée à son fidèle serviteur, sans se douter qu'il se trouvait dans la salle du trône pendant qu'elle présentait sa requête au roi.

— Alors, nous pouvons rentrer à Queen's Malvern, madame ? lui demanda Adali en posant une cape sur ses épaules.

— Le roi m'a priée de rester jusqu'au retour de Jemmie, afin qu'il puisse profiter un peu de son petit-fils.

— Avec votre permission, ma princesse, je vais engager une nouvelle équipe d'hommes d'armes pour patrouiller autour de Greenwood. Je ne pense pas que

le marquis soit bon perdant, or vous l'avez humilié en public. Il cherchera certainement à se venger.

— Il s'agit seulement de quelques semaines, le rassura Jasmine, mais mieux vaut se montrer prudent, en effet. Prends les dispositions qui te semblent nécessaires.

— Dans quelques semaines, elle sera partie, Majesté, disait Piers au même instant. Je vous en supplie, modifiez votre position et donnez-la-moi.

— Non, Piers chéri, je ne peux pas reprendre ma parole, et de toute façon je n'y tiens pas. Lady Lindley est trop compliquée pour toi. Laisse-la à Glenkirk, c'est préférable.

Le marquis fit la moue, et se détourna afin de souligner sa mauvaise humeur… et son manque d'éducation.

— Nous vous trouverons une jolie petite épouse bien riche, intervint la reine. Cela vous consolera.

— Non ! s'écria Piers avec véhémence. Si vous voulez me faire plaisir, mon roi, et si vous ne pouvez me donner Jasmine, alors confiez-moi l'éducation du duc de Lundy. Ce sera la preuve que je n'ai pas perdu votre amitié. Ne m'attelez pas à une petite oie blanche pour vous débarrasser de moi, je vous en supplie !

— Comment ? Tu veux la garde de mon petit-fils, toi aussi ? s'écria le roi.

— Aussi ? répéta St. Denis.

— Tu es le second à me le demander. Le comte de Bartram m'a présenté la même requête.

— Vous n'allez tout de même pas confier l'enfant à cet homme ! protesta le marquis qui oubliait son humiliation pour ne plus s'occuper que de son ambition.

— Il m'a toujours bien servi, et ce serait un beau cadeau pour sa retraite que de lui confier mon petit-fils si je décidais de l'enlever à sa mère. Or ce n'est pas le cas, mon cher enfant. Ne t'inquiète pas, je te ferai un présent digne de toi pour compenser ta perte.

Villiers pénétrait dans la chambre du roi.

— Qu'a perdu St. Denis, Majesté ?
— Lady Lindley.
— Mais il ne l'a jamais eue, ricana le jeune homme. C'était le ver de terre amoureux d'une étoile.
Le roi ne put retenir un gloussement amusé.
— C'est très vilain, Steenie, de te moquer ainsi de Piers. Il vient de subir un douloureux échec, dit le roi sans beaucoup de conviction.
— Oui, la perte de la colossale fortune de lady Lindley ! ironisa Villiers.
Le marquis porta la main à son épée, puis la laissa retomber. Se battre devant le roi était une offense assimilée à la trahison.
— J'éprouvais une profonde affection pour cette ravissante jeune femme, rétorqua-t-il, pincé.
— Et plus encore pour ses bijoux, je suppose, riposta Villiers. Quand vous dansiez avec elle, ce soir, vous accordiez moins d'attention à sa personne qu'au fabuleux collier de saphirs qui ornait son joli cou.
— Jamais vous n'oseriez me parler de cette façon hors de la présence du roi, gronda St. Denis, car vous savez que je défendrais alors mon honneur, cet honneur que vous piétinez de si vile façon.
— Sortons, monseigneur ! proposa Villiers. Je serais ravi d'en découdre avec vous.
Le roi et la reine observaient la scène avec inquiétude.
— Ce serait me salir les mains, cracha St. Denis. Un marquis de Hartsfield ne croise pas le fer avec un roturier de bas étage comme vous.
Il s'inclina devant le roi.
— Avec votre permission, Majesté, j'aimerais me retirer.
— C'est ça, rentre chez toi, et ressaisis-toi, Piers chéri. Je réfléchirai à ce que tu m'as demandé.
Les gentilshommes de la Chambre préparèrent James pour la nuit et, quand ils furent sortis, la reine vint s'asseoir à son chevet.
— J'espère que vous n'allez pas confier Charles

Frederick Stuart à Stokes, ni à St. Denis, James. Il doit rester avec sa mère.

— Je sais, Annie. Ne dit-on pas de moi que je suis le fou le plus sensé de la chrétienté ?

— Alors pourquoi avez-vous laissé de l'espoir à Piers St. Denis ?

— Pour qu'il cesse de bouder et de ronchonner. Vous aviez raison, ma chère, j'ai commis une erreur en lui permettant de courtiser lady Lindley, surtout après qu'elle a accepté d'épouser James Leslie. Je n'aurais pas dû non plus expédier Glenkirk en Écosse, c'était augmenter les espérances de Piers. Il a été affreusement vexé ce soir, quand elle a déclaré publiquement qu'elle ne le prendrait pas pour époux.

— Il le méritait. Je l'ai vu en train de la forcer grossièrement dans l'alcôve, et je vous assure qu'elle n'appréciait aucunement cet assaut brutal.

— Ah, c'est donc cela qui l'a fait sortir de ses gonds... Enfin, tout est terminé, maintenant. Ne craignez rien, Annie. Je n'ai aucune intention d'arracher notre petit-fils à sa mère ni à Glenkirk. Ils l'élèveront à merveille, et Stokes est un vieil imbécile lorsqu'il évoque la vie dissolue de lady Lindley. Quant à mon cher Piers, j'ai bien compris qu'il voulait Charlie pour se venger de Jasmine. En outre, le petit lui donnerait de l'influence ici, à la Cour.

Le roi eut un petit rire.

— Peut-être a-t-il bien présagé de ce qui va lui arriver. Je suis en effet las des querelles entre lui et Steenie, lequel est toutefois plus docile, même s'il était fort méchant de se moquer ainsi de Piers. St. Denis n'a pas une once d'humour, dès qu'il est en cause.

— Ainsi, vous avez l'intention de renvoyer St. Denis ! s'exclama la reine qui avait du mal à cacher sa satisfaction.

James Stuart acquiesça.

— Je me fais vieux, Annie, et j'en ai assez de ces conflits perpétuels. Il n'est pas facile d'être roi, même

si actuellement le Parlement a cessé de me poser des problèmes, et que nous sommes en paix avec l'Espagne et avec la France. Certes, nous avons encore quelques dissensions avec les puritains et les presbytériens écossais, mais je pense que je les tiens bien en main. Bessie et son Frederick semblent heureux, s'il faut en croire leurs lettres, et notre fils Charles sera roi d'Angleterre. Pas aussi bon sans doute que ne l'aurait été Henry, Dieu ait son âme, cependant nous n'avons pas le choix.

« Hélas, il y a toujours ces courtisans autour de moi, avec leurs exigences déraisonnables ! Bartram est fini, je n'ai plus besoin de lui. Il partira avec mes remerciements et un cadeau qui lui fera comprendre qu'il n'a pas perdu mon estime, que je lui offre simplement une retraite méritée. D'autre part, il n'y a aucun doute dans mon esprit : Overbury a été assassiné par le comte et la comtesse de Somerset. Ils resteront à la tour de Londres et hors de ma vue un certain temps encore. Et, si je finis par leur accorder mon pardon, ils seront exilés. Je ne veux plus les voir.

Le roi soupira.

— Ah, Annie, j'ai tant donné à mon Robbie, et vois comment il m'en remercie ! Il me semble à présent que St. Denis est taillé sur le même modèle. Son ambition démesurée le rend dangereux. Nous lui trouverons une épouse, et il retournera à la campagne, d'où il vient. Oui, je sais que Steenie est ambitieux, lui aussi, mais il est plus souple, plus doux. Si je refuse quand il me suggère de lui faire quelque cadeau, je sens qu'il ne m'en aime pas moins. Il me rappelle un peu notre cher Henry.

— Ce qui n'est pas le cas de St. Denis ! renchérit la reine. Vous êtes sage, Jamie, de le renvoyer chez lui. Vous n'aurez pas la paix tant que ce ne sera pas fait, surtout quand Leslie épousera Jasmine.

— Glenkirk ne restera pas à la Cour, il me l'a dit. L'automne et l'hiver, il sera en Écosse, le printemps et l'été chez sa femme. Le petit marquis de Westleigh doit

passer une partie de l'année sur son domaine, et James veut des enfants à lui.

— Je comprends cela. Les siens seraient déjà grands, s'ils n'étaient pas morts avec leur malheureuse mère... Quelle horreur, James ! On n'a jamais attrapé les meurtriers, n'est-ce pas ?

Le roi secoua la tête.

— Dieu les punira un jour, Annie. Et il sera intraitable avec les canailles qui ont attaqué un couvent, l'ont incendié après avoir violé les femmes et les enfants. Un crime monstrueux !

Le couple royal resta un instant silencieux par respect pour la mémoire de la douce Isabelle et de ses deux enfants, puis la reine se leva et embrassa tendrement son mari.

— Bonne nuit, mon cher. Dormez bien, dit-elle avant de se retirer sur une révérence.

Elle passa devant le gentilhomme de la Chambre qui était de faction cette nuit-là.

— Qu'on ne dérange Sa Majesté qu'en cas d'urgence.

— Bien, madame, dit l'homme en lui ouvrant la porte qui communiquait avec ses appartements.

Lady Hamilton, l'une de ses dames d'honneur, vint l'accueillir.

— Le jeune Villiers attend Votre Majesté, dit-elle. Je l'ai fait entrer dans le boudoir.

— Très bien, Jane. Je vais le voir, et ensuite j'irai me coucher. La journée a été longue.

La reine se dirigea vers le petit salon privé où George Villiers se chauffait les pieds devant la cheminée. Il se leva d'un bond dès qu'il la vit.

— Eh bien, Steenie, dit Ann avec un léger sourire, St. Denis ne tardera pas à retourner sur ses terres. Toutefois, n'en parlez pas au roi avant que ce ne soit tout à fait décidé. Il change fréquemment d'avis, vous ne l'ignorez pas.

— Le secret sera bien gardé, promit George Villiers, le cœur battant.

Il saurait ne pas décevoir le roi comme l'avait fait St. Denis. Et Robert Carr avant lui.

— Si vous vous comportez bien, poursuivit la reine, je veux dire si vous êtes parfaitement loyal envers Sa Majesté, si vous vous présentez comme un modèle de bonne éducation, vous serez vicomte à Noël, Steenie. Ensuite, qui sait ? Le comte de Rutland et sa fille seront certainement heureux de cette promotion…

— Je pourrais un jour être plus important que Rutland ! s'écria Villiers, les yeux brillants de plaisir.

La reine éclata de rire.

— Un démon se cache derrière votre visage d'ange, Steenie. Je pense en effet que, si vous persévérez avec autant de talent, vous pourriez bien vous élever au-dessus du comte de Rutland. Si haut, à la vérité, que tout le monde pensera que vous lui accordez une faveur en épousant sa fille.

— J'épouserais Kate même si elle n'avait pas un sou vaillant, madame ! déclara Villiers.

— Mais le hasard fait bien les choses, et elle est à la tête d'une immense fortune…

— En effet, c'est un heureux hasard, dit Villiers.

Ils partagèrent un rire de connivence.

11

— Elle m'a évincé, et publiquement encore ! Tout le monde se gausse de moi, à la Cour, Kipp ! Cette garce doit être punie de sa témérité et, par le diable, je m'en chargerai en personne !

Avec fureur, le marquis arracha son manteau, le jeta à l'autre bout de la pièce et but d'un trait le contenu du gobelet de vin que lui tendait son frère.

— Tu savais bien que tu n'avais guère de chance contre le comte de Glenkirk, objecta Kipp. Oh, je sais, tu affirmais que tu l'aurais, mais tout de même, Piers, tu n'as jamais cru sérieusement qu'elle changerait d'avis. Tu n'es pas stupide, mon frère. Maintenant, raconte-moi la réaction du roi.

— Il a dit qu'il me trouverait une jeune et riche épouse. Enfin, c'est la reine qui l'a promis. Encore une garce, Kipp, et qui travaille main dans la main avec Villiers, si je ne me trompe.

— Une riche épouse, choisie par le roi, ce n'est pas un moindre cadeau, petit frère, dit Kipp, apaisant. Pense à l'amusement que nous pourrions en tirer !

Piers se resservit de vin.

— Se distraire avec une vierge bien née et sûrement bigote ? En une nuit, elle serait réduite à merci. Où est l'amusement, là-dedans ? Jasmine Lindley représentait un défi, parce qu'elle est passionnée, sensuelle, expérimentée. Pas une jeune fille ne peut se comparer à elle.

— Malgré tout, tu ne peux refuser le choix que le roi fera pour toi, Piers, l'avertit son frère. Elle portera tes

enfants, même si elle n'est bonne qu'à ça. Et nous prendrons notre plaisir avec d'autres femmes, comme nous l'avons toujours fait.

— J'ai demandé au roi la garde de son petit-fils. Je lui ai dit que c'était la seule manière de me consoler.

— Tu es fou ! s'écria Kipp, sidéré par la hardiesse de son frère.

— Non. Si j'ai le garçon, j'aurai tout pouvoir sur elle. Son point faible, ce sont ses enfants, et il faudra bien qu'elle en passe par où je veux si elle tient à protéger son rejeton, qu'elle soit mariée ou non à Glenkirk. J'en ferai ma maîtresse, je détruirai ce mariage auquel elle tient tant. Et, en tant que tuteur du petit-fils du roi, même s'il n'est pas légitime, j'aurai aussi un ascendant certain sur James.

Le regard bleu était plein d'avidité.

— Le roi ne t'accordera jamais la garde du duc de Lundy. Sors-toi cette idée de l'esprit, ou tu vas au-devant d'une nouvelle déception.

— Le comte de Bartram a également demandé à être chargé de l'éducation du petit duc, dit le marquis.

— Et le roi a refusé ?

— Il n'a pas encore pris de décision. Peut-être devrions-nous l'aider à se prononcer, et en même temps mettre Leslie échec et mat.

— De quelle façon ? demanda Kipp avec intérêt.

Était-il possible de tirer une victoire de la défaite de son frère ?

— Imagine que Bartram soit tué et que les soupçons se portent sur James Leslie et son épouse ? suggéra Piers.

— Tu prendrais exemple sur Somerset ? Il faudrait que ton plan soit soigneusement élaboré, Piers.

— Bien sûr ! Mais que penses-tu de cette idée ? Ainsi nous éliminerions d'un coup deux tuteurs possibles pour le petit-fils du roi.

— Cela ne veut pas dire que le roi te le confierait, objecta Kipp, réaliste.

— Mais à qui d'autre, mon frère ? À qui d'autre ? exulta le marquis.

— La grand-mère de lady Lindley, la vénérable Skye O'Malley. Elle est comtesse, l'un de ses fils est le comte de Lynmouth, un autre lord Burke de Clearfields, quant à son gendre, le comte de BrocCairn, il est le cousin germain du roi. En outre, James Stuart aime bien la vieille dame. Il pourrait lui donner la garde du jeune duc, ou bien à un de ses fils.

— Elle ne vivrait pas assez longtemps pour amener le duc à l'âge adulte. Quant à ses enfants, ils ont déjà accordé au roi leur loyauté et leur fidélité. Il n'a pas besoin de se les attacher, mais il me doit quelque chose, à moi, en compensation de l'humiliation publique que je viens de subir.

— Je me demande si tu n'exagères pas l'importance que tu as pour le roi, Piers, réfléchit Kipp. Villiers, ton grand rival, le charme par sa gentillesse, son heureux caractère. Toi, tu te comportes comme un enfant gâté dès que tu n'arrives pas à tes fins. Jusqu'ici, le roi t'a pardonné tes caprices puérils, mais combien de temps cela durera-t-il ? Il n'est pas aussi sot qu'on veut bien le dire, tu sais.

« Quand Bartram lui a conseillé de ne pas t'attribuer une propriété de la Couronne, quelle a été ta réaction ? Tu as boudé, tu as gémi, jusqu'à ce que le roi soit obligé de t'offrir autre chose de valeur : la possibilité de courtiser Jasmine Lindley. Il n'aurait pas dû, mais il n'avait trouvé aucun autre moyen de te faire cesser tes jérémiades. C'est pourquoi il vous a donné cette chance à Villiers et à toi.

« Ton rival a eu la présence d'esprit de décliner avec affabilité l'offre du roi en déclarant que son cœur était pris ailleurs, puis en avouant franchement sa passion pour la très riche lady Katherine Manners. Toi, Piers, tu n'as pas eu le bon sens de réagir de la même façon. Et maintenant, après ton échec, tu te réfugies de nouveau dans la mauvaise humeur. Le roi finira par se las-

ser de toi et de tes fâcheries, tu sais, surtout compte tenu de l'aimable composition de Villiers.

— Villiers est un opportuniste de basse extraction ! protesta le marquis, furieux.

— Peut-être, mais il a du charme, et à mon avis le roi est en train d'y succomber.

— Raison de plus pour agir rapidement. Si je perds du crédit auprès du roi, mieux vaut frapper pendant que j'ai encore une possibilité d'obtenir ce que je désire. Quand j'aurai le duc de Lundy, Villiers pourra accaparer le roi, cela me sera bien égal. Je devrais peut-être m'occuper un peu du prince Charles. Il est affreusement jaloux de Villiers, et c'est lui l'avenir de l'Angleterre, pas notre vieux James. Oui, voilà ! Je vais aider le petit duc et son royal oncle à mieux se connaître. Lorsque l'aîné montera sur le trône, ils m'en remercieront tous les deux.

— Ce me semble un meilleur motif pour obtenir la garde du petit, acquiesça Kipp. C'est le gamin qui est important, et non sa mère !

— Donc, nous sommes d'accord ?

— Absolument, mon frère.

— Dans ce cas, réfléchissons à la meilleure manière d'assassiner le comte de Bartram en faisant endosser le crime par James Leslie.

— Il faudrait déjà avertir lady Lindley que Bartram cherche à la priver de son fils, suggéra Kipp.

— Mais oui ! s'enthousiasma le marquis. Elle ou Leslie ont toutes les chances d'affronter publiquement Bartram. Et quand on trouvera ce dernier mort dans de mystérieuses circonstances, on les soupçonnera automatiquement. Le roi ne voudra pas laisser son petit-fils à des criminels, et j'aurai gagné ! Même si Leslie et son épouse ne sont pas accusés formellement de la mort de Bartram, les soupçons qui pèseront sur eux les mèneront en prison, comme Somerset et sa chipie de femme.

— Il va falloir se montrer rusés. De combien de

temps disposons-nous ? Quand Glenkirk doit-il rentrer d'Écosse ?

Piers St. Denis réfléchit un instant.

— Je ne sais pas précisément. Je pense qu'il sera là d'ici une dizaine de jours.

— Je me renseignerai à la Cour, promit Kipp. Discrètement, bien sûr. Ne parle plus du duc de Lundy, sinon c'est sur toi que se porteront les soupçons, Piers. Ne te vante pas, même auprès de Villiers, d'espérer obtenir la garde du petit-fils du roi. James seul est au courant, je suppose, et personne d'autre ne doit en entendre parler.

Adali avait plus que doublé le nombre des gardes qui surveillaient Greenwood et ses environs. Sa maîtresse serait-elle enfin totalement en sécurité un jour ? se demandait-il. En Écosse, peut-être...

Les enfants étaient arrivés de Queen's Malvern et, bien que l'absence de James lui pesât, Jasmine était de nouveau heureuse. Les deux aînés ressemblaient fort à leur père, même s'ils avaient les cheveux bruns de leur mère. India avait les yeux dorés de Rowan, tandis que Henry avait hérité de l'étrange couleur turquoise de ceux de Jasmine. Quant à Fortune, elle ne ressemblait à personne, avec sa chevelure rousse dont Jasmine assurait qu'elle la tenait de sa grand-mère, ainsi que ses yeux bleu-vert. En vérité, elle ressemblait plus à une petite Irlandaise qu'à ses aînés.

Le jeune Charles Frederick, de son côté, était bien un Stuart avec ses boucles auburn et ses yeux d'ambre, semblables à ceux de son grand-père le roi.

Il avait presque trois ans, à présent, et il se présenta à la Cour en arborant une tenue de satin au col de fine dentelle, une épée miniature sertie d'émeraudes au côté. Il ôta son feutre orné de plumes blanches et effectua un salut on ne peut plus formel devant le roi et la reine, sous les yeux de sa mère attendrie et fière de ses

manières parfaites. Elle en remercia d'ailleurs silencieusement sa grand-mère.

Derrière le petit duc, qui était le premier par le rang, venaient Henry Lindley puis ses sœurs, lady India et lady Fortune. Le jeune marquis était habillé comme son frère, mais le costume était turquoise et l'épée ornée de diamants et d'aigues-marines. Ses sœurs portaient des robes de soie rose et lavande. Tous trois saluèrent avec beaucoup de grâce, sous l'œil approbateur de la reine et de ses dames d'honneur.

— Nous sommes ravis de vous revoir, mes enfants, dit le roi avec bonhomie avant de faire signe à son petit-fils. Viens un peu ici, Charlie.

Quand l'enfant fut près de lui, il le prit sur ses genoux et le tourna vers son fils.

— Voici ton oncle, dit-il au petit. C'est de lui que tu tiens ton nom. Un jour, quand je serai mort, c'est ce Charles-là qui sera roi et tu lui devras fidélité. Tu es un Stuart, mon garçon, et si les Stuart se disputent parfois entre eux, ils n'en restent pas moins toujours loyaux les uns envers les autres.

— Oui, monsieur, répondit le petit garçon, avant de s'adresser à son oncle. Pourquoi tu me regardes ?

— Parce que tu ressembles beaucoup à ton père, Charlie. C'était mon grand frère, comme Henry est le tien.

Les yeux du prince s'embuèrent et le jeune duc, du bout de ses petits doigts, essuya une larme sur sa joue.

— Non, dit-il. Pas pleurer, oncle.

Le roi sortit un mouchoir de dentelle et se moucha bruyamment, tandis que des reniflements discrets se faisaient entendre ici et là. La reine avait du mal à ravaler ses pleurs.

— Jouer balle ? demanda l'enfant.

Alors, à l'étonnement de tous, le prince Charles sourit, ce qui lui arrivait rarement, enleva l'enfant des genoux de son grand-père et le prit par la main.

— Oui, je veux bien jouer à la balle. Allons dehors, mon petit duc.

Il se tourna vers un valet de pied.

— Trouvez-nous un ballon ! ordonna-t-il.

Et, la main dans la main, les deux Charles Stuart sortirent de la grande pièce en bavardant comme de vieux amis.

— C'est un bon petit, madame, dit le roi à Jasmine. Et vos autres enfants également.

— Je vous remercie, Majesté, pour votre bonté, et tout particulièrement pour votre gentillesse envers le duc de Lundy, dit-elle avec sincérité avant de faire la révérence et de se retirer avec ses trois aînés.

— Bravo, madame ! apprécia Villiers qui vint la rejoindre peu après. Vos beaux enfants vous font honneur !

Jasmine lui présenta les petits, à qui elle expliqua ensuite qu'il allait devenir l'unique favori du roi.

— Mieux vaut être son ami, ajouta-t-elle, et sachez qu'il n'est pas aussi délicieusement simple qu'il aimerait le faire croire.

— Il n'a pas de titre, remarqua Henry.

— Cela viendra sûrement. Le roi veut lui faire plaisir, et Villiers a jeté son dévolu sur une héritière d'excellente famille. Il lui faudra être d'un rang égal ou supérieur à celui de son père afin d'obtenir sa main. Il y parviendra, j'en suis persuadée.

— Il est très joli, dit lady India.

— On ne dit pas joli pour un homme, ma chérie. Un homme est séduisant, une femme est jolie.

— Il est plus que ça, maman, insista la petite fille. Il est joli ! Je suis une héritière, et je l'épouserais même sans titre, s'il me le demandait !

— Moi, je n'aime pas ses yeux, dit Fortune.

— Pourquoi ? demanda Jasmine, intriguée.

C'était une remarque intéressante, de la part d'une petite fille.

— Ils ressemblent à vos perles noires, maman. Ils

renvoient la lumière mais je ne vois rien à l'intérieur.

— Tu es bête, Fortune ! se moqua India. Ses yeux sont comme une nuit de velours piquetée d'étoiles.

— Ravissante comparaison ! dit Jasmine. Quel romantisme, India ! Je crois que je vais devoir te surveiller de près, désormais !

Elle jugeait les observations de ses filles fort instructives. Bien qu'elle trouvât Villiers amusant, et certainement utile, elle avait tendance à être de l'avis de la plus jeune. Il est vrai que cette enfant, née après la mort de son père, avait toujours fait preuve d'une grande sensibilité. India, en revanche, manifestait une impétuosité presque sauvage qui rappelait à Jasmine son frère moghol. Elle espérait que la ressemblance s'atténuerait avec le temps.

Le prince Charles demanda que son neveu demeure quelques jours dans ses appartements à la Cour, et il aurait été fort inconvenant que Jasmine refuse, d'autant que son Charlie mourait d'envie de rester avec ce tout nouvel oncle. Adali apporta lui-même une malle avec les affaires de l'enfant dans les appartements royaux, et le prince, avec un grand sérieux, commença d'enseigner ses prières au petit duc, ainsi que quelques bases de lecture. Charlie se montra un élève fort doué, pour le plus grand plaisir du futur roi.

— Cette Cour ressemble à celle de votre père, fit remarquer Adali à Jasmine, en ceci que les courtisans se disputent l'attention du roi. Notre plus jeune enfant s'y accoutume fort bien et il est tout à fait à l'aise avec son oncle.

— Ses deux grands-pères sont rois, répondit Jasmine, et deux de ses oncles sont ou seront rois. Si mon petit Stuart était un enfant légitime, il le deviendrait à son tour.

— Sa vie de duc sera bien moins compliquée ! déclara Adali.

Jasmine éclatait de rire quand une voix d'homme s'éleva sur le seuil de la pièce.

— Comment pouvez-vous être heureuse alors que je suis absent ? demanda le comte de Glenkirk.

— Jemmie ! cria Jasmine qui courut se jeter dans ses bras. Vous êtes là ! Oh, maintenant, nous pouvons quitter Londres, rentrer à Queen's Malvern ! Hourra !

Elle l'embrassa, se serra bien fort contre lui.

— Je vous ai manqué, monseigneur ? murmura-t-elle dans son cou, aguicheuse.

Sous une vague odeur de cheval, elle retrouvait le parfum de James, son James.

Dieu, comme il s'était langui d'elle ! Il lui releva le menton.

— Encore un baiser, madame.

Il ne se lassait pas de ses lèvres pleines, de la douceur de sa peau, de la sensualité de son corps voluptueux.

Quand il releva enfin la tête, il arborait un sourire ravi.

— Ainsi, je crois comprendre que je vous ai manqué ?

Elle hocha la tête.

— Et j'ai envoyé le marquis de Hartsfield promener. Publiquement ! Il ne m'approchera plus jamais, je le jure !

— Comment le roi l'a-t-il pris ?

— Oh, le roi a parfaitement compris, répondit-elle, évasive. Mes enfants sont tous là. Charlie intéresse beaucoup le prince Charles, qui s'est pris d'affection pour lui, et les autres ont fait fort bonne impression à la Cour. C'est tout juste si je n'ai pas déjà reçu des demandes en mariage pour eux ! Mais nous allons pouvoir rentrer chez nous, maintenant !

James Leslie se tourna vers Adali.

— Qu'y a-t-il d'autre ? demanda-t-il. Que me cache-t-elle ?

— Jemmie ! protesta Jasmine.

Adali eut un petit rire.

— Tout s'est passé comme ma princesse le dit,

monseigneur. À peine aviez-vous le dos tourné que le marquis s'est présenté à notre porte. Il a emmené ma maîtresse en promenade. Naturellement, je les ai accompagnés. Puis lady Jasmine a attrapé un gros rhume qui s'est transformé en grippe, et elle n'a pas pu voir le marquis pendant plusieurs jours.

— Ensuite, enchaîna Jasmine, la reine a donné un bal masqué, et le marquis m'a grandement irritée en m'attirant dans une alcôve où il a eu des gestes inconvenants. Il fallait que je réagisse, James !

Le comte de Glenkirk frémit en pensant à ce qu'avait pu faire Jasmine.

— Vous l'avez émasculé pour toujours ?

— Non, seulement de façon temporaire. Et puis je suis allée voir le roi afin de lui demander de me débarrasser de lui.

— Elle s'est agenouillée, poursuivit Adali, ou plutôt prosternée devant Leurs Majestés, ses jupes en corolle autour d'elle. C'était magnifique, monseigneur, et le roi a été touché, cela se voyait même du fond de la pièce, où je me trouvais.

James Leslie ne savait s'il devait se fâcher ou s'amuser de la situation.

— C'était trop injuste, se défendit Jasmine. J'aime un homme que je dois épouser dans deux semaines, et me voilà affublée d'un prétendant importun qui se comporte avec moi comme un garçon d'écurie avec une souillon. J'en ai assez que l'on me dicte ma conduite ! Nous allons quitter Londres, et je n'y remettrai jamais plus les pieds. Je déteste la Cour avec toutes ses simagrées, et je n'apprécie guère la plupart des gens qui y vivent. Je n'aimais pas celle de mon père, je n'apprécie pas davantage celle-ci. Je n'ai envie que d'être votre femme et la mère de mes enfants. Et puis, bien sûr, je souhaite m'occuper un peu de la compagnie de commerce de ma grand-mère. Nous allons importer du thé et le rendre aussi populaire que le chocolat quand les Espagnols l'ont introduit dans leur

pays. Il y a les chevaux, aussi, et votre château de Glenkirk. Nous avons tant de choses à faire ensemble, Jemmie, que nous n'aurons plus une minute pour la Cour et ses futilités. Sans compter que nous aurons plusieurs autres enfants, conclut-elle.

— Ah, je suis content, madame, que vous vous rappeliez vos devoirs conjugaux au milieu de l'importation du thé et des élevages de chevaux ! dit-il en riant.

— Je vous promets, James, que les enfants passeront en priorité !

— Maintenant, Adali, j'aimerais un bon bain et un dîner fin. Et puis je souhaiterais voir les enfants. Ensuite, madame, je pense que nous nous coucherons de bonne heure.

— Les enfants d'abord, monseigneur, dit sagement Adali.

Il savait qu'à l'heure du bain et du souper, plus rien d'autre ne compterait que la passion... Il alla vivement chercher les petits qui furent ravis d'apprendre que James était de retour.

Ils se précipitèrent à la bibliothèque où les attendaient le comte et Jasmine.

— Papa ! papa ! crièrent-ils en se jetant tous à la fois dans ses bras.

— Alors, mes petits diables, vous êtes contents de me voir ? Eh bien, vous m'avez rudement manqué !

— Nous sommes allés à la Cour, papa, commença Henry. Le roi nous a reçus en personne. Il a l'air triste, mais je l'aime bien, et j'ai salué comme vous m'avez appris.

— Les filles ont parfaitement réussi leur révérence, intervint Jasmine afin que les petites ne se sentent pas exclues.

— Vous nous avez rapporté des cadeaux d'Écosse ? demanda India.

— Papa était en mission pour le roi, espèce de sotte, lui rappela sévèrement son frère. On n'a pas le temps

de s'occuper de cadeaux, quand on travaille pour le roi.

— Vraiment ? s'étonna James. Donc tu ne veux pas voir celui que je t'ai apporté, Henry ?

Le petit garçon s'épanouit.

— Oh, si ! Qu'est-ce que c'est ?

— Un joli poignard pour toi et des colliers en argent pour mes petites filles, dit le comte en sortant les cadeaux de sa poche.

— Et rien pour moi ? le taquina Jasmine.

— Je vous offrirai votre présent plus tard, en privé, répondit-il avec un regard chargé de promesses.

Les colliers étaient formés de petits chardons en argent dont le cœur était d'améthyste.

— Je le garderai toute ma vie ! s'écria Fortune.

James l'embrassa en riant sur la joue.

— Vous avez très bon goût. J'adore les bijoux, papa, dit India.

— C'est le cas de la plupart des femmes, me semble-t-il.

Henry n'avait d'yeux que pour le petit poignard à lame d'argent.

— Il est beau, monsieur. M'apprendrez-vous à m'en servir ? Et puis il y a mes leçons d'escrime...

— Nous commencerons dès notre arrivée à Queen's Malvern, promit James. Et cet hiver, à Glenkirk, tu auras des cours tous les jours sauf le dimanche, Henry.

— Maintenant, venez, les enfants, intervint Adali. Votre papa a fait un long voyage, il a besoin de se reposer.

Les petits le suivirent sans protester après avoir dit bonsoir.

— Comme vous êtes gentil avec eux ! s'écria Jasmine. Je vous en aime encore davantage, Jemmie. Je vous donnerai de beaux fils, je vous le promets !

— J'ai trouvé pour notre petit Charles une jolie balle en bois peint dans une échoppe d'Edimbourg, dit-il avant d'attirer Jasmine sur ses genoux près de la cheminée. Vous m'avez manqué, avoua-t-il avec simplicité,

et je considère que nous n'avons aucune raison majeure de revenir à Londres. Mais cela vous satisfera-t-il, ma chérie ? Je vous aime tant que je veux vous voir entièrement épanouie.

En sécurité. Cette idée lui vint spontanément à l'esprit. Elle était en sécurité enfin. Mais elle l'avait été avec Rowan aussi, avant qu'un fou ne le lui arrache. Elle avait perdu deux époux de mort violente, un amant de façon prématurée... Cette fois, tout se passerait bien. Sa grand-mère n'avait-elle pas enterré cinq maris avant d'épouser Adam de Marisco ?

— Vous sentez l'écurie, dit-elle. Et moi aussi, maintenant, ajouta-t-elle en se levant. Votre bain est certainement prêt.

— Je ne suis pas obligé de retourner à Lynmouth House, cette fois ? plaisanta-t-il.

— Je ne veux plus jamais être séparée de vous, James Leslie, déclara-t-elle.

Elle le prit par la main et le conduisit à son propre appartement où le grand baquet de bois cerclé de fer avait été installé devant la cheminée.

— Je vais m'occuper de vous, monseigneur, dit-elle en le débarrassant de ses bottes et de ses bas humides.

En réponse, il ôta les mules des petits pieds cambrés de Jasmine.

Ensuite, torse nu tous les deux, ils se serrèrent brièvement l'un contre l'autre, puis Jasmine déboutonna le pantalon de James qu'elle fit glisser sur ses hanches pendant qu'il dénouait les lacets de sa jupe et de ses nombreux jupons. Il roula ses bas le long de ses jambes, posa son visage contre la douceur de son ventre. Enfin il se redressa, et prit son visage entre ses mains.

— Je ne peux plus attendre, souffla-t-il. Ce mois a été le plus long de ma vie.

— Pour moi aussi, répondit-elle en caressant son sexe déjà palpitant de désir.

Elle l'entraîna avec elle, et s'allongea sur le tapis, offerte.

Elle était tiède, sensuelle, prête déjà à le recevoir, et il pénétra en elle avec un bonheur intense. Les jambes nouées autour de ses reins, elle épousa le rythme de leur passion débridée.

Elle était douce et ferme autour de lui, elle donnait autant qu'elle recevait, et il ne pouvait s'empêcher de crier son plaisir.

— Je n'en peux plus... gémit-il enfin.

Jasmine explosa en même temps que lui, dans le bonheur incomparable de la jouissance partagée.

Ils demeurèrent longtemps allongés l'un contre l'autre, main dans la main, à se reprocher en riant leur manque de retenue, leur conduite éhontée.

— Maintenant, nous avons vraiment besoin d'un bain ! murmura enfin Jasmine.

Si elle avait un instant imaginé qu'il pût lui être infidèle durant son absence, elle aurait eu la preuve du contraire devant l'intensité de sa passion.

— Je n'ai jamais désiré une femme comme je vous désire, Jasmine, avoua-t-il. Je ne pense pas que le fait d'être votre époux me soulagera de cette faim que j'ai de vous.

Jasmine se plongea dans l'eau chaude.

— Vous me flattez, James. Je ne suis qu'une femme comme les autres.

Le comte de Glenkirk éclata d'un rire heureux.

— Vous ne serez jamais une femme comme les autres, ma chérie. À présent, frottez-moi le dos, en bonne épouse qui se respecte, ensuite vous serez récompensée de vos efforts.

— Je ne suis pas encore votre épouse, monseigneur, et je préférerais être récompensée comme une maîtresse. Celles-ci ont bien plus de plaisir que les femmes légitimes, à ce qu'on dit.

— Pas chez moi.

Adali apportait dans le boudoir de Jasmine des serviettes parfumées, tandis que Rohana et Toramalli disposaient des mets fins sur une petite table.

— Cela sent merveilleusement bon ! s'exclama Jasmine. Que nous proposez-vous ?

Elle sortit du tub et présenta son corps à Rohana qui la sécha avec délicatesse.

— Toutes sortes de choses, madame. La cuisinière a pensé que monseigneur aurait grand appétit, après sa rude journée de cheval. C'est ce que nous a dit Fergus More, qui se restaure en ce moment même.

Elle tendit un peignoir à Jasmine avant d'aller aider Toramalli qui étrillait un James assez gêné d'être assisté à sa toilette par deux jolies femmes.

Curieuse, Jasmine soulevait les couvercles des plats d'argent. Il y avait des huîtres sur un lit de glace pilée, un civet de lièvre à l'épaisse sauce brune accompagné de légumes nouveaux, un chapon rôti, une truite pochée au vin blanc, un saladier de laitue toute fraîche, du pain chaud, du beurre, un quart de Brie et des fraises à la crème.

— Dis aux cuisines que j'apprécie fort ce menu, Adali ! dit Jasmine.

— Souhaitez-vous que je vous serve ?

— Avec plaisir. Fais venir des serviteurs pour qu'ils emportent le tub, ensuite, nous nous mettrons à table.

Rohana et Toramalli dressèrent le couvert près du feu, et Adali servit ses maîtres avant de se retirer discrètement.

James et Leslie mangèrent de bel appétit, arrosant copieusement les plats délicats de vins tout aussi savoureux.

Ensuite, la fatigue de la journée aidant, James sentit ses paupières s'alourdir.

— Vous avez besoin de repos, monseigneur, dit Jasmine en se levant.

Il s'endormit à peine la tête sur l'oreiller. Avec un sourire attendri, Jasmine ranima le feu avant de se mettre à son tour au lit et de se lover contre lui. Machinalement, il l'enferma entre ses bras.

Lorsque le comte se réveilla, il faisait déjà grand jour et Jasmine était habillée. Adali lui tendit une tasse de thé qu'à sa grande surprise il trouva fort revigorant. Tandis que le serviteur aidait James à s'habiller, Jasmine bavardait joyeusement.

— Il faut que nous allions à la Cour afin de faire nos adieux au roi et à la reine, et demain nous partirons pour Queen's Malvern. Les domestiques s'occupent déjà de nos bagages, et je les emmène tous, car je n'ai pas l'intention de remettre les pieds à Londres. Grand-maman leur trouvera bien un emploi. D'autre part, je m'en voudrais de les abandonner après des années de bons et loyaux services. Greenwood House sera définitivement fermée. Peut-être même la vendrai-je, puisqu'elle doit me revenir un jour.

— Dans ce cas, les membres de votre famille qui aiment bien venir dans la capitale n'auront plus d'endroit où loger, Jasmine, objecta le comte.

— Il reste Lynmouth House.

— Votre tante Willow chez votre oncle Robin ? la taquina James. Et s'ils décident de venir en ville en même temps ?

La jeune femme réfléchit un instant.

— Eh bien, soit ! Je laisserai seulement le concierge et son épouse afin qu'ils veillent au bon entretien du parc et de la demeure. Ainsi ceux qui le souhaiteront pourront-ils y séjourner. Maintenant, finissez vite de vous préparer, monseigneur !

— J'ai faim ! se plaignit-il. Je n'irai nulle part, madame, avant de m'être restauré.

— Toramalli, va chercher un en-cas pour le comte ! ordonna Jasmine.

Lorsque la collation arriva, elle la dévora à belles dents, elle aussi.

Ils se rendirent ensuite à Whitehall, vêtus de façon luxueuse sans être ostentatoire. Le comte en vert foncé, les crevés de son pourpoint montrant la soie

crème et or, Jasmine en vert vif et brocart, un collier de topazes au cou.

Le roi eut un sourire épanoui en les voyant.

— James ! Vous voilà de retour, sain et sauf !

Le comte et Jasmine saluèrent James Stuart.

— En effet, Majesté, et je suis heureux de vous dire que les Écossais attendent votre visite avec impatience. À présent, je suis venu prendre congé, car j'ai un mariage à célébrer dans quelques jours et je dois arriver à Queen's Malvern avant que la comtesse de Lundy n'envoie une escorte à ma recherche.

— Lady Lindley a été très claire, dit le roi, c'est vous qu'elle veut pour époux, et nul autre. N'est-ce pas, madame ?

— Oui, monseigneur, répondit Jasmine d'une petite voix docile.

— Ah ! barrit le roi. Vous n'étiez pas si timide quand vous me l'avez déclaré l'autre jour, brisant le cœur de ce malheureux Piers St. Denis. Maintenant, je n'ai plus qu'à lui trouver une compensation, et je ne sais vraiment pas laquelle !

— Certes, dit le comte, Jasmine est un incomparable joyau, mais je suis certain que ce que Votre Majesté proposera à St. Denis sera accueilli avec joie puisque venant de vous.

Le roi esquissa un sourire. Il savait reconnaître les flatteries, cependant celle-ci, proférée publiquement, obligerait son cher Piers à accepter ce qu'il lui proposerait pour le consoler d'avoir perdu Jasmine.

— Bien joué, James, murmura-t-il. Vous allez me manquer ! Nous sommes désolés de vous voir partir tous les deux, reprit-il à voix haute, mais nous comprenons que vous y soyez obligés.

— Nous sommes vos fidèles sujets, et nous viendrons immédiatement au cas où vous auriez besoin de nous.

— Oui, oui ! dit le roi en se levant. Venez avec moi, James Leslie. Il me faut un rapport plus détaillé sur

vos activités en Écosse. Cela vous donnera le temps de faire vos adieux, madame.

Jasmine fit la révérence.

— Merci, Majesté.

— Je reviendrai vous chercher tout à l'heure, Jasmine, dit le comte. Tâchez de ne pas vous attirer d'ennuis entre-temps…

Il lui envoya un baiser du bout des doigts avant de suivre le roi. La reine, qui avait entendu, pouffa.

— Il vous connaît bien, n'est-ce pas, ma chère ? Votre union devrait être fort intéressante, si vous ne vous entre-tuez pas !

— Vous me manquerez, madame, répondit Jasmine. Vous êtes ma seule amie à la Cour.

George Villiers intervint, feignant la plus profonde indignation.

— Et moi, ne suis-je pas votre ami ?

Jasmine eut un rire frais.

— Bien sûr que si, Steenie ! J'aurais eu plaisir à assister à votre ascension, mais je promets de vous écrire, et j'espère que vous me répondrez et me raconterez tous vos succès. On dit que mon oncle Conn était naguère l'homme le plus séduisant de la Cour, et je pense que c'est à vous désormais que revient ce titre. Je crois aussi qu'il était moins prudent que vous, car la reine a été obligée de le marier rapidement pour lui éviter des ennuis.

Villiers s'inclina sur la main qu'elle lui tendait gracieusement, remarquant au passage ses bagues inestimables.

— Soyez assurée de mon indéfectible amitié, madame, et si vous avez la bonté de m'écrire, je serai heureux de correspondre avec vous et de vous rapporter tous les potins que vous manquerez en vous terrant à la campagne. Passerez-vous véritablement les hivers en Écosse ?

Elle acquiesça.

— Vous aimez la pluie et le brouillard ? insista-t-il.

— Pourquoi ?

— On dit qu'il pleut beaucoup, là-bas, et que le brouillard est à couper au couteau. N'est-ce pas, Majesté ?

— On s'y habitue.

— Charmant tableau ! dit une voix ironique derrière eux.

Jasmine, qui avait reconnu la voix du marquis de Hartsfield, ne prit pas la peine de se retourner.

— Bonjour, Majesté, dit Piers, ignorant délibérément Villiers.

— Bonjour, monsieur, répondit poliment la reine qui se demandait ce qu'il voulait.

Sans doute était-il animé de méchantes intentions. Il était tellement mauvais perdant !

— Et où est passé votre amant, madame ? poursuivait le marquis d'un ton acerbe.

— Si vous voulez le savoir, et bien que cela ne vous regarde en rien, répondit Jasmine, mon fiancé est avec le roi.

— Celui-ci lui annonce probablement que l'éducation de votre petit bâtard va être confiée à quelqu'un de plus convenable que vous, lança St. Denis. J'ai moi-même sollicité sa garde, et je ferai un excellent tuteur pour lui, car je l'élèverai à la Cour, auprès de ses grands-parents et de son oncle, au lieu de le laisser grandir dans les montagnes d'Écosse où il deviendra un petit barbare et non un prince digne de ce nom.

Jasmine, très pâle, se tourna enfin vers le marquis.

— Convenable ? Vous voudriez éduquer mon fils, vous dont on raconte que vous ne pouvez prendre de plaisir avec une femme sans la violenter ? Je vous tuerais plutôt, vous et quiconque tenterait de me prendre mon fils ou n'importe lequel de mes enfants ! De toute façon, vous seriez indigne d'élever un enfant, monsieur !

Le marquis avait rougi en entendant dénoncer publiquement ce qu'il croyait être son secret, mais la reine intervint avant qu'il pût répondre.

— Ne l'écoutez pas, ma chère Jasmine. Le roi ne confiera aucun de vos enfants à Piers St. Denis, car il connaît trop bien ses fragilités et ses faiblesses.

Elle posa une main rassurante sur celle de la jeune femme et se tourna vers Piers avec colère.

— Vous dépassez les bornes, monsieur !

Le marquis était furieux, pourtant la reine venait, sans le savoir, d'entrer dans son jeu.

— Si ce n'est pas moi, Majesté, alors peut-être le comte de Bartram sera-t-il chargé de l'éducation de l'enfant. Je l'ai entendu en parler avec le roi. Lord Stokes vous trouve immorale, ma chère, ajouta-t-il à l'intention de Jasmine, et il prétend qu'une femme de sang mêlé ne devrait pas avoir la responsabilité du fils d'un prince chrétien, fût-il bâtard. Il discute même votre titre, car enfin n'êtes-vous pas née alors que votre mère était encore mariée au comte de BrocCairn, lady Lindley ? Cela fait de vous une enfant illégitime, également.

Pour toute réponse, Jasmine le frappa violemment, et le diamant qu'elle portait au majeur déchira la joue du marquis de l'œil au coin de la bouche.

— Je suis une authentique princesse moghole, monsieur, dit-elle, glaciale. Et je le répète, à vous comme aux autres, je tuerais de mes propres mains quiconque essaierait de m'enlever un de mes enfants. Je suis leur mère, et personne n'est plus qualifié que moi pour les élever.

Elle adressa un sourire mielleux au jeune marquis.

— Je pense, monsieur, que vous ne serez plus jamais aussi beau que le jour où vous avez pris la malheureuse décision de me courtiser. Quel dommage !

Sur ce, elle salua la reine et se dirigea vers la porte, le cœur battant, pleine de rage. Comment James Stuart osait-il une fois encore se mêler de sa vie ? Elle n'entendit pas la reine qui la rappelait, car elle croisait sur le seuil le comte de Bartram qui entrait dans la pièce, son épouse à son bras.

Elle lui barra le passage.

— De quel droit voulez-vous m'enlever mon enfant, monsieur ? Vous ne l'aurez pas, ni vous ni votre puritaine de femme ! cria-t-elle avant de passer en trombe devant eux.

La comtesse s'évanouit, terrorisée par l'éclat des yeux turquoise. Plus tard, elle jura qu'elle avait vu les flammes de l'enfer dans son regard. Le comte luttait pour l'empêcher de s'écrouler, mais elle n'était plus aussi légère qu'autrefois, et il transpirait sous l'effort.

La reine avait toutes les peines du monde à garder son sérieux, tout comme Steenie. Cependant ils parvinrent à demeurer à peu près dignes. Elle tendit son mouchoir au marquis qui saignait abondamment.

— Vous survivrez, monseigneur, dit-elle, ironique.

— Je veux qu'on la jette en prison ! s'emporta-t-il.

— Non, répondit la reine d'un ton sans réplique. Vous l'avez volontairement calomniée, et sans autre raison que de vous venger de sa décision d'épouser lord Leslie. Mais comment avez-vous pu ignorer ses sentiments pour lui, quand mon mari a eu la folie de vous accorder votre chance ? Steenie savait, il a eu la sagesse de se récuser, vous non ! Votre âpreté, non seulement pour sa richesse mais aussi pour le pouvoir que lui confère son fils, a été votre perte, chose que vous méritez. Je vous retire mon amitié, monsieur, et comptez sur moi pour avertir le roi de vos penchants pervers. Jamais il ne vous permettra d'épouser une jeune fille de bonne famille. Dieu sait ce qui pourrait lui arriver ! Maintenant, sortez, je ne veux plus vous voir !

George Villiers eut bien du mal à ne pas manifester son triomphe quand il vit le marquis se glisser hors du salon.

J'ai gagné, se dit-il, et presque sans agir. Ce St. Denis est un fieffé imbécile ! Certes, il n'aurait jamais obtenu la main de Jasmine Lindley, mais il aurait pu se sortir de cette histoire avec une riche épouse, cet idiot ! À présent, il n'aura rien…

Un petit rire lui échappa.

— Reprenez-vous, Steenie, dit calmement la reine. La suffisance vous sied mal.

— Bien, Majesté, dit Villiers, dont le cœur débordait pourtant de joie.

12

— Est-ce que je ne t'avais pas recommandé de garder le silence, petit frère ? dit Kipp St. Denis. Tu as perdu l'amitié de la reine, et probablement celle du roi. Tu n'auras rien gagné à ce séjour à la Cour qui, en outre, nous aura coûté les yeux de la tête. Le monde s'ouvrait devant toi, Piers, et tu as tout gâché pour le seul plaisir de tourmenter lady Lindley sous prétexte qu'elle te préférait le comte de Glenkirk. Père avait raison, tu n'es qu'un enfant capricieux et inconséquent.

— C'est lui qui a gaspillé notre fortune, qui a laissé ma mère mourir dans un dénuement presque total, protesta le marquis. De plus, tout n'est pas fini. Je peux encore implorer le pardon du roi. Je suis passé maître dans l'art de supplier. Et rappelle-toi que nous n'avons pas encore mis le reste de notre plan en action.

— Tu as perdu, répliqua Kipp. Le duc de Lundy restera avec le comte et la comtesse de Glenkirk.

— Pas si on croit qu'ils ont assassiné lord Stokes, objecta doucement le marquis. Et Jasmine nous a rendu un fier service, en déclarant publiquement qu'elle tuerait celui qui tenterait de lui enlever ses enfants. Si on retrouve Stokes mort, elle sera la première soupçonnée, et lord Leslie sera considéré comme son complice. On leur retirera la garde de l'enfant, et ils finiront à la tour de Londres, comme Somerset et son insupportable épouse.

— Même si ton plan fonctionnait, rien ne laisse à penser que l'on te confierait le petit duc, surtout maintenant que la reine a manifesté son antipathie à ton égard, Piers. Efforce-toi d'améliorer tes rapports avec le roi afin d'obtenir compensation avant que nous ne quittions la Cour. Essayons de ne pas tout perdre dans ce désastre.

— J'aurai l'enfant ! Si tu avais vu la mine satisfaite de ce parvenu de Villiers ! Je l'aurais écharpé, sans la présence de la reine. Il me faut le petit, Kipp ! Ses revenus nous sauveront de la misère. Tu sais combien nos finances sont basses ! Je n'ai aucune envie de retourner m'enterrer à Hartsfield Hall, je déteste cette satanée campagne. Je veux être ici, au centre de l'univers, là où tout se passe. Résider à la Cour, c'est vivre, Kipp !

— Nous n'avons pas les moyens d'y rester indéfiniment, Piers, lui rappela son frère. Si tu ne gagnes pas une riche épouse dans cette histoire, nous courons à la ruine. C'est la raison pour laquelle nous sommes venus à Londres, et tu as su retenir l'attention du roi, ce qui est un véritable don du Ciel. Il te faut une femme fortunée pour restaurer Hartsfield Hall, et pour demeurer à la Cour. Sinon, nous sommes perdus, or le roi est ton seul espoir d'obtenir cette héritière. Tu es en colère, tu veux te venger de James Leslie et de Jasmine Lindley, et ce jour arrivera peut-être, mais ce n'est pas le moment, crois-moi !

— Tu as surveillé le comte de Bartram, Kipp, s'entêta Piers comme s'il n'avait pas entendu le sermon de son frère. Sort-il le soir ? Ce serait le moment le plus opportun pour l'assassiner. Et nous agirons nous-mêmes, afin d'éviter les témoins.

— Nous n'avons pas le temps de mettre ce projet au point, Piers. Maintenant que le comte de Glenkirk est revenu d'Écosse, il va partir avec Jasmine pour Queen's Malvern.

— Alors nous tuerons Bartram cette nuit, déclara

posément le marquis. Glenkirk et sa garce de femme seront encore à Londres.

La décision de Piers était irrévocable, Kipp le savait. Tout comme il savait que le plan de son frère était mauvais, mais qu'il ne refuserait cependant pas de l'aider. Il s'arrangerait pour que le roi ne fasse jamais le rapprochement entre le crime et le marquis de Hartsfield, et qu'il lui accorde la main d'une gentille héritière. Quant au duc de Lundy, Kipp n'imaginait pas un instant qu'ils en obtiendraient la garde. La reine avait beaucoup plus d'influence sur son royal époux que ses favoris ne le supposaient. Encore une erreur de Piers, qui avait refusé de voir la vérité en face et s'était fait une ennemie d'Ann Stuart. George Villiers avait été plus malin en charmant la reine. Piers était impulsif et écervelé, pourtant il finirait bien par comprendre un jour qu'il n'y avait pas d'avenir pour lui à la Cour, et tout rentrerait dans l'ordre.

Le lendemain, à son réveil, le roi apprit la nouvelle de la mort du comte de Bartram, abattu devant la grille de sa demeure. Il en fut extrêmement choqué et demanda des explications.

— Comment a-t-il été tué ?

— Un coup de poignard, Majesté, habilement porté entre les côtes de façon à atteindre le cœur directement, lui répondit-on. Le concierge affirme qu'il n'a pas entendu crier.

— Qui est le coupable ?

— Personne ne le sait, sire.

— Mais que faisait-il hors de chez lui ? Car cela s'est passé la nuit, je suppose.

— Lady Mary dit qu'il a reçu un message alors qu'ils se préparaient à aller se coucher. Après en avoir pris connaissance, le comte a déclaré qu'il avait une affaire urgente à traiter mais qu'il ne s'absenterait pas longtemps. Il a conseillé à son épouse de se mettre au lit, ce qu'elle a fait. Lorsqu'elle s'est réveillée ce matin, elle

a constaté l'absence du comte, et elle a envoyé quelqu'un se renseigner auprès du concierge. Ce dernier s'est rappelé avoir ouvert au comte et l'avoir vu descendre l'allée cavalière. Puis plus rien. Il s'est endormi en attendant le retour de son maître. Intrigué, il est sorti et a trouvé le cadavre de lord Stokes juste derrière la grille du parc.

— Et où se trouve le message qui a poussé lord Stokes à sortir ? demanda le roi.

— On n'a pas pu le découvrir, Majesté. Lady Mary est certaine qu'il ne l'a pas jeté dans la cheminée, et elle pense, sans toutefois pouvoir l'affirmer, qu'il l'a mis dans sa poche. Mais on ne l'y a pas trouvé.

— On dirait que notre Dickie avait des ennemis, messieurs, déclara le roi aux gentilshommes de la Chambre qui l'aidaient à s'habiller. Mais qui aurait pu vouloir la mort de ce brave homme ?

— Lady Lindley a déclaré haut et fort qu'elle tuerait celui qui voudrait lui prendre son fils, sire, intervint un page de sa voix flûtée. Je l'ai entendue !

Il y eut un murmure d'approbation générale.

— Oui...

— Je l'ai entendue aussi !

Le roi eut un petit rire.

— On pouvait difficilement l'ignorer ! dit-il. Elle a un sacré tempérament, notre Jasmine, mais je ne pense pas que ce soit elle qui ait tué ce malheureux Dickie. Elle n'avait aucune raison de le faire.

— Le bruit courait que vous aviez l'intention de confier l'éducation du duc de Lundy au comte de Bartram, Majesté.

— C'était une fausse rumeur. Quand lady Lindley a quitté le salon, elle s'est précipitée dans mes appartements pour me demander ce qu'il en était réellement, et je l'ai rassurée, je lui ai certifié qu'elle n'avait rien à craindre, que ses enfants resteraient sous sa tutelle tant qu'ils respecteraient mon autorité. J'en avais terminé avec Glenkirk, à ce moment-là, et je lui ai

conseillé de la ramener chez elle, de l'épouser et de lui donner quelques bambins afin de l'occuper, conclut le roi.

— En outre, renchérit Villiers, lady Lindley est menue, et elle ne doit pas être très robuste. Comment aurait-elle pu frapper ce pauvre Stokes exactement où il fallait ? Elle l'aurait blessé, sans plus, or le rapport du médecin est formel : le coup a causé la mort instantanée. Quelle femme connaîtrait précisément où frapper, messieurs ?

— C'est une étrangère, objecta un gentilhomme. Et son serviteur, l'homme au turban ? Je lui trouve l'air inquiétant.

— Lady Lindley est anglaise, protesta James, et peu importe l'endroit où elle est née. Je suis roi d'Angleterre, pourtant je suis né en Écosse. Quant à Adali, s'il lui est tout dévoué, ce n'est pas un assassin. C'est un eunuque, messieurs, et nous savons tous qu'un homme émasculé est doux comme un agneau. Non, non, ce n'est pas Adali le coupable.

— Alors qui ?

— Peut-être devrions-nous nous demander qui avait intérêt à la mort de Stokes, suggéra Villiers. Ou qui a cru pouvoir tirer profit de sa disparition.

— Steenie, dit le roi, va donc parler avec la pauvre veuve de Dickie et vois si tu peux obtenir quelques informations supplémentaires.

George Villiers ne put rien sortir de la malheureuse qui fît avancer l'enquête. Elle s'était convaincue que Jasmine Lindley était coupable du meurtre de son mari. Villiers lui expliqua posément les raisons pour lesquelles le roi n'y croyait pas.

— Lady Lindley n'avait aucun motif d'assassiner votre époux, madame.

— Elle... elle l'avait menacé parce que le roi allait lui confier l'éducation du duc de Lundy, sanglotait Mary.

— Le roi a affirmé le contraire à lady Lindley avant qu'elle ne quitte la Cour, et j'étais présent lorsqu'il a dit à votre mari que l'enfant resterait avec sa mère et son beau-père. Je vous le répète, lady Lindley n'avait aucune raison de commettre ce crime.

— Il faut accepter le verdict du roi, madame, dit le pasteur qui était venu apporter du réconfort à la veuve. C'est un homme bon et honnête.

— Alors si cette horrible femme n'a pas tué mon Dickie, gémit Mary Stokes, qui l'a fait, révérend Goodfellow ?

— Je ne saurais vous répondre, madame, mais Dieu connaît ce gredin et il le fera rôtir en enfer pour l'éternité. Laissez les problèmes matériels à ceux qui sont mieux placés que vous pour les résoudre, et occupez-vous de votre salut, car la mort frappe quand on s'y attend le moins. Lord Stokes en est le triste exemple. Vous devez être à tout instant prête à vous présenter devant votre Créateur, lady Mary, conclut sévèrement le pasteur.

Un puritain, pensait George Villiers, et un homme dangereux. Serait-il le coupable ? J'étais là quand Richard Stokes a promis au roi qu'il se débarrasserait du pasteur qui corrompait son épouse. Or ce n'était pas un menteur. Et ce Goodfellow s'est précipité chez lui avant même que son corps ne soit refroidi ! Sans doute le comte avait-il mis un peu d'argent de côté pour ses vieux jours, dont une partie reviendra à sa veuve. Le pasteur ne chercherait-il pas à s'en emparer ? Il faut que j'en informe le roi au plus vite, et que l'on fasse venir de toute urgence le nouveau comte de Bartram afin qu'il veille sur sa mère.

Avant que la journée ne s'achève, le pasteur Goodfellow était arrêté et amené à la tour de Londres pour être interrogé sur la mort du comte de Bartram. Il nia être impliqué dans cette sinistre affaire, et

invoqua un alibi qui fut bientôt confirmé. Il avait prié toute la soirée avec une famille dont l'enfant était gravement malade. Le petit était mort au matin, et le pasteur avait été appelé chez la comtesse par un de ses domestiques. De toute évidence, il était innocent.

— Allons-nous le relâcher ? demanda le capitaine de la garde à George Villiers qui était venu à la tour mandé par le roi.

— Pas encore, répondit le jeune homme. C'est un puritain. Fouettez-le, mettez-le au pain sec et à l'eau pendant une semaine, fouettez-le de nouveau, puis libérez-le. À ce moment-là, le nouveau comte de Bartram sera arrivé à Londres et sa naïve de mère en aura fini une bonne fois avec tous les Goodfellow de la terre.

— Bien, monseigneur.

George Villiers tourna les talons en se délectant d'avoir été appelé monseigneur.

Il n'avait qu'à se montrer patient. La reine avait dit à Noël... Tout aurait été pour le mieux dans sa vie sans ce damné Piers St. Denis qui essayait de rentrer dans les bonnes grâces du roi. Villiers savait que le marquis était en quête d'une riche épouse, et seul James Stuart pouvait lui en trouver une. Cependant la reine refusait énergiquement de confier une pure jeune fille aux griffes du marquis.

— Il a des instincts pervers, dit-elle au roi ce jour-là. On raconte même qu'il partage ses conquêtes avec son demi-frère, mon ami. Il n'est pas question de lui confier le sort d'une jeune fille.

— Mais je ne pourrai pas me débarrasser de lui autrement, se défendit le roi.

— Bien sûr que si, vous le pouvez ! Vous êtes le roi, votre parole fait force de loi !

— Je lui ai accordé mes faveurs pendant plusieurs mois, Annie. Si je le renvoie les mains vides, je passerai

pour mesquin, et je n'y tiens pas! Il faut lui dénicher une épouse.

— Une veuve, peut-être? suggéra Villiers. Assez jeune encore pour lui donner un héritier, mais assez expérimentée pour ne pas se laisser intimider par lui ni par son frère.

— Merveilleux! s'écria le roi, enchanté, avant de se tourner vers sa femme. Je vous laisse le choix, Annie, à condition que la femme ait de la fortune et soit encore en âge d'enfanter.

— Si tel est votre bon plaisir, monseigneur, mais je vous le répète, à votre place, je l'aurais renvoyé les mains vides. Je n'ai absolument pas confiance en votre petit marquis. Il est bien trop avide de faire passer James et Jasmine pour les meurtriers de Richard Stokes. Il ne songe qu'à la vengeance, et je crois qu'il espère toujours faire main basse sur notre petit-fils.

— Non, non, Annie. Il est susceptible, notre Piers, mais je suis convaincu qu'il a bon fond. Il est seulement déçu de ne pas avoir eu lady Lindley.

— James a le cœur trop sensible, confia la reine un peu plus tard à Villiers. À l'heure qu'il est, on aurait dû réexpédier St. Denis dans ses foyers. Comment a-t-il pu regagner si vite les faveurs du roi, Steenie?

— Il a profité de ce que je m'occupais du pasteur Goodfellow. Et je pense que le roi se sent coupable au sujet de lady Lindley. C'était une erreur de permettre à St. Denis de la courtiser, or maintenant il craint que le marquis ne lui en tienne rigueur. St. Denis a passé la journée à clamer que Glenkirk était impliqué dans la mort de lord Stokes, aussi le roi a-t-il fait parvenir un message à James Leslie et sa future femme, qui sont partis ce matin pour Queen's Malvern, afin de leur demander de ne pas quitter l'Angleterre tant que l'on n'aurait pas découvert le coupable. Joli cadeau de mariage!

— Quel sinistre personnage ! s'écria la reine avec irritation. J'imagine la réaction de James et celle de Jasmine quand ils découvriront de quoi il s'agit ! Enfin, j'espère que toute cette affaire sera réglée avant l'automne, lorsqu'ils seront prêts à partir pour l'Écosse.

— Quand se marient-ils, au juste ?

La reine réfléchit un instant.

— Ma foi, je crois bien que c'est dans une semaine exactement, Steenie. Nous sommes le 8 juin, n'est-ce pas ?

— En effet.

— Alors, c'est bien ça. Oh, je leur souhaite d'être heureux ! Jasmine a eu suffisamment de malheurs, jusqu'à présent. Et notre pauvre Henry, Dieu ait son âme, aurait aussi voulu son bonheur.

— Certes, répondit Villiers qui n'avait jamais connu personnellement le prince. Puissent lady Lindley et lord Leslie connaître une longue et heureuse union !

— Amen, Steenie, répondit la reine.

— Tous nos vœux de bonheur, mes chers enfants ! déclara Robin Southwood en levant son verre.

Me voilà de nouveau épouse ! se dit Jasmine en souriant, tandis qu'elle recevait les félicitations de sa famille. Lorsqu'elle avait prononcé ses vœux pour la troisième fois, elle avait souhaité de toutes ses forces que ce mariage ne connaisse pas une fin aussi tragique que les deux premiers. Suivant l'exemple de Skye et de James, elle cherchait à se persuader que la mort de Jamal et celle de Rowan n'avaient été que de tristes coïncidences. Avaient-ils raison ? Elle avait été heureuse avec ses deux époux, peut-être le chiffre trois lui porterait-il chance. Oui, elle voulait y croire, de tout son cœur.

— Vous êtes la plus jolie mariée que j'aie jamais vue, murmura James à son oreille.

— C'est que j'ai l'expérience ! plaisanta-t-elle en lui offrant son plus radieux sourire.

Comme lors de son mariage avec Rowan Lindley, les quatre bancs de chêne sculpté n'avaient pas suffi pour accueillir la famille, et les assistants se tenaient debout au fond de la chapelle, et jusque dans le hall. Avec Rowan, elle s'était mariée tôt le matin, et le soleil, à travers les vitraux, jetait des taches de lumière sur l'autel, sur le crucifix d'or, sur les chandeliers.

Aujourd'hui, il était midi et une fine pluie noyait le paysage. Mariage pluvieux, mariage heureux, se disait Jasmine qui y voyait un bon présage.

Le banquet, initialement prévu sur les pelouses du parc, eut donc lieu à l'intérieur où les domestiques s'affairaient à couvrir les tables de mets raffinés et de vins délicats. Skye n'avait rien épargné pour que la fête fût parfaite. Comme c'était l'été, tous ses enfants étaient venus assister au mariage de leur nièce. Même Ewan O'Flaherty et son épouse, Gwynneth Southwood, s'étaient déplacés depuis l'Irlande. Le maître de Ballyhennessy, à cinquante-neuf ans, était un homme fort, aux traits accusés, aux cheveux grisonnants. Un véritable gentilhomme campagnard, et fier de l'être. Son frère, Murrough, âgé de cinquante-huit ans, avait quitté la marine et vivait dans le Devon où il s'occupait de la société de commerce maritime O'Malley-Small. Sa femme, Joan Southwood, était heureuse de l'avoir enfin à la maison après toutes ces années passées en mer, durant lesquelles il avait tout de même trouvé le temps de lui donner trois fils et trois filles.

Willow, la comtesse d'Alcester, était arrivée quelques jours plus tôt avec son mari, quatre de ses huit enfants et plusieurs petits-enfants. Leur fils cadet, William, le dernier célibataire de leur famille, ressemblait énormément à son grand-père et, quand elle le voyait, Skye se retrouvait des années en arrière quand elle était l'épouse adulée de Khalid el Bey, le grand séducteur d'Alger. Willow, qui ignorait les péripéties de l'histoire de son père, avait toujours cru qu'il était simplement

commerçant étranger. En regardant sa fille si terriblement britannique s'occuper de tout et de tous, Skye se dit qu'un jour, avant de mourir, il faudrait qu'elle lui raconte toute la vérité ! Cela la remettrait un peu à sa place !

Robin Southwood, avec ses cinquante-deux ans, était de trois ans le cadet de Willow et était l'époux de la toujours belle Angel. Ensuite venaient Deirdre Burke, âgée de quarante-sept ans, et mariée à lord Blackthorne, puis son frère, Padraic, lord Burke, et son épouse, Valentina. Enfin lady Velvet de Marisco, comtesse de BrocCairn, qui, à quarante-deux ans, était la plus jeune des enfants de Skye. Ils avaient amené les cinq demi-frères de Jasmine, âgés de quinze à vingt-deux ans, et sa demi-sœur, Sybilla, comtesse de Kemp, ainsi que son mari Tom Ashburne. Assistaient aussi au mariage lord Bliss, grand-oncle de Jasmine, et sa femme Aidan, et bien entendu ses fidèles serviteurs, Adali, Rohana et Toramalli.

Willow s'était agitée depuis le matin, comme à l'accoutumée. Elle craignait qu'un mariage dans la grande salle du château ne réveille chez sa mère de mauvais souvenirs. Ce serait la première réunion de famille depuis la mort d'Adam de Marisco.

— Elle est âgée, cela risque de lui faire du mal, avait-elle confié à sa sœur.

— Mais c'est elle qui en a décidé ainsi, rétorqua Deirdre. Elle ne peut pas éviter cette salle sous prétexte que papa y est décédé.

Willow allait insister, mais son frère Robin lui avait coupé la parole.

— Tu n'as jamais été aussi jeune que notre mère l'est à présent, dit-il, mi-sérieux, mi-plaisant.

— Cesse de parler par énigmes !

— Tu es née vieille, Willow, déclara-t-il. Maman ne le sera jamais, car son cœur a vingt ans. Elle ne vit pas dans le passé, comme la plupart des gens de sa génération. Adam nous a quittés, mais notre mère est bien

vivante, et elle le restera jusqu'à ce que Dieu la rappelle à Lui. Je sais que tu veux bien faire, mais ne l'ennuie pas avec cette histoire de mariage dans la grande pièce. D'ailleurs, par ce temps, quelle autre possibilité y aurait-il ?

— Tu trouves que j'en fais trop, vraiment ! marmonna Willow. Après tout, c'est le troisième mariage de Jasmine, et nous sommes en deuil.

— Ça suffit ! coupa son mari, irrité. Adam aurait voulu que ça se passe ainsi, et notre Skye le souhaite également. Cessez de vous tracasser, ma chère, c'est éprouvant pour tout le monde ! Maintenant, je vais faire un tour dans le parc, et vous allez m'y accompagner.

— Mais il pleut ! protesta Willow.

— Une petite bruine, tout au plus, et c'est bon pour le teint. Allons, venez ! avait-il insisté en l'entraînant fermement à l'extérieur.

Tout le monde était à présent réuni pour fêter le mariage qui venait d'être célébré. Les tables regorgeaient de nourriture. On avait fait rôtir un demi-bœuf dans la cour, il y avait des côtelettes d'agneau, des chapons, des canards à l'orange, un énorme jambon de pays, des tourtes aux pigeons, des truites de rivière, des bourriches d'huîtres, des petits légumes de saison sortis tout droit du potager, des roues de Cheddar et de Brie, du pain chaud et doré, le tout arrosé de vin, de bière, de cidre. Les desserts seraient servis, selon la tradition, avec un vin doux de Marsala.

On n'épargna pas les toasts portés à la santé de James et Jasmine Leslie, certains tendres et chaleureux, d'autres franchement égrillards. Jasmine se sentait devenir plus sentimentale à chaque verre. Elle se rappelait son mariage avec Jamal Khan. Elle était alors vêtue d'écarlate et d'or, parée de diamants et de rubis comme il convient à une princesse moghole de sang royal. Elle avait tout juste treize ans. Pour épouser

Rowan Lindley, à seize ans et demi, elle portait la robe de mariée de sa mère et de sa grand-mère, une tenue de soie verte brodée d'or.

Et maintenant, âgée de vingt-cinq ans, elle prenait mari pour la troisième fois. Sa robe de soie crème au large décolleté carré était ornée de petites perles, la jupe en cloche, soutenue par de nombreux jupons, soulignait la finesse de sa taille, on apercevait les bas de soie brodés d'or, et les souliers de brocart étaient également décorés de perles. Son chignon était parsemé de roses de soie au cœur de perles et de rubans d'argent.

— Vous rêvez ? lui demanda son mari à l'oreille. Dans ce cas, j'espère que c'est de moi, ma chérie.

Il prit sa main et en baisa la paume avec ferveur.

C'était le plus beau jour de sa vie, et il se souvenait de la première fois où il avait vu Jasmine. Il était venu à Queen's Malvern, car tout le monde pensait que le jeune veuf serait un fort acceptable parti pour Sybilla Gordon, la demi-sœur de Jasmine, qui s'était entichée de lui. Toutefois, dès qu'on l'avait présenté à Jasmine, il en était tombé éperdument amoureux... C'était dix ans plus tôt.

— Combien de temps devons-nous nous montrer bien élevés ? demanda-t-il.

— Il va y avoir de la musique, nous danserons.

— Oh ?

— Et encore d'autres distractions, je crois, dit-elle.

— Ne pourrions-nous nous distraire en privé ?

— Jemmie ! le réprimanda-t-elle. Ce mariage est tellement important pour grand-maman ! Un peu de patience, monseigneur. Et puis nous avons déjà goûté aux délices de la chair ensemble...

Il ne lâchait pas sa main qu'il glissa sous la table afin de lui montrer l'intensité de son désir.

— Je parie que votre grand-mère comprendrait la violence de mes... sentiments, reprit-il.

Jasmine se sentit rougir, ce qui ne l'empêcha pas de

le caresser sous la nappe en se remémorant leurs étreintes passionnées.

— Vous avez autant envie de moi que moi de vous, ma chérie, dit-il à mi-voix. Entendu, nous danserons, nous applaudirons aux attractions que votre grand-mère nous offrira, mais ensuite, madame, je vous emmènerai dans notre chambre et je vous promets que vous ne penserez plus à personne d'autre que moi !

Il lâcha enfin sa main.

— Je vous ferai payer cher votre perversité, monseigneur ! promit-elle.

— Et vous, vous paierez pour m'avoir fait attendre ! rétorqua-t-il, du rire dans les yeux. Jamais je ne me lasserai de vous...

— C'est une promesse hardie, James Leslie.

Soudain, la pièce résonna d'un bruit strident, étrange. Un homme portant le même kilt que James faisait son entrée dans la vaste pièce en jouant de la cornemuse. Il avança d'un pas majestueux jusqu'à la table des mariés pour lesquels il interpréta une ballade mélancolique. Ensuite, il s'inclina devant le comte de Glenkirk.

— Alpin More ! s'écria James, ravi. Comment êtes-vous venu ici ? Nous sommes bien loin de Glenkirk !

— Vos frères et sœurs ont pensé que je devais être là aujourd'hui, et lady de Marisco était de cet avis. Oui, la route était longue, mais vous ne pouviez pas vous marier sans votre cornemuseur, monseigneur. J'ai joué quand vous avez épousé lady Isabelle, Dieu ait son âme. Maintenant, je viens de jouer pour vous et votre nouvelle dame, et que le Seigneur bénisse votre union.

— Je n'ai jamais entendu si bien jouer de la cornemuse, dit aimablement Jasmine. J'espère que vous recommencerez souvent, Alpin More.

L'homme s'inclina de nouveau devant sa nouvelle maîtresse. Elle était beaucoup plus belle que la première épouse du comte, et il fit le vœu qu'elle donne un héritier à son maître.

— Je vous souhaite une longue vie et beaucoup d'enfants, dit-il à la jeune femme.

— Je vous remercie, Alpin More. J'aimerais donner des fils à mon seigneur, et que vous jouiez aussi un jour pour eux.

L'Écossais sourit, enchanté. Il rapporterait ces paroles à Glenkirk, ce qui ravirait tout le monde, et il espérait bien que, lorsque le comte rentrerait chez lui à l'automne, son épouse porterait déjà le fruit de leur union.

— Maintenant que vous avez entendu l'air de cornemuse, suggéra Skye au jeune couple, peut-être aimeriez-vous vous retirer ?

— N'aviez-vous pas prévu des danses, grand-maman, s'étonna Jasmine, ainsi que d'autres attractions ?

— Préfères-tu rester, ma chérie, alors que ton mari meurt d'envie de t'avoir pour lui tout seul ? demanda Skye en riant. Je suis la plus âgée de l'assistance, mais mes souvenirs sont encore vivaces. Une nuit de noces, fût-elle la troisième, est un moment exceptionnel. Je me les rappelle chacune avec émotion. Certes nous sommes en juin, et il fait encore jour, mais n'aimerais-tu pas mieux te trouver seule avec James Leslie ? À ta place, je n'hésiterais pas !

Le comte de Glenkirk se leva, prit la main de son épouse avant de s'incliner devant la comtesse de Lundy.

— Vous êtes incroyablement intuitive, madame. Je vous remercie de votre autorisation et de la magnifique fête que vous nous avez offerte.

Il quitta la pièce au bras de sa rougissante épouse, sous les acclamations de sa nouvelle famille.

Skye les regarda s'éloigner, le regard voilé, un demi-sourire aux lèvres.

Alors, Adam, vous êtes satisfait ? songeait-elle. Elle est mariée à lord Leslie, et d'ici un an j'aurai peut-être un arrière-petit-enfant de plus. Ah, comme j'aimerais que vous soyez avec moi, Adam ! On dit que le temps

guérit toutes les peines, mais vous me manquez peut-être plus aujourd'hui que le soir où vous vous êtes éteint si brusquement. Et je sens que je ne suis pas encore prête à venir vous rejoindre, mon ami. Je ne sais si je m'en réjouis ou si je le déplore.

Un bras se posait sur son épaule, et elle leva les yeux vers le beau visage de son fils Robin qui se pencha pour baiser sa joue.

— Il serait heureux, maman. C'est exactement ce qu'il désirait pour Jasmine. Il voulait qu'elle soit en sécurité, or elle l'est, désormais.

— En effet.

— Mais ?

— Je ne sais pas. Il y a quelque chose, Robin, bien que j'ignore quoi.

— Votre imagination, sans doute, maman. Cette année a été rude, pour vous, avec la mort d'Adam, puis votre voyage en France. Vous n'êtes plus de la première jeunesse, après tout.

— Tu parles comme ta sœur ! s'indigna-t-elle.

— Dieu m'en préserve !

— Crois-moi, Robin, une ombre plane sur Jasmine, et ce n'est pas le fruit de l'imagination débridée d'une vieille femme.

— Dans ce cas, maman, toute la famille s'unira pour régler le problème.

Skye sourit à son fils.

— Oui, mon chéri. Sûrement. En attendant, j'ai bien l'intention de profiter pleinement de cet été en compagnie de ma fille et de ma petite-fille. Et, à l'automne, je serai aussi heureuse de les voir partir pour l'Écosse que j'ai été de les voir arriver ici, ajouta-t-elle en riant. Daisy et moi nous installerons afin de passer un hiver tranquille, ce qui lui fera du bien. Je suis épuisante avec elle, et je crois qu'elle devient trop vieille pour suivre le mouvement. Elle est plus proche des quatre-vingts ans que moi, tu sais.

— La tranquillité n'a jamais été votre fort, maman,

objecta Robin. Vous trouverez bien une nouvelle aventure dans laquelle vous lancer !

Skye O'Malley de Marisco éclata de rire.

— Tu as certainement raison, Robin.

ÉCOSSE

Automne 1615 – Automne 1618

13

Jasmine découvrit le château de Glenkirk par une belle journée ensoleillée de la fin du mois d'août.

Avec ses créneaux et ses quatre tours, il était juché au sommet d'une colline, et environné de forêts. Le pont-levis était baissé, et la jeune femme fut certaine, au fond de son cœur, qu'elle était enfin arrivée chez elle. C'était une immense révélation pour une princesse élevée à la cour impériale d'Inde, et qui avait connu des endroits beaucoup plus prestigieux que ce bâtiment de pierre grise. Et, pourtant, elle savait ! Combien de temps ce château l'avait-il attendue ? Le cœur battant, la joie dans l'âme, elle entendit Adali prononcer un seul mot :

— Oui.

Lui aussi était sensible à la magie de ce lieu, et ils échangèrent un sourire de connivence.

— Qu'en pensez-vous ? demanda James avec une pointe d'anxiété. Croyez-vous que vous pourrez être heureuse ici la moitié de l'année, ma chérie ?

Du haut de son étalon, elle se tourna vers lui, rayonnante.

— Oui, Jemmie. Je serai heureuse partout, à condition que vous vous trouviez à mes côtés. Ce château est magnifique, et c'est un endroit rêvé pour les enfants.

— Vous le voyez à la meilleure saison, dit-il. Le reste du temps, il pleut beaucoup.

— Cela m'est égal. La demeure, la terre, la forêt, tout me ravit. Qu'il pleuve ou qu'il vente, peu importe, je me sens chez moi.

Le beau visage du comte s'éclaira. Il avait toujours adoré ce château, pourtant, après la mort d'Isabelle et de leurs deux fils, il lui avait semblé glacial, vide. Avant, quand il y vivait avec ses frères et sœurs, c'était un foyer gai, chaleureux, et il allait le redevenir grâce à Jasmine et à ses enfants. Il sourit, toute crainte envolée.

— Il y a des hommes d'armes sur les remparts ! s'écria Henry, tout excité. Oh, papa, c'est un immense château ! Je peux partir devant ?

— Non, jeune homme, s'interposa Fergus More. Le comte n'est pas venu ici depuis plusieurs années, c'est à lui d'entrer le premier dans sa demeure.

— Mais je pourrais aller les prévenir de notre arrivée, objecta le petit garçon.

— Tout le monde est déjà averti.

De la cour du château, des collines environnantes, par les chemins sinueux, à pied ou à cheval, une véritable foule approchait du petit groupe. Les hommes du clan Leslie. Les drapeaux flottaient, Alpin More, le frère de Fergus, menait la marche à la tête de plusieurs joueurs de cornemuse, et la joie sauvage de leur musique s'élevait, portée par le vent.

Comme tous les autres jours depuis qu'ils avaient franchi la frontière, le comte était habillé d'une culotte et d'un pourpoint de cuir, coiffé du béret aux couleurs de son clan et chaussé de hautes bottes. L'élégant homme de Cour James Leslie était resté loin derrière, en Angleterre…

— Regardez ce drapeau blanc et vert, Jasmine, dit-il, c'est celui des Leslie de Sithean. Nous descendons tous du premier comte de Glenkirk, mais la sœur du deuxième comte est parvenue à obtenir Sithean pour

son fils et ses héritiers. Je vois d'ailleurs mon oncle Patrick à la tête des siens. Et mon cousin est près de lui. Derrière, la bannière rouge, blanc et vert est celle des Leslie de Glenkirk. Mes oncles et mes frères sont là, j'en suis sûr !

Jasmine se pencha pour effleurer sa main.

— Vous auriez dû revenir ici depuis longtemps, James, dit-elle.

— J'ai failli le faire, à une époque, mais le pauvre Cecil venait de mourir, et le roi prétendait qu'il avait absolument besoin de moi, aussi suis-je resté afin de servir James Stuart. Toutefois, hormis nos étés en Angleterre, ma chérie, je crois que je ne quitterai plus jamais l'Écosse. J'ai le cœur gonflé de joie quand je regarde autour de moi, et quand j'entends les cornemuses.

Ils arrêtèrent leurs montures et les hommes du clan les entourèrent en clamant leur plaisir d'avoir retrouvé James, et de faire la connaissance de la nouvelle comtesse. Les bras se tendaient vers eux, et Jasmine, suivant l'exemple de son mari, serra les rudes mains amicales, le sourire aux lèvres, les yeux brillants. Les hommes, qui avaient craint d'avoir affaire à une Anglaise hautaine et précieuse, étaient enchantés de la voir si manifestement heureuse de se trouver parmi eux.

On les escorta jusqu'à la cour du château et, avant qu'Adali ou le comte ait eu le temps d'aider Jasmine à descendre de cheval, de grandes mains l'avaient prise à la taille pour la poser doucement à terre. L'homme était immense, barbu, et il arborait un beau sourire.

— Qui êtes-vous ? demanda-t-elle gaiement.

— Red Hugh More, madame, du même nom que mon père et mon grand-père avant moi. Je suis le capitaine de votre garde.

— De la garde du château, rectifia Jasmine.

— Non, madame. Votre garde personnelle.

— J'ai donc une garde personnelle ? s'étonna-t-elle.

— Toutes les comtesses de Glenkirk ont une garde. L'Écosse n'est pas un pays de tout repos, répondit le soldat.

— C'est ce que m'a raconté mon mari, dit Jasmine en riant. Eh bien, Red Hugh More, voici Adali, qui veille sur moi depuis ma naissance. J'espère qu'à vous deux vous assurerez ma sécurité.

L'Écossais et l'Hindou se mesurèrent mutuellement du regard.

— Il a l'air capable, déclara succinctement Red Hugh More.

— Je peux étrangler un homme sans même qu'il m'ait entendu arriver, dit Adali d'une voix calme. C'est une mort rapide et silencieuse.

Red Hugh sourit.

— Je pense qu'on s'entendra bien. J'aime les hommes qui savent se débarrasser d'un adversaire sans laisser de traces.

Il salua de nouveau, puis s'effaça pour laisser les nouveaux arrivants pénétrer dans le château.

James Leslie souleva sa jeune épouse dans ses bras pour franchir le seuil.

— C'est une vieille coutume, expliqua-t-il avant de la poser à terre.

Puis il lui prit la main afin de l'entraîner vers le vaste escalier qui menait à l'étage. Les enfants suivaient, Adali, Toramalli et Rohana sur leurs talons, en regardant partout avec curiosité.

Quand ils furent dans la grande salle du château, Jasmine écarquilla les yeux. C'était une pièce absolument splendide! Deux immenses cheminées étaient flanquées de fenêtres cintrées, les murs étaient ornés de bannières multicolores rapportées des nombreuses batailles gagnées par les Glenkirk au fil des siècles. Une table en forme de T se dressait au centre de la pièce, et au-dessus des cheminées étaient accrochés deux portraits, l'un d'un homme en pleine force de l'âge, l'autre d'une ravissante jeune femme au regard pur.

— Qui est-ce ? demanda Jasmine, fascinée par leur beauté.

— Patrick Leslie, le premier comte de Glenkirk, ambassadeur du roi James IV dans le duché de San Lorenzo. C'est mon arrière-arrière-arrière-grand-père. Quant à elle, c'est sa fille, Janet, ma trisaïeule. Elle est vêtue de sa robe de mariée, car elle devait épouser l'héritier de San Lorenzo, mais au lieu de cela elle a été enlevée et elle est devenue la favorite d'un sultan, puis la mère d'un sultan. Son fils cadet, le prince Karim, a été envoyé hors de l'Empire ottoman alors qu'il n'était qu'un enfant et il est devenu Charles Leslie, le premier comte de Sithean.

— Elle est magnifique !

— C'est ce que l'on dit. Mon père se la rappelle car elle a attendu pour mourir d'avoir arrangé son mariage avec ma mère, qui était encore pratiquement au berceau. Elle avait la manie de se mêler de tout, paraît-il, ajouta-t-il en riant.

— Un peu comme ma grand-mère !

— Oui, je suppose qu'elles se seraient fort bien entendues, toutes les deux.

Un homme d'un âge certain s'avançait vers eux.

— Bienvenue, monseigneur !

— Bonjour, Will. Voici votre nouvelle maîtresse, lady Jasmine Leslie. Jasmine, je vous présente Will Todd, le régisseur du château. Il s'est fidèlement occupé de Glenkirk depuis mon départ.

— Et je suis rudement content de voir Votre Seigneurie de retour ! Maintenant, avec votre permission, je vais me retirer pour aller pêcher les saumons qui ont tellement grossi en l'absence de Sa Seigneurie.

— Quoi ? plaisanta le comte. Il y a encore des saumons dans mes rivières ? Ils n'ont pas tous été braconnés ?

— Il y en a des quantités pour vous, monseigneur, et de belles pièces. Mais, pour les braconniers, c'est

difficile à dire, parce qu'on n'a pas pu compter les poissons ! répliqua le régisseur sur le même ton.

— D'accord, Will, rentrez chez vous, et soyez assuré que vous ne manquerez de rien jusqu'à la fin de vos jours. Mais, avant, j'ai besoin de vous une dernière fois.

James poussa Adali en avant.

— Voici Adali, qui est au service de mon épouse depuis sa naissance. C'est lui qui s'occupera du château, cependant il faudra que vous l'aidiez durant quelques mois, afin de le mettre au courant de tout. Le ferez-vous, Will ?

— Certainement, Monseigneur ! déclara le régisseur avant de serrer la main d'Adali en l'examinant de la tête aux pieds. Vous vous êtes déjà chargé d'une grande maison, maître Adali ? Aussi grande que celle-ci, je veux dire ?

— Oui, maître Todd. La maison natale de ma princesse était très importante également.

— Bien, bien ! Alors vous comprendrez vite et je pourrai me consacrer à la pêche, dit le vieil homme en riant.

— Je n'ai jamais pêché, maître Todd, dit Adali.

— Appelez-moi Will. Et je vous apprendrai à pêcher avec plaisir. Nos saumons et nos truites sont des adversaires de taille, et ils sont sacrément bons, grillés au feu de bois !

— Je m'en réjouis, dit l'eunuque. Appelez-moi donc Adali, car nous sommes sur un pied d'égalité, dans cette maisonnée.

Le vieil homme hocha la tête. Il aimait bien l'attitude de cet Adali, qui n'essayait pas de lui en imposer. Il serait bon pour tout le personnel que le nouveau régisseur soit un homme de qualité. Puis il aperçut les enfants.

— Des petits ? s'étonna-t-il.

— Ce sont ceux de ma femme, expliqua le comte. Voici lord Henry Lindley, lady India et lady Fortune Lindley. Le plus jeune est un enfant spécial.

Il fit signe à la nourrice qui tenait le duc de Lundy dans ses bras de s'approcher.

— Celui-ci est le fils du prince Henry, Charles Frederick Stuart. Nous l'appelons plus simplement Charlie. Le roi m'a fait le grand honneur de m'accorder la main de sa mère, et de me confier par la même occasion la garde de son unique petit-fils.

Les yeux du régisseur s'emplissaient de larmes.

— Le fils du prince Henry? Ah, quelle triste histoire, monseigneur! Nous allons le rendre heureux, ce petit, à Glenkirk. C'est un grand honneur que vous a fait le roi, c'est vrai, mais les Glenkirk ont toujours été de loyaux sujets de la Couronne, non?

— Absolument, Will.

— Les enfants sont fatigués par le voyage, James, intervint Jasmine. Il faudrait qu'ils dînent et qu'ils aillent se coucher. Ils auront tout le temps demain d'explorer le château.

— Je vais leur montrer leurs appartements, madame, proposa vivement Will.

— Je vous accompagne, dit Adali, puis je reviendrai m'occuper de ma princesse. Le voyage a été long pour vous aussi, madame.

— Asseyons-nous près du feu, suggéra le comte. Il y a du vin sur la desserte, Toramalli. Servez-nous-en, s'il vous plaît. J'entends la famille dans l'escalier, et nous allons être fort occupés durant les heures qui viennent, Jasmine chérie.

Alors que les enfants sortaient de la grande salle, les parents de James y entraient, et Jasmine se dit qu'il lui faudrait du temps pour savoir qui était qui, même si elle reconnaissait déjà les Leslie parmi la foule. D'abord les oncles paternels de son mari : James, le maître de Hay, Adam, le plus proche du père de James, Michael, le plus jeune, un homme grand et fort d'une bonne cinquantaine d'années. Ensuite venaient le vieux comte de Sithean avec son fils et, évidemment, les deux frères de James, Colin, maître de Greyhaven,

et Robert Leslie de Briarmere Moor. Les accolades et les exclamations de bonheur allaient bon train.

James fit monter Jasmine sur la table afin que tous puissent l'admirer.

— Voici mon épouse, Jasmine.

— Tu aimes les jolies femmes, comme ton père ! déclara Adam avec un clin d'œil.

— Pour être belle, elle est belle, petit, déclara sans ambages le vieux comte de Sithean, mais est-ce qu'elle peut porter le prochain comte de Glenkirk ?

— J'ai donné à mon second mari un fils et deux filles, se défendit Jasmine, et au prince Henry un petit garçon, monseigneur.

Les deux hommes, d'abord déconcertés, éclatèrent de rire, puis Colin dit, admiratif :

— Elle a autant de tempérament que notre mère, Jemmie !

— Oui, un vrai tempérament d'Écossaise, approuva Adam. Elle fera de robustes enfants, pour sûr !

— Mais quand ? insistait le vieux comte. Tu l'as épousée il y a plusieurs mois et, si tu ressembles aux hommes de la famille, tu l'honores régulièrement. Ça devrait être en route depuis longtemps !

— Est-ce que la fin de l'hiver vous paraît une date convenable ? demanda Jasmine qui éclata de rire devant la mine stupéfaite de ses interlocuteurs, son mari y compris. Maintenant, descendez-moi de là, Glenkirk. Tout le monde m'a vue. Mais où sont donc les femmes, dans cette maison ?

De grands rires fusèrent tandis que James la reposait à terre.

— Pourquoi ne m'avez-vous rien dit ? lui demanda-t-il à l'oreille.

— Je voulais attendre ce soir, quand nous serons dans le lit conjugal, mais, lorsque le vieux comte m'a asticotée, je me suis dit que le moment était sans doute bien choisi. Je ne voulais pas qu'ils pensent que vous me négligez !

— Une chaise pour la comtesse! cria Sithean. Asseyez-vous, ma chère. Vous portez le plus précieux des trésors, vous devez prendre grand soin de vous.

— J'ai mis quatre enfants au monde, monseigneur, le rassura-t-elle.

— Certes, mais vous avez quelques années de plus... Vous avez déjà fait une fausse couche?

— À ma première grossesse, avoua-t-elle. À cause du choc que m'a causé le meurtre de mon mari. J'avais quatorze ans, et je n'ai pas eu d'autres problèmes depuis. Cet enfant est bien accroché, croyez-moi.

— Oui, c'est un Leslie! approuva le vieil homme.

— À présent, monsieur, dites-moi donc où sont les femmes.

— Elles viendront vous voir demain, quand vous serez un peu reposée, répondit Adam. Les tantes comme les belles-sœurs ont hâte de faire votre connaissance... Bien qu'elles changeront peut-être d'avis quand elles verront à quel point vous êtes belle! plaisanta-t-il. Ma Fiona est superbe aussi, mais je n'en dirai pas autant des femmes de mes frères, ajouta-t-il en baissant le ton. Jeunes, elles étaient fraîches comme la rosée, mais elles ont mal supporté les années. Les sœurs de Jemmie, elles, sont de jolies filles.

— Vous avez la dent dure! dit gaiement Jasmine.

— C'est à force de vivre avec ma Fiona. Quand la mère de Jemmie et elle étaient jeunes, elles étaient rivales, puis elles sont devenues amies. Elles avaient toutes les deux des caractères très affirmés, c'étaient de fortes têtes. Ma Fiona s'est quelque peu adoucie, et moi je suis devenu acerbe, avec l'âge! Êtes-vous du genre chipie, Jasmine?

— Cela m'arrive. Demandez à Jemmie ce qu'il en pense... Je trouve plus amusant d'être méchante que gentille. Pas vous, oncle Adam?

Les yeux turquoise pétillaient.

— Oh, si! Je suis content que vous ayez du tempérament, petite. La première épouse de Jemmie était

adorable mais aussi excitante qu'un bol de porridge. Vous, vous avez le sang chaud, et c'est ce qu'il fallait à notre James.

— Vous courtisez ma femme, oncle Adam ? intervint le comte de Glenkirk.

— Non, mon garçon. C'est cette ravissante jeune personne qui me taquine. Tu as de la chance, petit !

— Il m'a séduite parce qu'il porte le nom de grand-papa, expliqua Jasmine à son mari. Vous savez que j'ai un faible pour les Adam.

— Alors, nous appellerons notre fils ainsi.

— Non. Le premier s'appellera Patrick, comme cet homme superbe dont le portrait surmonte la cheminée. Le second, Adam, et le troisième James.

— Dieu me pardonne ! s'exclama le comte de Sithean en riant. La petite est ambitieuse, si elle désire trois fils. Je l'applaudis de grand cœur !

De sa canne noueuse, il martelait le sol de pierre avec enthousiasme.

Un peu plus tard, après le départ des Leslie, James et Jasmine s'attablèrent devant un frugal repas composé de truites au bleu, de fromage et de pommes.

— Vous avez fait grande impression sur mes frères, mes oncles et mes cousins, madame, dit James. Quant aux hommes du clan, ils vous seront à jamais dévoués pour la façon dont vous les avez accueillis.

— J'ai souvent observé mon père lorsqu'il traversait des villes, et que les gens voulaient toucher le grand moghol. Aujourd'hui, quand vos hommes nous ont entourés avec tant de chaleur, je me suis comportée comme lui. Je me suis rendu compte, Jemmie, qu'ici, dans vos montagnes, pour ceux de votre clan, vous êtes un peu comme un roi pour ses sujets. Sans doute est-ce la raison pour laquelle les Écossais ont du mal à servir un seul monarque. Chaque chef est le roi de son clan. C'est une expérience fascinante.

— Vous nous avez très vite compris, ma chérie.

Néanmoins aucun peuple ne peut survivre sans une monarchie forte.

James prit la main de son épouse.

— Mais nous n'avons pas eu un moment à nous depuis que vous avez fait votre stupéfiante déclaration. À peine mes parents étaient-ils partis que l'on nous appelait pour le dîner. Alors, maintenant, dites-moi, pour quand est-il prévu, ce fils ?

— Fin février, ou début mars. Je pense qu'il a été conçu le jour où vous êtes rentré de cet absurde voyage en Écosse.

— Je ne veux pas risquer de lui faire du mal, dit James, désespéré.

— Inutile de nous en soucier pour l'instant, promit-elle. Je peux encore monter mes deux étalons… Jamais je n'ai eu envie d'un homme à ce point, Jemmie. Je vous désire sans cesse, et le voyage a été bien long, depuis l'Angleterre. Voilà des semaines que nous n'avons pas dormi dans un lit digne de ce nom. N'avez-vous pas, vous aussi, une irrépressible envie de faire l'amour ?

Il prit son visage entre ses mains.

— Oh, si ! murmura-t-il contre ses lèvres.

— Mais je ne sais pas où se trouve…

— Moi je le sais ! gronda-t-il en la saisissant par la main pour l'entraîner vers l'escalier où il la prit dans ses bras et grimpa les marches quatre à quatre.

Il poussa du pied la porte de leurs appartements, puis il la posa à terre.

— Ne me faites pas attendre trop longtemps, madame, dit-il.

— Par le Christ ! chuchota Fergus More à l'oreille d'Adali. Il n'a jamais été comme ça avec lady Isabelle. Je ne sais pas si je m'habituerai à cette passion qui brûle entre eux. Ils ne cessent de se toucher.

— La passion est normale, entre un homme et sa femme, le rassura Adali. Vous n'avez jamais ressenti ça ?

L'Écossais secoua la tête.

— Non, mais je pense que cela pourrait m'arriver avec Toramalli. Elle me fait frémir de la tête aux pieds. Vous croyez que je lui plais, Adali ?

— J'essaierai de le savoir, promit Adali, diplomate. Maintenant, vous feriez mieux de vous occuper de votre maître, car il semble fort impatient.

Lui-même se dirigea vers la chambre où les deux caméristes aidaient Jasmine à se déshabiller.

— Nous allons avoir du travail pour remettre le château en état, ma princesse, dit-il. Il a été quasiment fermé pendant tout le temps que le comte a passé en Angleterre. Todd a fait de son mieux, mais cependant nous avons encore du pain sur la planche.

— Ce n'est pas aussi catastrophique que la demeure de Jamal le soir de nos noces, rétorqua gaiement Jasmine. Jamais je ne l'oublierai ! J'ai pris grand plaisir à renvoyer toutes ces femmes dans le harem !

Elle grimpa dans la baignoire et se savonna énergiquement.

— Il y a assez de bois près de la cheminée pour la nuit et la matinée, dit Adali. J'ai fait porter du vin dans le boudoir, et le lit a été fait avec vos propres draps. Demain, nous améliorerons le confort de vos appartements. Il y règne une désagréable odeur d'humidité, ce qui n'est guère surprenant.

— C'est un merveilleux château, Adali, dit doucement Jasmine. Nous sommes enfin chez nous. Tu l'as ressenti aussi, n'est-ce pas ?

— Oui, ma princesse. Jamais je n'aurais imaginé qu'une bâtisse de pierres grises dans les montagnes d'Écosse nous ferait cet effet, et pourtant...

Soudain, il changea de sujet.

— Verriez-vous une objection à ce que Toramalli ait un soupirant ? Fergus More m'a avoué qu'il aimerait la courtiser, si elle est d'accord, et avec votre autorisation.

— Toramalli ? La décision t'appartient, dit Jasmine.

— Quel toupet il a ! s'exclama Toramalli, qui avait un caractère plutôt rebelle.

— Il est charmant, intervint sa sœur, Rohana. Tu as de la chance, Toramalli. Et il a demandé la permission avant de se lancer, ce qui est une preuve de délicatesse.

— À mon avis, c'est à toi qu'il pensait, et il s'est trompé de prénom, marmonna Toramalli qui ne put cependant dissimuler un sourire.

— Si c'est ce que tu penses, laisse-le s'approcher de lui-même vers la femme qu'il veut courtiser, suggéra Jasmine tandis que Rohana lui passait une longue chemise de soie blanche.

— Excellente idée ! approuva Adali. Venez, toutes les deux. Aidez-moi à sortir la baignoire de la chambre.

Ils allèrent vider le vaste baquet dans l'évier de pierre prévu à cet effet dans l'antichambre, puis ils se rendirent dans le petit salon à l'instant où Fergus More sortait de la chambre de son maître. Il lança un coup d'œil plein d'espoir à Adali.

— Toramalli se demande si vous pouvez la distinguer de sa sœur jumelle, dit celui-ci. Si c'est le cas, vous avez la permission de la courtiser.

Les deux sœurs se tenaient côte à côte, identiques avec leurs cheveux noirs, leurs yeux sombres, leur peau dorée. Toutes deux possédaient une marque de naissance en forme de fleur au coin de l'œil, mais pour l'une c'était l'œil droit, pour l'autre, l'œil gauche. Sans l'ombre d'une hésitation, Fergus More se dirigea vers Toramalli.

— Bien sûr que je le peux, dit-il posément.

— Ma foi, répondit Toramalli avec hardiesse, puisque vous êtes assez malin pour nous différencier, je pense que j'accepterai de passer un moment avec vous, Fergus More.

— Alors, venez boire une chope de bière dans la cuisine. Avec votre sœur, bien sûr, ajouta-t-il après réflexion.

— Je vous remercie, Fergus More, mais je suis fatiguée, dit Rohana en bâillant à se décrocher la mâchoire.

Les deux jeunes gens sortirent de la pièce, tandis qu'Adali soufflait les bougies et que Rohana regagnait sa chambre, située dans l'appartement.

James Leslie était entré chez son épouse par la porte de communication entre leurs chambres. Jasmine se tenait à la fenêtre, et elle se retourna, souriante, en lui tendant les bras.

— Monseigneur…

Il caressa son visage comme si c'était la première fois, puis il enfouit les mains dans ses cheveux et l'embrassa avec passion.

— Je vous aime. Je vous aime depuis l'instant où j'ai posé les yeux sur vous. Je vous l'ai déjà dit, je le sais, et je vous le répéterai jusqu'à la fin de ma vie, afin que vous soyez bien certaine que jamais je ne me lasserai de vous. Je vous aimerai toujours, ma chérie.

— Oh, Jemmie, mon cœur déborde de votre amour, et de celui que j'ai pour vous. Comme je suis heureuse de porter un enfant qui soit le fruit d'une union si parfaite !

Il la déposa sur le lit et s'allongea à ses côtés pour la prendre dans ses bras.

— Merci, dit-il simplement.

Sa bouche, d'abord tendre, se fit plus exigeante, presque sauvage, et elle gémit lorsqu'il dénoua sa chemise afin de jouer avec ses seins.

Il les prit alors entre ses lèvres, et elle frissonna d'un plaisir douloureusement intense. Elle caressait ses cheveux, parmi lesquels elle distingua quelques fils d'argent, Puis il releva la tête et la déshabilla afin de parcourir tout son corps d'enivrants baisers.

— Je veux te sentir contre moi, murmura Jasmine.

James ôta sa propre chemise et Jasmine prit son sexe entre ses mains.

— Fais-moi l'amour, Jemmie, ronronna-t-elle.

— Je ne veux pas te faire de mal.

En guise de réponse, Jasmine se dégagea de ses bras et s'agenouilla au-dessus de lui, chevauchant son sexe long et doux.

— Nous n'avons pas besoin de nous priver de plaisir, Jemmie. Si nous sommes prudents, nous aurons encore plusieurs mois de délices. J'ai de l'expérience, fais-moi confiance.

Jasmine ondulait des hanches et se mouvait avec douceur, et il tendit les mains vers ses seins.

— Ça vous plaît, monseigneur ? le taquina-t-elle.

— Sorcière !

Elle se sentait près de l'extase et craignait d'exploser avant lui mais, au moment où elle n'en pouvait plus, il jouit à son tour, et elle s'abattit sur son torse dans un sanglot.

— Vous êtes merveilleuse, madame, souffla-t-il.

Ils demeurèrent un moment enlacés, puis James se redressa et l'attira entre ses jambes afin de caresser son ventre qui s'arrondissait à peine.

C'était comme s'il berçait leur bébé de ses grandes mains si chaudes, et Jasmine en éprouvait un délicieux sentiment de sécurité. Le bébé devait être bien, lui aussi... Elle s'endormit au cœur de tout cet amour, plus convaincue que jamais d'être arrivée au bout du voyage, chez elle. Elle n'aurait plus jamais à fuir. Glenkirk était son foyer, maintenant et pour toujours !

14

Le lendemain, en milieu de matinée, la famille Glenkirk au grand complet venait au château faire la connaissance de Jasmine. Les oncles paternels du comte, James et sa femme Ailis, Adam et Fiona, Michael et Isabelle. Le vieux comte de Sithean était là, bien sûr, ainsi que les frères et sœurs de James. Bess et son mari, Henry Gordon, Colin avec Euphemia, Robert et Flora. Et puis Amanda, mariée à l'héritier du comte de Sithean et sa sœur, Morag, épouse du jeune Malcolm Gordon.

Tous se jetèrent sur James pour l'embrasser et le congratuler, jusqu'à ce que Fiona s'écrie :

— Ça suffit ! Nous sommes venus ici pour voir la femme de Jemmie. Approchez, Jasmine Leslie !

Jasmine obéit, et se soumit avec bonne humeur au regard critique de Fiona qui eut bien vite un large sourire.

— Bienvenue à Glenkirk, madame, dit-elle avant de se tourner vers son neveu. Ta mère serait heureuse, et ton choix…

— Fiona ! coupa son mari.

Elle lui jeta un regard noir.

— Je voulais seulement dire que le choix qu'a fait Jemmie est aussi judicieux que celui de sa mère autrefois, reprit-elle doucement.

Il y eut un rire général de soulagement. Fiona Leslie était la meilleure amie de sa belle-sœur, Morag, qui était mariée au frère de la défunte Isabelle Gordon. Et

même si tout le monde savait que Fiona considérait la première épouse du comte comme une créature gentille et insignifiante, il n'était pas question de formuler cette opinion à voix haute.

— Je suis contente de vous plaire, madame, répondit joyeusement Jasmine.

Elle était sûre que, malgré la différence d'âge, elles allaient devenir amies.

— Vous avez plu à Jemmie, c'est le plus important. On m'a dit que vous étiez enceinte. Eh bien, vous serez fort entourée, pour la naissance. Votre mère est-elle parmi nous ?

— Non, pas encore. Elle est restée plus longtemps en Angleterre, cette année, parce qu'elle a pensé que grand-maman se sentirait seule, après la mort de mon grand-père. Mais je suis sûre que grand-maman a hâte de la renvoyer à Dun Broc afin d'être enfin un peu tranquille.

Fiona éclata de rire.

— Votre grand-mère est une femme comme je les aime ! Mais votre mère croit bien faire...

— Qui est votre mère ? demanda Bess Gordon.

— Enfin, s'impatienta Fiona, c'est la comtesse de BrocCairn, évidemment. Tu ne le savais pas ?

— Jemmie était en Angleterre, se défendit vivement Bess, et on ne me dit jamais rien, à moi !

Adali et Will Todd passaient parmi les invités avec des verres de vin.

— Je n'ai pas eu le temps d'engager du personnel pour le château, s'excusa Jasmine.

— J'espère que vous lui redonnerez l'éclat qu'il avait lorsque Patrick et Cat y vivaient, dit le maître de Hay.

— Oui ! renchérit Fiona, enthousiaste. C'était tellement beau, Jasmine ! Mais nous vous y aiderons car, avec le bébé que vous portez, il ne faut pas vous surmener !

— Je ne suis pas une petite nature, protesta Jasmine. J'ai déjà mis au monde quatre enfants, et ils débordent de vitalité.

— Oui, quatre enfants, mais pas encore un Leslie de Glenkirk !

— Arrêtez, ma tante, intervint James. Mon épouse n'est pas la poulinière de la famille ! Nous attendons un enfant, et il sera accueilli avec amour, fille ou garçon, mais ce n'est pas la raison pour laquelle j'ai épousé ma chère Jasmine. Je l'ai demandée en mariage parce que je l'aime, et ce depuis de nombreuses années. Maintenant, célébrons le bonheur d'être réunis !

Brusquement ils entendirent un bruit de bagarre au fond de la grande salle, et tout le monde se retourna pour voir deux petits garçons en train de se rouler par terre en poussant des cris de guerre.

— Connor ! s'exclama Morag Gordon, effarée.

— Et Henry ! cria Jasmine.

Le comte de Glenkirk alla fermement séparer son beau-fils et son neveu et les tint par le col tandis que les petits gigotaient pour se dégager.

— Que se passe-t-il ? demanda-t-il avec sévérité.

— Il a dit que j'étais un sauvage et que j'avais un drôle d'accent ! déclara Connor, furibond.

— Et lui, il a dit que j'étais une poule mouillée ! rétorqua Henry. J'accompagnais mes sœurs ici, papa, quand il a insulté India et Fortune !

— Qu'a-t-il dit exactement, pour que tu décides de te battre avec lui ? insista le comte. Au fait, Henry, je te présente mon neveu, Connor Gordon.

— Il a dit : « Regardez-moi cette poule mouillée avec la maigrichonne aux yeux jaunes et la petite poil-de-carotte ! » cita Henry d'une voix claire. Alors j'ai tapé sur ce sauvage. Je ne veux pas qu'on se moque de mes sœurs !

— Sais-tu qui je suis, Connor ? demanda le comte.

— Oui, Monseigneur.

— Voici mon beau-fils, Henry Lindley, le marquis de Westleigh, et ses sœurs, lady India et lady Fortune. Excuse-toi auprès de tes cousins pour ta mauvaise conduite.

Connor épousseta ses vêtements et s'inclina avec élégance.

— Je vous prie d'accepter mes excuses, lady India et lady Fortune. Je n'avais jamais vu des yeux jaunes.

— Mes yeux sont dorés, comme ceux de mon père, rétorqua India, hautaine.

— Et mes cheveux sont blond vénitien, pas poil-de-carotte ! déclara Fortune.

James lâcha Henry.

— Maintenant, jeunes gens, serrez-vous la main. Nous formons une famille, et nous ne devons pas nous quereller. C'est compris ?

Les deux garçons hochèrent solennellement la tête avant de se serrer la main.

— J'ai un poney, dit Connor. Et toi ?

— Moi aussi. Pourquoi ?

— On pourrait se promener ensemble. Tu as quel âge ?

— Presque sept ans.

— Bon sang ! s'écria Connor. J'en ai huit, et tu es aussi grand que moi. En plus, tu n'as pas eu peur de moi. Tu n'es pas une poule mouillée, au contraire, tu es courageux !

Le vieux comte de Sithean frappa le sol de sa canne.

— Donnez-nous un garçon comme celui-là, Jasmine. Anglais ou pas, c'est un brave petit !

— Allez jouer, tous les deux, dit James avant de prendre les petites filles par la main pour les présenter à sa famille.

Tout le monde s'extasia sur leur beauté et leur intelligence.

— Maman va avoir un autre bébé, confia Fortune à Fiona.

— Je sais, répondit Fiona en souriant.

Elle était la seule Leslie à ne pas avoir d'enfant. Elle avait eu un bébé illégitime des années auparavant, lors de son premier mariage, et on avait placé le petit bâtard en nourrice dès sa naissance. Il avait été

emporté par les fièvres à l'âge de trois ans, or Fiona était devenue stérile à la suite de l'accouchement. Ce qui n'avait pas empêché Adam Leslie, qui était fou d'elle, d'en faire sa femme.

— Tu as les cheveux de la même couleur que mon arrière-grand-mère, dit-elle en jouant avec une boucle de la petite fille. C'était une très grande dame.

— Maman dit que je suis un garçon manqué.

— J'en suis un aussi ! rétorqua Fiona avec un clin d'œil.

Elle avait gagné le cœur de l'enfant.

Le repas fut simple car, faute de personnel, ce furent Adali et Will Todd qui avaient été chargés de faire la cuisine.

— Ne vous inquiétez pas, dit Adam Leslie. Tout le monde sait que le comte est de retour, et vous aurez tous les domestiques souhaités avant la fin de la semaine. D'abord ceux qui travaillaient ici avant le départ de mon maître pour l'Angleterre. S'ils sont trop âgés, ils enverront leurs enfants pour les remplacer.

Il ne se trompait pas, et quelques jours plus tard le château ne manquait plus de serviteurs. Will Todd était resté afin d'aider Adali à choisir parmi tous les candidats.

— Je passerai l'hiver au château, dit Todd, car c'est plus confortable, et au printemps je regagnerai mon cottage au bord de la rivière où les truites et les saumons ne demandent qu'à être attrapés.

Il sourit à Adali.

— Vous n'aurez aucun problème avec les domestiques, reprit-il. Ils vous respectent déjà, bien que vous soyez étranger.

En quelques jours, le château avait été nettoyé de fond en comble. On avait remis en place tapis et tentures, les cheminées étaient ramonées, les vitres scintillaient dans le soleil d'automne, les meubles luisaient, fraîchement cirés, l'argenterie ornait les guéridons, des

pots pourris embaumaient, il y avait des carafes de cristal dans chaque pièce et la demeure regorgeait de bouquets. On avait même institué un horaire régulier pour les repas.

L'un des derniers moines de l'abbaye de Glenkirk était chargé des études des enfants. Jadis fort réputée, cette abbaye avait connu des temps difficiles. L'ancienne foi était pratiquée en secret dans toute l'Écosse. Presbytériens et Anglicans imposaient leur loi, cependant les Glenkirk, bien qu'ils fissent partie de la nouvelle liturgie, se montraient fort tolérants envers l'abbaye. Le dernier supérieur avait d'ailleurs été un de leurs cousins. Il n'y restait plus à présent que douze moines, pour la plupart d'un âge avancé. Le collège qui avait existé entre les murs de l'abbaye avait disparu par manque d'élèves, et les moines furent heureux d'envoyer l'un des leurs enseigner aux enfants du château.

Jasmine elle-même avait été éduquée par un prêtre, aussi dit-elle à Adali :

— Fais envoyer un daim à l'abbaye, afin que les moines puissent le fumer pour l'hiver, et demande à Todd de leur donner un peu de sa pêche. Et il faut qu'ils aient du pain quand nous en faisons cuire, ainsi que du fromage, des pommes, des poires.

— Le frère Duncan sera ravi !

L'automne avançait, les collines se paraient de fauve, d'or, de rouge, la bruyère fleurissait, le houx avec ses feuilles brillantes et ses boules rouges égayait les sous-bois. Les nuits étaient fraîches, désormais, et jamais Jasmine n'avait vu autant d'étoiles dans le ciel. James n'avait pas exagéré, l'automne en Écosse était une saison magique !

La mère de Jasmine ainsi que son beau-père et ses demi-frères étaient revenus d'Angleterre à la mi-octobre, mais la comtesse de BrocCairn apportait une nouvelle plutôt ennuyeuse. Le roi avait envoyé au

comte et à la comtesse de Glenkirk une invitation à la fête de Noël qu'il donnait à la Cour.

— Je n'étais pas là quand le messager s'est présenté, dit Velvet Gordon à sa fille. Nous nous trouvions à Blackthorne Hall.

— C'est étrange, fit remarquer James. Le roi savait pourtant que nous remontions en Écosse à la fin de l'été.

— Grand-maman a certainement réglé le problème, dit Jasmine, confiante.

En effet, Skye O'Malley de Marisco, qui avait espéré se reposer un peu maintenant que sa petite-fille était mariée et que tout le monde était rentré chez soi, se retrouvait au milieu d'une aventure digne de ses jeunes années.

Elle avait renvoyé le messager du roi avec une lettre l'informant que sa petite-fille et son mari avaient regagné l'Écosse pour y passer l'automne et l'hiver. Aussi fut-elle fort surprise lorsque, quelques semaines plus tard, le plus beau jeune homme qu'elle eût vu depuis la mort de son troisième mari se présenta chez elle. On l'introduisit dans la bibliothèque où elle lisait près de la cheminée. Elle se leva pour l'accueillir.

Le jeune homme s'inclina avec beaucoup d'élégance, lui rappelant davantage encore son époux Geoffrey.

— Vicomte Villiers, pour vous servir, madame.

— Ah, c'est vous, George Villiers, dit la vieille dame. Ma petite-fille m'a dit le plus grand bien de vous. Asseyez-vous. Voulez-vous du vin ?

Elle lui en offrait déjà un verre qu'il accepta volontiers.

— Qu'est-ce qui me vaut l'honneur de cette visite, monsieur ? Vous savez certainement que Jasmine et son mari ne sont plus ici.

— Mais pourquoi sont-ils partis, alors que le roi leur avait formellement interdit de quitter l'Angleterre avant que le meurtre de lord Stokes soit élucidé ? Le

roi est furieux, et Piers St. Denis le pousse à émettre un mandat d'arrêt contre le comte et la comtesse de Glenkirk. Pour l'instant, la reine est parvenue à l'en dissuader, et c'est elle qui m'envoie vous demander si vous connaissez la raison de leur désobéissance, afin qu'elle puisse plaider leur cause auprès du roi. Le marquis de Hartsfield prétend qu'ils se sont enfuis parce qu'ils savaient que leur culpabilité serait rapidement découverte.

— Quand le roi a-t-il ordonné à James et Jasmine de rester en Angleterre ? Ils ne m'en ont pas parlé. James Leslie a toujours été fidèle serviteur du roi, et jamais il ne braverait son autorité. D'autre part, je croyais que James Stuart était convaincu de leur innocence dans cette triste affaire.

— St. Denis a persuadé le roi d'envoyer un message ici, à Queen's Malvern, juste avant leur mariage, leur intimant l'ordre de ne pas quitter le pays. St. Denis a toujours envie de se venger, et il espère obtenir la garde du duc de Lundy. Le roi ne se débarrassera de lui que s'il lui trouve une riche épouse, or la reine ne se résout pas à confier une pure jeune fille à cet individu pervers. La reine espère qu'il va enfin se retirer sur ses terres, mais il n'en fait rien. Quant au roi, il a le cœur tendre, il ne veut pas faire de peine à son ami, ni se montrer ingrat. Aussi Piers St. Denis reste-t-il à la Cour où il continue à tramer ses vilaines petites machinations, conclut le jeune vicomte.

— Aucun messager ne s'est présenté à Queen's Malvern, ni avant ni après le mariage de ma petite-fille, répondit Skye. En fait, il ne s'est rien passé d'important cet été, sauf que Jasmine attend un bébé. Si James avait reçu un ordre du roi, il serait resté ici, mais en l'occurrence ils sont partis pour l'Écosse.

Villiers demeura un instant songeur, se remémorant le jour où St. Denis avait persuadé le roi de retenir les Leslie en Angleterre. Il avait proposé d'aller lui-même remettre la lettre à un courrier royal…

— Il ne l'a pas fait ! s'écria Villiers à haute voix. St. Denis a offert de faire expédier la missive, expliqua-t-il, mais il n'en a rien fait. Il savait que le comte et la comtesse partiraient comme prévu. Et c'est lui qui a suggéré au roi de les inviter à Noël ! Oh, le monstre, il avait tout planifié, et moi, je l'ai sous-estimé ! Quel idiot je suis ! Jasmine m'avait pourtant mis en garde !

— Mais non, jeune homme, vous n'êtes pas idiot, seulement pas assez habitué aux intrigues de la Cour pour savoir qu'un homme au bord du désespoir est prêt à tout !

Elle se dirigea vers la fenêtre derrière laquelle le ciel s'assombrissait.

— Il est trop tard pour que vous repreniez la route, Villiers. Vous passerez la nuit ici, et demain nous retournerons ensemble à la Cour voir le roi auquel j'expliquerai que James n'a jamais reçu son message. Toutefois nous ne proférerons aucune accusation, car nous n'avons pas de preuve formelle de la culpabilité de ce St. Denis. Dès notre arrivée, vous irez trouver le chef des messagers royaux pour savoir si l'un de ses hommes a été envoyé à Queen's Malvern durant l'été. Tout comme vous, j'en doute, et nous aurons alors la confirmation de la malhonnêteté de St. Denis et de la haine qu'il voue à ma petite-fille.

— Et si l'un des messagers a quitté le service du roi ?

— Nous verrons bien. Inutile de former des plans tant que nous n'aurons pas appris tout ce que nous voulons savoir, ou avant que St. Denis ne commette une erreur.

Daisy poussa de hauts cris à la nouvelle que sa maîtresse partait pour Winchester le lendemain matin.

— Quelle folle vous faites ! Depuis que le maître est mort, vous redevenez aussi turbulente qu'autrefois, et nous n'avons plus l'âge de nous lancer dans ce genre d'aventure !

— Parle pour toi, vieille rabat-joie ! Crois-tu que je vais laisser ce St. Denis gâcher la vie de ma petite-fille ? De toute façon, tu ne viens pas avec moi.

— Quoi ? s'indigna Daisy.

— J'emmène Nora, et toi tu resteras ici afin de préparer nos bagages, car nous passerons l'hiver en Écosse, déclara posément Skye. Maintenant, occupons-nous de demain. Je n'ai besoin que de quelques costumes de voyage et d'une tenue décente pour mon entretien avec le roi.

Pour une fois, Daisy garda le silence, ce qui ne l'empêcha pas d'obtempérer à contrecœur.

Le lendemain matin, comme elle disait au revoir à Skye, elle demanda d'un ton sec :

— Et quand partons-nous pour le Nord ?

— Il me faudra une journée de repos quand je rentrerai, ensuite nous prendrons la route. Nous ne sommes jamais allées en Écosse, Daisy. Tu verras ta fille, et sa famille. Ça ne te fait pas plaisir ?

— Je l'ai déjà vue tout l'été, grommela Daisy.

— Je reviendrai le plus vite possible, promit Skye en montant dans son confortable carrosse de voyage.

— J'en suis sûre…

George Villiers fut stupéfait que le carrosse soutienne le rythme de sa propre chevauchée et il constata que la vieille lady de Marisco était une excellente voyageuse. Ils ne s'arrêtèrent qu'à la nuit, elle avala un solide souper avant de se coucher, et le lendemain elle était prête à l'aube.

Sans passer par Londres, ils se dirigèrent tout droit vers Winchester, car le roi et la reine aimaient chasser dans la forêt voisine.

— Ils seront dans leur pavillon de chasse, expliqua Villiers à Skye. Ils en aiment la simplicité, mais ce n'est pas facile pour les courtisans qui n'ont pas de demeure dans la région, ni les moyens d'en louer. Beaucoup d'entre eux sont obligés de dormir dans les granges,

ajouta-t-il en riant, et de se laver dans les ruisseaux glacés !

— C'est le prix à payer quand on tient à suivre la Cour dans ses déplacements, répliqua Skye. Trouverez-vous pour une vieille dame un oreiller où poser sa tête, mon garçon ?

— Je vous céderai ma chambre dans le pavillon royal, madame. Elle est exiguë, mais vous pourrez au moins vous y changer et y passer une bonne nuit.

— Si j'avais vingt ans de moins, jeune homme, vous n'auriez pas eu besoin de me laisser votre lit, nous l'aurions partagé, le taquina-t-elle.

— C'est bien la première fois que je déplore ma jeunesse, répondit galamment Villiers.

Skye éclata de rire, enchantée du compliment.

— Vous êtes plus dangereux que St. Denis !

— Vous me surestimez, madame !

— Non, Villiers. Ce sont les autres qui vous sous-estiment, mais ils finiront par comprendre.

Il était charmant, ce beau garçon, et ambitieux, ce à quoi Skye ne trouvait rien à redire. Elle aussi l'avait été autrefois, quand sa vie était merveilleusement intense et qu'elle attendait chaque nouvelle journée avec une impatience fébrile.

Elle avait choisi de porter du noir pour son entretien avec le roi. Après tout, elle était en deuil de son cher Adam.

— Mets-moi un peu de couleur aux joues, demanda-t-elle à Nora qui avait fini de la coiffer.

— Laissez-moi faire. Vous avez une peau superbe que bien des jeunes femmes vous envieraient. Il faut une très légère touche, sinon cela gâchera votre teint.

Elle rosit délicatement les joues de sa maîtresse avant de lui tendre un miroir.

Skye, étonnée, aperçut dans la glace l'image d'une fragile douairière.

Qui est-ce ? se demanda-t-elle. Je ne me sens pas

vieille dans ma tête, seulement dans les articulations. Pas étonnant qu'Elizabeth Tudor ait refusé tout miroir près d'elle à la fin de sa vie. Pourtant Skye était plus âgée qu'Elizabeth quand elle était morte, et elle était aussi beaucoup plus belle !

Le roi contempla la femme d'une suprême élégance, parée de bijoux inestimables, dont les yeux bleus croisèrent les siens une seconde avant qu'elle ne plonge dans une gracieuse révérence. Elle se redressa et attendit qu'on l'invite à parler.

— Steenie m'a dit que vous l'aviez fort bien traité, madame, commença James Stuart. Il m'a prié de vous écouter, alors je vous écoute. Quelle excuse ont les Leslie de Glenkirk à leur désobéissance ?

Il dévisageait la vieille dame en reconnaissant qu'elle était encore d'une grande beauté, chose qui lui sembla presque indécente.

— Alors, madame ? aboya-t-il.

— Le vicomte Villiers me dit que vous avez envoyé un courrier à ma petite-fille et à son mari lorsqu'ils résidaient à Queen's Malvern, or aucun messager ne s'est présenté chez moi durant l'été. Ils sont partis pour Glenkirk comme prévu fin août. Votre Majesté se doute bien que, si James Leslie avait reçu vos instructions, je ne serais pas ici en train de plaider sa cause, ajouta-t-elle fermement.

— Il ne l'a pas reçu, dites-vous ? Aucun courrier royal ? Ce serait donc là la raison de sa désobéissance ? demanda le roi, désorienté.

— Aucun courrier royal, répéta Skye.

— Étrange !

— Peut-être lady de Marisco n'en a-t-elle pas eu connaissance, intervint Piers St. Denis, ajoutant encore à la confusion du roi.

Skye jeta un coup d'œil perçant au marquis.

— Je ne vous connais pas, monsieur, dit-elle, mais soyez certain qu'il ne se passe rien dont je ne sois au courant dans ma propre maison. Si je dis qu'aucun

messager du roi ne s'y est présenté, c'est que personne n'est venu. M'interroger davantage sur cette question serait suggérer que je mens. Me traitez-vous de menteuse, monsieur ?

— À votre âge, madame... commença-t-il.

— Mon âge ? Qu'en savez-vous ? Et l'âge n'a rien à voir dans cette affaire. D'abord, monsieur, qui êtes-vous ?

— Je suis le marquis de Hartsfield, répondit-il inutilement car elle l'avait déjà deviné.

— Eh bien, moi, monsieur, je suis la comtesse douairière de Lynmouth et Lundy, et la duchesse douairière de Beaumont de Jaspre. Comment osez-vous mettre mon honneur en doute ? Si nous n'étions en présence du roi, je vous provoquerais en duel. Je suis une fine lame, et j'aurais grand plaisir à vous trancher la gorge, arrogant personnage. Je ne suis pas étonnée que ma petite-fille vous ait préféré le comte de Glenkirk. Il y a autant de différences entre vous et lui qu'entre un verre d'eau et le plus savoureux des vins.

Elle se tourna vers le roi.

— Vous savez que j'éprouve le plus grand respect pour vous, Majesté, mais suis-je obligée de rester et de supporter les insultes de ce butor ?

Magnifique prestation ! La reine remarqua que Villiers avait du mal à cacher sa jubilation, tandis que le marquis de Hartsfield restait pétrifié par la virulente attaque de l'habile Skye O'Malley. Quant au roi, il était bouleversé qu'elle se sente agressée devant lui et, quand elle vacilla très légèrement, du moins en eut-il l'impression, il s'écria :

— Une chaise pour madame Skye !

Un valet de pied se précipita avec un petit fauteuil sur lequel elle se laissa tomber gracieusement avec une feinte gratitude.

— Merci, Majesté, murmura-t-elle d'une voix éteinte, une main sur la gorge.

— Du vin ! ordonna le roi.

Elle but lentement quelques gorgées de vin avec un regard de reconnaissance au roi.

— Chère madame Skye, reprit celui-ci, n'ayez surtout pas l'impression que votre famille est menacée, car ce n'est pas le cas. Si vous affirmez qu'aucun message n'est arrivé, je vous crois. Je n'ai jamais entendu dire que vous étiez une menteuse, au contraire on fait le plus grand cas de votre parole.

— Merci, Majesté.

Tout cela était bien trop facile ! Jamais Elizabeth Tudor ne se serait laissé abuser si aisément... Mais James Stuart était un homme crédule.

Skye étudiait subrepticement Piers St. Denis qui se remettait lentement tout en reconsidérant sa stratégie.

— Si Votre Majesté le souhaite, reprit-elle, je vais faire prévenir les Leslie, et ils rentreront en Angleterre. Cependant, sachez que ma petite-fille attend un bébé et que James Leslie va enfin avoir un nouvel héritier, après toutes ces années !

C'était l'estocade finale. James, qui avait bon cœur, ne mettrait jamais la vie d'un enfant en péril.

— Non, non ! dit en effet le roi. Ne prenons aucun risque. J'accepte votre explication, et le sujet est clos.

— Merci, Majesté, dit humblement Skye.

Elle se leva, tendit son verre à un valet et fit la révérence.

— Si Votre Majesté veut bien m'excuser... Le voyage a été long, et je dois repartir de bonne heure demain.

— Je vous permets de vous retirer, madame Skye, et que ma bénédiction vous accompagne. Lorsque vous écrirez à votre petite-fille, dites-lui que nous sommes très heureux d'apprendre la bonne nouvelle. Steenie, raccompagnez madame.

George Villiers lui offrit son bras, et elle se dirigea vers la porte avec une grâce majestueuse. Là, St. Denis lui barrait le passage, l'air mauvais, et elle éclata de rire.

— Vous n'êtes pas de taille à vous mesurer à moi, monsieur. C'est Elizabeth Tudor en personne qui m'a appris les règles du jeu.

— Elle est morte ! grinça-t-il, menaçant.

— Mais pas moi ! répliqua Skye en passant devant lui.

Elle sortit dans le corridor avec Villiers.

— Je ne serais pas surprise qu'il soit le meurtrier de lord Stokes, confia-t-elle au jeune homme. Il est dangereux et aux abois.

— Vous croyez, madame ?

Évidemment ! Comment n'y avait-il pas pensé lui-même ? C'était St. Denis qui avait le plus à gagner à cette mort, du moins se l'était-il figuré.

— J'en suis presque sûre. Essayez de trouver le lien entre St. Denis et l'assassinat de lord Stokes, et les tourments du roi prendront fin. Notre malheureuse reine n'aura plus besoin de lui trouver une épouse, le roi pourra le jeter en prison, et tout le monde s'en lavera les mains.

— Mais comment s'y prendre ? demanda Villiers qui réfléchissait à haute voix. Il n'a pas d'amis...

— Il doit bien y avoir quelqu'un auprès de lui !

— Son demi-frère.

— Est-il possible de l'acheter ?

Ils s'étaient arrêtés dans une alcôve pour parler à l'abri des oreilles indiscrètes.

— Cela m'étonnerait.

— Il y a sûrement quelque chose qu'il désire et qu'il ne possède pas ! insista Skye. Tout le monde a son point faible, mon ami.

— Quel est le vôtre ? demanda Villiers en souriant.

— J'ai passé l'époque des tentations, George. J'ai de la fortune, une bonne santé, des enfants, des petits-enfants, des arrière-petits-enfants. Je ne parais pas mon âge, du moins ma fille aînée le prétend-elle, or elle ne ment jamais. La seule chose qui me manque, personne ne peut me l'offrir : le retour d'Adam ! Son

absence m'est cruelle, et j'ai l'impression qu'il est encore parmi nous... Mais nous ne sommes pas là pour parler de moi. C'est St. Denis qu'il faut abattre. Les jeunes frères sont toujours jaloux de leurs aînés, et je suppose que le sien ne fait pas exception à la règle.

— Il est l'aîné de quelques heures, dit le vicomte. C'est un enfant illégitime, tandis que Piers est l'héritier du nom. Cependant il est d'une loyauté à toute épreuve, et jamais il ne trahirait son frère.

— Même s'il pouvait être légitimé et devenir marquis à la place de son cadet ? suggéra Skye. Il est humain et, bien qu'il semble accepter la situation de bonne grâce, je suis persuadée qu'il sauterait sur l'occasion, ne croyez-vous pas ? Surtout si on lui offrait en même temps une jeune et riche épouse. Songez-y, monsieur. C'est un pur hasard qui a empêché cet homme d'être marquis de Hartsfield. Ne croyez-vous pas qu'il y pense, au fond de son cœur ?

— Vous êtes diabolique, madame ! dit Villiers, sincèrement admiratif.

— Seulement pratique, mon cher garçon. Je cherche toujours des solutions pour obtenir ce que je désire. Arrangez-vous pour extorquer la vérité au frère du marquis concernant la mort de lord Stokes, et vous aurez gagné. Le champ libre avec le roi, un chemin semé de richesse et de titres... or c'est ce que vous souhaitez.

— Jasmine vous a parlé de moi ! dit le vicomte en riant. Votre conseil est avisé, madame, et je le suivrai à la lettre.

— Je ne doute pas que vous y arriviez !

— Dites à Jasmine que je lui écrirai, s'il vous plaît. Je le lui ai promis.

Skye O'Malley reprit la route dès le lendemain pour Queen's Malvern où l'attendait une Daisy qui ne décolérait pas.

— Si le roi a accepté vos excuses, pourquoi allons-nous en Écosse ? demanda-t-elle quand sa maîtresse lui eut raconté son voyage.

— C'est le marquis de Harstfield qui m'inquiète. Il n'abandonnera pas. Il semble avoir renoncé à Jasmine, mais il tient au pouvoir que lui conférerait la garde de Charlie. Il est déjà arrivé à éliminer impunément un rival. Maintenant il va s'en prendre à Jemmie et Jasmine. Il faut que je les prévienne.

— Envoyez un messager.

— Souviens-toi, ma fille, que le courrier royal n'est jamais arrivé jusqu'ici. Non ! Je me repose, et nous partons après-demain. Si tu préfères rester, je ne te force pas à m'accompagner.

Daisy poussa un soupir à fendre l'âme.

— Bien sûr que non, madame ! N'ai-je pas toujours été à vos côtés ? Mais, à dire vrai, les années me pèsent plus qu'à vous. Nous devrions emmener Nora afin qu'elle m'aide un peu.

— Excellente idée !

Skye n'osa pas dire à sa vieille servante qu'elle en avait déjà parlé à Nora...

— Bon, alors c'est décidé, déclara Daisy. Maintenant, il vous faut prendre du repos, madame, car nous voyagerons d'une traite, j'en suis certaine, afin que le marquis de Hartsfield ne nous prenne pas de vitesse.

Elle déshabilla sa maîtresse qui se glissa dans les draps avec un sourire de plaisir. Rien n'était meilleur que son propre lit !

— Je ne sais pas ce que cet homme mijote, dit-elle, mais je suis sûre qu'il ne s'avoue pas encore vaincu. Il prépare un mauvais coup, je le sens.

Comme toujours, l'instinct de Skye ne la trompait pas. Piers St. Denis sentait bien qu'il n'était plus le bienvenu à la Cour, pourtant il y restait, car le roi ne trouvait pas le courage de le renvoyer chez lui. La reine

ne parvenait pas à se décider sur le choix d'une épouse qui lui conviendrait, et il ne supportait plus Villiers, à présent promu au rang de vicomte.

— Il se comporte comme un duc, ce petit misérable! déclara-t-il un jour à son frère avec fureur.

— C'est ce qu'il deviendra s'il ne commet pas de faute majeure, répondit Kipp.

Si Villiers détestait ouvertement Piers, il se contentait d'être poliment distant envers le bâtard de Hartsfield, comme on appelait Kipp à la Cour, et d'une certaine manière celui-ci l'admirait. Il écartait tous les obstacles de son chemin, et son charme indéniable lui avait gagné beaucoup d'amis, alors que l'arrogance de Piers lui valait de nombreuses antipathies. Ces derniers temps, sa soif de vengeance et de pouvoir prenait le pas sur sa séduction et même sur son bon sens. Kipp tenta de le mettre en garde.

— Je n'ai aucun besoin de tes conseils, grommela Piers. J'ai le moyen de gagner la partie. Fais nos bagages. Nous partons pour l'Écosse.

— De quoi s'agit-il? demanda Kipp, curieux.

Avec un ricanement, Piers sortit un parchemin de la poche de son pourpoint.

— Ceci.

Kipp déroula la feuille, l'observa et regarda son frère, abasourdi.

— Comment as-tu obtenu ce document?

— Il ne manquait que les noms sur ce mandat d'arrêt, mais le roi l'avait déjà signé. Je l'ai dérobé sur le bureau de son secrétaire. Je déciderai en Écosse si je le remplis aux noms de Jasmine et de son mari, ou seulement à celui de James Leslie. Il ne me déplairait pas d'avoir la dame à ma merci quand elle tentera de sauver la vie de son époux. Alors je m'arrangerai pour que Leslie soit pendu au nom du roi, et aussitôt j'épouserai sa veuve. J'aurai alors sa fortune et ses enfants. C'est un plan imparable, Kipp. L'arrêté du roi sera accepté sans discussion par les Écossais, qui ne sont

guère au courant de ce qui se passe en Angleterre. Notre vieux fou de roi pleurera et tempêtera après coup, mais on ne pourra mettre en doute l'authenticité de sa signature au bas du document.

Il eut un mauvais rire.

— J'ai dit qu'elle serait à moi, et elle le sera, même si je dois attendre un peu. Et ce n'est pas sa vieille mégère de grand-mère qui m'en empêchera !

— C'est un jeu dangereux, Piers, le raisonna Kipp. Les Leslie sont des gens importants, en Écosse. Tu as déjà commis un crime, évite d'en perpétrer un autre, je t'en supplie. Tu te ferais prendre, cette fois.

— Il fallait que je tue Stokes. Tu n'as pas voulu m'aider, espèce de couard ! C'est la première fois que tu me désobéissais, mais je t'ai pardonné, Kipp, car c'est à cause du sang paysan de ta mère, tu n'y peux rien si tu n'es pas aussi fort que moi. Je ne serai pas pris, grand frère. Rappelle-toi : je ne suis jamais pris ! Combien de coups de fouet as-tu reçus à ma place, quand nous étions enfants ? ajouta-t-il, cruel.

— On ne peut pas gagner tout le temps, Piers.

— Pourquoi ? Peut-être que je ne l'épouserai pas, que je la ferai pendre, elle aussi, mais pas avant que toi et moi n'ayons pris notre plaisir et ne lui ayons enseigné les délices de la douleur physique. Ensuite, je m'occuperai des enfants, je pourrais même me marier avec sa fille aînée. Oui ! C'est une riche idée !

— Trop dangereuse, Piers, répondit Kipp, sérieusement inquiet.

Son frère avait l'expression d'un dément. Séduire les dames de la haute société et violer les paysannes, c'était amusant, mais, quand Piers avait parlé de meurtre, Kipp avait pensé que c'était simplement parce qu'il avait du mal à accepter le premier échec de sa vie. Piers aimait dominer les autres. C'était la raison pour laquelle il fouettait les femmes jusqu'à ce qu'elles demandent grâce. Cela l'excitait infiniment plus qu'une jolie créature prête à se donner à lui.

Mais un assassinat ! Au début, Kipp n'avait pas cru qu'il irait jusqu'au bout, aussi avait-il suivi, comme toujours. Ensuite, son frère lui avait ordonné de tuer Stokes, et il avait refusé. C'était donc Piers qui s'en était chargé, faisant de lui un témoin. Jamais Kipp n'oublierait le regard stupéfait de Stokes lorsqu'il avait compris qu'on l'assassinait. Piers avait pris un plaisir évident à enfoncer le poignard entre les côtes de sa victime, bien lentement afin de la faire souffrir. Kipp s'était détourné et avait vomi dans les buissons, malade de culpabilité. Mais Piers, lui, avait été tout simplement triomphant, fier d'avoir éliminé un rival.

Et, maintenant, il envisageait de perpétrer un nouveau meurtre. Non, deux. Comment pourrait-il le trahir ? Pourtant Kipp savait qu'il devrait aller trouver le roi et le supplier d'accorder sa grâce à Piers. Celui-ci devenait fou, comme sa mère après plusieurs années de mariage. Piers se moquait de la mère de Kipp, pourtant c'était elle qui avait élevé les deux fils de son amant, qui s'était occupée de sa femme tandis qu'elle glissait lentement dans la démence et jusqu'à sa mort à l'âge de trente ans.

Kipp soupira. Il allait être obligé d'aller en Écosse avec Piers, et il lui volerait le mandat d'arrêt royal afin qu'il ne puisse commettre d'autres forfaits.

J'aurais dû être marquis, se dit-il comme cela lui arrivait souvent. Je suis beaucoup plus raisonnable et responsable que mon frère. Il soupira de nouveau. Il se devait d'être fidèle à Piers. C'était une promesse qu'il avait faite à leur père sur son lit de mort.

15

Le carrosse de voyage pénétra dans la cour pavée du château de Glenkirk en fin d'après-midi le jour de la Saint-André, alors qu'un somptueux soleil couchant descendait derrière les collines. Il avait fallu plus de trois semaines pour arriver là, et le temps avait été épouvantable pendant la majeure partie du voyage. Thistlewood, le cocher, perché sur son banc, n'avait jamais été aussi heureux de toucher au but. Comme Daisy n'avait cessé de le faire vertement remarquer, personne ne rajeunissait. Elle regardait alors Skye, qui l'ignorait superbement, mais tous voyaient bien qu'elle était épuisée.

— Appelez le comte ! cria Thistlewood à un valet de pied.

James Leslie ne tarda pas à sortir sur le porche, et il se précipita vers le carrosse dans lequel somnolait la grand-mère de Jasmine.

— Madame Skye ? s'étonna-t-il.

Elle ouvrit ses yeux bleus et sourit.

— Dieu merci, nous sommes enfin arrivés, Jemmie !

— Elle n'en peut plus ! grommela Daisy. Impossible de voyager à un rythme raisonnable, avec elle !

Le comte de Glenkirk prit Skye dans ses bras, et il la porta avec précaution jusqu'à la grande salle où il la déposa dans un fauteuil près de la cheminée. Elle ne fit pas mine de protester, ce qui prouvait son immense lassitude. James lui servit un verre de vin d'Archambault qu'il lui conseilla de boire d'un trait.

Puis, avisant Adali, il lui demanda d'aller chercher Jasmine.

— J'aurais préféré du whisky, dit Skye quand elle eut fini son verre. Je suis sûre que vous en avez toujours à portée de main, mon garçon.

— Plus tard, dit James en riant.

Il était inquiet. La vieille dame n'était pas venue sans raison, et elle n'avait pas pris le temps d'annoncer sa visite. Cela ne lui disait rien qui vaille, cependant il attendrait qu'elle reprenne des forces et aborde elle-même le sujet. Il lui baisa la main.

— Jasmine sera tellement heureuse de vous voir !

Puis il s'assit près d'elle en gardant la main fine dans la sienne afin de lui communiquer un peu de sa force, de sa chaleur. Il aimait Jasmine, mais il aimait aussi cette vieille dame indomptable et courageuse. Pourvu que ses futurs enfants héritent de sa force de caractère !

— Grand-maman ! s'écria Jasmine en venant s'agenouiller près de Skye qui lui ouvrait les bras. Pourquoi, au nom du Ciel, avez-vous fait un tel voyage par ce temps abominable ? Pourquoi ne pas nous avoir avertis de votre visite ?

— Je n'avais pas le temps. Il fallait que je vous voie avant que cette canaille de St. Denis ne frappe de nouveau.

— Le marquis de Hartsfield ? Qu'a-t-il à voir là-dedans ?

— Encore un peu de vin ? proposa le comte.

Skye fronça les sourcils.

— Du whisky ? rectifia-t-il en riant.

Elle acquiesça et, après avoir bu quelques gorgées d'alcool, elle entreprit de mettre les jeunes gens au courant, tandis que de leur côté Daisy et Nora racontaient toute l'histoire à Adali. Celui-ci était heureux que maîtresse Skye ait emmené Nora afin de soulager Daisy. C'était la fille du majordome et de la gouvernante de Queen's Malvern, une personne de toute

confiance, et ils auraient bien besoin d'une aide de plus jusqu'à ce que l'histoire du marquis de Hartsfield soit définitivement réglée.

Adali installa Skye dans la tour ouest, jadis occupée par la célèbre Janet Leslie. L'appartement comportait trois niveaux. Au rez-de-chaussée, un petit salon et deux chambres pour Daisy et Nora, au premier la salle à manger et la cuisine, ainsi qu'un ravissant boudoir. Le dernier étage se composait d'une vaste chambre et d'une garde-robe. Toutes les pièces étaient dotées d'une cheminée.

Il fallut quelques jours pour remettre la tour en état, ôter les housses des meubles, les cirer, accrocher les rideaux, dépoussiérer les tapis. Lorsqu'elle était partie vivre dans le nouveau château de Sithean, Janet avait laissé son superbe mobilier à Glenkirk, et la tour reprit bientôt son aspect d'origine.

Skye fit ranger ses vêtements dans la garde-robe, on lui dressa un lit avec les draps et les oreillers qu'elle avait apportés. Chandeliers d'argent et lampes de cuivre éclairaient les chambres, les réserves de bois près des cheminées étaient renouvelées plusieurs fois par jour. Au salon, on plaça une carafe de vin et un carafon de whisky ainsi que quatre gobelets d'argent.

— Je suis sidéré qu'elle ait quitté Queen's Malvern, dit James à sa femme ce jour-là, alors qu'ils étaient bien au chaud dans leur lit pendant qu'une pluie glaciale griffait les vitres.

— Pas moi, répondit Jasmine en se serrant davantage contre lui. Elle n'a pas envie d'y passer les vacances d'hiver cette année, voyez-vous. Et elle ne tient pas non plus à aller chez mes tantes qui feraient une tête d'enterrement, ce qui lui briserait de nouveau le cœur. Moi seule étais absente quand grand-père est mort, c'est pour cela qu'elle est venue vers moi, et j'en suis heureuse. Je n'ai jamais accouché sans que grand-maman soit là pour m'assister.

James posa la main sur son ventre et sentit le bébé bouger.

— Il est robuste !

— Vous êtes sûr que c'est un garçon ? le taquina Jasmine.

— Absolument !

— Moi aussi, avoua-t-elle. Patrick, sixième comte de Glenkirk. Il perpétuera la tradition des Leslie, et ce sera un grand personnage.

— Comme nos autres enfants. Avec une mère comme vous, Jasmine chérie, il ne saurait en être autrement !

Il l'embrassa tendrement. Il ne lui faisait plus l'amour, dorénavant, pourtant il adorait la caresser, et il était ému par ses seins gonflés qui bientôt nourriraient leur bébé.

Les enfants s'acclimataient à merveille, et ils s'étaient fait des camarades parmi les gamins qui résidaient au château et ceux du village. Le frère Duncan venait chaque jour leur faire la classe, et il envisageait d'apprendre bientôt à lire au petit Charlie, qui montrait une vive intelligence sans toutefois paraître trop pressé d'étudier.

— C'est bien un Stuart, disait le comte. Le charme de son père et un sourire à faire fondre le cœur le plus dur !

Le 12 décembre, les Leslie fêtèrent le soixante-seizième anniversaire de Skye, et la vieille dame, qui rencontrait la tribu pour la première fois, fut accueillie chaleureusement. On joua de la cornemuse, les hommes dansèrent pour elle.

— J'aime les belles jambes, dit-elle, et vous, les Leslie, en avez de superbes !

— Ils n'ont pas que ça de superbe ! dit une voix féminine, déclenchant un éclat de rire général.

India, ses yeux dorés levés vers son aïeule, demanda :

— Vous êtes très vieille, grand-maman ?

Skye acquiesça.

— Très vieille.

— Et grand-père Adam était très vieux aussi ?

— Il avait quatre-vingt-quatre ans, India.

Dieu, comme il lui manquait !

— Vous vivrez aussi longtemps que lui, grand-maman ? insista la petite fille. Ça m'ennuie qu'il soit parti.

— Moi aussi, India. Mais le temps qu'il me reste à vivre est entre les mains de Dieu, ma chérie.

— Je voudrais que vous viviez toujours ! s'écria l'enfant avec force.

— Pas moi, mon petit. On naît, on meurt, personne n'est éternel et personne ne le souhaite. Lorsque je m'en irai, je retrouverai tous ceux que j'ai aimés et qui ont franchi cette porte vers une nouvelle vie qu'on appelle la mort. Je ne serai pas triste.

— Moi, je serai triste !

Skye eut un petit rire.

— Tu te souviendras de moi, ma chérie, et tu sauras que je serai heureuse parce que je serai de nouveau avec mon Adam. Mais assez parlé de ça ! C'est mon anniversaire, et nous le fêtons ensemble. Va donc me chercher une part de tarte aux pommes !

— C'est une grande dame, dit le vieux comte de Sithean à son neveu. Restera-t-elle longtemps parmi nous ?

— Je l'ignore, répondit James. Au moins l'hiver et le printemps. Et je suis sûr qu'elle ira à BrocCairn. Elle n'est jamais venue en Écosse depuis que Velvet a épousé Alex. Ils ont l'intention de passer Noël avec nous si le temps le permet. Oncle Adam et tante Fiona viendront aussi d'Edimbourg. La maison sera bien pleine !

Le 20 décembre, les Gordon de BrocCairn arrivèrent avec quatre de leurs cinq fils. L'aîné était resté près de son épouse enceinte. Le demi-frère préféré de Jasmine, Charlie, âgé de vingt ans, la fit tournoyer dans ses bras tandis que les jumeaux, Rob et Henry, applaudissaient du haut de leurs quinze ans.

— Pose-moi par terre immédiatement ! criait Jasmine en riant.

— Tu es énorme ! dit-il en la reposant doucement sur ses pieds. Comment se porte mon homonyme ?

— Le voilà.

Charlie se cachait dans les jupes de sa mère, un peu effrayé par ces quatre gaillards qu'on disait être ses oncles.

— Dis bonjour à oncle Charlie, mon chéri.

— Charlie, c'est mon nom ! déclara l'enfant avec agressivité.

— C'était le mien avant ! répliqua le jeune homme qui le souleva de terre et se mit à le chatouiller. Si nous le partagions ?

— J'ai déjà un oncle Charles, insista l'enfant en pouffant de rire.

— Je sais. Et il sera un jour notre roi, Dieu le protège. Mais moi, je ne suis pas Charles, juste un Charlie ordinaire, comme toi. Et je suis content que nous portions le même nom, bonhomme.

— Je ne suis pas ordinaire, répliqua Charlie. Je suis duc.

— Qu'est-ce que c'est qu'un duc ? le taquina son oncle.

— J'en sais rien... répondit le petit.

Tout le monde éclata de rire.

— Eh bien, tu as tout le temps de l'apprendre. Pour l'instant, je suis sûr que tu te contentes d'être un petit garçon heureux. Tu as un chien ?

— Non. Maman a une chienne, mais c'est une vieille sotte.

Charlie se tourna vers son plus jeune frère.

— Neddie, qu'as-tu fait du cadeau que nous avons apporté à notre neveu ?

Neddie sortit de son pourpoint un minuscule chiot noir et fauve qu'il tendit à son aîné.

Celui-ci le remit entre les mains du petit garçon.

— Il est à toi. C'est un setter et ce sera un bon chien de chasse quand il sera grand.

Il posa l'enfant et le chien par terre avant de revenir à son frère.

— Neddie ?

Un nouveau petit chien sortit du pourpoint, et Charlie le donna à Henry qui avait assisté à la scène les yeux écarquillés d'envie.

— Nous ne t'avons pas oublié, Henry.

— Et nous ? intervint hardiment Fortune.

Cette fois, ce furent les jumeaux qui sortirent les chiots de leurs poches.

— C'est la portée entière, expliqua Charlie à sa sœur.

Elle soupira.

— C'est très gentil, merci...

India poussait des cris parce que son chiot venait de faire pipi sur sa robe, la chienne épagneule, Feathers, montrait les dents à ces intrus, trois petits chiens poursuivaient deux vieux chats qui, avec une agilité surprenante, bondirent sur le haut d'une armoire en crachant de rage, tandis que le perroquet piaillait de toutes ses forces : « Au voleur ! Au voleur ! » en battant bruyamment des ailes.

Les enfants, ravis, se mirent à courir après leurs chiens. Dans la bousculade générale, ils tombèrent les uns sur les autres, déclenchant l'allégresse de chacun.

— Voilà une maison bien tenue ! plaisanta Velvet à l'intention de sa fille.

— Ce sont vos fils qui ont créé ce remue-ménage, maman, répliqua Jasmine. Tout était calme, jusque-là.

— Quand dînons-nous ? demanda son beau-père, le comte de BrocCairn. La route a été longue et pénible. Nous aurons une tempête d'ici un jour ou deux, je le sens. L'hiver sera rude.

— J'espère qu'oncle Adam et tante Fiona arriveront avant, dit James Leslie.

Velvet se tourna vers Skye.

— J'aimerais que vous veniez passer quelque temps à Dun Broc. Alex et moi sommes mariés depuis un quart de siècle, et vous ne nous avez jamais rendu visite !

— Au printemps, promit la vieille dame. Pour l'instant, je n'ai plus guère envie de voyager.

— Dieu merci ! marmonna Daisy.

— Voyons, Daisy, dit Velvet, vous ne vous êtes pas beaucoup amusée, ces dernières années, avouez-le. Votre vie était affreusement routinière.

— J'aime bien la routine, grommela Daisy.

— Eh bien, c'est fini ! déclara Skye. Et je te jure que tu as rajeuni de vingt ans !

Le 22 décembre, Adam et Fiona arrivèrent sous la neige. Le soir, les collines environnantes étaient toutes blanches, et un silence irréel s'était abattu sur le paysage.

Au souper, dans la grande salle, Adam Leslie révéla une nouvelle plutôt alarmante.

— Avant de partir, j'ai croisé Gordie MacFie dans la grand-rue, et il m'a parlé d'un Anglais qui te cherchait, James. Il paraîtrait qu'il a un mandat d'arrêt contre toi, signé de la main du roi.

— St. Denis ! cria Jasmine.

— Ce MacFie a-t-il vu l'Anglais, et connaît-il son nom ?

Adam secoua la tête.

— Non, il l'avait seulement entendu dire.

— C'est St. Denis ! répéta Jasmine, très pâle. Pourquoi ne nous laisse-t-il pas tranquilles ? Le roi n'a-t-il pas donné sa parole que nous n'avions plus à nous inquiéter de lui ? Comment St. Denis pourrait-il avoir un mandat d'arrêt contre vous, Jemmie ? Comment ?

— C'est un faux, ma chérie.

— Qu'en savez-vous ? Le roi cède à tous les caprices de son petit marquis.

— Nous sommes en sécurité, ici, à Glenkirk, la rassura le comte.

— Comment pouvez-vous en être sûr ? s'emporta-t-elle, les mains sur le ventre comme pour protéger son bébé.

Adam vint s'agenouiller à son côté.

— Allons, petite, Jemmie dit vrai. Personne ne traverse les montagnes en hiver. La neige bloque déjà les routes. Fiona et moi avons eu la chance de passer, mais nous ne retournerons pas à Edimbourg avant le printemps. Et puis, même s'il arrivait jusqu'ici, que pourrait-il faire ? C'est le territoire des Leslie et des Gordon. Croyez-vous que nous le laisserions vous faire du mal ? Cet homme est seul, apparemment, et je n'ai pas entendu parler d'arme. Nous sommes deux clans qui abondent de jeunes gens robustes prêts à défendre leur chef. N'ayez pas peur, mon enfant. Il ne vous arrivera rien, ici.

— Je ne fuirai pas ! décréta Jasmine avec véhémence. Pas cette fois !

— Vous n'en aurez pas besoin, petite. Nous autres, les Leslie, nous tenons aux nôtres, et nous ne laisserons pas notre comte être arrêté alors qu'il est innocent.

La neige cessa de tomber le soir de Noël, et ils assistèrent à la messe de minuit dans la chapelle du château. Le service anglican fut célébré par Ian Leslie, un cousin qu'entretenait le comte. Les anglicans existaient encore en Écosse malgré les presbytériens et les covenanteurs, or James ne voulait pas de prêtre de l'une ou l'autre de ces confessions dans sa demeure car il les tenait pour responsables de la mort de son épouse et de ses fils.

La grande salle était décorée de houx et de gui, et on apporta une énorme bûche de Noël autour de laquelle les enfants gambadaient, suivis par leurs chiots frétillant de joie. Il y avait de la bière, du vin chaud, et six hommes du clan portaient un sanglier rôti sur un immense plateau d'argent. Les enfants, bourrés de friandises, jouèrent à cache-cache ou à colin-maillard tandis que les grandes personnes se régalaient de viande, de fromage, de pain croustillant et de vin.

Le joueur de cornemuse fut récompensé par une pièce d'argent, et, comme pour l'anniversaire de Skye, les hommes en kilt exécutèrent les danses traditionnelles, leurs beaux visages virils animés par l'alcool.

Le Jour de l'An, on échangea des cadeaux. Les enfants reçurent chacun un poney dont, déclara le comte, ils devraient s'occuper en personne, même le petit Charlie, avec l'aide de son frère Henry.

— Quand on possède quelque chose, leur expliqua James, on en est responsable. Ce sera pareil un jour pour vos propriétés et vos familles. Vous serez responsables de vos terres, de votre peuple. Quant à vous, jeunes filles, une fois mariées vous aurez la charge de votre maisonnée, de vos domestiques. Vous devrez veiller sur eux, sur leur santé, leur bien-être, et tout cela vous semblera plus facile si vous avez pris l'habitude avec votre poney dès maintenant.

— C'est un bon beau-père, fit remarquer le comte de BrocCairn à son épouse, et il élèvera bien nos petits-enfants, j'en suis certain.

James Leslie offrit à son épouse un cadeau très particulier : l'acte de propriété d'une petite maison dans les collines qui avait appartenu à sa mère.

— Cela ne ressemble pas à MacGuire Ford, avec son château et ses terres. C'est une simple demeure de pierre au milieu des bois. Nous irons la visiter au printemps et, si elle vous plaît, vous pourrez y aller quand vous aurez besoin de solitude.

— Cet endroit n'a-t-il pas appartenu un jour aux Gordon ? demanda Velvet à son époux.

— L'arrière-grand-mère de Jemmie était une Gordon, et elle avait laissé cet endroit, qui s'appelle A-Cuil, à Cat. Quand le mariage a été arrangé entre le père de Jemmie et elle, le père de Cat a inclus cette maison dans sa dot. Cat refusa de se dire mariée tant qu'on ne lui rendait pas A-Cuil en pleine et totale possession, ce que son époux fit le jour même de la naissance de

Jemmie. Je ne pensais pas qu'il connaissait si bien cette histoire !

Le Jour des Rois, Skye resta dans ses appartements. D'humeur sombre, elle ne voulait pas gâcher la joie des enfants. Sa fille et sa petite-fille vinrent la voir et elles pleurèrent ensemble la mort d'Adam de Marisco.

— Quand le père de Willow est mort, leur dit la vieille dame, j'ai cru que j'allais mourir aussi, mais il me fallait être courageuse, pour ma fille. Lorsque Geoffrey Southwood est mort, j'ai porté son deuil et celui de notre fils John à en devenir folle. C'est Adam qui m'a ramenée à la vie. Et puis j'ai perdu Niall Burke, mais j'avais appris à m'endurcir contre la fatalité, et une fois de plus Adam était près de moi. Je jurais que je ne me marierais plus jamais, car j'avais déjà enterré cinq époux, mais Adam prétendit qu'il était l'homme qu'il me fallait. Il me promit de vivre pour toujours à mes côtés, de ne pas me quitter, comme les autres l'avaient fait.

Elle soupira.

— Personne n'est éternel, mes chéries, et j'ai passé quarante années avec cet homme exceptionnel. À présent, je n'ai plus qu'à attendre que Dieu me rappelle à Lui.

— Ne dites pas ça, maman, je vous en supplie !

— Si vous êtes encore là, grand-maman, raisonna Jasmine, c'est sans doute que Dieu a encore des projets pour vous. Ne m'avez-vous pas souvent reproché de lutter contre mon destin ? Ne combattez pas le vôtre, quel qu'il soit.

— Comme c'est habile, ma chérie, de retourner ma propre logique contre moi !

— Jamais contre vous ! protesta la jeune femme. J'ai besoin de vous ! ajouta-t-elle en prenant la main de sa grand-mère pour la poser sur son ventre. Patrick Leslie a besoin de vous, lui aussi, ainsi que les bébés qui suivront. Je ne peux pas accoucher si vous n'êtes pas

près de moi, grand-maman. Restez ici, et ne repartez pour Queen's Malvern qu'en été, lorsque maman et moi y serons.

— Glenkirk est ton foyer, Jasmine, Queen's Malvern est le mien. J'y retournerai au printemps, et je n'en bougerai plus. Je veux mourir là où mon Adam bien-aimé est mort et vous m'enterrerez à côté de lui, sur la colline.

Velvet fondit en larmes.

— Ne parlez pas ainsi, maman.

Irritée, Skye leva les yeux au ciel. Jasmine, elle, la comprenait. Pauvre Velvet ! Elle n'avait connu qu'une aventure dans sa vie, alors comment aurait-elle pu comprendre ? Pourtant elle avait donné le jour à cette magnifique petite-fille. Skye prit la main de Jasmine et la serra bien fort. Jasmine lui répondit d'un sourire complice.

Quelques jours plus tard, il y eut un bref dégel, et les Gordon en profitèrent pour partir à Dun Broc qui se trouvait à une vingtaine de kilomètres de Glenkirk.

— Je ne pense pas pouvoir revenir avant le printemps, dit Velvet à sa fille. Mais tu n'as pas besoin de moi pour mettre un enfant au monde, tu sembles te débrouiller fort bien par toi-même, et puis il y a ta grand-mère.

Elle disparaissait sous les fourrures dans le vaste traîneau qui les avait amenés pour Noël. Trois des frères de Jasmine étaient assis près d'elle, tandis que Charlie avait pris place avec son père sur le banc du cocher.

— J'essaierai de vous prévenir quand le bébé sera né, promit James. J'allumerai un brasier sur la colline du feu d'alarme. S'il brûle deux nuits d'affilée, vous saurez que c'est un garçon. Une nuit si c'est une fille.

— C'est un garçon ! s'entêta Jasmine.

Il ne restait plus à Glenkirk que Fiona et Adam, et Jasmine était heureuse de la présence de Fiona, qui

était vive et drôle. Grâce à elle Jasmine apprit beaucoup de choses sur la mère de Jemmie, qu'elle regrettait de ne pas connaître.

— Elle vous adorerait, même si vous êtes à l'opposé de la femme qu'elle avait choisie pour Jemmie. Cependant, elle avait fait de son mieux, en l'alliant à la branche la plus puissante du clan Gordon. Mais Isabelle avait une cervelle de moineau, déclara Fiona avec franchise. Il fallait être stupide pour aller au couvent Ste-Margaret ce jour-là. Les covenanteurs écumaient la région, éliminant les prêtres de l'ancienne Église et leurs malheureux fidèles. Cette bande était particulièrement vicieuse et avait déjà commis de multiples crimes au nom du Seigneur. Ils crucifiaient les prêtres la tête en bas, ils violaient, ils incendiaient. Jemmie lui avait déconseillé d'y aller, mais elle a insisté sous prétexte qu'elle avait besoin des draps que les nonnes venaient de broder pour elle. Alors elle est partie avec ses fils, et vous connaissez la suite.

Fiona se signa.

— Dieu ait pitié d'eux.

— On n'a jamais retrouvé les coupables ?

— Leur forfait accompli, ils sont bien vite repartis vers l'enfer d'où ils étaient sortis.

— Je ne comprends rien à ces gens qui estiment qu'une religion est supérieure à une autre, dit Jasmine. Il est vrai que j'ai été élevée à la Cour de mon père, qui était un homme à l'esprit très ouvert.

On était à présent au cœur de l'hiver et la neige bloquait toutes les routes. Parfois, la nuit, les loups hurlaient à la mort, et seul le rallongement progressif des jours indiquait que la mauvaise saison reculait.

La vie à Glenkirk se déroulait paisiblement. Jasmine supervisait la maisonnée, avec l'aide d'Adali, les enfants étudiaient tous les matins et en début d'après-midi avec le frère Duncan, puis ils jouaient, montaient leurs poneys dans la cour du château que l'on prenait

soin de déneiger quotidiennement. Jasmine ne les avait jamais vus si heureux. Ils menaient enfin une vie normale, grâce à James Leslie.

Dans la matinée du 5 mars, Jasmine avertit sa grand-mère et Fiona qu'elle avait quelques contractions, et à la fin de l'après-midi elle sut que le travail avait commencé. On alla chercher la table d'accouchement au grenier et on l'installa dans son boudoir. Rohana, Toramalli, Adali et deux autres servantes étaient prêts à toute éventualité.

— Que puis-je faire pour vous ? demanda James en baisant son front moite. Je sais combien une naissance peut être douloureuse. Je me rappelle celles de Jamie et George.

C'était la première fois qu'il prononçait le nom de ses enfants.

— Occupez-vous des petits, dit-elle en effleurant ses lèvres. Je mets les bébés au monde de façon scandaleusement facile, prétend grand-maman.

— Sauf pour Fortune, qui se présentait par les pieds, intervint Skye. Nous étions en Irlande, comme vous le savez, Jemmie, et si ma sœur n'était pas venue retourner le bébé, cela aurait été pire encore. Jasmine et l'enfant auraient pu y rester. Enfin, tout s'est bien terminé, Dieu merci ! Quant à ce petit-là, il est bien placé.

— Et il ne tardera pas à se montrer, assura Jasmine dans un sourire vite effacé par une grimace de douleur. Il sait ce qu'il veut, celui-là, monseigneur ! ajouta-t-elle.

Patrick Leslie, futur sixième comte de Glenkirk, naquit le 6 mars, trois minutes après minuit. C'était le portrait de son père, avec ses cheveux sombres et des yeux qui tiraient déjà sur le vert.

Une fois nettoyé et langé, on le donna à sa mère et il se jeta goulûment sur son sein. Lorsqu'elle déclara que c'était un petit goinfre, il cessa un instant de téter pour la regarder, indigné, comme s'il avait compris, puis il revint à son repas.

Le comte éclata de rire.

— C'est bien un Leslie ! Il m'a fait penser à mon père, ce petit diable !

— C'est curieux, dit Jasmine, il me rappelle aussi le mien.

On baptisa l'enfant le 17 mars, jour de la Saint-Patrick, avec Skye pour marraine et le jeune Henry comme parrain. Naturellement, le bébé hurla quand on lui versa l'eau bénite sur la tête, indiquant par là que tout mal était sorti de lui.

À la mi-avril, on le confia à une nourrice, choisie par Adali. Il savait tout sur elle, et Jasmine le taquina à ce sujet.

— Si je dois vous protéger, vous et les vôtres, répondit-il, je ne dois rien ignorer. Mary Todd est la nièce par alliance de Will. Son mari est mort peu après la naissance de leur enfant, et Will l'a fait venir à Glenkirk afin qu'elle s'occupe de lui. Je savais que son bébé serait sevré à la naissance de votre fils, et elle a beaucoup de lait. C'est une belle fille saine, qui est ravie de vivre au château jusqu'à ce que Patrick soit sevré à son tour. Ainsi, ma princesse, vous n'avez pas besoin de vous séparer de votre bébé. N'est-ce pas parfait ?

— Oh, si ! Je ne sais pas ce que je ferais sans toi, mon vieil ami.

— J'espère que nous ne le saurons jamais, répliqua Adali avec sérieux.

Le dégel arrivait pour de bon, et Adam décida de retourner à Edimbourg.

— Essayez d'apprendre si Piers St. Denis traîne toujours dans les parages, lui demanda Jasmine.

— Si c'était bien lui, murmura James Leslie.

— Je sais que c'était lui ! s'écria Jasmine, agacée. J'envoie un homme de Glenkirk avec vous, oncle Adam. Il apportera une lettre à mon ami George Villiers, qui vit à la Cour. Lui, il saura ce qui se passe. Veillez, s'il vous plaît, à ce que mon messager arrive à Edimbourg en toute sécurité et qu'il prenne ensuite la route pour Londres.

— Comptez sur moi, petite, promit Adam.

Le printemps éclatait, les collines verdoyaient, et Skye envisagea d'aller rendre visite à sa fille.

— Je resterai quelques semaines chez Velvet, dit-elle, ensuite nous pourrons tous repartir ensemble pour Queen's Malvern. Ce sera bon de retrouver la maison !

Elle était enfin remise de la mort d'Adam de Marisco. Elle le regretterait jusqu'à la fin de ses jours, mais le plus dur était passé, et elle reprenait peu à peu goût à la vie. Jasmine en était soulagée, car cela lui permettait à elle aussi de s'occuper de sa vie. Elle n'était pas sûre qu'elle passerait tous ses étés en Angleterre, néanmoins tant que sa grand-mère vivrait, elle se rendrait régulièrement à Queen's Malvern.

Avant que les domestiques de Skye aient eu le temps de préparer ses bagages, un messager se présenta. Adam Leslie les informait que Piers St. Denis se trouvait bel et bien à Edimbourg. Adam lui-même avait vu le mandat d'arrêt contre le comte et la comtesse de Glenkirk, accusés de trahison, signé de la main du roi.

— De trahison ? s'écria James Leslie, atterré. Mais quelle trahison ?

— Le mandat ne le précise pas, répondit le courrier, cependant maître Adam dit que l'Anglais se dirige vers le Nord accompagné d'une troupe d'hommes de main.

— Ce mandat est un faux ! décréta James. Il nous faut pourtant fuir en attendant que toute cette affaire soit élucidée.

— C'est ce que suggère maître Adam, acquiesça le messager. Il m'a chargé d'informer la comtesse que l'homme qu'elle envoie en Angleterre a déjà franchi la frontière.

— Je ne m'enfuirai pas ! protesta Jasmine.

— C'est ce que nous verrons ! rétorqua James. Vous rendez-vous compte du danger que nous courons, Jasmine ? St. Denis est un fou, mais ce satané document porte la signature du roi, à moins qu'il ne s'agisse d'une imitation. Peu importe. Pour l'instant, St. Denis

peut faire croire qu'il a la loi de son côté, et je n'ai aucune envie d'attendre ici bien tranquillement qu'il vienne nous chercher.

— Le château est assez résistant pour supporter un siège, objecta-t-elle.

— À condition que nous puissions faire fonctionner le pont-levis. Il est baissé depuis des années, et je doute que le mécanisme soit encore en état de marche. En outre, en admettant que nous nous terrions dans le château, ce n'est pas la bonne période de l'année, car les réserves sont pratiquement épuisées, maintenant que l'hiver est fini. Et nos gens ? Je ne tiens pas à les exposer à la folie destructrice de St. Denis et de ses mercenaires, qui risqueraient de brûler les récoltes, d'égorger le bétail. Non, il n'en est pas question. Nous n'avons pas le choix, il faut fuir !

— Mais nous ne pouvons pas laisser les enfants, ni les emmener avec nous, en particulier le bébé. St. Denis serait bien capable de s'en servir comme moyen de pression contre nous.

— Seuls l'héritier de Glenkirk et le petit duc ont de la valeur pour lui, intervint Skye. Envoyez-les en secret à l'abbaye avec Adali et Mary Todd. J'emmènerai les petits Lindley à Dun Broc avec moi. Ils y seront en sécurité. Ainsi Jemmie et toi pourrez à loisir jouer à cache-cache avec ce diable de St. Denis. Il sera à son désavantage, dans vos montagnes.

— Oui, approuva le comte. Il pourrait bien engager une armée, il ne nous trouverait pas. J'ai beaucoup de parents, nous irons les voir les uns après les autres. St. Denis ne les connaît pas, et personne ne le renseignera, une fois le danger connu de tous.

— Mais ses sbires ne risquent-ils pas de se venger en pillant et en incendiant les maisons, s'ils ne nous trouvent pas ?

— Je ne pense pas, ma chérie. S'il se laissait aller à ce genre de méfait, ou s'il autorisait ses hommes à mal se conduire, il se trouverait confronté à de sérieuses

difficultés. Et puis ce n'est pas ce qu'il est venu chercher en Écosse. C'est nous qu'il veut. Et il ne nous aura pas, je vous le promets.

— Je partirai pour le Sud avec Velvet comme d'habitude, dit Skye. Ainsi tout paraîtra normal.

— Dites à mon frère Charlie que je le charge de protéger mes enfants, dit Jasmine à sa grand-mère qui lui adressa un coup d'œil courroucé.

— Comme si je n'en étais pas capable !

— Oh, grand-maman, excusez-moi ! s'écria Jasmine. Je sais que jamais vous ne laisseriez les petits sans protection !

— J'ai joué à ce petit jeu bien avant toi, ma chérie, reprit Skye. N'oublie pas ceci, toutefois : ne cède pas à la panique. Dans son vain effort pour obtenir pouvoir et richesse, St. Denis agit sans réfléchir, mais il échouera, car le roi n'a aucune part dans cette affaire, or il est tout-puissant. Quand il apprendra la félonie de St. Denis, il le punira comme il le mérite. Les enfants seront en sûreté à l'abbaye, et personne ne songera à y chercher Charlie ni le bébé. Henry, India et Fortune ne craindront rien, avec leurs grands-parents et moi. Même si St. Denis apprenait où ils se trouvent, que pourrait-il faire ? Il n'a aucun droit sur eux. Et pour qu'il cesse de s'intéresser aux enfants, vous allez jouer avec lui au chat et à la souris, mais surtout sans avoir l'air de vous cacher. Vous allez apparaître, disparaître, jusqu'à ce qu'il en perde la tête. Tu t'amuseras bien, ma chérie, je t'assure ! Il semblerait que notre petit marquis ne soit ni très patient ni bon perdant. Un homme en colère oublie toute intelligence, toute prudence, alors que vous deux serez prudents et malins.

« Et surtout, Jasmine, ne prête jamais l'oreille aux rumeurs. St. Denis essaiera sans doute de t'effrayer en affirmant haut et fort qu'il a obtenu la garde de tes enfants. Ne le crois pas, ma chérie, ce sera un mensonge de plus. Tes enfants seront en sécurité, même si quelqu'un prétend le contraire, même si on feint de te

donner des preuves qu'ils sont en danger. C'est bien compris ?

— Oui, grand-maman.

— Parfait.

Skye sentait les battements de son cœur s'accélérer. Comme au bon vieux temps !

— Je connais cette expression, dit Daisy à Nora. Nous voilà reparties vers de nouvelles aventures. J'ai travaillé près d'elle toute ma vie, et ce regard ne me dit rien qui vaille !

— Et que signifie-t-il, ce regard ? demanda Nora.

— Qu'elle est prête à se battre. Et, quand elle se bat, ce n'est pas pour perdre, je vous assure !

— Nous allons rentrer en Angleterre, et...

— Oui, mais que va-t-il se passer avant d'y arriver, ma fille... ! C'est cela qui m'inquiète : avant d'y arriver !

— Qu'est-ce que vous marmonnez, toutes les deux ? intervint Skye.

— Je disais simplement à Nora que cela me rappelait les temps anciens.

— Oui, n'est-ce pas ? dit Skye O'Malley de Marisco avec un sourire radieux.

16

Du haut des remparts de Glenkirk, Adali guettait Piers St. Denis qui, en compagnie de Kipp et d'une vingtaine d'hommes, se dirigeait vers le château. Hormis le marquis et son frère, les cavaliers étaient piètrement équipés. Le rebut de la société, la lie d'Edimbourg. Des individus à qui l'on avait promis du whisky et quelques pièces en échange de leurs services, et qui seraient aisément soudoyés avec un peu plus d'alcool et un peu plus d'argent. Néanmoins, St. Denis était dangereux, il ne fallait pas le sous-estimer.

Tandis que les sabots claquaient sur le pont-levis de bois, Adali se hâta de descendre afin d'être dans la cour pour accueillir les visiteurs.

De ses yeux perçants, le marquis ne manquait rien de ce qu'il y avait à voir. Le château était ancien mais en excellent état. Les hommes d'armes, aux créneaux, semblaient prêts à toute éventualité. Visiblement, le comte de Glenkirk était fort riche. L'esprit de St. Denis s'égara. S'il pouvait mettre la main sur la fortune de Jasmine, et en sus sur celle de son mari ! Quant à Rowan Lindley, il avait été extrêmement à l'aise, lui aussi. Trois fortunes ! Et au cas où quelques enfants n'atteindraient pas leur majorité... Quoi qu'il arrive, le roi lui pardonnerait certainement. Malgré la reine et ce serpent venimeux de Villiers, St. Denis avait encore sa place auprès du roi. James Stuart l'aimait, en dépit de l'indifférence qu'il lui témoignait depuis quelque temps. Oui, le roi avait encore de l'affection

pour lui, et il serait indulgent, même si Kipp pensait le contraire.

Dernièrement, St. Denis en était arrivé à douter de la loyauté de son frère. Kipp avait pris la déplaisante habitude de contester chacune de ses décisions. Ainsi, il n'avait pas aimé la façon dont Piers avait recruté ses hommes de main à Edimbourg, prétendant qu'ils étaient lâches et vils, qu'ils s'enfuiraient au premier signe de danger. Il avait même protesté lorsque Piers avait donné à ces brutes une avance sur traitement, mais le marquis savait bien que jamais il n'aurait obtenu leur concours s'il ne leur avait montré la couleur de son argent.

— Des hommes honnêtes te feraient confiance, avait dit Kipp.

— Ce ne sont pas des hommes honnêtes que je veux. Ceux-ci m'obéiront pour avoir le reste de leur paye.

— Ou alors ils te trancheront la gorge une nuit et ils te voleront, remarqua Kipp. Tu gâches ton argent, Piers. Il nous suffisait de rester à Edimbourg et de convoquer le comte de Glenkirk au nom du roi. Et, s'il n'avait pas obtempéré, le gouvernement écossais l'aurait envoyé chercher *manu militari*. Tu te lances sur le territoire de Leslie avec une poignée d'individus d'origine douteuse, et tu espères gagner ? Les autorités locales auraient agi, si tu leur avais montré le mandat du roi.

— Je ne voulais pas courir le risque que quelqu'un voie cette signature. Quelqu'un qui connaîtrait l'écriture du roi.

Kipp St. Denis tressaillit.

— Tu m'as raconté que le roi avait signé cet arrêt, et qu'il n'y manquait que le nom des accusés. Et maintenant tu dis qu'il n'a rien signé ?

— Je le lui ai demandé plusieurs fois, mais il prétendait toujours qu'il n'avait pas le temps. Alors j'ai imité sa signature, et j'ai pris son cachet afin de marquer le mandat du sceau du roi.

Piers St. Denis eut un rire de galopin qui a fait une bonne farce.

— Tu crois qu'il sera fâché, Kipp ? Ce bon vieux fou de roi me pardonne toujours, quand je fais des bêtises. Il aime bien que je sois méchant, comme ça il peut me corriger.

Kipp St. Denis eut l'impression d'avoir reçu un coup en pleine poitrine. Son frère avait falsifié un document royal dans le but d'assassiner deux innocents. C'était de la haute trahison ! Piers ne le comprenait-il pas ? Non. Une seule chose comptait pour lui : ce qu'il désirait, et il était prêt à tout pour l'obtenir, parce que rien ne lui résistait. Et aussi parce qu'il n'avait jamais été puni pour ses péchés. Mais il ne passerait pas au travers, cette fois. Il était allé trop loin, il ne s'en sortirait pas.

— Quand on s'apercevra que tu as imité la signature du roi, dit-il, tu seras accusé de trahison et, si tu as réussi à attraper les Leslie de Glenkirk, il y aura charge de meurtre.

— Et qui le découvrirait ?

— Tu ne peux pas espérer assassiner le comte et la comtesse sans que le roi les venge. Au nom du Ciel, Piers, Leslie est parent du roi ! Tu as perdu cette partie, abandonne ! Jasmine de Marisco Lindley a choisi James Leslie comme mari, elle vient de lui donner un bébé. C'est fini ! Rentrons en Angleterre avant qu'il ne soit trop tard. Personne n'entendra plus parler du mandat d'arrêt. Nous affirmerons qu'il s'agit d'une rumeur et nous allons brûler ce satané document aujourd'hui même afin que personne ne puisse nous le dérober. Si tu fais la paix avec la reine, elle te trouvera une épouse, et tu resteras dans les bonnes grâces du roi. Ne renonce pas à tout ce que tu as obtenu jusque-là par simple besoin de vengeance, ça ne vaut pas le coup. Tu perdras tout, Piers. Reviens à la raison, je t'en supplie !

— Tu deviens assommant, Kipp, répondit son frère. Ah, voilà son Hindou !

Adali avait remarqué que les deux hommes discutaient âprement, et il aurait bien aimé savoir ce qui se disait. Le chien fidèle du marquis, son demi-frère, semblait fortement contrarié. Intéressant ! Ils s'arrêtèrent devant le majestueux escalier de pierre.

— Bienvenue, monseigneur, dit aimablement Adali. Nos hommes d'armes vont conduire les vôtres dans leurs quartiers. Dougie, mène les chevaux de ces gentilshommes aux écuries. Si vous voulez bien me suivre, ajouta-t-il.

Il accompagna les deux hommes dans la grande salle et claqua des mains. Un serviteur accourut.

— Du vin pour nos hôtes, commanda-t-il. Asseyez-vous près de la cheminée, messieurs. Il ne fait guère chaud, aujourd'hui.

Il prit le plateau des mains du valet pour leur offrir lui-même deux verres de vin.

— Du vin d'Archambault, apprécia le marquis après l'avoir respiré. Le meilleur !

Adali resta debout près d'eux tandis qu'ils buvaient, puis il demanda :

— Que puis-je faire pour vous ?

— Informez le comte et la comtesse que je suis là, répondit le marquis.

— Désolé, c'est impossible. Ils ne sont pas au château.

— Où sont-ils ? Et quand rentreront-ils ?

— Je ne saurais vous dire avec précision où ils se trouvent, et je n'ai aucune idée de la date de leur retour. Glenkirk est toujours prêt à les accueillir et, quand ils ont l'intention de rentrer chez eux, ils envoient un messager, qui n'arrive que quelques heures avant eux.

— Depuis combien de temps sont-ils absents ?

— Plusieurs jours. Tout est si paisible ici que le temps passe sans que l'on en fasse le compte.

— Je suis étonné, dit Piers, sceptique, que vous ne sachiez pas où se trouve votre maîtresse, vous qui veillez si attentivement sur elle.

— Ma princesse est en sécurité auprès de son époux, répliqua Adali. Le comte n'était pas venu en Écosse depuis de nombreuses années, or il a une très nombreuse famille. Nous sommes arrivés à l'automne, et peu après les routes ont été bloquées par la neige. Avec la venue des beaux jours, il a eu envie de rendre visite aux membres de son clan afin de leur présenter son épouse.

— Et où sont donc les enfants ?

— En visite, eux aussi.

— J'ai un mandat d'arrêt contre le comte et la comtesse de Glenkirk, déclara Piers. Si vous refusez de me dire où ils sont, je me verrai forcé de vous accuser d'obstruction à la justice, Adali !

— Je vous ai dit la vérité, monseigneur, je ne sais pas où ils sont. Je suis un étranger, et je ne connais pas les parents du comte. Cependant, comme ma maîtresse, je suis un fidèle sujet de notre roi. Le vieil homme qui était régisseur avant moi habite un cottage non loin d'ici. Peut-être saurait-il mieux vous renseigner. Je vais vous conduire chez lui.

Dans la cour, St. Denis s'inquiéta.

— Où sont mes hommes ?

— Dans le quartier des soldats, où on leur donne à manger, le rassura Adali tandis qu'ils franchissaient le pont-levis avant de s'engager à travers bois sur un sentier à peine visible.

— Qu'allons-nous faire par là ? demanda le marquis.

— Voir Will Todd, monseigneur. Il habite près du ruisseau et il est sûrement en train de pêcher. Ne soyez pas inquiet.

— Je ne suis pas inquiet, aboya Piers, vexé. C'est de la simple curiosité.

Adali réprima un sourire. Il y avait plusieurs moyens d'accéder au cottage de Todd, mais il avait choisi le plus difficile dans le but de désorienter les visiteurs. Il fallait escalader une colline, puis la redescendre, à travers buissons et épineux. Il entendait derrière lui les

deux frères pester quand leurs vêtements s'accrochaient aux branches, pendant que lui continuait à avancer avec aisance sans que sa tenue blanche en souffre.

On distinguait le chant d'un ruisseau, mais ce n'était pas celui de Todd, leur dit Adali en sautant habilement de pierre en pierre pour le traverser. De nouveau, il entendit jurer tandis que ses compagnons pataugeaient dans l'eau.

Ils sortirent enfin du bois et s'engagèrent dans une clairière.

— Attention à vos souliers ! dit Adali en zigzaguant entre les bouses.

— C'est encore loin ? demanda Kipp avec humeur.

— Nous y sommes presque.

En effet, ils virent le petit cottage et bientôt ils aperçurent Will, dans l'eau jusqu'aux genoux, la canne à pêche à la main.

— Salut, Will Todd ! cria Adali. Je vous amène des visiteurs !

Le vieil homme se retourna, agacé d'être dérangé dans son passe-temps favori. Enfin, à contrecœur, il se rapprocha de la rive sans toutefois sortir de l'eau ni renoncer à son activité.

— Qu'est-ce que vous voulez ? demanda-t-il avec son fort accent qui écorcha les oreilles des Anglais.

— Bonjour, Will ! dit Adali, jovial. Ces deux messieurs cherchent Sa Seigneurie. Je suis incapable de les renseigner, mais je suis certain que vous pourriez les aider.

Will Todd se rapprocha encore et confia sa canne à Adali.

— Tenez, et la lâchez pas. Je ne peux pas parler avec ça à la main. Alors, vous cherchez Sa Seigneurie, hein ? reprit-il à l'intention des deux étrangers. Ma foi, je saurais pas vous dire avec précision où il est, mais est-ce que vous avez cherché à Sithean ? Il se pourrait bien qu'il s'y trouve. À moins qu'il soit allé avec sa dame à

Hay House, ou Greyhaven. Ou encore à Briarmere. Ou Leslie Brae. Vous êtes allés voir par là ?

— Que dit-il ? demanda sèchement St. Denis qui n'avait pas compris un traître mot de ce que racontait le vieil Écossais.

— C'était très clair, répliqua Adali. Il est vrai que, depuis plusieurs mois, je me suis habitué à cet accent, et je suis plutôt doué pour les langues.

— Oui, oui ! s'impatienta le marquis. Mais qu'a-t-il dit ?

— Que le comte de Glenkirk et son épouse pouvaient être en visite à Sithean, ou à Hay House, ou à Leslie Brae, pour rendre visite à l'un ou l'autre de ses oncles. Ou bien encore à Greyhaven ou Briarmere Moor, où vivent ses frères.

— Ou chez les Gordon, renchérit Todd. Parce que notre Morag a épousé un Gordon.

— Il pourrait aussi être allé rendre visite aux Gordon, la famille de sa défunte femme, traduisit Adali.

— Ou alors il est aux jeux, ajouta Will Todd. Mais il y en a plusieurs, durant l'été. Deux ou trois, je me souviens plus.

Il reprit sa canne à pêche et retourna dans le torrent.

— C'est tout ce que je peux vous dire, conclut-il.

— Des jeux ? répéta le marquis.

— Les hivers ici sont longs et rigoureux, aussi les Écossais aiment-ils organiser des concours athlétiques dès que le temps est redevenu clément. Cela permet aux clans de se rassembler, aux hommes de montrer leur talent de lanceurs de pierre, ou de danse, on joue de la musique. Mais Will a raison, il y en a plusieurs, cette année, et le comte a pu se rendre à n'importe lequel, car il a des amis partout, grâce à ses liens de parenté avec les Stuart.

— Quelle occupation barbare ! lâcha St. Denis avec mépris.

— Rentrons à Edimbourg, suggéra Kipp. Chercher Glenkirk ici, c'est chercher une aiguille dans une botte

de foin. Si tu le convoques au nom du roi, il sera bien obligé de se rendre, sous peine d'être accusé de trahison.

— Oh, je suis certain que vous finirez par le trouver si vous le voulez vraiment, dit Adali afin de voir qui de lui ou de Kipp aurait le plus d'influence sur le marquis de Hartsfield.

— Edimbourg est plus sage, insista Kipp.

— Non! Nous sommes ici, et il ne doit pas être trop difficile de localiser les endroits dont nous a parlé le vieux.

— Sans oublier les jeux, monseigneur, renchérit Adali qui s'attira un regard noir de la part de Kipp.

— Savez-vous où ils ont lieu?

— Je crois qu'il y en a à Inverness, d'autres à Nairn, et peut-être aussi à Loch Lomond.

— Vous allez nous écrire tous ces noms de lieux et nous en indiquer la direction, ordonna le marquis. Nous passerons la nuit au château, et nous partirons demain matin.

Piers St. Denis était trop excité pour s'interroger sur la bonne volonté d'Adali, mais Kipp avait davantage les pieds sur terre.

— Où voulez-vous en venir? demanda-t-il au régisseur quand ils furent de retour au château.

Piers était monté se reposer dans la chambre qu'on lui avait attribuée.

— Pardon?

— Vous savez très bien ce que je veux dire. Pourquoi aidez-vous mon frère? Votre loyauté à votre maîtresse est pourtant légendaire!

Adali esquissa un sourire.

— Eh bien, monsieur, votre frère est muni d'un mandat d'arrêt signé du roi. Si je désobéissais, ce serait de la haute trahison, n'est-ce pas? Ma maîtresse respecte le droit divin du roi, alors moi aussi. Je ne discute pas les ordres royaux.

Kipp n'y croyait guère.

— Vous avez une idée derrière la tête, insista-t-il. Jamais vous ne trahiriez votre maîtresse.

Adali sourit de nouveau.

— Si je pensais que votre frère avait la moindre chance de rattraper le comte et son épouse…

— Ils savaient que nous arrivions ! s'écria Kipp.

— Ils savaient en effet que le marquis avait passé l'hiver à Edimbourg. L'Écosse est un petit pays, monsieur, et je vous rappelle que le comte de Glenkirk y a de nombreuses relations. Nous en avons entendu parler à Noël, mais les routes ont rapidement été bloquées, et cela a duré plusieurs mois. Néanmoins, dès que les voies ont été de nouveau praticables, on nous a dit que le marquis avait l'intention de nous rendre visite. Hélas, le comte et la comtesse ne pouvaient attendre, car ils avaient prévu un grand nombre de visites à leur famille.

— Il les pourchasserait au bout du monde ! gémit Kipp.

— Quand il les attrapera, si jamais il les attrape, mon maître et ma maîtresse ne craindront plus rien, mais j'ai bien peur que votre demi-frère ne soit en grand danger, monsieur.

— Ils ont envoyé quelqu'un voir le roi !

— Le roi est un homme d'honneur, dit Adali. Jamais il ne reviendrait sur la parole donnée au comte et à la comtesse.

— Je le lui avais dit, murmura Kipp. Je l'avais prévenu !

— Alors vous êtes sûrement plus sage que lui. Mais il est encore temps de sauver votre peau, monsieur.

— J'ai juré à notre père sur son lit de mort que je veillerais sur Piers, dit Kipp au bord du désespoir.

— Vous avez essayé d'empêcher cette folie, n'est-ce pas ? répondit gentiment Adali. Je l'ai moi-même constaté.

— Pendant des années, j'ai vécu dans le sillage de mon frère. Il était ambitieux, et je n'ai vu aucun

inconvénient à ce qu'il cherche à séduire le roi. Tout ce temps, j'ai essayé de l'empêcher de faire le mal, bien que je n'y sois pas toujours parvenu. Il exerçait sa perversité sur des femmes expérimentées et souvent consentantes. Trois ou quatre fois seulement il a abusé d'innocentes jeunes filles, et je les ai payées pour qu'elles n'aillent pas le dénoncer aux autorités.

— Il paraît que vous participiez à ces orgies, intervint Adali.

— En effet, mais j'empêchais ainsi mon frère de les molester davantage. Il n'empêche que j'en ai honte. Notre père nous encourageait à ce genre de déviation, car lui-même, avec l'âge, éprouvait de plus en plus de difficultés à jouir d'une femme sans la faire souffrir. Je m'en suis ouvert à ma mère qui m'a conseillé de jouer le jeu, sous peine de perdre l'affection de mon père.

— Il est mort depuis longtemps, lui rappela Adali, et votre frère s'adonne désormais sans limites à ce genre de perversion. Il n'y a pas de rédemption possible pour lui, Kipp St. Denis, mais, vous, vous n'êtes pas encore au fond du gouffre. Vous avez une conscience, et vous pouvez vous en sortir, même s'il est trop tard pour le marquis. Votre père voudrait-il perdre ses deux fils, s'il était encore là pour vous voir ? Voudrait-il que son nom soit définitivement rayé de la carte du monde ?

— Je suis un enfant illégitime, répondit simplement Kipp.

— Pourtant il vous a donné son nom, il vous a élevé dans sa demeure, comme son héritier. Je suis sûr qu'il vous aimait aussi.

— Si je ne reste pas près de Piers, il s'enfoncera davantage dans le vice, objecta Kipp.

— C'est ce qui arrivera, de toute façon. Vous n'êtes pas responsable de ses méfaits. Sauvez-vous pendant qu'il est encore temps ! Vous avez vécu à l'ombre de votre frère, il est temps désormais que vous viviez votre propre vie. Je sais que le roi vous accordera sa clémence, si vous la lui demandez. James Stuart est un

homme qui possède un grand cœur. Peut-être même vous récompensera-t-il de votre franchise.

Un accident de naissance. Seul un accident de naissance avait empêché Kipp de devenir marquis de Hartsfield. Pouvait-il espérer changer la situation ? Oserait-il trahir Piers ? se demandait-il. Et s'agirait-il d'une véritable trahison ? Certes, il avait promis à leur père de veiller sur lui, mais Piers ne voulait plus de lui. Il n'avait jamais écouté les conseils de son aîné, et il avait entraîné avec lui Kipp dans les abîmes du vice. Piers ne s'en sortirait pas, cette fois.

Pourquoi pensait-il que le roi lui confierait la garde des enfants ? Si la reine le détestait au point de refuser de lui choisir une épouse, elle n'accepterait certainement pas de lui confier son petit-fils, ni les autres enfants de Jasmine. Elle le tuerait plutôt que de les voir à Hartsfield House !

Et les Leslie de Glenkirk ? Et la puissante comtesse de Lundy ? Jamais ils ne supporteraient que les petits soient remis entre les mains d'une canaille comme Piers St. Denis ! C'était pure folie de l'imaginer, or son frère considérait cela comme un fait acquis, simplement parce qu'il le désirait. Pourtant, ça ne se passerait pas ainsi ! Kipp St. Denis se rendait compte à présent que, s'il ne se sortait pas immédiatement de cette histoire, sa chute serait aussi inéluctable que celle de son frère. Or, pour quelle raison partagerait-il son sort ? Bien des fois, il avait été fouetté à sa place, lorsqu'ils étaient enfants, et Piers trouvait cela fort amusant. Il lui arrivait même de faire des bêtises uniquement pour voir son frère puni !

— Je n'ai pas d'argent, pas d'amis puissants susceptibles d'intervenir en ma faveur, dit Kipp à Adali.

— En ce qui concerne l'argent, je vous en donnerai, promit ce dernier. Quant aux alliés, allez voir le roi, dites-lui toute la vérité, et vous en aurez, non seulement à la Cour où votre frère s'est fait tant d'ennemis, mais aussi dans la famille de ma maîtresse. Un mot au

roi, et vous obtiendrez sans doute une récompense plus importante que ce que vous pourriez espérer, Kipp St. Denis.

— Comment en êtes-vous si sûr ?

Adali se leva, sévère.

— Je suis Adali, le confident et l'ami de la princesse moghole que vous connaissez sous le nom de Jasmine Leslie. Je ne mens jamais, et je ne propose pas mon appui à la légère. Prenez votre décision avant qu'il ne soit trop tard, Kipp St. Denis, ou vous partagerez la fin tragique de votre frère.

Il pivota sur ses talons et il faisait mine de quitter la grande salle quand Kipp le rappela.

— Adali !

L'eunuque se retourna.

— Il me faut de l'argent pour partir, répéta Kipp.

Adali sortit de la poche de son manteau blanc une bourse de cuir.

— Voici des pièces d'or et d'argent. Plus qu'il ne vous en faut pour regagner l'Angleterre.

Kipp prit la bourse.

— Si je change d'avis, Adali, je vous le rendrai. Et mon cheval ?

— Vous le récupérerez dès que vous le souhaiterez. Je veillerai à ce que l'on ne vous suive pas, mais ne traînez pas en route.

Les deux hommes se séparèrent. C'était curieux, songea Adali, que Kipp ait proposé de rendre l'argent s'il restait avec son frère. Il avait bien une conscience. Mais sa loyauté envers Piers était-elle plus forte que son instinct de survie ? L'avenir le dirait.

Adali se hâta d'aller aux cuisines commander le dîner le plus fin. Il fallait que le marquis de Hartsfield mange et boive, en particulier les derniers verres de vin qui seraient additionnés d'un puissant soporifique.

Ensuite, il se rendit aux écuries ordonner que le cheval de Kipp St. Denis soit bien nourri et prêt à partir si son maître le demandait.

— Il a un fer qui branle, mais le forgeron va le réparer.

— Qu'il change les quatre, dit Adali, et que cela reste entre nous, Dugald.

— Parfait, maître Adali, dit le palefrenier avec un clin d'œil.

— Quant aux chevaux des hommes du marquis, je pense qu'on pourrait les emmener paître dans les montagnes jusqu'à ce qu'ils aient besoin d'eux.

— Très bien.

Le nouveau régisseur n'était pas écossais, mais il raisonnait bien, en tout cas en ce qui concernait l'Anglais, décida Dugald.

Piers St. Denis prit grand plaisir à trôner au haut bout de la table, ce soir-là, au milieu des bannières témoins de victoires passées, des magnifiques tapisseries, de la lourde argenterie et des tableaux représentant les ancêtres de l'illustre famille.

Le repas fut somptueux. Canard bien dodu, truites roses, côtes d'agneau accompagnées de cœurs d'artichauts, fromage, tarte aux pommes, le tout arrosé du meilleur vin de Jasmine.

Kipp ne mangea guère et se montra étrangement silencieux durant tout le souper.

Enfin, après un long bâillement, Piers se leva mais il retomba sur sa chaise. La fatigue du voyage, sans doute. Il eut un rire aviné.

— Laisse-moi t'aider, proposa Kipp.

— On va emmener une des servantes et s'amuser un peu, dit le marquis d'une voix pâteuse. J'aime bien celle qui a les gros seins. Je suis sûr qu'elle piaille ! On pourrait la prendre tous les deux ensemble.

Il s'effondra contre Kipp.

— Plus tard, Piers. Quand tu te seras reposé.

— J'ai envie de la fouetter, comme je le ferai avec Jasmine. La fouetter et la baiser, hein, Kipp ? C'est comme ça qu'il faut traiter les femmes. Et sa fille, quel

âge elle a ? On la fouettera aussi, et on lui apprendra plein de choses. Elle est trop petite pour qu'on s'occupe d'elle, mais on lui montrera d'autres manières de faire plaisir à un homme.

Kipp aida son frère à monter à sa chambre et, comme bien souvent, il le mit au lit. Piers avait été drogué, Kipp en était certain, et maintenant il ne lui restait plus qu'à prendre sa décision. L'idée de débaucher la petite India l'avait révolté. Jamais ils n'avaient touché un enfant mais, si Piers en avait l'idée, il la mettrait à exécution. Impossible ! pensa Kipp. Et, même s'il restait, il ne parviendrait pas à apaiser la folie de son frère. La fuite était sa seule planche de salut.

Il alla retrouver Adali.

— Vous avez drogué mon frère, dit-il.

— Il dormira jusqu'à demain après-midi, répondit Adali le plus naturellement du monde.

— Pouvez-vous me réveiller à l'aube ? La route sera longue.

— Qu'est-ce qui vous a décidé ? demanda Adali avec curiosité.

— Piers a parlé de débaucher la fille aînée de Jasmine, et cette idée me dégoûte. Je ne peux plus demeurer aux côtés d'un homme, fût-il mon frère, qui envisage de souiller une enfant.

— Il n'en fera rien ! décréta Adali avec fermeté. Je le tuerais volontiers de mes propres mains, mais le comte a insisté pour que tout se passe dans la légalité. Mieux vaut que la corruption du marquis soit dénoncée publiquement. Vous faites bien de partir pendant qu'il en est encore temps.

Une heure avant le lever du jour, Adali réveilla Kipp et l'emmena aux cuisines où, après un solide petit déjeuner, il lui donna du pain, du fromage, de la viande séchée et du vin pour la route. Il lui indiqua également un raccourci à travers la montagne qui lui ferait gagner deux jours, puis il l'accompagna aux écuries.

— Je me suis occupé de faire ferrer votre cheval, dit-il à Kipp. Et ne craignez rien, les sbires de votre frère ne vous verront pas partir. Ils dormiront eux aussi une bonne partie de la journée !

Kipp se mit en selle.

— Je suis triste, Adali, mais je sais que j'ai pris la bonne décision. Tout est fini entre mon frère et moi.

— Une porte se ferme, une autre s'ouvre, dit l'Hindou. Que Dieu vous garde, Kipp St. Denis !

Il prit un parchemin dans la poche de sa veste.

— Remettez ceci au vicomte Villiers, et votre sécurité sera assurée, ajouta-t-il avant de donner une claque sur la croupe du cheval.

Il regarda un instant St. Denis qui s'éloignait, puis il se tourna vers le soldat qui montait la garde.

— Vous n'avez rien vu, dit-il.

— Bien, maître Adali, répondit l'homme.

La journée commença, semblable à toutes les autres. Adali envoya un messager au comte afin de l'avertir de l'arrivée de St. Denis et de sa victoire sur Kipp. Celui-ci avait visiblement renoncé pour quelque temps à soutenir son frère.

Vers le milieu de l'après-midi, le marquis entra en titubant dans la salle à manger du château. Il appelait à grands cris son frère, Adali, ou n'importe qui d'autre.

— Ah, monseigneur ! l'accueillit Adali. Vous voilà enfin réveillé ! Avez-vous faim ?

— Bon Dieu, où est mon frère ?

— Votre frère ? Je le croyais avec vous, monseigneur.

— S'il y était, je ne poserais pas la question, rétorqua le marquis avec fureur. Apportez-moi du vin, je meurs de soif.

— La dernière fois que j'ai vu votre frère, il vous aidait à vous coucher. Il semble que le voyage vous ait fatigué. La vie à la Cour ne prépare guère à ce genre d'exercice. Votre vin, monseigneur.

Le marquis avala le contenu du gobelet d'un trait.

— Quelle heure est-il ?

— Presque seize heures.

— Où sont mes gens ?

— Comme vous, monseigneur, ils ont dormi la moitié de la journée.

— Trouvez-moi mon frère ! ordonna le marquis.

Adali salua avec servilité et se retira.

Il revint une demi-heure plus tard.

— On dirait que votre frère a quitté le château, monseigneur, car son cheval n'est plus à l'écurie. Il a dû partir de bonne heure, le palefrenier n'a rien remarqué. À mon avis, il a choisi le moment du changement de la garde. La sentinelle de nuit croit avoir aperçu un cavalier qui s'en allait, et celle de jour n'a rien vu du tout. Je regrette de ne pouvoir vous en dire davantage.

— Si vous lui avez fait du mal... commença St. Denis.

— Vous êtes sous la protection du comte de Glenkirk, rétorqua Adali, hautain, et personne ne nuira à l'un des vôtres durant votre séjour ici. Si nous vous voulions du tort, vous auriez tous été égorgés pendant votre sommeil, et vous seriez déjà enterrés à l'heure où je vous parle. Personne n'a fait de mal à votre frère, j'ignore où il est allé et pour quelle raison il est parti. Maintenant, souhaitez-vous manger quelque chose ?

— Il reviendra, marmonna le marquis.

Il avait une horrible migraine. Il mangea seul, servi par des domestiques mâles, et il finit par appeler Adali.

— Il me faut une femme, bon sang ! Allez me chercher la garce qui était là hier soir. La rousse avec les gros seins.

— Je suis désolé, monseigneur, mais nous n'avons pas de catin à offrir à nos invités, répliqua fermement Adali.

St. Denis sortit de la pièce en grognant des injures et monta dans sa chambre où il s'effondra sur son lit.

Il se réveilla à l'aube et, après s'être habillé, retourna dans la grande salle.

— Je partirai ce matin, annonça-t-il à Adali. Vous avez écrit le nom des endroits où le comte et Jasmine risquent de se trouver ? Et le chemin pour s'y rendre ?

— C'est fait, monseigneur, le rassura l'Hindou en lui servant un bol de porridge, du pain, du fromage et un gobelet de cidre.

Quand il eut terminé son petit déjeuner, Piers St. Denis prit le parchemin et la carte qu'Adali avait tracée pour lui, puis il sortit dans la cour où ses hommes l'attendaient.

— L'un d'entre vous a-t-il vu mon frère ?

Comme ils secouaient la tête en signe de dénégation pour toute réponse, il se mit en selle et regarda autour de lui.

— Où sont les chevaux de mes soldats, Adali ?

— Nous n'avons pu tous les abriter aux écuries, monseigneur, aussi nous les avons menés paître dans les montagnes. C'est sur la route de Sithean et, si vos hommes emportent leurs selles et leurs sacs, vous ne tarderez pas à les récupérer. Si nous allions les chercher pour vous, cela prendrait encore une journée, monseigneur, or je sais que vous n'avez pas de temps à perdre.

Piers St. Denis jura entre ses dents. Il n'était pas dupe de la politesse de l'eunuque, même si celui-ci se montrait fort coopératif. Il ne trouvait pas la faille, pourtant il était sûr que son instinct ne le trompait pas.

— Si mon frère revient, dites-lui où je suis parti, Adali.

— Comptez sur moi. Suivez mon plan, et je saurai toujours où vous vous trouvez. Sithean, Greyhaven, Hay House, le château des Gordon... Je pourrai envoyer votre frère vous rejoindre quand il sera de retour.

— Et les villes où ont lieu les jeux ?

— Vous aurez rattrapé mon maître et ma maîtresse bien avant qu'ils ne commencent. Sinon, je ne peux que vous indiquer Inverness, Loch Lomond ou Nairn. Mais je ne sais pas auxquels ils assisteront, ni quand.

Piers St. Denis mit sa monture en route et, sans un adieu ni un merci, il fit signe à ses hommes de le suivre et quitta le château.

— Bon débarras ! grommela Will Todd, sorti de nulle part.

— C'est un imbécile, dit Adali, mais un imbécile dangereux. Quelles nouvelles de Kipp St. Denis ?

— Il galope comme s'il avait le diable à ses trousses, d'après la sentinelle de la montagne. Il avait quitté les terres des Leslie hier avant la nuit, et il atteindra Edimbourg dans quelques jours. Maître Adam nous avertira par pigeon voyageur de son arrivée et s'assurera qu'il franchit la frontière sans encombre. Où est le comte, en ce moment ?

— À Dun Broc, dans la famille de ma maîtresse. Sa destination suivante dépendra de la patience de notre marquis. S'il est intelligent, il enverra de petits groupes d'hommes à tous les endroits que je lui ai indiqués, cela lui fera gagner du temps. Mais, en le privant de son frère, nous lui avons ôté son seul allié. Les gredins qu'il a engagés ne me semblent ni loyaux ni futés, seulement avides d'argent.

— Les hommes du clan ne les quitteront pas des yeux, Adali, et ils seront toujours en avance sur eux. À votre avis, quand aurons-nous des nouvelles de James Stuart ?

— Notre messager a dû le joindre maintenant et, quand Kipp St. Denis arrivera, il faudra bien que le roi prenne une décision, même si cela lui coûte, et qu'il en avertisse l'Écosse. Alors le marquis de Hartsfield sera traîné en justice.

— En attendant, c'est le jeu du chat et de la souris.

— En effet.

— Ah, c'est bon d'avoir de nouveau le comte parmi nous ! s'écria le vieux Will. On s'ennuyait à périr, ici !

— Ce n'est plus le cas maintenant, dit Adali avec un grand rire.

— C'est comme au bon vieux temps.

— Le bon vieux temps ?

— Ouais, quand le comte était encore un enfant et que sa mère, lady Catriona, était aimée de son mari ainsi que du comte de Bothwell et courtisée par James Stuart, notre roi actuel. Quelle époque ! Les gens du clan n'étaient pas censés être au courant, mais ils l'étaient tout de même. Il y avait des tas d'allées et venues ! Le roi voulait lady Catriona pour maîtresse, le comte avait disparu en mer et, elle, elle était amoureuse du comte de Bothwell, le cousin du roi. On l'appelait le roi sans couronne d'Écosse, et Jamie Stuart avait tellement peur de lui qu'il l'a accusé de sorcellerie, mais il n'a pas eu lady Cat pour autant. Elle est allée retrouver l'amour de sa vie. Ah, ça, c'était une sacrée époque, Adali ! Et on dirait que ça recommence. Les Leslie de Glenkirk n'ont jamais été des gens paisibles !

Adali éclata de rire.

— Ma maîtresse n'est pas non plus de tout repos ! Ils sont bien assortis, son mari et elle.

— Raison de plus pour les protéger de ce satané Anglais. Nous avons perdu une comtesse de Glenkirk, nous garderons la deuxième en vie, Adali, je vous le promets !

17

Adali n'avait pas indiqué au marquis de Hartsfield le chemin le plus court, bien au contraire ! Il l'envoyait au loin pour le faire revenir sur ses pas, puis repartir à nouveau vers un point tout aussi lointain. Mais Piers St. Denis, qui ne connaissait pas la région, ne s'en rendait pas compte. Son frère lui manquait, et avec sa bande de canailles il ne se sentait guère en sécurité. Où était Kipp ? Il aurait dû se trouver à ses côtés afin de veiller sur lui, comme il l'avait promis à leur père, bon sang ! Pas une seconde il n'imaginait qu'il ait pu l'abandonner à son sort.

À Sithean, il fut accueilli avec cordialité par le vieux comte et son épouse qui le convièrent à souper et lui offrirent une chambre pour la nuit, tandis qu'on prenait soin de ses hommes et des chevaux. Mais James Leslie et Jasmine ne s'y trouvaient pas. Étaient-ils déjà passés ?

— Oh, oui, répondit le comte. Il y a déjà quelques semaines. N'est-ce pas, ma chère ? ajouta-t-il en se tournant vers sa femme.

— En effet, dit-elle.

— Une charmante personne, cette nouvelle comtesse. Vous êtes de sa famille ? demanda aimablement Sithean.

— J'ai un mandat d'arrêt contre elle et son époux, répondit Piers avec irritation. Ne comprenez-vous pas que je suis en mission, sur ordre du roi ?

— Si, si, monseigneur, bien sûr. Et comment va James Stuart ? Il faut toujours qu'il s'agite, qu'il envoie

des messages… C'était un enfant turbulent et indiscipliné. Il n'aime pas beaucoup sa terre natale.

De toute évidence, Piers ne découvrirait rien ici.

— Je partirai demain matin, annonça-t-il à ses hôtes.

James et Jasmine Leslie assistèrent à son départ du haut des collines qui surplombaient Sithean, à A-Cuil. Ils voyageaient sans le faste dû à leur rang, car Adali était resté à Glenkirk afin d'assurer le relais des informations. Rohana était à l'abbaye en compagnie de Mary Todd, Charlie et le petit Patrick. Toramalli avait accompagné Skye et les enfants à Dun Broc. Il n'y avait avec eux que Fergus More et Red Hugh, ce qui était une chance car Jasmine ne savait pas cuisiner, tandis que Red Hugh adorait ça.

A-Cuil était un pavillon en pierre, composé d'un petit salon et d'une cuisine au rez-de-chaussée, et d'une chambre lambrissée à l'étage. Entouré de pins, il offrait une vue imprenable sur Glenkirk, Sithean et la campagne environnante, mais il se noyait dans le paysage et on ne pouvait le voir si on ne connaissait sa présence. Jasmine aimait beaucoup cet endroit qu'elle trouvait merveilleusement romantique malgré la présence du valet de pied et de l'homme d'armes, qui dormaient dans l'écurie.

— Je pourrais vivre ici à longueur d'année ! déclara-t-elle à James.

— Où mettrions-nous les enfants, et Adali, et les domestiques ?

— Si nous habitions ici, nous n'aurions ni enfants ni serviteurs, répliqua-t-elle avec une logique qu'elle estimait implacable.

— Et vous apprendriez à cuisiner ? la taquina-t-il. Ces délicats doigts bagués feraient cuire le pain et éplucheraient les pommes de terre ?

— Mufle ! protesta-t-elle. Si je voulais apprendre à cuisiner, j'y arriverais !

Il éclata de rire.

— Ma chérie, vous n'avez pas le moindre talent pour l'art culinaire, mais j'en connais d'autres pour lesquels vous êtes fort douée.

Il la prit sur ses genoux, glissa la main sous sa chemise et prit ses lèvres avec fièvre.

La porte du cottage s'ouvrit soudain à la volée, et le comte faillit flanquer sa femme par terre en bondissant sur ses pieds. C'était Red Hugh, un sourire jusqu'aux oreilles, qui brandissait des lapereaux.

— Le dîner ! annonça-t-il d'une voix joyeuse. Je devrais peut-être les dépecer ailleurs, monseigneur ?

Il se dirigea vers la cuisine, tandis que Jasmine rajustait sa chemise en pouffant.

— Vivre ici toute l'année n'est sans doute pas une si bonne idée, finalement. Nous manquerions un peu d'intimité, dit-elle.

— En effet, grommela le comte.

Dieu, comme il avait envie d'elle ! Comme il avait envie de se retrouver à Glenkirk ! La famille de Jasmine devait être en route pour Queen's Malvern, mais Jasmine et lui étaient obligés de courir d'un endroit à l'autre par la faute de ce satané Piers St. Denis.

— Pourquoi ne rentrons-nous pas à la maison ? suggéra Jasmine comme si elle lisait dans ses pensées.

— À Glenkirk ? Impossible.

— Pourquoi ? St. Denis y est déjà passé, et il nous cherche par tout le pays. On le surveille, et nous serons prévenus s'il vient dans notre direction, Jemmie. Certes, il ne faut pas que les enfants rentrent chez nous avant que le problème soit définitivement réglé. Mais, en ce qui nous concerne, il ne serait pas difficile de fuir si le marquis menaçait de revenir à Glenkirk.

James réfléchit un instant.

— Vous avez raison, madame. Nous passerons encore une nuit ici. Je vais envoyer Fergus More et Red Hugh avertir Adali de notre changement de programme.

— Mais seulement après le souper! dit-elle en riant.

Ils se régalèrent de lapin rôti, de fromage et de cidre, puis les deux serviteurs partirent pour Glenkirk. James et Jasmine s'assirent ensuite dans l'herbe, pour contempler avec émerveillement le coucher de soleil. Dans les bras de son mari, la jeune femme soupira de bien-être.

— Les couchers de soleil sont différents, en Inde. Ils sont luxuriants, exotiques, mais moins purs, moins vibrants qu'en Écosse. J'aime votre pays, Jemmie. Je l'ai vu aux meilleurs moments, ainsi qu'aux pires, et je l'aime. Jamais je ne me suis autant sentie chez moi depuis que j'ai quitté l'Inde.

Ils s'allongèrent sur l'herbe grasse tandis que les petites bêtes nocturnes se réveillaient, et regardèrent la lune monter dans le ciel semé d'innombrables étoiles.

— C'est la lune de frontière, murmura Jemmie.

— La lune de frontière? Qu'est-ce que cela veut dire?

— Elle est pleine, et c'est ainsi que l'appellent les Écossais de la frontière. Ils ne partent pour un raid qu'éclairés par cette lune. Mon beau-père était un homme de la frontière, et un jour il a emmené ma mère en raid.

— Ça lui a plu?

— Oui.

— Je crois que j'aimerais ça, moi aussi, dit Jasmine.

Un chat sauvage affamé hurla dans les bois, et James se leva.

— Venez vous coucher, ma chérie.

Ils s'assurèrent que la porte de l'écurie était bien fermée, puis ils rentrèrent dans le cottage, mirent les barres de bois en place et couvrirent les braises avant de monter l'étroit escalier qui menait à la chambre. James remit une bûche dans la petite cheminée près de la porte. Le mobilier se composait d'une commode, d'un fauteuil et d'un grand lit. Ils se déshabillèrent

rapidement et se glissèrent sous la courtepointe pour se retrouver aussitôt enlacés.

— Savez-vous à quel point je vous aime ? murmura James en caressant les cheveux de sa femme.

— Sans doute autant que je vous aime, répondit-elle d'une voix douce.

Il baisa son visage tendrement, lentement, avant de trouver ses lèvres. Alors la passion monta en eux, irrésistible, brûlante.

Jasmine en était étourdie de plaisir, ses seins se gonflaient, douloureux. James la repoussa légèrement pour caresser son ventre et elle renversa la tête en arrière, sans pouvoir retenir un cri quand la tête brune descendit vers elle.

— Belle, si belle…

Quand il se redressa, les yeux embués de passion, elle se dégagea et l'obligea à s'allonger sur le dos.

— C'est à moi, monseigneur.

Assise sur ses talons, elle défit sa natte et le caressa sur tout le corps avec ses longues mèches soyeuses. Parfois elle le taquinait du bout de la langue, ici ou là, enfin elle le prit dans sa bouche.

Il se tordit de plaisir sous la délicieuse caresse, la main dans ses cheveux, puis il la repoussa lorsqu'il se sentit au bord de l'extase. Alors il la souleva et la pénétra, sans la quitter un instant des yeux. Elle soupira de bonheur quand il fut en elle, et commença à bouger avec une lenteur étudiée afin de faire durer le plaisir.

Au bout d'un moment, il roula sur elle et accéléra le rythme, les emportant toujours plus haut, plus loin.

— Jemmie ! hurla-t-elle.

La vague montait, montait, et elle enfonçait ses ongles dans les épaules de James. Les étoiles explosaient sous ses paupières, elle allait être submergée, elle l'était, elle était projetée en plein ciel, et l'univers éclatait autour d'elle dans un cri immense !

Il jouit au même moment avant de s'abattre sur elle, épuisé.

Ils restèrent longtemps ainsi, à recouvrer leur calme.

— Je t'aime, Jasmine, murmura-t-il.

— Je t'aime aussi, James Leslie. Et ne t'avise pas de te faire assassiner comme Jamal ou Rowan ! Je te l'interdis formellement !

— Vous avez choisi de venir dans mon lit, madame, et il vous faudra le partager pour toujours. Je ne vous quitterai jamais. Il en faudrait plus que ce pauvre fou de St. Denis pour nous séparer. Il m'ennuie, c'est tout. Au point que je vais peut-être m'en débarrasser en le tuant.

— Parfait ! Je vous y aiderai.

— Voilà qui est parler en bonne épouse écossaise !

— Votre tante Fiona dit que les femmes Leslie sont aussi hardies que les hommes. En outre, St. Denis mérite une bonne punition.

— C'est vrai, et cependant mieux vaut laisser le roi décider de son sort. À moins, évidemment, que ce ne soit pour nous une question de vie ou de mort. Il me semble toutefois plus raisonnable de rester hors de la portée de ce sinistre individu pour l'instant.

Le lendemain, ils retournèrent à Glenkirk et s'y installèrent. On les tenait régulièrement au courant des mouvements de leur ennemi, qui se rendit à toutes les adresses que lui avait fournies Adali, et jusque chez les Gordon.

— Si nous allions à Edimbourg ? suggéra un jour le comte. Il n'y a qu'une seule route pour l'atteindre et, si nous ne rencontrons pas notre messager en chemin, nous l'attendrons là-bas.

— C'est une bonne idée, acquiesça Jasmine. Mieux vaut résoudre ce problème de façon officielle, afin d'y mettre un terme une bonne fois pour toutes. Je suis presque désolée pour St. Denis. Que deviendra-t-il quand il ne nous pourchassera plus ? Il ne pourra pas retourner à la Cour, personne ne lui accordera la main d'une jeune fille convenable… Autant mourir.

— Sa haine finira par le dévorer, répondit James, fataliste.

Ils arrivèrent à Edimbourg quelques jours plus tard, accompagnés de Fergus More, Adali, Red Hugh, et une jeune servante, Maggie. Les Leslie possédaient deux demeures dans la capitale écossaise. L'une, Leslie House, était un héritage touché par Fiona, laquelle y résidait avec son époux quand ils n'étaient pas en visite chez leurs nombreux parents dans le Nord. L'autre, Glenkirk House, avait appartenu à la mère de James Leslie et était située près de la place Holyrood.

C'était une bâtisse à quatre étages, avec un vaste sous-sol qui abritait les cuisines, l'office, la lingerie, et les quartiers des domestiques. Il y avait un grand jardin d'agrément, ainsi qu'un potager et des écuries.

Le comte et la comtesse s'y installèrent confortablement pour attendre la suite des événements.

Skye était heureuse de se retrouver à Queen's Malvern. Son petit-fils, Charles Gordon, avait emmené les enfants Lindley dans le domaine du jeune Henry, à Cadby, où il veillait sur eux, tandis que le comte de BrocCairn, toujours impatient, avait décidé de se rendre à la Cour voir si le roi avait dépêché un émissaire en Écosse afin d'empêcher St. Denis de nuire davantage. Il ne restait auprès de Skye que Velvet et ses trois plus jeunes enfants, qui l'occupaient énormément. Aussi la vieille dame passait-elle beaucoup de temps sur le banc de pierre qu'elle avait fait installer près de la tombe d'Adam de Marisco. Là, elle se sentait en paix, loin de l'agitation qui menaçait sa propre vie.

— Je n'arrive plus à régler tous les problèmes, Adam, soupira-t-elle un jour. Est-ce un signe de vieillissement ? Notre petite-fille est en danger, et apparemment le roi se fait prier pour intervenir. Jamais la reine Elizabeth n'aurait supporté de telles machinations, même de la part de ses favoris, excepté Dudley, bien

sûr. Dudley pouvait tout faire, et il ne s'en privait pas. Prions pour que notre gendre pousse James Stuart à s'en mêler avant qu'il ne soit trop tard.

Le comte de BrocCairn trouva le roi dans son pavillon de chasse près de Winchester, et il demanda aussitôt audience. Alors qu'il se tenait parmi les courtisans qui sollicitaient une audience royale, Villiers l'aperçut, et il interrogea la reine sur l'identité de ce grand et bel homme en kilt.

— Mais c'est le cousin du roi, le comte de BrocCairn ! Que fait-il ici ?

La reine fit signe à BrocCairn, dont elle croisait le regard, de venir la rejoindre.

Il s'inclina sur sa main.

— Quel plaisir de vous revoir, madame !

— Quel bon vent vous amène, Alex ? D'habitude, vous passez l'été à Queen's Malvern, dans la famille de votre épouse. Mais je manque à tous mes devoirs ! Je vous présente George, vicomte Villiers, que nous appelons Steenie car il a le visage de saint Stephen.

Le comte salua Villiers, puis répondit :

— Si je me permets de venir importuner le roi, madame, c'est que le marquis de Hartsfield est en Écosse où il mijote un mauvais coup. Pourriez-vous intervenir auprès de mon cousin pour qu'il m'accorde un entretien ?

Villiers, intéressé, suivit la reine qui se précipita dans le salon privé de son mari en s'écriant :

— Votre cousin BrocCairn est ici, Jamie, et porteur de mauvaises nouvelles. Il faut que vous le receviez sur-le-champ.

Villiers se fondit dans le décor tandis que le roi se levait avec peine pour se diriger vers son cousin. Le temps humide ne valait rien à ses articulations. On se croirait en Écosse ! se dit-il avec humeur.

— Alex, quelle surprise ! On te voit rarement à la Cour. Ça doit être grave !

BrocCairn baisa la main que le roi lui tendait.

— Très grave, Jamie.

— Viens donc t'asseoir près de moi.

Ils s'installèrent au coin de la cheminée.

— Maintenant, cousin, dis-moi ce qui t'ennuie, reprit le roi.

— Le marquis de Hartsfield rôde en Écosse depuis les premiers grands froids, et il exhibe un mandat d'arrêt signé de toi contre ma belle-fille et son époux, pour cause de haute trahison. Je ne crois pas que tu aies apposé ta signature sur ce document, ni que tu aies l'intention de nuire aux Leslie de Glenkirk, mais St. Denis se fait passer pour ton envoyé et, s'il attrape Jasmine et Jemmie, il semblera avoir la loi de son côté.

— Oh, le monstre ! s'écria la reine. Il faut agir immédiatement, Jamie. Les pauvres ! Comme s'ils n'avaient pas eu assez d'ennuis ces dernières années !

— Je n'ai rien signé de tel, dit lentement le roi. Piers me l'a demandé maintes fois, mais je ne l'ai pas fait.

— Néanmoins, qui saura en Écosse que ce n'est pas ta signature, Jamie ? N'as-tu pas reçu un message de Glenkirk ? Nous avons envoyé un courrier voilà plusieurs semaines, et nous savons qu'il est arrivé jusqu'à Queen's Malvern. Le reste du voyage devait se passer sans encombre, et il savait où te trouver.

— Va chercher Barclay, Steenie ! ordonna le roi. C'est mon secrétaire, expliqua-t-il, et il est au courant de tout. Mais, depuis la mort de Stokes, mon royal bureau est beaucoup moins efficace.

Le secrétaire ne tarda pas à arriver.

— Un messager d'Écosse ? dit-il, méprisant. Ce doit être un des mes assistants qui l'a reçu. Devait-il y avoir une réponse ? Si c'est le cas, nous lui aurons demandé d'attendre à la Cour.

— Trouvez-moi ce message ! tonna le roi dans un de ses rares accès de colère. Comment avez-vous eu le front de ne pas me le montrer ? C'est une question de

vie ou de mort, Barclay. Ça ne va pas du tout, vous êtes un âne inefficace !

Le secrétaire disparut et le roi reprit, furieux :

— Il va falloir changer tout ça !

— Majesté ?

— Oui, Steenie, mon cher enfant ?

— Hier, Kipp St. Denis a demandé à me parler, dit le vicomte. Pensez-vous que cela ait un rapport ? Je ne l'ai pas vu, de peur de vous contrarier, mais je sais qu'il est encore à la Cour. Voulez-vous que j'aille le chercher ?

Le roi acquiesça.

— Qu'espère donc mon pauvre Piers en s'en prenant aux Leslie de Glenkirk ? se demanda-t-il à haute voix.

— Les assassiner, mon cousin ! déclara BrocCairn tout de go. Il imagine qu'il obtiendra ensuite la garde de ton petit-fils, et que cela lui donnera de l'emprise sur toi, cet imbécile ! Il n'a jamais pardonné à Jasmine de lui avoir préféré Glenkirk. Par le Ciel, pourquoi lui as-tu permis de la courtiser, Jamie ?

— Parce que c'est un vieux fou ! coupa sèchement la reine.

Le roi haussa les épaules, comme s'il était d'accord avec le jugement expéditif de son épouse.

— C'est du passé, tout ça.

— Pas pour le marquis de Hartsfield, répliqua BrocCairn. Jasmine a été contrainte de se séparer de ses enfants, Jamie. Les petits Lindley sont à Cadby avec mon fils Charlie. Ton petit-fils et le nouveau-né sont cachés à l'abbaye de Glenkirk. Nous ne pouvions faire autrement, vu la situation. Mais il faut absolument arrêter St. Denis avant qu'il ne fasse du mal à notre famille.

Penaud, Barclay était revenu avec un parchemin qu'il tendit au roi. James Stuart, le regard noir, en brisa le sceau. À peine avait-il fini de le lire que Villiers apparaissait avec Kipp St. Denis.

Celui-ci s'agenouilla devant le roi.

— Je vous écoute ! ordonna le monarque.

— J'implore votre pardon, Majesté, commença posément Kipp. Je ne suis que le bâtard de mon père, mais il m'a donné son nom et m'a élevé avec son héritier. Je lui ai promis sur son lit de mort de veiller sur Piers, cependant je me vois obligé de trahir ma promesse, Majesté, car mon malheureux frère devient fou. Ayez pitié de lui.

— Et qu'a-t-il fait ?

— Lorsque nous sommes partis pour l'Écosse, j'ignorais que le mandat d'arrêt était un faux, sire. C'est seulement à Glenkirk que mon frère me l'a avoué. Son désir de vengeance est tel qu'il en perd l'esprit. Il a dérobé le document sur le bureau de votre secrétaire, l'a signé, l'a rempli aux noms de James et Jasmine, l'a cacheté de votre sceau. Je l'ignorais, à l'époque, et je l'accompagnais dans le seul but de le protéger contre ses mauvais instincts, comme je l'ai toujours fait.

« Nous avons été bloqués à Edimbourg par l'hiver, et j'ai essayé de le dissuader d'aller plus loin, mais en vain. Il a engagé une troupe de malfrats et, dès que les routes ont été de nouveau praticables, nous sommes partis vers le Nord. Les Leslie n'étaient pas à Glenkirk, et j'ai alors compris que nous ne les trouverions jamais. Je pensais que Piers le comprendrait aussi, qu'il renoncerait, mais il a parlé de faire pendre les Leslie, de prendre la petite India pour femme, de s'approprier la fortune du jeune Henry, au cas où il ne vivrait pas jusqu'à sa majorité… J'ai alors été convaincu qu'il était dément et plus pervers que jamais.

« Je suis allé voir maître Adali, le régisseur du château, et il s'est arrangé pour que je puisse rejoindre Votre Majesté en tout sécurité. Il ne faut pas que mon frère continue sur cette voie, sire, il ne le faut pas !

— Ah, mon pauvre cher Piers ! gémit le roi. Je crois que vous exagérez, Kipp St. Denis. Jamais je n'ai vu

tant de mal en lui. Mon gentil garçon serait incapable de tuer, même si son cœur était brisé.

— Mon frère a tué le comte de Bartram de ses propres mains, Majesté, rétorqua calmement Kipp. Il l'a attiré hors de chez lui et lui a enfoncé un poignard dans le cœur parce qu'il craignait que vous ne lui donniez la garde de votre petit-fils, Charles Frederick. Il a froidement éliminé son rival, tout en essayant de faire porter la culpabilité par les Leslie. Heureusement, Votre Majesté ne pouvait penser cela d'eux. Alors, Piers s'est arrangé pour que le message dans lequel vous demandiez aux Leslie de ne pas quitter l'Angleterre ne leur parvienne jamais. C'est pourquoi ils étaient en Écosse quand Votre Majesté, sur la suggestion de mon frère une fois de plus, les a invités pour les fêtes de Noël.

— Le monstre ! répéta la reine.

Villiers, qui n'en perdait pas un mot, ne pouvait s'empêcher d'éprouver une certaine admiration pour l'esprit retors de St. Denis. Hormis Skye, personne ne l'avait soupçonné d'être le meurtrier de Stokes, et il s'en serait sorti impunément si son frère ne l'avait dénoncé. S'il avait renoncé à sa vengeance. C'était une leçon à retenir pour le jeune vicomte.

— Il faut agir, cousin, insistait BrocCairn, sinon Jasmine et James mourront, eux aussi !

— Ecrivez à votre gouverneur en Écosse pour lui dire que les Leslie sont innocents de tout crime et que le marquis de Hartsfield est un traître, renchérit la reine.

— Je porterai le message moi-même, suggéra Villiers. L'affaire est d'importance, un simple courrier n'y suffirait pas.

— Je l'accompagnerai, offrit BrocCairn, car on ne connaît pas ton charmant favori en Écosse, Jamie, mais, moi, on me connaît.

— Barclay ! aboya le roi. Où êtes-vous ?

Le secrétaire s'approcha vivement.

— Ici, Majesté.

— Vous avez entendu. Couchez cela sur le parchemin, mais avec des mots simples, car les Écossais sont des gens simples. Hâtez-vous, et rapportez-moi le document afin que je le signe.

Il se laissa retomber contre le dossier de son fauteuil.

— Je suis las, Alex, dit-il. L'âge qui se fait sentir, je suppose. Vous pouvez vous relever, mon garçon, ajouta-t-il à l'intention de Kipp. Je sais combien cette confession vous a été pénible, mais vous avez eu raison, et il ne vous sera tenu rigueur de rien.

— Je vous demande seulement de pardonner à Piers, Majesté, et de me laisser le ramener à la maison. Sa mère avait les nerfs fragiles, je pense qu'il a hérité d'elle.

— Nous verrons, nous verrons... Pour l'instant, je veux que vous restiez à la Cour, où je pourrai m'entretenir avec vous si besoin est. Encore une question : pourquoi n'avez-vous pas tué lord Stokes à la place de votre frère ?

Kipp frémit, horrifié.

— J'étais incapable de frapper un innocent, Majesté. J'ai vomi une fois ce forfait accompli, car Piers avait tenu à ce que je l'accompagne. Jamais je ne pourrai oublier le regard de lord Stokes quand il a compris ce qui lui arrivait... Dieu me pardonne de n'avoir pas su arrêter le bras de mon frère ! conclut-il, la tête baissée.

— Vous pouvez partir, à présent, dit le roi.

Quand le jeune homme eut quitté la pièce, il se tourna vers son mignon.

— Est-ce la vérité ?

— J'ai entendu dire que c'était vers Kipp que les femmes se tournaient volontiers, et non vers Piers. J'ai aussi entendu dire que c'était un homme honnête, bien que son frère nuise à sa réputation. Dommage qu'il ne soit pas l'héritier du titre ! Le nom de St. Denis va mourir, à présent. C'était une très ancienne famille, à ce qu'il paraît.

Villiers servit un verre de vin qu'il tendit au roi.

— Buvez, monseigneur, cela vous redonnera des forces.

Il se tourna ensuite vers la reine, afin de laisser le roi s'entretenir en toute tranquillité avec son cousin.

— Qu'avez-vous derrière la tête, Steenie ? lui demanda-t-elle.

Les yeux du vicomte brillaient, et il repoussa de son front une boucle rebelle.

— Fou ou pas fou, madame, St. Denis n'oubliera jamais sa position. Pourtant, il a peu de chance de trouver une épouse et son nom disparaîtra après sa mort et celle de son frère.

La reine sourit, complice.

— Sauf si… ? Que mijotez-vous, jeune arriviste ?

— Kipp est l'aîné, madame, et quelqu'un m'a récemment fait remarquer qu'il existait peut-être une chose qu'il désirait par-dessus tout sans penser pouvoir l'obtenir.

— C'est un enfant illégitime, remarqua doucement la reine.

— Charles Frederick Stuart aussi, pourtant le prince Henry a veillé à le nommer duc. Ne croyez-vous pas que Kipp St. Denis a souvent ressassé ce hasard de naissance ? S'il ne l'avait pas fait, ce serait un saint, or je ne pense pas qu'il le soit.

— À votre avis, le roi devrait retirer son titre à Piers et le confier à Kipp, ainsi que l'héritage ?

— Le marquis est un véritable danger pour lui-même et pour les autres. Il faut l'emprisonner ou l'exécuter, il n'y a pas d'autre solution, madame.

— Vous avez raison, dit la reine. Il n'y a pas d'autre alternative.

— Et Kipp, madame ? Si le roi le fait marquis, le nom ne mourra pas. Je pense même à une épouse qui lui conviendrait. Margaret Grey, la comtesse d'Holme. Elle a dix-neuf ans, elle est veuve et possède un modeste héritage qui servirait de dot, ainsi qu'une

petite fille de deux ans, ce qui prouve qu'elle n'est pas stérile.

— Quelle générosité, mon cher Steenie ! murmura la reine. Pourquoi vous souciez-vous tant de Kipp St. Denis et de la pérennité du nom ?

— Parce que je ne vois pas de punition plus terrible à la méchanceté et à l'arrogance du marquis envers notre roi que de le priver de son titre, de ses terres, de son héritage, et même de la femme que vous lui auriez donnée, au profit de son frère.

— S'il est fou, le comprendra-t-il ?

— Il est fou, sans doute, mais pas insensible à son propre sort. Cela le rongera jour après jour, et jamais il ne pourra se libérer de cette souffrance, ni retrouver sa situation de favori du roi. C'est ce qui peut lui arriver de pire, madame. Si on l'exécute, ce sera fini pour lui mais, si on donne à son frère ce qu'il considère comme son dû, le châtiment sera plus subtil, et par là même plus douloureux.

— Vous êtes cruel !

— Oui.

— J'y réfléchirai, promit la reine.

— Persuadez le roi, et le nouveau marquis deviendra son plus fidèle sujet, fit astucieusement remarquer le vicomte.

Barclay, qui était revenu, présenta au roi le document demandé. James le lut attentivement, puis il le signa et le marqua du sceau royal ainsi que de celui de sa chevalière. Quand la cire fut sèche, le secrétaire roula le parchemin et le scella de nouveau, puis il le tendit à Villiers.

— Si vous le désirez, mon garçon, nous avons encore le temps de partir aujourd'hui, dit BrocCairn.

— Je serai prêt dans une demi-heure, promit Villiers avant de s'incliner pour baiser la main du roi.

James Stuart lui caressa les cheveux.

— Ah, Steenie, faut-il vraiment que tu y ailles ? Que vais-je devenir, sans toi ?

— J'ai promis aux Leslie qu'ils pouvaient compter sur mon amitié, répondit Villiers, or voici le moment de mettre cette promesse à exécution. Je reviendrai dès que possible.

Il sortit afin d'aller se préparer au voyage.

— Il est un peu trop joli à mon goût, déclara franchement BrocCairn, mais James et Jasmine le disent loyal. Maintenant, cousin, raconte-moi, comment se porte le jeune Charles ? Aurai-je une chance de le voir avant de partir ?

— Tu penses à l'avenir ? le taquina James Stuart.

Le comte de BrocCairn, d'abord étonné par cette réflexion, éclata de rire.

— Sans doute ! avoua-t-il. Sandy est marié, mais mon Charlie aura besoin d'une place dans la société, et cette place pourrait bien être à côté du prince Charles. En outre, maintenant que les Stuart sont installés en Angleterre, je crains que notre grande famille ne se disperse. Nous avons un grand-père commun, Jamie, même si je m'appelle Gordon, et j'ai besoin d'un fils en Angleterre. Il n'y a pas beaucoup d'avenir pour notre Charlie en Écosse, puisque l'épouse de son frère nous a déjà donné un héritier.

— Toujours direct, répondit le roi en souriant. Il est temps que tu renoues avec notre Charles avant de retourner à Edimbourg. Annie, voulez-vous mener notre cousin chez le prince ? Et ne t'inquiète pas, Alex, nous trouverons une solution pour ton fils avant l'été. Au revoir, et que Dieu te garde.

Le comte de BrocCairn lui baisa la main.

— Au revoir, cousin, que Dieu te garde aussi. Sans ta rapide intervention, une grande injustice aurait été commise en ton nom.

18

Le clan Bruce organisait des jeux d'été de l'autre côté du fleuve, et James Leslie décida de s'y rendre.

— Nous avons vu tout ce qu'Edimbourg a à nous offrir. Le château, la chapelle de la reine Margaret, les marchés, l'endroit où mon beau-père, lord Bothwell, a été décrété hors-la-loi par son cousin, notre roi James. Nous allons assister aux jeux, puis nous ferons nos bagages et nous retournerons à Glenkirk.

— Et St. Denis ? Nous n'avons pas de nouvelles d'Angleterre. Est-il prudent de rentrer à Glenkirk ?

— St. Denis est dans le Nord, occupé à pourchasser des ombres, et nous n'avons rien à redouter de lui pour l'instant, ma chérie. Quant à notre messager, il nous rejoindra à Glenkirk s'il ne nous trouve pas ici.

Ils traversèrent le fleuve avec l'oncle et la tante de James.

— Adam est encore très amateur de jeux, dit Fiona. C'est lui qui a appris à Jemmie le lancer de tronc de mélèze, et il gagne encore souvent les compétitions, malgré son âge. Vous vous amuserez bien, j'en suis sûre ! Les festivités durent quatre ou cinq jours.

Les domestiques étaient partis devant afin de préparer les tentes qui feraient office de logement. Avec leurs bannières qui volaient au vent, elles étaient aisément reconnaissables. Fiona avait montré à Jasmine comment s'habiller pour ne pas détonner parmi les Écossais. Les hommes portaient des kilts, des chemises blanches, des chaussettes de laine, des ceintures

et des chaussures de cuir. Quant aux femmes, elles étaient vêtues de jupes qui s'arrêtaient à la cheville, de blouses blanches et de châles, et elles étaient chaussées de bas de coton et de souliers de cuir. C'était une tenue simple et confortable.

Leur logement était également confortable, malgré sa rusticité. Les lits de camp étaient couverts de matelas de plume, les tentes étaient chauffées par des braseros, et des fauteuils étaient disposés sous l'auvent. Les paillasses des domestiques étaient, à la discrétion de leur maître, placées à l'intérieur ou à l'extérieur de la tente. Le comte de Glenkirk ne jugeait pas sage que la servante de sa femme dorme à la belle étoile, où elle serait une proie de choix pour les ivrognes, aussi dormirait-elle sous la tente, tandis que Red Hugh et Fergus More monteraient la garde devant l'entrée.

Jasmine n'avait campé qu'à une occasion, lorsqu'elle fuyait la Cour de son père pour se rendre sur la côte et, du fait du danger qu'elle courait, l'aventure avait manqué de charme. Aujourd'hui, elle était ravie ! Les Bruce nourrissaient et abreuvaient généreusement leurs invités, de grands feux brûlaient jour et nuit. Les repas étaient composés de porridge et de cidre le matin, de moutons rôtis dans l'après-midi, et la plupart des participants amélioraient l'ordinaire à leur manière. Les Leslie avaient apporté des roues de fromage, du pain frais, un chapon, du vin, des fruits.

Les jeux déchaînaient l'enthousiasme de la foule, et Jasmine se passionna pour les courses, la lutte, dont le champion à battre était un grand homme fort en tartan rouge et vert. Plusieurs jeunes gens s'y efforcèrent sans succès. Black Ewen Erskine demeurait le grand vainqueur. Il y avait des lancers de pierres, et des lancers de troncs d'arbre. Adam Leslie, bien que les jeunes le considérassent presque comme un vieillard, jeta le sien plus loin que tous les participants sauf un : son propre neveu, le comte de Glenkirk. Le torse luisant de sueur, James Leslie lança son mélèze avec un grognement qui

trahissait son effort, et le tronc d'arbre vint gracieusement atterrir juste devant celui d'Adam.

— Je déclare James Leslie vainqueur du lancer de tronc d'arbre ! déclara le maître des jeux.

— Au moins, le titre reste dans la famille, remarqua James avec un grand sourire.

— Il faudra que tu me battes trois fois de suite, mon garçon, si tu veux que le titre de champion te revienne bel et bien, rétorqua Adam. Il y a des jeux à Sithean le mois prochain, nous verrons si tu as autant de chance !

— Un de ces jours, vous attraperez un tour de reins, si vous continuez ainsi, dit sa femme.

— Ne vous inquiétez pas, ma chérie, je serai toujours un époux vigoureux, dit-il galamment en la prenant par la taille.

James Leslie s'était aussi inscrit à la compétition de tir à l'arc, et Jasmine se tenait près de lui en trépignant. Son père et ses frères lui avaient enseigné cet art, et elle s'irritait de ne pouvoir participer à l'épreuve.

— Pourquoi est-ce interdit aux femmes ? Je suis aussi bon archer que n'importe quel homme, bon sang !

— Les femmes ne viennent pas ici pour se mesurer aux hommes, répliqua le comte.

— Je n'aimerais pas participer à tous les sports, se défendit Jasmine, il y en a de trop violents, mais les femmes chassent, et elles savent se servir d'un arc.

— Bientôt, elle voudra danser avec les hommes ! plaisanta Adam. Restez à votre place, petite.

— Ma place ?

Les yeux turquoise lançaient des éclairs, et un instant son mari eut devant lui l'altière princesse moghole.

— Et dites-moi, je vous prie, où est ma place ?

Adam avait lui aussi vu dans l'expression de la jeune femme une fierté et un orgueil indomptables.

— Votre place est auprès de Jemmie, en tant que douce et loyale épouse, et mère de ses enfants.

Fiona eut un petit rire.

— Autrement dit, mon oncle, reprit Jasmine, je dois me taire, exécuter les ordres de mon seigneur et maître, et passer ma vie à m'oublier au profit des autres !

Elle arracha l'arc des mains de son mari, prit une flèche et tira. La flèche alla se ficher au cœur de la cible. Jasmine rendit son arc à son mari en déclarant bien haut :

— Je donnerai cinq pièces d'or à celui qui en fera autant. Quelqu'un veut-il essayer ?

Elle défiait du regard les hommes estomaqués.

— Personne ?

Elle tourna les talons et s'éloigna à grandes enjambées.

— Bon Dieu ! jura Jock Bruce, admiratif. Elle a encore plus de tempérament que ta mère, Jemmie. Où a-t-elle appris à tirer ainsi ? Et pourquoi une femme aurait-elle besoin de savoir se servir d'un arc ?

— Elle était la fille cadette d'un père déjà âgé qui était fou d'elle, ainsi que son frère aîné. Ils l'emmenaient à la chasse avec eux.

— Elle est robuste, elle te donnera de beaux enfants ! Et elle pourrait nous être utile en cas de guerre ! déclara leur hôte.

La plaisanterie détendit l'atmosphère, et tous rirent de bon cœur, mais le comte de Glenkirk ne trouvait pas cela drôle. Sa femme venait de l'embarrasser non seulement par son comportement, pour le moins spectaculaire, mais aussi par ses paroles acerbes. Il se dirigea d'un pas vif vers leur tente, devant laquelle il trouva son épouse en train de déguster un verre de vin comme si de rien n'était.

— Les femmes hindoues ont-elles l'habitude d'humilier leurs époux en public ? demanda-t-il sèchement.

— Nous ne sommes pas en Inde, répondit-elle.

— En effet, madame, nous sommes en Écosse. Et, en Écosse, les femmes ne s'opposent pas à leurs maris devant tout le monde !

— Vous êtes furieux parce que je suis meilleure que vous au tir à l'arc ? dit-elle gaiement.

Elle se sentait nettement mieux maintenant qu'elle s'était déchargée de sa colère.

— Vous l'êtes, c'est vrai, mais vos mots sont plus blessants que vos flèches, et nos femmes écossaises se gardent bien de s'adresser à leurs hommes comme vous l'avez fait.

— Ce n'est pas à vous que j'en voulais, répliqua Jasmine, mais à votre oncle. Il estime que toutes les femmes devraient être humbles, dociles, et s'occuper de leurs enfants, ajouta-t-elle en imitant avec drôlerie l'accent d'Adam.

— Il fait partie de la vieille école qui considère que la femme doit toujours en référer à son mari.

— Comme tante Fiona ? Elle le mène par le bout du nez, Jemmie !

— Sans doute, mais il ne s'en rend pas compte. Je vais vous dire une chose que peu de gens connaissent. Ma tante était tout feu tout flamme, quand elle était jeune. On raconte que c'est elle qui a poussé son premier mari dans la tombe ; en réalité, c'était un faible. Une fois veuve, elle a jeté son dévolu sur mon père, ce qui était normal, car ils étaient du même rang. Un soir, comme il entrait dans sa propre chambre, il l'a trouvée sur son lit. Elle voulait le compromettre pour l'empêcher d'épouser ma mère. Oncle Adam se trouvait là, et il avait toujours désiré Fiona. Aussi mon père a-t-il passé la nuit dans la chambre de son frère tandis qu'Adam s'occupait de sa Fiona. Au début de leur mariage, elle se comportait en esclave, puis un beau jour elle s'est aperçue qu'il avait besoin d'elle autant qu'elle avait besoin de lui. Depuis, elle le manipule, mais elle s'arrange pour qu'il l'ignore et qu'il se voie toujours comme le maître de la maison. Elle est futée, ma tante !

— Et vous croyez que, moi aussi, je vous manipule ? demanda Jasmine avec un sourire espiègle.

Il ne put s'empêcher de rire.

— Un peu de sérieux, madame ! Mon oncle est d'une autre époque, comme la plupart des Écossais. Les Anglais sont beaucoup plus en avance dans leur façon d'apprécier le beau sexe, Jasmine. Je ne pense pas trop en demander quand je vous prie de vous plier en public à ma supériorité de mâle, ajouta-t-il, une étincelle ironique au fond des yeux. Quant à mon oncle, j'aimerais que vous fassiez la paix avec lui.

Elle lui servit un gobelet de vin.

— Que dois-je lui dire ? Que je vais être mère de nouveau ?

— N'est-ce pas la vérité ?

— Je n'en suis pas tout à fait certaine encore. Mais, vous, comment savez-vous ?

Il la souleva de son fauteuil, s'y assit et la prit sur ses genoux.

— Je n'ignore rien de vous, ma chérie, pas une nuance, pas un détail dont je ne sois profondément conscient. Vous êtes l'air que je respire, le battement de mon cœur, une part de mon âme.

Il l'embrassa longuement, les mains dans ses cheveux.

Elle se lova contre lui avec un murmure de plaisir, puis elle se dégagea.

— Tout le monde peut nous voir ! Que diront-ils ?

— Ils diront que le comte de Glenkirk est fou de sa ravissante épouse qui parle un peu trop, et qu'il devrait la battre de temps en temps pour la rendre plus docile.

— Jamais vous ne feriez ça !

— Non. Mais, si vous ne vous comportez pas convenablement au cours des jeux, je pourrais bien être tenté de vous donner une fessée, madame.

Elle bondit sur ses pieds.

— Vous n'oseriez pas !

James Leslie, sans se lever, l'attira de nouveau contre lui.

— Si une femme dit « vous n'oseriez pas » alors qu'elle m'en sait parfaitement capable, soit elle est stupide, soit elle a envie d'une fessée. Est-ce ce que vous souhaitez, madame ? demanda-t-il, la bouche contre son cou.

— Non ! répondit-elle en riant.

— Alors, vous êtes stupide, ma chérie.

Il délaça sa chemise et sa grande main se glissa sous la toile, cueillant un sein entre ses doigts comme une douce colombe.

— Je ne suis pas stupide ! protesta-t-elle.

Seigneur, ses seins étaient tellement sensibles... Elle était sûrement à nouveau enceinte.

— Jemmie, gémit-elle.

Il enferma le petit bout rose et gonflé dans sa bouche.

— On pourrait venir, on pourrait nous voir ! Oh, Dieu...

Le désir l'envahissait de sa moiteur.

Il la prit dans ses bras ; et ils rentrèrent sous la tente. Le temps n'était plus aux mots. Jasmine s'agenouilla sur l'herbe, et il s'agenouilla derrière elle, admirant la rondeur de ses fesses, puis il se déshabilla et entra en elle avec un grognement de plaisir pur. Elle se cambrait, s'arquait afin qu'il la pénètre plus profondément.

Il la tenait aux hanches, le rythme s'accélérait, il en gémissait de bonheur. Si elle n'était pas déjà enceinte, elle ne tarderait pas à l'être ! se dit-il.

Elle était dans une posture de totale soumission, pourtant elle ne se sentait ni diminuée ni humiliée. Ils avaient eu envie l'un de l'autre, et c'était elle qui avait choisi la voie qu'ils allaient suivre. Elle qui s'était offerte à genoux, et elle tirait de ce fol épisode autant de plaisir que lui. Il pénétrait jusqu'à son âme, ses doigts s'enfonçaient dans sa chair fragile, il la brûlait de sa passion.

— N'arrête pas, Jemmie, je t'en supplie ! Encore !

Il accélérait le va-et-vient pour lui faire plaisir, pour se faire plaisir, pour leur faire plaisir, jusqu'à ce qu'il sente l'énorme spasme qui les saisissait ensemble.

Dans un cri, ils roulèrent, lui sur le dos, elle à plat ventre dans l'herbe tendre. Ils reprirent lentement leur respiration, puis Jasmine murmura :

— La passion que vous faites naître chez moi ne fera pas de moi votre esclave, monseigneur.

Il éclata de rire.

— Et moi qui croyais que vous vouliez me séduire par votre ardeur !

— Monstre ! s'écria-t-elle en faisant mine de le gifler.

Il l'attira entre ses bras.

— Cela ne se fait pas, madame, de frapper son mari !

— Vous êtes l'homme le plus exaspérant du monde, Jemmie, et si je ne vous aimais pas à la folie, je crois bien que je vous tuerais !

Il caressait les cheveux sombres, les enroulait autour de son poignet.

— Jamais je n'ai eu besoin d'une femme, mon précieux trésor, mais j'ai besoin de vous. Avant de vous connaître, je ne savais pas à quoi ressemblait le bonheur. Maintenant, je suis jaloux de tout homme qui pose les yeux sur vous, je suis jaloux de toutes les années que nous n'avons pas passées ensemble. Je vous aime, je n'aime que vous.

— Parfois, Jemmie, je me sens indigne de cet amour. Je suis trop gâtée, capricieuse, autoritaire, je fais mal sans m'en rendre compte. Mais je vous aime, mon merveilleux mari !

Adam Leslie faisait irruption sous la tente.

— Ah, vous êtes là, vous deux ! s'écria-t-il avec un clin d'œil.

James se releva vivement, entraînant Jasmine avec lui.

— Excusez-moi pour mon emportement de tout à l'heure, mon oncle, dit la jeune femme en brossant l'herbe de sa jupe.

— Ce n'est rien, petite, répondit-il gentiment. Les

femmes enceintes sont souvent susceptibles et irritables. Vous êtes pardonnée. Un baiser pour sceller le traité de paix ?

Jasmine se plia volontiers à sa requête.

— Il n'existe donc pas de secrets, en Écosse ? demanda-t-elle en riant.

— Pratiquement pas.

Le soir, les hommes dansèrent au son des cornemuses sous la lune d'août, à la lumière des feux de camp. James montra à sa femme les différents tartans, celui des Bruce rouge avec des lignes blanches, celui des MacDuff bleu foncé, vert et rouge. Celui des Leslie, comme le châle que portait Jasmine, était à carreaux bleus et verts avec des bandes d'un bleu plus sombre et jaunes.

Le dernier soir, Jasmine assista à la danse, installée près de Fiona. Les Écossais évoluaient avec grâce parmi les épées entrecroisées sans jamais en déranger une seule, tandis que le vent apportait le parfum des bruyères et que les flammes des feux de camp s'élançaient vers le ciel. C'était merveilleusement sauvage, primitif, et le côté celte de Jasmine en fut profondément ému.

À l'aube, cependant, le ciel était bas, les nuages annonciateurs de pluie. Tout le monde levait le camp, et bientôt la prairie des Bruce reprit son aspect d'origine.

— Si vous partez directement d'ici, suggéra Adam, vous gagnerez une journée de voyage. Nous vous rejoindrons dans quelques jours avec Adali. Il fermera Glenkirk House, et vous serez plus vite rentrés chez vous sans le chariot à bagages.

Le comte interrogea sa femme du regard.

— Jasmine ?

— Ce serait plus simple, en effet, mais il faut que je retourne en ville car j'ai une affaire à régler personnellement avec mes banquiers.

Ils revinrent donc à Edimbourg, où James Leslie se rendit aussitôt chez lui tandis que Jasmine allait à la banque Kira. Comme elle sortait de l'établissement, elle se trouva subitement entourée d'une bande d'individus à la mine patibulaire. Elle entendit un ricanement péniblement familier.

— Ainsi, nous nous rencontrons de nouveau, madame, dit Piers St. Denis. J'ai un mandat d'arrêt contre vous. Emparez-vous d'elle et mettez-la sur son cheval ! ordonna-t-il à ses acolytes.

Suivant sa maîtresse de quelques pas, Maggie était passée inaperçue, et elle se terrait dans la pénombre du seuil, quand une main la saisit au poignet et la fit rentrer dans la banque. C'était David Kira, le banquier, qui, le doigt sur les lèvres, lui fit signe de se taire avant de fermer la porte sur eux.

— Pourquoi n'avez-vous pas volé au secours de ma maîtresse ? demanda-t-elle lorsqu'ils furent dans le couloir.

— Un homme seul contre ces malfrats ? J'y aurais laissé la vie ! Mais j'ai sauvé la vôtre. Je vais vous montrer la porte dérobée, et vous pourrez courir prévenir votre maître. Je vous ferai parvenir votre cheval ce soir.

Il ouvrit une petite porte et la poussa dehors.

— Vous allez tout droit, indiqua-t-il, et vous vous retrouverez dans la grand-rue. Ensuite, vous connaissez le chemin, n'est-ce pas ?

Maggie acquiesça.

— Merci, monsieur.

— Dépêchez-vous ! Il n'y a pas une minute à perdre !

Maggie courut à perdre haleine mais, au lieu d'aller à Glenkirk House, elle se précipita à Leslie House, plus proche, où lord Adam aurait sans doute une monture à lui prêter. Elle ne tarda pas à y arriver et tambourina de toutes ses forces à la porte.

Elle passa en trombe devant le domestique qui vint lui ouvrir.

— Maître Adam ! Maître Adam ! criait-elle.

Adam et Fiona sortirent de la bibliothèque

— C'est ma maîtresse ! hoquetait Maggie. Elle a été enlevée !

Fiona la fit entrer dans la bibliothèque, et Adam lui servit un verre de whisky.

— Buvez, petite, ce n'est pas le moment d'avoir une crise de nerfs. Et racontez-nous calmement ce qui s'est passé.

Maggie toussota, crachota, mais elle finit par avaler le puissant alcool et, après avoir rassemblé ses esprits, elle expliqua :

— Nous étions à la banque de M. Kira et, quand nous sommes sorties, cet homme avec un drôle d'accent a dit que ma maîtresse était en état d'arrestation, et ses hommes l'ont mise sur son cheval, et ils sont partis. Ils ne m'ont pas vue parce que j'étais derrière, et M. Kira m'a fait sortir par la petite porte. Mais vous habitez plus près que mon maître, et je n'avais plus mon cheval, alors j'ai pensé qu'il valait mieux m'arrêter ici.

Elle s'interrompit, à bout de souffle.

— Bon Dieu ! pesta Adam. C'est ce satané Anglais. Je me demande pour quelle raison nous n'avons pas su qu'il était revenu à Edimbourg !

Maggie sanglotait à fendre l'âme.

— Cessez de pleurnicher, jeune fille, grommela Adam. J'ai besoin de réfléchir.

— Allez vite trouver Jemmie ! suggéra Fiona en entourant les épaules de la camériste d'un bras amical. Là, là, petite. Vous avez bien fait de venir d'abord ici. Adam, bon sang, sautez à cheval et allez voir votre neveu !

James Leslie faillit exploser de fureur lorsqu'il apprit que sa femme avait été enlevée par Piers St. Denis. Il parvint toutefois à se calmer, en partie grâce à Adali qui lui servit un thé largement arrosé de whisky.

— Respirez lentement, monseigneur, comme je vous ai appris. La colère ne créera que confusion dans votre

esprit. Nous avons affaire à un fou qui n'en est pas moins intelligent et plein de ressources.

— Qu'est-ce que c'est que cette histoire ? s'impatientait Adam. Rassemblons tous nos hommes, lançons-nous à la recherche de ce salaud et égorgeons-le pour le punir d'avoir eu l'outrecuidance de poser les mains sur une comtesse de Glenkirk !

— Non, dit calmement le comte. Il faut nous montrer plus rusés que lui, mon oncle, avant qu'il ne fasse du mal à Jasmine. J'ai perdu une épouse par la faute de fous dangereux, je sauverai celle-là.

— Où le marquis a-t-il bien pu emmener ma maîtresse ? demanda Adali.

— S'il a toujours ce maudit mandat d'arrêt, il est peut-être allé au château. Je l'espère, car je connais le gouverneur, qui est un homme raisonnable. Il n'agira que s'il est tout à fait sûr de lui, expliqua Adam Leslie. Je vais grimper la colline, mais, toi, tu dois rester ici, mon garçon. Le document porte également ton nom. Comment diable se fait-il que notre messager ne soit pas encore revenu d'Angleterre ? Il devrait être là depuis longtemps !

« Grimper la colline », pour Adam, signifiait se rendre au château d'Edimbourg, où il eut une conversation avec son ami Robert Crighton, le gouverneur, mais celui-ci n'avait pas vu St. Denis depuis le printemps. Il fut choqué par ce que lui raconta Adam.

— Il avait en effet un mandat d'arrêt, se souvint-il.

— Un faux ! Son demi-frère l'a avoué au régisseur de Glenkirk avant d'abandonner le marquis à son sort. Tu connaissais la signature du roi, Robbie.

— Je n'ai pas vu Jamie depuis des lustres, et son écriture aurait pu se modifier, avec l'âge.

— Ah, triompha Adam, ainsi, tu avais des doutes !

— Le sceau était authentique, se défendit le gouverneur.

— Pas la signature. Mais ne t'inquiète pas, Robbie. Nous avons envoyé un messager en Angleterre afin de

tenir le roi au courant de ce qui se passait. Il ne tardera pas à revenir. Si St. Denis amenait la comtesse au château, tu m'avertirais tout de suite ?

— Oui, et je garderais la dame en sécurité.

— Tu nous la renverrais ! déclara sèchement Adam.

— Impossible tant que cette histoire d'arrestation n'est pas réglée, mon ami.

Avant qu'Adam puisse insister, on frappa et un serviteur annonça la visite du comte de BrocCairn accompagné du vicomte Villiers.

— Bon sang ! Voilà notre réponse ! s'écria Adam. Salut, BrocCairn, c'est un plaisir de te voir. Apportes-tu la preuve que ton Anglais est un traître et un menteur ? Il vient d'enlever Jasmine.

— Mon Dieu ! Heureusement que Velvet n'est pas là pour entendre ça ! Monseigneur le gouverneur, puis-je vous présenter le vicomte Villiers, qui possède un mandat d'arrêt contre le marquis de Hartsfield, signé de la main du roi ? Le faux qu'exhibe St. Denis contre les Leslie n'a aucune valeur.

George Villiers tendit le parchemin roulé au gouverneur.

— Il contient également un message personnel du roi, monseigneur, dit-il.

Adam Leslie contemplait Villiers bouche bée. Jamais il n'avait vu un aussi beau jeune homme. Grand, mince, il avait des yeux bruns extrêmement vifs, une superbe chevelure châtaine bouclée et, dans ses vêtements d'une coupe parfaite, il n'avait pas l'air d'avoir chevauché toute la journée.

— Ainsi, c'est vous le nouvel amour du roi, remarqua Crighton.

Le vicomte éclata de rire.

— Sa Majesté me fait le grand honneur de m'accorder son affection, en effet, dit-il.

— Son arrière-grand-père aussi aimait les jolis garçons, intervint Adam. Vous savez manier l'épée, jeune homme ?

— Certainement, répliqua Villiers, qui ajouta, malicieux : L'arrière-grand-père de Sa Majesté aimait sans doute aussi les dames, sinon notre roi ne serait pas là.

— En effet, répondit Adam Leslie sans se laisser démonter par l'humour du vicomte.

— Où est Jasmine ? demanda BrocCairn.

— Nous n'en savons rien. Je suis venu au château parce que je pensais qu'il l'y avait peut-être amenée pour la faire arrêter, mais Robbie ne l'a pas vu.

— Et Glenkirk ?

— Il est chez lui. Je ne voulais pas que St. Denis risque de lui mettre la main dessus.

— Il faut intervenir maintenant, sir Robert, dit BrocCairn. Envoyez une équipe à la recherche de la comtesse. Piers St. Denis est un traître, mais les malfrats à sa solde céderont bien vite à votre autorité. Ne perdons pas un instant. Cet homme est dangereux !

— À mon avis, il n'amènera pas Jasmine ici, car il se doutera que la supercherie a été découverte. Il ne pensait sûrement pas qu'il lui faudrait près d'une année pour lui mettre la main dessus, et à présent il ne peut se permettre de prendre le moindre risque. Lord Gordon a raison de souligner que cet homme est un vrai danger. Son demi-frère dit qu'il a tué lord Stokes de ses propres mains.

— Par le sang du Christ ! jura Adam Leslie.

— Il va quitter Edimbourg, mais il nous faut savoir quelle direction il empruntera.

— Comment faire ?

— D'abord, nous allons nous rendre à la banque. Kira nous racontera ce qu'il sait, et nous interrogerons les gens du voisinage, au cas où ils auraient vu quelque chose. Il faisait grand jour ! Ensuite, nous retournerons voir mon gendre, et nous nous lancerons à la recherche de Jasmine, grâce aux indices que nous aurons glanés à droite et à gauche. Nous donnerez-vous des hommes pour nous aider, sir Robert ?

— Oui, dit le gouverneur qui calculait mentalement ce que cela allait lui coûter.

— Le roi vous en saura gré, monseigneur, affirma Villiers avec son plus charmant sourire. Je lui dirai moi-même combien vous vous êtes montré coopératif.

Les trois hommes prirent congé du gouverneur. À peine dans le corridor, Adam Leslie déclara, avec sa franchise habituelle :

— Vous n'êtes pas le sot superficiel que vous paraissez être, n'est-ce pas ?

— Non, répondit Villiers en souriant. Êtes-vous toujours aussi direct, monsieur ?

— Je ne sais pas m'exprimer autrement, répondit Adam Leslie avec candeur.

Villiers secoua la tête.

— D'une certaine manière, je vous envie, monsieur, mais jamais vous ne pourriez réussir à la Cour !

— Cette fosse à purin ? Je n'y mettrais pas les pieds pour tout l'or du monde ! J'en ai vu assez quand la Cour résidait en Écosse. Lorsque Jamie s'est décidé à partir vers le sud, la plupart des courtisans se sont précipités derrière lui avec leurs infâmes courbettes dans l'espoir de faire fortune. J'aurais pu les imiter, mais j'avais une belle épouse, une petite maison à Edimbourg, et le château de Glenkirk sera toujours mon foyer dans les Highlands. Je ne suis pas un homme riche, pourtant ce que j'ai me suffit largement tant que je demeure sur ma terre natale. Je suis né écossais, et je mourrai écossais, jeune homme. Je ne suis pas un courtisan, mais chacun suit sa voie, dans la vie.

Lorsqu'ils arrivèrent à la banque, Kira les attendait et il les conduisit dans la bibliothèque. Villiers fut surpris par le luxe de la demeure qui de l'extérieur semblait bien délabrée.

— J'étais sûr que vous viendriez, dit le banquier. Une de mes employées a tout vu par la fenêtre de l'étage. Il y avait huit hommes, plus le chef. Ils ont remonté la grand-rue avec la comtesse, mais de son poste d'ob-

servation ma domestique n'a pu voir quelle direction ils ont prise par la suite. Le chef menait le cheval de la comtesse par la bride, et il lui avait attaché les mains au pommeau de la selle, afin qu'elle ne puisse se sauver et qu'on ne puisse voir qu'elle était prisonnière. C'était très habilement fait.

— Pourquoi n'a-t-elle pas crié ? se demanda Adam Leslie à haute voix.

— On lui avait fourré un mouchoir dans la bouche, et on lui avait couvert la tête de son châle, afin que les passants ne remarquent rien.

— Merci, maître Kira. Nous allons interroger les riverains de la grand-rue.

Après avoir questionné plusieurs personnes, ils trouvèrent un mendiant qui se rappelait avoir vu les neuf hommes et la femme.

— Allez voir du côté de la route de Leith, mes bons messieurs, dit-il en tendant la main.

BrocCairn lui lança une pièce d'argent avant de se tourner vers ses compagnons.

— Rentre à Glenkirk House, Adam, et dis à Jemmie que nous sommes sur la route de Leith. Avertis sir Robert aussi. Villiers et moi allons poursuivre vers le port, bien que je ne saisisse pas du tout pourquoi il est allé par là.

— Sans doute parce qu'il pensait que vous n'iriez jamais l'y chercher, dit Villiers tandis qu'Adam Leslie tournait bride. Il n'a pas osé se rendre au château parce qu'il redoutait que sa supercherie ne soit déjà publiquement dévoilée. Il ne sera nulle part en sécurité avec la comtesse tant qu'il restera en Écosse. Probablement imagine-t-il qu'il évitera les poursuites en s'embarquant pour l'Angleterre. Il aura du mal à faire monter Jasmine à bord ! ajouta-t-il en riant. Si jamais il y parvient !

— Oui, dit BrocCairn. Elle a un sacré tempérament, comme sa mère, même si Velvet prétend qu'elle tient surtout de son père le grand moghol. Ce St. Denis s'est

attaqué à trop forte partie pour lui, et il ne tardera pas à s'en rendre compte à ses dépens.

En riant, les deux hommes continuèrent la route qui les menait tout droit vers la ville portuaire de Leith.

19

Jasmine avait été totalement prise au dépourvu lorsqu'elle était sortie de la banque. On lui avait enfoncé un morceau de tissu dans la bouche avant qu'elle ait le temps de protester, puis on l'avait jetée sur sa monture et ligotée au pommeau de la selle sans qu'elle ait pu se débattre. Le châle rabattu sur le visage, elle avait été entraînée dans la grand-rue.

Elle avait immédiatement deviné qui était son ravisseur, et elle prit bien soin de ne pas se retourner pendant qu'on la bâillonnait. Maggie avait franchi le seuil juste derrière elle, pourtant elle s'aperçut d'un coup d'œil furtif qu'elle avait déjà disparu. Heureusement car, si la servante ne s'était pas cachée, qui aurait été avertir Jemmie ? Mais il fallait qu'elle se hâte, sinon on aurait du mal à retrouver sa trace.

Elle vit sur une pancarte qu'ils empruntaient la route de Leith. Leith ? Bien sûr, c'était le port d'Edimbourg, mais au nom du Ciel où l'emmènerait-on ensuite ? Pas en Angleterre, tout de même, où tout le monde devait être au courant de la trahison de St. Denis. Mais alors, où ? Elle n'obtiendrait pas de réponse tant qu'elle aurait ce satané bâillon. Elle tenta de le repousser de la langue, mais elle avait déjà la bouche horriblement sèche. Elle s'efforça de respirer lentement afin de se calmer. Elle était d'ailleurs plus furieuse qu'effrayée.

Ils s'arrêtèrent très vite à une auberge sur la route de Leith. Une sinistre gargote d'où sortaient des cris

d'ivrognes. Les hommes de St. Denis mirent pied à terre, s'étirèrent, se grattèrent, avant d'attacher leurs vieilles haridelles. Enfin ils levèrent les yeux vers le marquis.

— Nous nous quittons ici, dit ce dernier. Je vous fais cadeau des chevaux.

— Et l'argent ? demanda l'un des malfrats. Vous avez promis de l'argent, m'sieur. On vous laissera pas partir si on l'a pas.

Piers St. Denis sortit de son pourpoint une bourse qu'il lui jeta avec mépris.

— Tiens !

— C'est pas assez ! se plaignit l'homme en la soupesant. Vous êtes pas honnête, l'Anglais ! Mais on peut pas en attendre plus d'un des mignons du roi James, dit-il en s'avançant vers le marquis avec une expression menaçante.

Le marquis dégaina vivement son épée et la passa au travers du corps de l'individu qui s'écroula le nez dans la poussière. Il retira son arme de la poitrine de sa victime, l'essuya sur les vêtements du malheureux et la remit dans le fourreau.

— Quelqu'un d'autre a des objections ? demanda-t-il froidement.

Puis il fit faire demi-tour à son cheval et, tenant toujours celui de Jasmine par la bride, sortit de la cour de l'auberge, tandis que les sept racailles restantes se précipitaient sur le mort afin de récupérer la bourse.

Jasmine poussa quelques cris étouffés pour attirer son attention. Il se retourna, souriant.

— Vous voudriez que je vous ôte ce bâillon, ma douce ? dit-il.

Elle hocha la tête, véhémente.

— Vous promettez de ne pas crier, ni hurler, ni tenter de vous faire remarquer ?

Elle acquiesça de nouveau.

— Eh bien, non, dit-il froidement. Ce sera votre pre-

mière leçon d'obéissance, ma chère. Vous allez enfin apprendre où se trouve votre place, avec moi. Vous auriez dû me choisir, Jasmine, parce que maintenant je suis obligé de vous punir, James Leslie et vous, pour l'affront que vous m'avez fait. Je pourrais vous faire pendre, car j'ai un mandat d'arrêt du roi, mais je vais d'abord me servir de vous pour attirer le comte de Glenkirk jusqu'à moi. Ce soir, vous lui écrirez une lettre dans laquelle vous déclarerez vous être trompée et vouloir rester avec moi. Il souffrira, il voudra venir vérifier si c'est la vérité. Alors je le tuerai, et vous serez à moi pour toujours ! Je vous avais dit que vous seriez mienne un jour, et vous le serez !

Il était complètement fou, aveuglé par sa démence, ce qui le rendait d'autant plus dangereux ! Jasmine devait absolument trouver un moyen de s'enfuir ! Jemmie était sûrement au courant de l'enlèvement, mais comment aurait-il su où la chercher ? C'était à elle de se sauver, de les sauver tous les deux.

Ils approchaient de la mer, mais le marquis ne rentra pas en ville. Il s'engagea dans un chemin de terre à peine visible qui escaladait une colline au sommet de laquelle se dressait un cottage apparemment désert. Là il sauta à bas de sa monture et fit descendre Jasmine de cheval. Puis il la traîna par ses liens jusqu'à la petite maison. Elle se débattait tant et si bien qu'il la gifla.

— Je ne supporte pas l'insoumission, madame. Vous êtes ici pour apprendre la docilité.

Il la poussa dans le cottage où il la débarrassa enfin de son bâillon

— Salaud ! cria-t-elle. Vous avez failli m'étouffer !

Piers St. Denis la gifla de nouveau.

— Remerciez-moi de vous en avoir libérée, garce, ou je vous le remets ! Bien que j'aie envie d'entendre votre voix, je vous bâillonnerai jusqu'à ce que je sois sûr que vous ne direz que des choses gentilles.

Il lui prit les cheveux à pleines poignées pour l'obliger à le regarder dans les yeux.

— C'est bien compris, Jasmine ?

— Vous me faites mal, grinça-t-elle.

— C'est compris ? répéta-t-il.

— Oui, j'ai compris, répondit-elle, consciente du danger qu'il représentait.

— Bon.

Il passa la main sur sa poitrine.

— Je veux vous voir nue. Je ne vous ai jamais admirée telle que Dieu vous a faite, et j'y tiens absolument, ma douce.

À ce contact, Jasmine frémit de dégoût. St. Denis prit cela pour de la peur, ce qui l'enchanta.

— Qu'espérez-vous obtenir, monseigneur ? Vous avez trahi la confiance du roi, et vous en serez gravement puni.

Piers St. Denis ricana.

— Non, il me pardonnera. Ce vieil imbécile me pardonne toujours, parce qu'il m'aime. Jamais je n'ai été châtié pour mes mauvaises actions. Quand nous étions petits, c'était Kipp que l'on fouettait à ma place. Comme j'aimais mon frère, notre père estimait que c'était une pire punition pour moi de le voir battu, mais en réalité j'adorais ça. Une fois, j'ai voulu le fouetter moi-même pour voir l'effet que cela faisait, et j'en ai retiré une merveilleuse impression de puissance. Jamais je n'ai eu l'autorisation de battre le roi, bien sûr, mais il me permettait de le gronder de temps en temps. Il pleurait quand je le réprimandais, et je crois que secrètement il rêvait d'être dominé comme je vais vous dominer, ma belle.

Il posa la main sur ses seins et, comme elle tentait de lui échapper, il en pinça un avec violence.

Le cri de douleur qu'elle fut incapable de retenir lui arracha un mauvais sourire.

— Vous avez déjà été fouettée ? Les Écossais possèdent un ravissant instrument que l'on appelle un martinet. C'est une pièce de cuir divisée en son extrémité en plusieurs lanières auxquelles on a fait des

nœuds. Quand on sait s'en servir, les fesses deviennent d'un joli rouge, et la peau éprouve une chaleur comme vous n'en avez jamais connu. Grâce à moi, vous vous habituerez bien vite au martinet, et vous apprendrez à aimer la douleur qu'il procure.

Il approcha son visage du sien.

— Ouvrez la bouche, Jasmine, ordonna-t-il, que j'y mette ma langue.

Elle lui cracha à la figure.

Le marquis s'essuya lentement.

— Je vais prendre un plaisir fou avec vous. Vous ne me céderez pas facilement, et ça n'en sera que meilleur.

Lorsqu'il lui pinça de nouveau méchamment le sein, elle perdit toute prudence.

— Vous êtes fou ! Vous croyez vraiment que vous pourrez me soumettre à vos désirs pervers ? Et, si vous imaginez que le roi vous pardonnera ce que vous considérez comme une peccadille, vous vous trompez lourdement ! Mon mari et mon beau-père sont apparentés à James Stuart, qui est d'origine écossaise. Les liens du sang sont de la toute première importance, pour les Écossais. Libérez-moi pendant qu'il en est encore temps, monsieur, et fuyez afin de sauver votre vie. Si le roi ne vous met pas la main dessus, ce sera la famille de mon époux qui vous trouvera, où que vous vous cachiez, et les représailles seront terribles !

En guise de réponse, il l'attrapa à bras-le-corps et la pendit par ses liens à un crochet fixé à une poutre maîtresse du cottage. Ses pieds n'étaient qu'à quelques centimètres du sol, mais elle était à sa merci.

— Voilà. Maintenant, la séance va commencer, ma douce.

Malgré ses mouvements désordonnés, il parvint à lui ôter ses souliers, puis il lui attacha les chevilles afin qu'elle ne puisse plus donner de coups de pied.

— Pourquoi êtes-vous vêtue en paysanne ? demanda-t-il.

— J'assistais aux jeux chez lord Bruce. Tous les nobles s'habillent ainsi pour les jeux, espèce d'ignorant !

— C'est plus pratique, ironisa-t-il. J'aurai moins de mal à vous dénuder.

Il dénoua les rubans de sa jupe, puis ceux de ses jupons, qu'il jeta sur l'unique chaise de la pièce. Après quoi, il se mit à tourner autour d'elle afin d'admirer la cambrure de ses reins, la courbe de ses hanches, tout en la caressant d'une main légère. Déjà il se réjouissait du bruit que feraient les lanières de cuir sur cette chair pulpeuse. Il s'en léchait les babines, comme un fauve face à sa proie.

De retour devant elle, il s'agenouilla pour retirer ses jarretières et rouler les bas de coton noir. Il desserra les liens de ses chevilles, n'en laissant qu'une attachée dont il fixa la corde à un clou planté dans le mur. Elle avait une seule jambe libre, et il la parcourut de la paume, la tâta, la pinça. Il haletait.

Jasmine se hérissait tandis qu'il effleurait l'intérieur de sa cuisse. Elle aurait hurlé de répulsion, mais elle savait qu'il prendrait son cri pour de la peur, or c'était ce qu'il souhaitait. Il lui rappelait son demi-frère, Salim, avec ses mains douces et sa voix plus douce encore, mais elle n'était plus une enfant effrayée de treize ans.

— Tu aimes ? demanda-t-il en jouant du bout des doigts avec son sexe.

— Vous êtes répugnant ! rétorqua-t-elle froidement.

— Ton aversion m'excite plus encore, déclara-t-il.

Il ouvrit son pantalon car son érection était presque douloureuse. Puis il déchira la chemise de Jasmine et prit ses seins à pleines mains, gémissant de plaisir.

— Dieu, que tu es belle ! J'arrive à peine à me contenir, et ça ne m'est jamais arrivé jusqu'à présent, ma jolie. Tu es vraiment un morceau de choix, et tu m'appartiens !

— Je n'appartiens à personne, misérable ! vitupéra-t-elle. Je suis l'épouse de James Leslie, mais je ne lui appartiens pas, pas plus qu'il ne m'appartient.

— Je tuerai ton mari, déclara Piers St. Denis en lui malaxant la poitrine. Comment peux-tu te refuser à moi ?

Il sortit son sexe turgescent pour lui montrer l'ampleur de son désir.

— Regarde ce que j'éprouve rien qu'à m'imaginer en toi.

Elle eut un rire méprisant.

— Un gamin maladroit et inexpérimenté, voilà ce que vous êtes. Vous allez répandre votre semence sur le plancher avant d'avoir pu me toucher, monseigneur.

Elle rit de nouveau avec méchanceté.

— Tais-toi ! hurla-t-il. Tu ne me connais pas ! Je vais te baiser jusqu'à ce que tu cries grâce avant de jouir, espèce de sale garce !

Il la gifla de nouveau, mais elle riait toujours malgré l'inconfort de sa position.

— Regardez ! Je vois déjà perler le début de la jouissance, minable ver de terre. Vous ne vous retiendrez pas, parce que vous en êtes totalement incapable.

— Garce ! répéta-t-il, tandis que la prophétie de Jasmine se réalisait.

La jeune femme soupira, soulagée. Elle avait provisoirement échappé au viol. Maintenant, il fallait qu'elle se sorte de cette situation.

— Mes bras s'engourdissent, dit-elle. Je vais mourir ! Si vous me tuez, vous connaîtrez la pire des morts de la main des Leslie.

St. Denis contemplait le désastre, frustré, furieux. Elle l'avait mis dans une position humiliante, elle était plus forte qu'il ne croyait. D'habitude, à la seule vue de sa virilité, ses victimes éclataient en sanglots, imploraient sa pitié.

— Tu resteras là jusqu'à ce que j'aie décidé de te libérer, sale garce !

Il passa derrière elle et lui attacha de nouveau les deux chevilles ensemble, puis il s'empara du martinet.

— Maintenant, je vais te punir, ma belle, pour t'apprendre à te moquer de moi.

Les courroies de cuir claquèrent sur ses fesses une fois, deux fois, trois fois.

Jasmine savait à quoi s'attendre dès qu'il avait prononcé le mot punir. Elle avait pris une profonde inspiration et se mordait la lèvre pour s'empêcher de crier, tandis qu'elle sentait à chaque coup la douleur s'accentuer.

— Garce ! répéta-t-il, fou de rage.

Il frappait encore et encore, bien décidé à la faire gémir, et Jasmine comprit que, si elle cédait, il s'estimerait peut-être vengé et la dépendrait du clou auquel elle était suspendue comme un daim dans le saloir. Après tout, il fallait qu'elle survive à cette épreuve bestiale. Elle lâcha enfin un cri de douleur.

Le fouet s'abattit sur elle une septième fois, une huitième. Le marquis grognait sous l'effort.

— Alors, garce hautaine, demande grâce !

Il continuait à frapper, pourtant les cris de Jasmine l'apaisaient quelque peu, et il sourit.

— Supplie-moi d'arrêter, catin !

— Arrêtez ! dit-elle dans un sanglot feint. Je vous en prie, j'ai mal, je brûle !

Elle reçut encore deux coups avant d'entendre le martinet tomber au sol. St. Denis revint se poster devant elle, et elle s'arracha quelques larmes. Il libérait ses chevilles, pourtant elle s'abstint de lui envoyer des coups de pied. Il fallait absolument qu'il la repose à terre.

— Je vous en prie, libérez-moi, monseigneur, gémit-elle.

Au lieu d'obtempérer, il s'agenouilla devant elle et, lui écartant les jambes, il caressa ses lèvres de la langue, joua avec son sexe. Jasmine, qui sentait son corps menacer de la trahir, était révulsée par cette intrusion. Néanmoins, il fallait qu'elle manifeste une émotion, elle le savait.

— Oh ! Non ! Non ! cria-t-elle.

Il rit et recula, le regard fou.

— C'est bien, garce. Supplie ! Mais je ne m'y trompe pas, tu es une catin, comme toutes les femmes. Comme ma mère qui s'est vendue au plus offrant, comme celle de Kipp, qui s'est vendue à son maître afin de mener la vie d'une dame. Mais elles détestaient faire l'amour, alors que, toi, tu aimes ça.

Il se releva.

— C'est vrai, répondit Jasmine avec hardiesse. J'aime ça.

Il la regarda, stupéfait. Jamais il n'avait entendu une femme avouer qu'elle aimait « la chose ».

— Tu aimes qu'on te baise ? demanda-t-il, intrigué.

— Bien sûr. Tout comme la plupart des femmes, si les hommes savent s'y prendre. Maintenant, faites-moi descendre de là, monseigneur. Laissez-moi attachée si vous voulez, mais je ne sens plus mes bras, or il n'est pas nécessaire de brutaliser une femme pour jouir de ses faveurs, vous savez. Rien qu'à me regarder, vous aviez envie de moi, n'est-ce pas ?

Oh, oui ! Pour la première fois de sa vie, Piers St. Denis avait ressenti du désir avant même de frapper, et s'il y avait pris plaisir ce n'était plus au fouet qu'il pensait. Il en fut un peu déconcerté.

— Descendez-moi, répéta Jasmine.

Sans répondre, il la décrocha et l'emmena vers un mur où il prit un collier de cuir, relié au mur par une chaîne, qu'il lui fixa au cou. Enfin, il lui détacha les mains.

— Assieds-toi, ordonna-t-il en jetant ses vêtements sur le sol de terre battue.

Jasmine se laissa maladroitement tomber sur sa jupe, puis elle frotta ses bras engourdis.

— J'ai froid, dit-elle. Allumez un feu, si vous en êtes capable. À moins que vous n'en soyez aussi incapable ?

— Pas de feu ! aboya-t-il. On croit ce cottage désert, et la lumière risquerait d'amener une équipe de recherches dans cette direction.

— Alors laissez-moi au moins m'habiller, sinon je vais mourir d'une mauvaise grippe.

Elle ponctua ses paroles d'un reniflement significatif.

— Vous n'avez pas envie d'avoir une femme malade sur les bras, monseigneur ?

Maussade, il lui jeta ses bas.

— D'accord. Mais pas de souliers, je ne tiens pas à ce que tu te sauves.

Jasmine enfila ses bas, ses jupons et sa jupe, mais sa chemise était déchirée.

— Passez-moi mon châle. Si je succombe à une pneumonie, votre châtiment sera bien pire encore que vous ne l'imaginez.

Il lui lança son châle de mauvaise grâce.

— Qu'est-ce qui te fait penser que tes Leslie m'auront trouvé avant que j'aie pu tuer ton mari et rentrer avec toi en Angleterre où le roi sera bien obligé de me laisser t'épouser ?

— Ils nous trouveront ! affirma Jasmine. Et combien de fois devrai-je vous répéter que jamais le roi James ne me donnera à vous ? Ma famille ne l'accepterait pas, et je me donnerais la mort plutôt que de me laisser dominer par quiconque.

— Je t'ai déjà dominée, ma belle. Je l'ai bien senti dans ma bouche, tout à l'heure, et tu as crié de plaisir.

Il rit.

— Tu es une conquête bien plus glorieuse que je ne le pensais, car j'ai découvert que je n'avais pas

besoin de te battre pour avoir envie de toi. Je continuerai sans doute malgré tout, simplement pour m'amuser. Et quand nous rentrerons en Angleterre, mon frère Kipp et moi te prendrons ensemble. Ça t'est déjà arrivé, ma douce ? Tu verras, c'est une expérience inoubliable pour les trois personnes concernées.

Il vint s'asseoir par terre près d'elle.

— Tu es forte, ma jolie. Je suis fort aussi, mais Kipp est faible. Je t'apprendrai à manier le fouet pour le battre. Tu le rendras fou de désir en le taquinant du corps et de la bouche, puis nous le torturerons davantage encore en faisant l'amour devant lui. S'il arrive à se retenir assez longtemps, je le laisserai peut-être te lutiner aussi. Puisque je suis ton maître, je disposerai de ton corps à ma guise. Kipp est comme moi, il est bien monté, et tu auras du plaisir, avec lui, je te le promets.

Il recommençait à la caresser fougueusement, et Jasmine s'aperçut qu'il faisait presque nuit. Elle distinguait à peine le beau visage pervers de son agresseur, mais lui ne semblait absolument pas perturbé par la pénombre.

— J'ai faim, dit-elle. Et soif.

— Moi aussi, j'ai faim, dit-il en se jetant avidement sur ses seins.

Elle le repoussa avec colère.

— Vous avez l'intention de me laisser mourir d'inanition ? Est-ce là une façon de me prouver votre affection ?

— Il faudrait que j'aille en ville, pour nous chercher des vivres, dit-il.

— Alors allez-y ! ordonna Jasmine d'un ton sans réplique. Ensuite, ajouta-t-elle dans un roucoulement, qui sait ce qui pourrait se passer entre nous, monseigneur ?

— Garce ! dit-il en se relevant. Tu espères m'endormir avec de belles paroles ? Si tu veux que je te croie, donne-moi une preuve de ta bonne volonté.

— Que voulez-vous que je fasse ? demanda-t-elle, redoutant une nouvelle perversité.

Comptait-il la fouetter une fois encore ? À moins qu'il n'ait retrouvé assez d'énergie pour la violer.

— À genoux ! commanda-t-il.

Il sortit de nouveau son sexe.

— Pas trop, juste un petit frisson pour rendre mon trajet jusqu'à Leith plus agréable.

Il la saisit aux cheveux.

— Montre-moi que tu es sincère, ma belle.

Jasmine refoula ses émotions et le prit dans sa bouche comme il l'exigeait, le cœur au bord des lèvres. Cela ne finirait-il jamais ?

— Assez ! cria-t-il enfin avant de la repousser.

Il était étonné lui-même par la violence de son désir.

— Sorcière ! Je n'ai jamais connu une femme qui me fasse autant d'effet.

— J'ai respecté ma part du marché, dit-elle. Maintenant, allez nous chercher à boire et à manger, monseigneur.

Il se pencha afin de lui rattacher les mains.

— Entendu. Mais je ne veux pas que tu me joues un mauvais tour pendant que je ne serai pas là.

— Dépêchez-vous ! Je suis sur le point de m'évanouir.

La silhouette du marquis se découpa brièvement sur le seuil, et Jasmine se retrouva dans le noir, sans feu, sans bougie. Aussitôt elle s'occupa des cordes qui lui enserraient les poignets. Elle ignorait de combien de temps elle disposait avant son retour. La corde se relâchait, et la jeune femme s'efforçait de ne pas céder à la panique. Elle avait besoin de toutes ses facultés si elle voulait se montrer efficace. Elle parvint enfin à se libérer, et frictionna ses membres engourdis.

Du bout des doigts, elle explora le collier de cuir qu'elle avait au cou. Il était fermé dans la nuque par un cadenas attaché à une chaîne rivée au mur.

Impossible de le retirer sans la clé, et elle ne possédait pas de couteau. Sa seule chance était de détacher la chaîne du mur. En tâtonnant, elle découvrit que l'anneau était enfoncé dans le mortier qui joignait les pierres. Elle tira dessus de toutes ses forces, en vain.

Il lui fallait un instrument pour effriter le mortier ! Mais comment en trouver un dans l'obscurité, avec cette chaîne qui lui permettait tout juste de bouger de quelques dizaines de centimètres ? Découragée, elle serra son châle autour d'elle, et sa main accrocha l'écusson du clan Leslie que James lui avait donné et qui était épinglé au tissu. Elle faillit crier de soulagement.

Elle attaqua le mortier, avec calme et méthode, car l'aiguille de l'écusson était sa seule arme. Leith était à environ quatre kilomètres de là, et le temps que St. Denis trouve une auberge et revienne avec de la nourriture, il lui restait sans doute environ deux heures. Elle réussirait, à condition de ne pas paniquer, de ne pas endommager l'épingle.

Jasmine se mit à gratter, s'arrêtant de temps à autre pour tirer sur l'anneau qui ne cédait toujours pas. C'était pourtant sa seule chance. Si le marquis poursuivait ses actes de violence sexuelle, jamais plus elle ne pourrait se présenter devant James. Et si le bébé souffrait lui aussi de sa brutalité ?

Enfin, alors qu'elle était au bord du découragement, le piton céda. Jasmine se redressa, rassemblant la chaîne tant bien que mal. Ses souliers ! Il lui fallait ses souliers ! À quatre pattes, elle fit le tour de la petite pièce et finit par les trouver.

Ensuite ? Quelle direction prendre ?

D'abord sortir du cottage.

Elle retrouva son cheval attaché sous un petit auvent mais elle décida de l'y laisser. St. Denis remarquerait immédiatement son absence. Aussi se hâta-t-elle à pied vers le chemin qui menait à la route. Une fois sur la

route, elle se demanda que faire. Si elle se dirigeait vers le port, elle tomberait peut-être sur le marquis. Mais si, revenu au cottage, il constatait sa disparition, il penserait forcément qu'elle se dirigeait vers Edimbourg et se lancerait dans cette direction.

Elle se décida pour la route de Leith. Si elle entendait un cavalier, elle se cacherait dans le fossé. La nuit était noire, on ne pourrait la voir, et elle demanderait de l'aide en ville. En premier lieu, elle voulait se débarrasser du collier de cuir qui lui irritait la peau. Tout en se mettant à marcher d'un pas vif, elle imaginait mille façons de tuer St. Denis, car elle était sûre à présent qu'elle ne connaîtrait de repos que lorsqu'il serait six pieds sous terre.

Dommage qu'on ne fût pas en Inde ! Elle l'aurait fait jeter dans une fosse avec une douzaine de cobras. Quelle terreur elle aurait lue alors sur son visage !

À moins qu'elle ne le ramène en Angleterre pour l'attacher à l'arrière d'un des vaisseaux de sa grand-mère quand il prendrait la mer. Ce serait une mort effrayante, interminable.

Mais, plus vraisemblablement, les Leslie le pendraient, comme elle-même avait pendu l'assassin de son second mari.

Elle distinguait les lumières de la ville. Elle devait offrir un beau spectacle, avec son collier et sa chaîne ! Elle s'arrêta un instant pour rajuster sa blouse tant bien que mal, puis elle enroula la chaîne autour de sa taille, la cacha sous sa blouse et rabattit le châle sur sa tête. Dans les rues mal éclairées de Leith, sans doute n'y verrait-on que du feu.

Comme elle pénétrait dans la petite ville, elle demanda à une femme qui vendait des herbes la direction du port.

Jasmine se hâta de suivre ses instructions. Elle venait de penser qu'il y avait peut-être un navire de la flotte O'Malley-Small à quai, auquel cas elle serait hors de danger.

Devant le bureau de la capitainerie, un tableau donnait le nom des bateaux au port. Elle suivit la liste du doigt et elle était sur le point de pleurer de désespoir quand elle parvint au dernier nom. *Lord Adam !* Un caboteur que sa grand-mère avait baptisé du nom de son mari, qui n'aurait pas voulu que son nom figure à la proue d'un grand navire.

Jasmine le trouva à l'ancre, dansant sur les vagues. Mais elle ignorait qui en était le capitaine. Elle s'engagea sur la passerelle, puis dans la direction du carré où l'on voyait de la lumière. Le mousse de quart s'approcha.

— Nous n'acceptons aucune femme à bord, m'dame, déclara-t-il.

— Je suis Jasmine de Marisco Leslie, la comtesse de Glenkirk, et je dois voir votre capitaine sur-le-champ.

Le garçon l'observait attentivement.

— Vous n'avez pas l'air d'une comtesse, rétorqua-t-il avec insolence.

— Je le suis quand même ! répondit Jasmine en se drapant dans sa dignité. Maintenant, conduis-moi au capitaine ou je te tire les oreilles, galopin ! Et parle-moi sur un autre ton.

— Bien... bien, madame, balbutia le garçon.

Après tout, si c'était une des catins du port, le capitaine saurait bien qu'en faire.

Le mousse ouvrit la porte du carré et fit signe à Jasmine d'entrer. Son soulagement fut tel qu'elle dut s'appuyer à la table pour ne pas s'écrouler.

— Geoff ! Dieu soit loué, c'est toi !

Le capitaine se retourna et ses yeux s'agrandirent de stupeur.

— Jasmine !

Il se précipita pour la soutenir.

— Que t'est-il arrivé, cousine ? Que fais-tu ici ? Ewan, va chercher du vin pour la comtesse !

Il fit asseoir Jasmine et attendit un moment qu'elle se ressaisisse.

— Raconte-moi tout, cousine, dit-il quand elle eut avalé son verre de vin. Mais, d'abord, laisse-moi te retirer cette horreur que tu as autour du cou.

Il joignit le geste à la parole, et Jasmine eut soudain les larmes aux yeux. Que lui arrivait-il ? Elle avait été si forte, jusqu'à ce qu'elle voie son cousin !

— Je te croyais en route pour les Indes, dit-elle en se massant le cou.

— Le capitaine de ce bateau s'est cassé la jambe, expliqua-t-il. J'étais au port et aucun voyage n'était prévu pour la *Rose de Cardiff* avant plusieurs semaines. Nous n'avions pas d'autre capitaine disponible, et mère ne voulait pas laisser père remonter la côte avec le *Lord Adam*, alors c'est moi qui l'ai fait. Ewan est mon fils. C'est sa première traversée et, si ça lui plaît, je l'emmènerai en Inde l'année prochaine. Mais, maintenant, raconte-moi plutôt ce qui t'est arrivé.

— Que sais-tu de ma vie depuis mon retour de France ?

— Presque rien. Seulement que tu es rentrée en Angleterre et que tu as épousé lord Leslie. Qu'y a-t-il d'autre ?

Jasmine lui raconta la sottise que le roi avait commise, le refus de St. Denis d'accepter sa défaite, les trahisons, les meurtres.

— Jemmie et moi avons passé tout l'été à parcourir l'Écosse afin de lui échapper en attendant que notre messager rentre d'Angleterre. Nous avions décidé de quitter Edimbourg pour Glenkirk, mais je devais passer à la banque, et, au moment où j'en sortais, le marquis et ses sbires m'ont sauté dessus.

Elle lui relata l'enlèvement, en passant sous silence certains détails qui la mettaient mal à l'aise.

— Jemmie doit être fou d'inquiétude ! dit Geoffrey O'Flaherty.

— Ma servante Maggie était avec moi. Heureuse-

ment, ils ne l'ont pas vue, et je suppose qu'elle a dû courir prévenir mon mari.

— Mais comment St. Denis a-t-il su où te trouver ?

— Le hasard, sans doute... Je ne sais pas ce que j'aurais fait, Geoff, si un des bateaux de grand-maman ne s'était trouvé au port. Cette fois, la chance était de mon côté.

— Tu es en sécurité, ici, car je doute que le marquis imagine que tu aies pu trouver refuge sur un navire. Et, tu as raison, il supposera sûrement que tu es partie pour Edimbourg. Où est ton mari, à ton avis ?

— Probablement à Edimbourg. Il ne peut pas savoir que St. Denis m'a emmenée à Leith. Les Leslie auront certainement alerté leurs amis de la frontière.

— Je reste ici avec toi, dit Geoff, mais Ewan est excellent cavalier et il va se rendre à Edimbourg afin d'avertir le comte que tu es là.

— Je suis tellement lasse, soupira Jasmine dont les yeux se fermaient.

Geoffrey l'installa sur sa couchette, puis il dit à son fils :

— Va à la capitainerie dire que j'ai besoin d'un cheval, puis file à Edimbourg.

— Une fois là, comment trouverai-je le comte ?

— Demande Glenkirk House, dit Jasmine d'une voix brouillée par le sommeil avant de se laisser tomber contre l'oreiller.

Le garçon fit ce qu'on lui indiquait.

— Il me faut un cheval pour aller chercher le comte de Glenkirk, dit-il, très fier.

— Tu ne le trouveras pas à Edimbourg, dit le chef du port. Parce qu'il est à Leith, mon garçon. Il m'a demandé ce soir si un départ était prévu pour cette nuit ou demain. Ensuite, lui et ses hommes sont allés fouiller les deux navires qui devaient quitter le port avec la marée.

— Et vous pourriez me dire où il se trouve maintenant ? C'est extrêmement important !

— Eh bien, mon garçon, va donc voir à la taverne de la Sirène, juste à la sortie du port.

— Merci, monsieur ! s'écria Ewan en s'élançant dans la direction que lui indiquait le brave homme.

Il pénétra en trombe dans l'auberge en criant à la cantonade :

— Je cherche le comte de Glenkirk. Est-il ici ?

James Leslie se leva de la table où il était installé en compagnie de son beau-père, de son oncle et de quelques hommes.

— C'est moi, petit. Que me veux-tu ?

Ewan O'Flaherty le salua comme le lui avait appris sa mère.

— Mon père, le capitaine O'Flaherty, voudrait vous parler, monseigneur.

— Et qui est ce capitaine O'Flaherty ? Je ne le connais pas.

— C'est le petit-fils de mon arrière-grand-mère, monseigneur. Elle, vous la connaissez bien.

Le comte esquissa un sourire.

— Comment s'appelle cette arrière-grand-mère ?

— Lady de Marisco.

Ewan sursauta quand James renversa sa chaise.

— Que ne le disais-tu plus tôt ! Montre-moi le chemin !

— Nous t'accompagnons, au cas où il s'agirait d'un piège ! déclara Adam.

Les hommes suivirent l'adolescent jusqu'au *Lord Adam*. En entendant leurs pas sur le pont, Geoffrey sortit de la cabine, l'épée à la main.

— Non, père ! cria Ewan. C'est le comte de Glenkirk. Il était à Leith.

Geoffrey O'Flaherty rengaina son arme et tendit la main à James.

— Jasmine est dans la cabine, dit-il simplement.

James Leslie passa devant lui pour se rendre au carré où Jasmine dormait comme une bienheureuse. Il s'agenouilla et baisa doucement sa joue.

— Je suis venu vous chercher, ma chérie, murmura-t-il.

Les yeux turquoise s'ouvrirent lentement, et Jasmine sourit.

— Jemmie! Je savais que vous me retrouveriez.

20

Ils rentrèrent au château de Glenkirk, et ce fut comme si Piers St. Denis avait disparu de la surface de la terre. On ne le trouva ni en Angleterre ni en Écosse. Adam Leslie et BrocCairn s'étaient rendus au cottage où il avait retenu Jasmine prisonnière, mais ils n'y trouvèrent qu'une gourde de vin, du pain et un morceau de fromage auxquels on n'avait pas touché. De toute évidence, le marquis s'était lancé à la poursuite de Jasmine, puis il s'était évanoui dans la nature.

George Villiers retourna en Angleterre où, sa mission accomplie, il reprit sa place de favori auprès du roi, sans plus de rival. Peu après les fêtes de fin d'année, James, cédant à l'insistance de la reine, le nomma comte de Buckingham. Puis il légitima Kipp St. Denis au nom de l'affection que lui témoignait son père. En sa qualité d'aîné, il se retrouva marquis de Hartsfield.

La reine en avait fait son confident, car Kipp avait su intelligemment lui consacrer toute son attention, et elle lui trouva une épouse on ne peut plus convenable. Kipp avait bon cœur, se plaisait à répéter la reine, et il avait beaucoup souffert de la perversité de son frère. La jeune fille, enfant naturelle d'un courtisan, apportait une confortable dot, et, comme Kipp, elle fut ravie de la chance qui lui était offerte.

Le roi passa l'hiver à envisager un voyage en Écosse pour l'été, bien que sa famille et ses proches fussent opposés à cette idée. Il fit préparer le palais de Holyrood et envoya un mot à James et Jasmine pour les

prier de venir l'accueillir à Edimbourg. Ce serait une visite officielle, il serait accompagné de la reine et du prince Charles.

— Quand arrive-t-il ? demanda Jasmine à son époux lorsqu'ils reçurent le message.

— Vers la mi-juillet. Si je ne me trompe, Leurs Majestés resteront pour chasser en août et septembre, et elles commenceront leur voyage début juin.

— Ainsi toutes les familles redouteront et attendront leur passage, dit Jasmine en riant. Surtout que le roi et la reine se déplaceront avec la Cour. Cela coûte une fortune de recevoir tout ce monde, fût-ce pour une seule soirée. Grand-maman dit toujours qu'il a fallu des mois pour que les pelouses de Queen's Malvern reprennent une allure normale après la visite de la reine Elizabeth. Heureusement, pour la naissance de Charlie, le roi et la reine n'étaient escortés que de quelques intimes.

— Je suis soulagé que nous ne soyons pas obligés de les recevoir, dit Jemmie. Jamais ils ne s'aventureront dans les Highlands.

— Alors, où chasseront-ils ?

— James se contentera du gibier de Holyrood, cela vaut mieux pour lui.

Jemmie prit la main de sa femme qu'il baisa avec ferveur.

— Vous êtes ravissante quand vous portez mes enfants, ajouta-t-il.

— Seulement à Holyrood ? insista Jasmine.

— Sans doute aussi dans les Falklands, et à Perth. Est-ce un autre fils, ma chérie ? Je crois me souvenir que vous m'aviez promis au moins trois garçons.

— À la grâce de Dieu, répondit-elle, mais je dois avouer qu'il se démène déjà comme un beau diable. Je suis certaine qu'il naîtra avant la venue du roi, ce qui me donnera le temps de retrouver une silhouette normale pour parader dans les nouvelles robes que vous allez m'offrir afin que je vous fasse honneur devant la Cour.

— Je croyais que vous ne vouliez plus y mettre les pieds ?

— À Londres certes mais, à Edimbourg, c'est différent.

— Et votre été en Angleterre ?

— À la place, nous inviterons grand-maman à Glenkirk. Elle aime vraiment ce pays.

— Vous avez tout prévu, n'est-ce pas ? la taquina-t-il. Dites-moi, ces robes, seront-elles hors de prix ?

— Complètement !

Lorsqu'il la serra fougueusement dans ses bras, elle se fit la réflexion qu'elle n'avait jamais été aussi heureuse.

Ses nuits avaient été peuplées de cauchemars pendant des semaines après son enlèvement, et elle avait tout juste été capable de rassurer son mari en lui affirmant qu'elle n'avait pas été violée. Certes, elle n'était pas responsable des vils agissements du marquis, pourtant elle était cruellement humiliée par ce qu'il lui avait fait subir. Sa peau avait rapidement cicatrisé, mais pas sa fierté.

Enfin elle était parvenue à tout lui raconter en omettant un seul détail. Jamais elle ne pourrait lui avouer qu'elle s'était agenouillée devant St. Denis et qu'elle avait pris son sexe dans sa bouche. D'ailleurs, Jemmie n'avait pas besoin de le savoir. Si un jour ils se retrouvaient face à cette canaille et qu'il juge bon de s'en vanter, elle nierait le fait, et ce serait elle que James Leslie croirait. Elle avait agi dans le seul but de sauver sa vie, mais James le comprendrait-il vraiment ? Elle ne voulait pas courir le risque de gâcher leur bonheur.

Adam John Leslie naquit le 14 mai de l'an de grâce 1617. Il avait les cheveux bruns de ses parents et des yeux qui promettaient de garder leur couleur gris-bleu. C'était un enfant robuste et bien-portant qui accepta sans difficulté de quitter à un mois le sein de sa mère pour celui d'une pulpeuse fermière. Ses sœurs et ses

trois frères accueillirent son arrivée avec joie. Quant à James Leslie, il était positivement rayonnant.

Jasmine avait mis son sixième enfant au monde aussi aisément que les cinq autres.

— Je vous trouve apaisée, ma princesse, lui dit un jour Adali. Vous ressemblez à votre mère.

— Laquelle ? demanda Jasmine en souriant. La begum Rugaiya, ou lady Gordon ?

— Les deux. La begum serait heureuse de vous voir comme vous êtes maintenant !

— Elle nous voit, Adali, et mon père nous voit aussi.

Ils avaient appris à la fin de l'année le décès de la mère adoptive de Jasmine, la princesse épouse d'Akbar.

Adali acquiesça, le regard un peu trop brillant, puis il se ressaisit.

— Il faut penser à votre nouvelle garde-robe, ma princesse. Le roi est déjà en route pour le Nord.

C'était vrai, bien que ses conseillers l'aient supplié de renoncer à cette dépense extravagante pour un budget déjà fortement grevé. Ils avaient raison, certes, cependant ils redoutaient surtout la longueur du voyage. Même Villiers avait laissé entendre que cette expédition n'était guère raisonnable.

— Et alors, Steenie ? s'irrita le roi. Tu as peur que ces dépenses te privent de quelques petits cadeaux ? Ne sois pas égoïste. Comme le saumon, je dois remonter une dernière fois à ma source. Arrête de me tarabuster avec ça, et dis aux autres que je ne veux plus entendre un mot à ce sujet. Nous partirons le 1er juin, un point c'est tout !

Pour ponctuer ses propos, James fit une chose qu'il n'avait encore jamais faite de sa vie : il lança un vase à la tête de son favori. Le comte de Buckingham battit aussitôt en retraite.

Une visite royale en Écosse n'était pas une mince affaire. Il fallait prévoir la route en fonction des grandes demeures dans lesquelles James pourrait

séjourner un ou deux jours, tandis que les courtisans devraient se débrouiller pour trouver des auberges ou des granges. On emportait également des tentes, sous lesquelles le roi serait parfois obligé de dormir, faute de mieux. On prit aussi le lit du roi, ainsi que la literie complète, au cas où la couche proposée par ses hôtes ne lui conviendrait pas. Tapisseries, chandelles de cire d'abeilles, porcelaine et argenterie suivaient. Comme Sa Majesté adorait les fruits, on fit envoyer des abricots, des pêches, des melons, des cerises dès qu'ils furent disponibles.

Le roi, qui avait autrefois quitté avec joie l'Écosse et ses nobles querelleurs, devenait plus sentimental à chaque tour de roue, tandis que la reine, exaspérée, levait les yeux au ciel. Quant aux courtisans, ils ne cessaient de maugréer contre les dépenses occasionnées par ce voyage.

Ils traversèrent enfin la frontière et furent accueillis par les plus grandes familles de la région, bannières au vent, au son guilleret des cornemuses. Les courtisans coquettement vêtus regardaient de travers ces hommes aux jambes nues.

William Drummond de Hawthornden s'avança pour saluer le roi. Sa famille avait toujours été loyale envers les Stuart, et il offrit à James un compliment spécialement troussé pour lui.

Pourquoi Isis serait-elle seule à te voir briller ?
Forth n'est-elle pas tienne autant qu'Isis ?
Et si Isis se vante d'être plus riche
Qu'il suffise à Forth de t'aimer davantage.

— Qu'est-ce que cela veut dire ? demanda doucement le prince Charles à Villiers qui était devenu son ami.

— Isis est l'Angleterre, Forth est l'Écosse, et il dit que l'Écosse aime votre père plus que l'Angleterre. C'est fort habile de sa part.

— Oui, renchérit la reine, les Écossais sont malins, mais ils sont aussi terriblement têtus. Vous verrez, mon fils, il ne se passera pas longtemps avant qu'ils se disputent avec votre père. Observez-les bien, car un jour vous aurez affaire à eux, or c'est un peuple fier et susceptible. Et je suis sûre que les Presbytériens vont lui causer des tracas.

Le roi était cependant ravi de se trouver là. Il fut flatté par les nombreuses délégations qui venaient chanter ses louanges et par la statue le représentant que l'on avait érigée en son honneur. Depuis qu'il était en Angleterre, il avait apporté la prospérité à sa terre natale, et la paix qu'il avait instaurée à force de lutte quand il en était roi y régnait encore.

La Cour devait résider à Holyrood, non loin du château d'Edimbourg. Cette ancienne abbaye tirait son nom d'un morceau de la croix du Christ qui était sa fierté, et toutes sortes de manifestations officielles y avaient lieu quand James IV décréta qu'elle allait devenir palais royal.

Il fit construire une vaste tour aux murs crénelés qui rappelait à Jasmine les châteaux de la Loire. Puis il ajouta une aile à cette tour dont la porte principale était flanquée de deux tourelles semi-circulaires aux toits pointus. Avec ses superbes jardins, Holyrood était d'une parfaite élégance. Dans son parc se trouvait un zoo avec un lion, un tigre, plusieurs lynx et d'innombrables oiseaux. Les daims y gambadaient en liberté.

La suite royale était située dans la tour nord-ouest. La reine occupait au premier étage l'appartement de sa belle-mère, qu'elle n'avait jamais connue, la défunte Mary reine d'Écosse. Il se composait d'un boudoir, d'une chambre et de deux antichambres, ainsi que d'une petite salle à manger tendue de rouge et de vert. Un escalier privé reliait la chambre de la reine à celle du roi qui se trouvait à l'étage inférieur. Le prince Charles et le comte de Buckingham étaient logés près

des appartements du roi, qui avaient été ceux de son père avant lui.

Dans le parc de Holyrood les attendaient de nombreuses familles des Highlands, dont les Leslie de Glenkirk. James et Jasmine, qui étaient arrivés un peu plus tôt, avaient été informés qu'une chambre leur avait été réservée à Holyrood, et que le roi tenait fermement à ce qu'ils y séjournent tant qu'il s'y trouverait.

— Mais nous habitons à quelques pas d'ici, dit le comte au majordome du roi. Faites profiter quelqu'un d'autre de cette chambre.

— Désolé, monseigneur, mais j'ai reçu des ordres. Sa Majesté vous veut près de lui.

— Comme c'est aimable ! s'extasia Jasmine d'une voix chantante. Et quel honneur d'habiter dans la maison du roi !

James Leslie détecta un avertissement dans la voix de son épouse.

— Très bien, ma chérie, dit-il. Je voulais simplement venir en aide au majordome qui aura du mal à loger toute la Cour, sans compter ceux qui, comme nous, descendent des Highlands.

— Je remercie Votre Seigneurie, dit le majordome. Dites à vos serviteurs qu'ils peuvent s'installer dans le quartier des domestiques.

On les conduisit dans une chambre minuscule meublée en tout et pour tout d'un lit de chêne.

— Mon Dieu, où allons-nous mettre nos malles ? gémit Jasmine.

— Quel honneur d'habiter dans la maison du roi ! se moqua son époux.

— Je ne pouvais pas deviner que les chambres des invités étaient aussi exiguës, marmonna Jasmine. Si nous poussons le lit contre la fenêtre, nous pourrons caser deux petites malles, mais je n'ai rien pour pendre mes vêtements. Toramalli et Rohana devront aller chercher mes robes chaque jour à Glenkirk House, et elles pourront aussi y dormir.

Elle se retourna et se heurta de plein fouet à Red Hugh.

— Excusez-moi, madame.

— Cessez donc de me suivre ainsi partout ! s'irrita-t-elle. Ce n'était pas votre faute, je vous l'ai répété cent fois !

— J'ai manqué à mon devoir, madame, répondit-il. Si j'avais été près de vous ce jour-là, jamais ce satané Anglais ne vous aurait enlevée. Dieu merci, vous n'avez rien eu, mais il aurait pu vous arriver malheur, et j'en aurais été responsable. Je n'aurais jamais dû vous laisser seule comme vous me l'aviez demandé.

— Avec mon époux, je suis en sécurité, rétorqua Jasmine. Maintenant, retournez à Glenkirk House et dites à Adali que nous avons besoin de rideaux, de draps et d'oreillers. Puis ramenez-le ici afin de lui montrer cette chambre. Vous n'entendez pas les vivats ? Le roi vient d'entrer dans Edimbourg, et nous devons être parmi les premiers à l'accueillir. Quand vous aurez accompli votre mission, vous pourrez venir nous retrouver et reprendre votre rôle d'ombre, conclut-elle pour le taquiner.

Le brave homme avait été profondément bouleversé par la mésaventure de Jasmine.

Jasmine et James montèrent sur leurs chevaux et se mêlèrent aux familles qui attendaient l'arrivée du roi. Quand enfin la suite royale fit son apparition, le roi semblait épuisé par le long voyage mais extrêmement heureux d'être en Écosse. Il aperçut les Leslie de Glenkirk et leur adressa un petit signe amical.

Les nobles anglais et écossais se mêlèrent pour monter vers le palais où attendait une armée de palefreniers. Le roi était déjà entré quand les Leslie atteignirent la cour et à peine avaient-ils mis pied à terre que le comte de Buckingham venait les saluer.

— Félicitations, Steenie, dit Jasmine. Un échelon de plus dans l'échelle sociale, n'est-ce pas ?

George Villiers s'inclina sur sa main, amusé.

— Vous êtes plus belle que jamais, madame. La vie dans les sauvages collines d'Écosse ne nuit en rien à votre beauté. On m'a dit que vous étiez mère de nouveau ? Mais comment faites-vous pour garder une silhouette si juvénile ? Pourvu que ma Kate ait cette chance !

— Vous n'êtes pas encore mariés ?

— Son père souhaite que je monte un peu plus haut encore, dit Villiers sur le ton de la confidence. Il craint que je ne perde l'affection du roi si j'épouse sa fille trop tôt, or il trouve qu'un simple comte n'est pas digne de Kate. Mais je serai marquis l'année prochaine, ajouta-t-il dans un chuchotement. Maintenant, entrons ! Ce palais est une pure merveille, et j'ai hâte de le visiter. D'autre part, je suis heureux de savoir que nous allons faire une pause. À propos, le roi vous invite dans ses appartements pour un souper privé, ce soir. Les festivités ne commenceront que demain, et James tient à garder cette soirée pour ses vieux amis.

À la surprise de Jasmine, ce fut en effet un souper fort intime, simplement composé de saumon et de tourte au lapin, où le roi était entouré de sa famille ainsi que de quelques cousins, dont le comte de Glenkirk et son beau-père BrocCairn. La reine semblait lasse.

— Dieu sait que j'adore l'équitation, mais j'ai fait toute la route depuis l'Angleterre à cheval, et je ne sens plus mon arrière-train ! déclara-t-elle.

— Nous mettrons une peau de mouton sur votre selle, Majesté, proposa le comte de Glenkirk. Je suis bien persuadé que vous ne rateriez la saison de chasse pour rien au monde. Elle est superbe, dans nos régions. Le daim et la grouse seront bientôt prêts pour nous.

La reine lui sourit.

— En effet, je me rappelle avoir connu de belles chasses en Écosse. Dès que nous aurons pris un peu de repos, nous partirons pour Falklands, et Perth.

— Doux Jésus ! gémit Buckingham. Encore des voyages !

La reine l'ignora.

— Verrons-nous notre petit-fils ? demanda-t-elle à Jasmine. Comment se porte-t-il ?

— Comme un charme, Majesté. Et il est enchanté de ne plus être le petit dernier de la famille. Il adore son rôle de grand frère. Lorsque nous saurons exactement quand vous souhaitez vous rendre à Falklands, nous enverrons chercher les enfants à Glenkirk, ainsi vous les verrez tous.

Les festivités commencèrent dès le lendemain. Le roi reçut tous les chefs de clan qui étaient venus l'accueillir. Il chassait dans le parc, il présidait d'immenses banquets, tandis que la reine donnait des bals masqués auxquels assistaient les nobles anglais, sous l'œil effaré des Écossais, car jamais elle n'avait organisé de telles soirées quand elle n'était que reine d'Écosse. Les ravissants costumes, les loups, la musique, tout les surprenait, et ils n'étaient pas certains d'approuver ce déploiement de faste et de falbalas.

James Stuart était venu en Écosse pour des raisons sentimentales, mais il avait aussi un autre projet en tête, la « dépuritanisation » de l'Église écossaise. Comme il rêvait de réaliser la Grande-Bretagne, projet que les Anglais eux-mêmes désapprouvaient, il voulait qu'il y ait une seule et unique Église d'État pour l'Écosse et l'Angleterre. Il suffisait de cinq articles supplémentaires pour que les deux cultes se rejoignent. Il s'agissait de gestes simples, par exemple de s'agenouiller au moment de la communion, mais les presbytériens y étaient fermement opposés. Le roi en parla ouvertement avec ses courtisans écossais. Nombre d'entre eux se montrèrent irréductibles. Certains considéraient cela comme une atteinte au nationalisme écossais, d'autres comme un retour à l'Église catholique romaine qui avait régné sur l'Écosse une centaine

d'années auparavant et dont ils s'étaient plus ou moins libérés. Les querelles qui s'ensuivirent amusèrent fort les Anglais, mais aucunement la reine.

— Ne vous avais-je pas prévenu ? dit-elle à son fils. Votre père a oublié que les Écossais ne lâchent jamais prise, contrairement aux Anglais qui respectent le droit divin. Observez et tirez-en des leçons, Charles.

Au bout de quelques semaines, le roi et sa suite se rendirent à Falklands, un endroit que le roi aimait et où il avait souvent chassé. Les forêts y regorgeaient de gibier.

C'est là que Charles Frederick Stuart fêta son cinquième anniversaire, en présence de ses grands-parents royaux. Il se présenta vêtu du kilt des Stuart, d'une chemise de soie blanche, et d'un pourpoint de daim aux boutons d'argent et de corne. Après avoir ôté son béret de velours noir orné d'une plume, il salua le roi, la reine, puis son oncle, le prince Charles.

— Je suis heureux de voir Votre Majesté en bonne santé, dit-il, avant d'ajouter, de sa petite voix flûtée : Vous m'avez apporté un cadeau ?

— Charlie ! protesta Jasmine, mortifiée.

Le roi éclata de rire.

— Ne vous inquiétez pas, madame. Ce n'est qu'un enfant. Qu'est-ce qui te ferait plaisir, Charlie ?

Le petit garçon réfléchit un moment.

— Quelque chose qui a appartenu à mon père pour que je me souvienne toujours de lui, Majesté.

Le roi parut surpris, tandis que la reine sursautait. Elle se tourna vers Jasmine, mais celle-ci ne s'attendait pas non plus à cette réponse. Le roi resta un instant muet d'émotion. Alors le prince Charles s'approcha de l'enfant, ôta une de ses bagues qu'il lui tendit. C'était un anneau d'or orné d'un rubis où étaient gravées les armes des Stuart ainsi que leur devise : *Virescit Vulnere Virtus.*

— Cette bague appartenait à ton père, mon neveu. Sais-tu ce que signifie cette devise ?

— Le courage se renforce avec les blessures, traduisit Charlie. Merci, Votre Grandeur.

— Parfait ! approuva le prince. Un jour, tu viendras auprès de moi, mon neveu.

Il se tourna vers Jasmine.

— Vous avez remarquablement élevé cet enfant, madame, et vous aussi, mon cousin de Glenkirk. Il est studieux et courtois, qualités que j'approuve grandement.

Le prince reprit sa place auprès de son père qui avait recouvré ses esprits.

— Vous êtes marié depuis deux ans, James Leslie, et nous ne vous avons pas offert de cadeau de mariage, dit le roi.

— En me donnant Jasmine, sire, vous m'avez fait le plus beau présent qui se puisse rêver.

— Charmant, tout à fait charmant, dit le roi, mais cela ne suffit pas. Comme je ne puis supporter que mon petit-fils soit élevé par un homme d'un rang inférieur à celui de duc, je vous nomme premier duc de Glenkirk, James Leslie. C'est un beau cadeau, et il ne me coûtera rien, puisque vous avez déjà le château et les terres, termina-t-il dans un petit rire.

— Mon Dieu ! s'écria Jasmine.

— Oui, madame, vous vous étiez mariée en dessous de votre condition, mais je rétablis l'équilibre, dit le roi. Vous voilà duchesse !

James Leslie n'en revenait pas. Duc de Glenkirk ! Comme sa mère serait fière, et son père ! Il tomba à genoux pour baiser la main du roi. Curieusement, ses paupières le piquaient. Duc ! Jamais il n'aurait rêvé d'une telle distinction.

— Merci, Jamie, dit-il à voix basse avant de reprendre plus fort : Merci, Majesté.

Un peu plus tard, toute sa famille vint le féliciter chaleureusement à grand renfort d'accolades et de tapes viriles dans le dos. Il avait l'esprit en ébullition. Un jour son fils aîné, Patrick, serait deuxième duc de

Glenkirk et, si Dieu le permettait, la lignée continuerait ainsi au fil des siècles.

Les Leslie de Glenkirk prirent congé du roi à Falklands et retournèrent chez eux, où Jasmine s'empressa d'écrire à sa grand-mère afin de lui annoncer la grande nouvelle. Elle avait souhaité que la vieille dame vienne en Écosse, mais celle-ci déclara qu'elle avait suffisamment voyagé, et Jasmine en fut fort peinée. Sa grand-mère était sa meilleure amie, elle lui manquait.

— Je ne raterai plus jamais mon été anglais, dit-elle à son mari.

Le roi et la Cour retournèrent en Angleterre à la fin de l'automne, et l'hiver s'installa, puis il passa. Le printemps revint enfin, apportant la fonte des neiges.

Alors Jasmine partit pour Queen's Malvern avec sa famille.

Comme ils approchaient de la demeure, elle fut heureuse de voir que sa grand-mère, qui les attendait sur le perron, semblait à soixante-dix-huit ans aussi fraîche que d'habitude. Elle sauta de cheval et courut se jeter dans ses bras.

— Ma chérie ! s'écria Skye. Quelle joie de te voir !

Elle se tourna vers James.

— Venez m'embrasser, jeune homme. Le dernier duc à m'avoir embrassée, si je me souviens bien, était mon malheureux cinquième mari, Dieu ait son âme.

— Vous avez eu cinq maris, grand-maman ? s'étonna la petite India.

— Six, mon enfant, plus quelques délicieux amants. Je sais que tu te souviendras de moi sous les traits d'une vieille dame, mais jadis j'étais aussi jolie et appétissante que ta mère.

— Je vous trouve toujours belle, grand-maman, affirma India.

— Merci, mon petit, dit Skye en riant. Tu as hérité

du charme de ton arrière-grand-père. Mais entrez, mes chéris. Il commence à pleuvoir, et j'aimerais bien voir tes bébés, Jasmine. Grand Dieu ! C'est Patrick ? Bonjour, Patrick Leslie. Je suis ton arrière-grand-mère et j'ai aidé à te mettre au monde. Où est l'autre, celui qui porte le nom de mon Adam ? Ah, le voilà ! Il a ses yeux, n'est-ce pas ?

— Depuis la minute où il est né, dit Jasmine.

— Demain, si le temps le permet, vous viendrez voir le monument que nous avons érigé sur sa tombe.

Ils s'installèrent à Queen's Malvern pour l'été. Il était prévu que quelques semaines plus tard Henry et ses sœurs partent pour le domaine de Cadby, accompagnés d'Adali, et qu'ils y restent jusqu'à la fin des beaux jours, puis que tout le monde rentre à Glenkirk. Leurs grands-parents Gordon y résideraient avec eux. Lorsqu'il fut temps de partir, James Leslie tint à les y conduire personnellement.

— Au moins, nous aurons un peu de temps toutes les deux, dit Skye à sa petite fille quand tout le monde eut quitté Queen's Malvern.

Elles étaient assises devant la cheminée, tandis que les bébés dormaient dans leurs berceaux. Charlie, qui détestait être séparé des aînés, avait été autorisé à faire le voyage avec eux.

— Tu es heureuse, ma chérie, cela se voit, dit Skye, et cela me rend heureuse, moi aussi. Y aura-t-il d'autres enfants ?

Elles buvaient du vin en grignotant des biscuits.

— J'ai promis trois fils à Jemmie, et puis j'aimerais avoir une autre fille, si Dieu le veut.

— Tu prends la potion que je t'ai donnée ?

Jasmine acquiesça.

— Deux enfants en deux ans, cela suffit pour l'instant. Il faut que je me repose un peu, sinon je deviendrai difforme, comme bien d'autres femmes.

— Parfait ! J'ai fait la même chose après Ewan et

Murrough. C'est son fils qui t'a sauvée, l'année dernière, paraît-il ?

— Je suis allée au port de Leith, espérant y trouver un de vos navires, et c'était le cas. Par chance, Geoffrey O'Flaherty en était le capitaine. Je ne sais pas si un étranger aurait cru à ma rocambolesque histoire ! Son fils m'a d'ailleurs prise pour une folle, ou pour une prostituée en quête de client ! J'étais habillée en paysanne, car nous revenions des jeux chez les Bruce.

— On n'a jamais retrouvé Piers St. Denis ?

— Non, et je crains toujours qu'il ne reparaisse un jour pour m'enlever à ma famille. C'est un fou dangereux, grand-maman.

— N'aie pas peur, ma chérie. Il a sûrement fui le pays.

Une voix masculine les fit sursauter.

— La peur est un excellent stimulant pour les femmes récalcitrantes, madame.

Piers St. Denis sortit de l'ombre, vêtu comme un simple commerçant.

— Mon Dieu ! murmura Jasmine, le cœur battant à tout rompre.

— Comment êtes-vous entré ? demanda Skye sans se démonter.

L'homme était fou, c'était évident, mais il lui rappelait son premier mari, Dom O'Flaherty, dont elle n'avait jamais eu vraiment peur car c'était un matamore.

— La porte était ouverte, madame, et il n'y avait personne pour m'empêcher de passer. Quelle légèreté !

— Sortez ! ordonna Skye d'une voix ferme.

Piers St. Denis éclata de rire. Dommage qu'elle fût si vieille et fripée ; on racontait qu'elle avait été une amante hors pair, dans sa jeunesse. Et sa petite-fille promettait de telles délices.

Jasmine, qui s'était remise de sa frayeur, laissa éclater sa colère.

— Comment avez-vous su que j'étais ici ?

— Il est de notoriété publique que vous et votre mère

aimez passer l'été dans cette demeure. Vous en avez été empêchée l'année dernière à cause de la présence du roi en Écosse, mais j'étais sûr que vous seriez là cet été. Il suffisait que j'attende le départ de votre mari et de vos parents. Je suis patient, ma douce, et vous êtes intelligente. Je ne commettrai plus l'erreur de vous sous-estimer. J'ai été très surpris, à mon retour de Leith, de voir que l'oiseau s'était envolé. Et quelle bonne idée que d'être allée au port, sachant que je vous chercherais sur la route d'Edimbourg ! Bien joué, chérie !

— Que voulez-vous ? coupa Skye.

— Mais, madame, je croyais que c'était évident. Je vais vous tuer toutes les deux, puis ce sera au tour des bébés. Mon seul regret est de ne pouvoir assassiner aussi le petit bâtard, car cela briserait le cœur de notre vieux fou de roi. Voyez-vous, Jasmine, j'ai renoncé à vous posséder, mais c'est à cause de vous que j'ai tout perdu. Si vous ne m'aviez pas aguiché pour me rejeter ensuite, je serais toujours marquis de Hartsfield, j'aurais une riche épouse choisie par la reine, et le roi serait encore mon ami. Vous êtes la seule responsable de ce fiasco, et vous allez le payer cher !

— Non ! cria Jasmine. C'est vous le responsable, monsieur. Je ne vous ai jamais caché que j'aimais James Leslie, et lui seul, mais vous n'avez pas voulu m'écouter. Vous répétiez que je vous appartiendrais un jour. Vous m'avez suivie en Écosse après mon mariage, après la naissance de mon fils, vous avez eu l'outrecuidance de m'enlever. C'est votre entêtement qui vous a fait tout perdre. Maintenant, partez tant que vous en avez encore la possibilité, ou j'appelle les domestiques qui vous remettront entre les mains de la loi. Votre tête est mise à prix, et je connais bien des gens qui seraient ravis de toucher la récompense.

Piers St. Denis vint se planter devant les deux femmes.

— Je ne me laisserai pas détourner de mon but, cette fois, madame. Écoutez-moi bien, et vous comprendrez l'ampleur de mon pouvoir. Mon frère est veuf

désormais. S'il ne s'était pas trouvé à Londres le jour où je suis arrivé à Hartsfield Hall, je l'aurais tué, lui aussi. Sa femme était fort jolie, et je l'ai fouettée jusqu'au sang. Elle implorait ma pitié, alors je l'ai forcée comme je vous ai forcée, mais sa bouche était moins habile que la vôtre, ma toute belle. Ensuite, je l'ai violée et elle a hurlé, en particulier lorsque je l'ai sodomisée, ce que mon frère n'avait sûrement jamais fait. Quand j'en ai eu assez d'elle, je l'ai égorgée et je l'ai laissée agoniser dans une mare de sang. Enfin, avant de m'en aller, j'ai étranglé son bébé. Il n'est pas question que la lignée de mon bâtard de frère souille le nom des St. Denis.

— Et où se trouvaient les domestiques, pendant ce carnage ? demanda Skye, qui ne croyait qu'à moitié à son histoire.

— À une foire de village. Elle les avait autorisés à s'y rendre, cette idiote ! Mais j'ai perdu trop de temps déjà. Il faut que je complète ma vengeance, puis je disparaîtrai. Les bijoux que vous portez, madame Skye, me mettront à l'abri du besoin pendant un bon moment.

Avec un mauvais sourire, il s'approcha afin de lui arracher son lourd collier d'or orné d'un saphir.

Jasmine était dans un état second quand elle entendit sa grand-mère rétorquer :

— Je crois vous avoir dit une fois, monsieur, que vous n'étiez pas de taille à vous mesurer à moi.

Elle accompagna ces mots d'un geste si rapide que Jasmine n'en crut pas ses yeux. Le poignard plongea droit dans le cœur de Piers St. Denis.

— Je ne vous permettrai pas de gâcher de nouveau l'existence de ma petite-fille, dit-elle en reculant d'un pas.

St. Denis s'écroula au sol, un air d'intense surprise sur le visage, puis toute lumière disparut de ses yeux et il poussa son dernier soupir.

Jasmine lâcha sa respiration.

— Grand-maman !

Red Hugh faisait irruption dans la pièce.

— Seigneur ! Comment ça se fait, madame, que je ne sois jamais là quand vous êtes en danger ?

Il s'agenouilla près du corps.

— Il est mort ?

— Oui, répondit Skye. Il est entré parce que la porte était ouverte afin que l'air frais pénètre dans la maison, et il n'y avait pas de domestiques dans le hall. Désormais, je veux qu'il y ait en permanence quelqu'un à l'entrée.

Elle se laissa lourdement tomber dans son fauteuil.

— Donnez-moi du vin. Je viens de tuer le fils du diable.

— Mieux vaudrait du whisky, madame, dit Red Hugh en joignant le geste à la parole. Buvez !

Skye obéit, et il prit le gobelet de ses mains pour la resservir, car la vieille dame était extrêmement pâle.

— C'était du bon travail, madame. Il n'avait pas une chance de s'en sortir. Mais j'ignorais que vous portiez une arme.

— Les vieilles habitudes ont la vie dure. J'ai toujours eu un poignard sur moi depuis que je suis enfant.

Elle eut un coup d'œil indifférent au cadavre.

— Débarrassez-nous de ça, Red Hugh. Emmenez-le au village et faites-le ensevelir en terre non consacrée. C'était le mal incarné et, même si Dieu lui pardonne, nous ne lui pardonnerons jamais.

Elle se leva avec peine.

— Viens, ma chérie, aide-moi à monter dans ma chambre. J'ai eu mon compte d'émotions pour aujourd'hui. Ma vie ne sera-t-elle donc jamais paisible ? Non, je connais la réponse, et je crois entendre ton grand-père se moquer de moi et de mes folies. Il n'y aura pas de paix pour Skye O'Malley jusqu'à ce qu'elle soit six pieds sous terre.

— Et encore, est-ce certain ? plaisanta gentiment Jasmine en lui prenant le bras pour monter l'escalier.

— Sans doute pas, ma chère petite duchesse. Sans doute pas !

Les deux femmes éclatèrent de rire.

QUEEN'S MALVERN

La nuit de la Saint-Jean, 1623

Épilogue

La vieille dame était mourante. Ses enfants ne le lui avaient pas dit, bien sûr, mais sinon pourquoi se seraient-ils tous trouvés là, chez elle, avec leur descendance ? Même son aîné, Ewan, âgé de soixante-sept ans, avait fait le voyage depuis l'Irlande pour lui dire adieu. Par le Ciel ! Y avait-il si longtemps qu'elle avait donné le jour à Ewan dans cette sinistre tour que les O'Flaherty appelaient leur demeure ? La sœur de Skye, heureusement, était là pour l'aider à accoucher, comme dix mois plus tard quand elle avait mis Murrough au monde.

Tant d'années avaient passé, riches de merveilleuses aventures ! Et elle leur avait survécu à tous. Ses maris, ses amants, Elizabeth Tudor, sa meilleure amie. Sa pire ennemie aussi. Elle n'avait absolument aucun regret. Elle avait eu une vie si bien remplie ! Elle avait élevé ses enfants, fondé un empire commercial qui les avait tous rendus riches. Et, surtout, elle avait aimé. Depuis son premier amour de jeunesse pour Niall Burke, le père de Deirdre et Padraic, jusqu'à son dernier époux, Adam de Marisco. Oui, elle avait aimé, et elle avait été aimée.

On avait tiré les rideaux de son lit, à sa demande, afin qu'elle pût regarder par la fenêtre. Naturellement, Willow avait voulu tout garder fermé, fenêtre et

rideaux, mais Skye avait refusé d'en entendre parler, et Robin, son cher Robin, avait passé outre les ordres de son aînée.

Je ne lui ai pas avoué la vérité sur son père, pensa la vieille dame, mais je crois qu'il vaut mieux lui épargner cela. Celui qu'elle prend pour un respectable marchand espagnol n'était en réalité qu'un renégat qui avait choisi le nom de Khalid el Bey et que l'on connaissait surtout parce qu'il dirigeait un réseau de prostituées à Alger.

Skye sentit un petit rire monter en elle. La sage Willow en serait effondrée, et elle ne voulait pas avoir cela sur la conscience au moment de rencontrer son Créateur. Peu importait que sa fille continue à l'ignorer ; après tout, elle avait gardé le secret pendant soixante-trois ans. Même sa chère Daisy n'en avait jamais rien su.

Sa vieille complice était décédée brusquement l'année précédente, et depuis rien n'avait plus été pareil. Elle s'était couchée un soir, et elle ne s'était jamais réveillée. Nora avait été d'un grand réconfort pour Skye, mais c'était différent. La jeune femme n'avait rien partagé de la vie de sa maîtresse, de ses aventures, de ses secrets. Non, rien ne serait plus pareil. Elle avait fait son temps.

Le soleil se couchait, le ciel se teintait d'or, de rose, d'orange. C'est le plus beau coucher de soleil de ma vie, se dit Skye. Bientôt, les feux de la Saint-Jean s'allumeraient sur les collines. Oui, c'était une nuit magique.

— Grand-maman ?

Jasmine posait un baiser léger sur son front.

— Comment vous sentez-vous ?

— Lasse, répondit la vieille dame.

Jasmine... Sa petite-fille préférée, bien qu'elle n'eût jamais eu de préférence avant la naissance de ce bébé-là. D'ailleurs elle n'en éprouvait aucun remords. Jasmine était arrivée un mois plus tôt avec son Jemmie bien-aimé et ses huit enfants. À quinze ans, India était

une véritable beauté. Henry était le portrait de son père, Fortune commençait à rivaliser de charme avec sa sœur aînée. Charlie, onze ans, était lui aussi le portrait de son père le prince Henry. Et il y avait les quatre Leslie : Patrick, Adam, Duncan et la petite dernière, Janet Skye, qui venait d'avoir six mois.

La vieille dame se tourna vers la fenêtre, et elle les vit tous venir vers elle dans la lumière dorée du soleil couchant. Niall Burke comme elle l'avait vu la première fois, son beau visage tanné par le grand air, les cheveux aussi noirs que la nuit. Son père et Eiblhin, qui lui souriaient. Khalid el Bey, avec sa barbe parfaitement taillée et ses yeux d'ambre frangés de cils si fournis qu'elle en était jalouse. Geoffrey Southwood, grand, blond, à la beauté insolente, dont les yeux verts riaient de sa surprise. Et puis Daisy, sa chère Daisy, non pas vieille et ridée comme ces dernières années, mais avec des joues rondes, un sourire épanoui. Skye plissa les yeux afin de les voir tous, mais il manquait quelqu'un.

— Venez, ma chérie, il est temps de partir, maintenant.

Il était là, il lui tendait la main.

— Adam !

Skye tendit la main à son tour, sous le regard inquiet de Jasmine.

Skye se leva de son lit, le sourire aussi radieux qu'un matin de printemps, le cœur empli d'une joie pure, profonde. Certes, ses enfants et ses petits-enfants lui manqueraient, mais ils se retrouveraient un jour. Pour l'instant, une nouvelle porte s'ouvrait à elle, une autre merveilleuse aventure l'appelait, et elle acceptait volontiers l'invitation.

— Montrez-moi le chemin, messieurs ! s'écria-t-elle en prenant le bras d'Adam de Marisco et de Geoffrey Southwood.

Et elle s'en alla vers le couchant, vers la route infinie, sans un regret, sans un regard en arrière.

— Jemmie !

Jasmine, le cœur brisé, se tourna vers son mari. Il la prit dans ses bras.

— Oui, elle est partie, ma chérie. Elle nous a quittés. Ne pleurez pas, elle n'aimerait pas ça. Elle vous voudrait aussi courageuse qu'elle l'a toujours été.

— On dit que je lui ressemble, dit-elle d'une toute petite voix, et je le souhaiterais, mais c'est faux. Il n'existera jamais une autre femme comme Skye O'Malley, Jemmie. Jamais !

James Leslie se pencha sur le lit pour fermer tendrement les yeux bleus désormais vides, et il discerna sur le visage de la vieille dame l'ombre d'un sourire. Elle avait été heureuse de s'en aller. Non, il n'y aurait jamais une autre Skye O'Malley. « Adieu, Skye, dit-il en silence. Bon voyage et à bientôt. »

Rendez-vous au mois de décembre
avec un nouveau roman de la collection

Aventures et Passions

Le 4 décembre 2000

La faute d'Anastasia

de Johanna Lindsey (n° 5707/G)

La famille Mallory au grand complet est réunie au château de Haverston pour Noël, quand on découvre au pied du sapin un étrange paquet sans aucune indication. Il s'agit du journal des grands-parents de Jason, l'aîné des enfants, qui raconte comment ils se sont connus et aimés, elle la gitane et lui l'aristocrate, en dépit des conventions sociales. Cela pourrait-il servir d'exemple à Jason, lui-même amoureux de sa gouvernante depuis des années et n'osant l'avouer ?

J'AI LU *Aventures et Passions*

Quand l'amour s'aventure très loin, il devient passion